제3제국

제3제국

로베르토 볼라뇨 장편소설

이경민 옮김

EL TERCER REICH
by ROBERTO BOLAÑO

Copyright © 2010, The Estate of Roberto Bolaño
All rights reserved.
Korean translation copyright © 2013, The Open Books Co.
This edition is published by arrangement with Carolina López Hernández,
as representative of the literary estate of Roberto Bolaño
c/o The Wylie Agency (UK) Ltd. through Shinwon Agency Co.

COVER ARTWORK
by AJUBEL

Copyright © 2013, Alberto Morales Ajubel and The Open Books Co.
All rights reserved.

이 책은 실로 꿰매어 제본하는 정통적인 사철 방식으로 만들어졌습니다.
사철 방식으로 제본된 책은 오랫동안 보관해도 손상되지 않습니다.

카롤리나 로페스에게

우리는 가판 상인들이나 피서객들과 게임을 하곤 한다. 두 달 전엔 독일 장군을 20년 징역형에 처하기도 했다. 나의 계략만이 아내와 산책 나온 그를 교수대에서 구해 낼 수 있었다.

프리드리히 뒤렌마트[1]

『결함』

1 Friedrich Dürrenmatt(1921~1990). 스위스의 작가. 『결함*Die Panne*』은 한 전직 판사와 한 무리의 사람들이 범죄 사건을 가정하여 재판 놀이를 하는 이야기를 통해 법적 정의와 법의 집행을 냉소적인 관점으로 그려 낸 작품이다.

8월 20일

바닷가의 소란이 밤늦게까지 밖에 남은 사람들의 웃음소리에 섞여 창문으로 들어온다. 아마 테라스에서 테이블을 치우는 종업원들이 내는 소리, 가끔씩 마리티모 대로를 느긋하게 지나가는 자동차 소리, 다른 호텔방에서 나지막이 들려오는 알 수 없는 웅웅거림일 것이다. 잉게보르크는 잠들었다. 그녀의 얼굴은 아무런 방해도 없이 꿈에 빠진 천사 같다. 마시지도 않고 침대 탁자에 놓아둔 우유 컵은 아직 따뜻해 보인다. 베개 옆엔 잠들기까지 두 페이지도 채 넘기지 못한 플로리안 린덴 탐정의 책이 침대보에 반쯤 덮여 있다. 내 사정은 완전히 딴판이다. 더위와 피로에 잠이 달아나 버렸다. 나는 평소에 잠을 잘 자는 편이라서 아주 드물게 피로에 쓰러지는 경우가 아니면 매일 일곱 시간에서 여덟 시간 정도 잠을 잔다. 아침이면 상쾌하게 일어나며 여덟 시간에서 열 시간을 일해도 쉽게 지치지 않는다. 생각해 보면 나는 늘 그랬다. 체질상 그렇다. 누군가 버릇을 들여서 그런 게 아니라 나라는 사람이 원래 그렇다. 그렇다고 해서 내가 다른 사람들보다, 예를 들어, 주말에는 해가 중천에 뜨도록 잠을 자고 주 중에는 커피 두 잔을 마셔야, 〈거기에 담배까지 피워야〉 완전히 잠에서 깨어 출근하는 잉게보르크보다 낫거나 못하다는 건 아니다. 그런데 오늘 밤 나는 피로와 더위에 잠을 이루지 못하고 있다. 더욱이 오늘 일을 글로 써두고 싶은 마음에 침대에 누워 불을 끌 수가 없다.

오는 길에 이야깃거리가 될 만한 일이라곤 없었다. 우리는 스트라스부르라는 아름다운 도시에 들렀다. 물론 내가 예전에 가본 적이 있는 곳이다. 점심은 고속 도로변에 있는 슈퍼마켓에서 해결했다. 국경을 넘을 때는 들었던 얘기와 달리 줄을 서지도 않았고 통과하는 데도 채 10분이 걸리지 않았다. 모든 과정이 신속하고 효율적이었다. 그때부턴 내가 운전했다. 잉게보르크가 스페인 운전자를 믿지 못하기 때문이었는데, 그건 수년 전, 그러니까 그녀가 아직 소녀이던 시절, 부모님과 휴가에서 돌아오던 길에 스페인의 어느 고속 도로에서 좋지 않은 일을 겪은 탓인 것 같다. 물론 피곤하기도 했고 말이다.

호텔 프런트에선 아주 젊은 아가씨가 우릴 맞았는데 독일어를 꽤 잘해서 예약 확인에 아무런 문제도 없었다. 객실로 올라가던 중에 식당에 있던 프라우 엘제가 눈에 들어왔다. 나는 그녀를 바로 알아봤다. 그녀는 테이블을 정리하며 소금 통이 가득한 쟁반을 든 종업원에게 뭔가 지시하고 있었다. 녹색 정장을 입었는데 가슴 쪽에 호텔 엠블럼 모양의 금속 배지가 달려 있었다.

세월마저 그녀를 비껴간 것 같았다.

프라우 엘제를 보자 내 사춘기 시절의 어둡고도 화려한 순간들이 떠올랐다. 호텔 테라스에서 아침 식사를 하던 부모님과 형, 오후 7시부터 1층을 가득 채우던 레스토랑 스피커의 음악 소리, 종업원들의 무미한 미소, 밤에 수영을 하거나 디스코텍에 갈 심산으로 또래 녀석들과 하던 게임들. 그 시절 내 애창곡이 뭐였더라? 여름마다 노래가 달랐는데, 나는 그 전년에 나온 곡과 어딘지 비슷한 곡을 입이 닳도록 흥얼거렸고 이 마을의 모든 디스코텍도 그 곡으로 영업을 마감하곤 했다. 음악에 유난히 집착하던 형은 휴가를 떠나기 전에 가져갈 테이프를 공들여 고르곤 했다. 형과 달리 나는 어쩌다 귀에 들려오는 새로운 멜로디를 내 여름 노래로 삼았다. 우연히 두세 번 들었을 뿐인데도 그 노래의 음률은 태양이 작열하던 나날과 우리의 휴가를 화려하게 장식한 새로운 우정과 함께하기에 충분했다. 참으로 짧았던 그 우정은 지금 생각하면 아주 잠깐의 지루함도 참지 못해 맺은 관계에 지나지 않았다. 그 많던 친구들 중에 기억나는 이는 얼마 되지 않는다. 그 첫 번째가 프라우 엘제다. 부모님은 처음 본 순간 그녀의 상냥함에 정복된 나를 장난과 농담의 표적으로 삼았고, 심지어는 프라우 엘제와 지금은 이름도 가물거리는 그녀의 남편 면전에서 젊은이들의 조숙함과 그 안의 질투를 들먹이며 나를 놀리곤 했다. 창피함에 손끝까지 뻘겋게 달아오른 내게 프라우 엘제는 다정한 동료애를 보여 줬다. 그때부터 나는 그녀가 내 가족보다 나를 더 따스하게 대해 줬다고 믿고 있다. 그리고, 이건 차원이 다른 얘기지만, 호텔에서 일하던 내 또래의 호세(이름이 맞나?)라는 친구가 있었는데 그는 자기 없이는 절대 갈 수 없는 곳에 나와 내 형을 데려갔다. 그 친구와 헤어지면서 형은 이듬해 여름을 델 마르 호텔에서 보낼 수 없을 거라는 생각에 록 음악 테이프 두어 개를 선물했고 나는 낡은 청바지 몇 장을 줬다. 10년이 지났지만 나는 호세가 한 손에는 접힌 청바지를, 다른 손에는 테이프를 들고 어찌해야 할지 무슨 말을 해야 할지 몰라 영어를 얼버무리다 이내 눈물을 보였던 것도, 형이 녀석의 영어를 계속 놀려 먹던 것도 기억하고 있다. 호세는 잘 가, 사랑하는 친구들, 안녕, 사랑하는 친구들, 등의 말을 했고 우리는 스페인어로 — 부모님이 몇 해 동안 스페인에서 휴가를 보낸 덕에 어느 정도 유창하던 — 걱정 말라며, 내년 여름에도 삼총사로 다시 만날 것이니 울지 말라고 달랬다. 호세는 엽서 두 통을 보냈다. 나와 형 이름으로 첫 엽서에 답장을 보냈다. 나중엔 그 일도 잊혔고 호세 소식도 더 이상 듣지 못했다. 하일브론 출신의 에리히라는 친구도 있었는데 당시에 수영을 가장 잘하던 친구였고 샤를로테라는 친구는 형이 미친 듯이 좋아했는데도 나와 일광욕하는 걸 더 좋아했다. 이와는 별개로, 가엾은 지젤 이모도 빼놓을 수 없다. 어머니의 동생인 이모는 우리가 델 마르에서 보내던 여름이 끝날 즈음에야 합류했다. 지젤 이모는 그 어떤 것보다 투우를 좋아했는데 그런 종류의 구경거리에 대한 열망이 끝이 없었다. 이모와 함께한 잊지 못할 추억이 있다. 형은 무한한 자유를 만끽하며 아버지 차를 몰고, 나는 옆자리에서 아무 간섭 없이 담배를 피우고, 지젤 이모는 뒷좌석에 앉아 도로 아래 벼랑으로 부서지는 물거품과 검푸른 바다를 황홀하게 바라보며 창백한 입술에 흐뭇한 미소를 짓던 일이다. 이모의 무릎에 놓인 세 장의 포스터, 그 세 개의 보물은 이모와 형 그리고 내가 바르셀로나 투우장에서 훌륭한 투우사들과 교감했음을 의미했다. 부모님은 지젤 이모가 진정으로 열의를 갖고 하려던 일에 허다하게 퇴짜를 놨고 이모가 우리에게 선사한 자유도 달가워하지 않았다. 부모님이 세상을 이해하는 기준으로 보면, 당시 열네 살인 나에게 그런 자유는 과한 것이었다. 한편으로 나는 지젤 이모를 보호해 준 사람이 우리가 아니었나 생각한다. 그건 어머니가 아무도 모르게 미묘하고 위압적으로 우리에게 부여한 일이었다. 어쨌거나 지젤 이모는 그해 여름만 함께했고 우리는 이듬해 여름을 끝으로 델 마르에 가지 않았다.

기억나는 게 몇 가지 더 있다. 테라스 테이블의 웃음소리와 거대한 맥주 통이 비어 가는 걸 보면서 눈이 휘둥그레지던 일, 땀에 젖은 종업원들, 그리고 바 테이블 한편에서 소리 죽여 얘기하던 엉큼한 사람들도 기억난다. 어렴풋한 기억이다. 아버지의 행복한 미소와 연신 동의를 표하던 몸짓들, 자전거 임대 점포, 희미한 햇빛을 머금은 밤 9시 반의 해변도 기억난다. 당시에 머물던 방은 지금 방과 달랐다. 더 좋았는지 아닌지는 모르지만 훨씬 아래층이었고 더 넓어서 침대 네 개가 들어가기에도 충분했고 바다와 마주한 넓은 발코니가 있었다. 점심 식사를 마친 오후가 되면 부모님은 그곳에서 오랫동안 카드놀이를 즐겼다. 욕조가 있었는지는 잘 모르겠다. 아마도 해마다 달랐을 것이다. 이 방엔 개인 욕조에 예쁘고 넓은 벽장, 아주 큰 더블 침대, 양탄자를 깐 바닥, 철제 탁자와 대리석 발코니가 있다. 그리고 커튼은 이중으로 되어 있는데 안쪽 커튼은 아주 감촉이 좋은 녹색 천이고 바깥 커튼은 아주 현대적으로 하얗게 칠이 된 나무 커튼이다. 거기에 직접 조명과 간접 조명은 물론 한 번의 터치에 적당한 음량으로 음악을 들려주는 잘 감춰진 스피커도 있다. 델 마르가 발전했다는 데는 의심의 여지가 없다. 차를 타고 마리티모 대로를 지나며 얼핏 보기에도 델 마르가 경쟁에서 뒤처지지 않았음을 알 수 있었다. 기억에 없는 호텔이 보이고 예전에 황무지였던 곳엔 아파트가 들어섰다. 하지만 이 모든 건물들은 투기 때문에 지어졌다. 내일은 프라우 엘제와 얘기도 해보고 마을도 둘러볼 생각이다.

내 삶도 나아졌는가? 물론이다. 잉게보르크를 알게 됐고 이제 그녀와 함께하고 있다. 친구들과도 깊고 흥미로운 우정을 쌓았다. 콘라트 같은 친구만 하더라도 형제나 다름없으며 그는 이 일기도 읽게 될 것이다. 나는 내가 원하는 게 무엇인지 알고 있고 큰 포부도 있다. 나는 경제적으로 독립했고 이젠 성장기 시절에 흔히 느끼던 지루함도 없다. 콘라트는 지루해하지 않는다는 것은 아주 건강하다는 의미라고 했다. 그 말에 따르면 내 건강은 최상인 셈이다. 솔직히 지금이 내 생애 최고의 순간이라고 생각한다.

상당 부분 잉게보르크 덕이다. 그녀를 만난 건 내 생애 최고의 일이다. 그녀의 달콤함과 우아함 그리고 나를 바라보는 부드러움 덕분에 나는 나의 일상적 업무와 나를 시기하는 자들이 만든 시련들 속에서 균형을 잡을 수 있었고 이로써 나의 일에 맞서고 이겨 낼 수 있었다.

우리의 관계는 어디까지일까? 내가 이런 말을 하는 이유는 요즘 젊은 연인들의 관계가 너무 연약하기 때문이다. 깊이 생각하고 싶진 않다. 난 그녀를 사랑하고 보호하는 애정을 택할 것이다. 결혼한다면 얼마나 좋을까. 내 모든 삶을 잉게보르크와 함께하는 것, 그보다 더 센티멘털한 게 있을까?

시간이 해결해 주리니. 지금 그녀의 사랑은……. 시 쓰기는 관두자. 휴가지만 일도 해야 하니 말이다. 게임판을 펼치려면 프라우 엘제에게 큰 탁자나 작은 탁자 두 개를 부탁해야 한다. 새로운 게임에서 펼쳐질 여러 가능성과 다양한 대안적 전개들을 생각하는 것만으로도 지금 당장 게임을 시작하고 싶은 심정이다. 하지만 지금 그럴 생각은 없다. 그냥 잠시만 더 글을 쓰고 싶다. 긴 여행이었던 데다 잉게보르크와의 첫 휴가라는 기대와 10년 만에 델 마르를 다시 밟는다는 설렘 때문에 어제 한숨도 못 잤으니 말이다…….

내일은 테라스에서 아침을 먹어야겠다. 몇 시쯤일까? 잉게보르크는 늦잠을 자겠지. 아침 식사 시간이 정해져 있었나? 기억나지 않는다. 없었던 것 같다. 어찌 됐든 늘 어부와 여행자가 북적이던 마을 안쪽의 오래된 카페에서는 아침을 먹을 수 있을 것이다. 부모님을 따라 델 마르와 그 카페에서 끼니를 해결하곤 했는데, 문을 닫았을까? 10년이면 강산도 변한다는데. 아직 영업 중이면 좋겠다.

8월 21일

 프라우 엘제와 두 번 얘기를 나눴다. 기대만큼 만족스러운 만남은 아니었다. 처음 본 건 오전 11시쯤 이었다. 정리할 게 있어 잉게보르크를 해변에 남겨 두고 호텔로 돌아왔을 때였다. 프라우 엘제는 프런트에서 덴마크인들을 응대하고 있었다. 여행 가방과 자랑스럽게 드러낸 완벽한 구릿빛 피부로 보아 체크아웃 중인 듯했다. 그들의 아이들은 프런트 복도에서 커다란 멕시코풍 밀짚모자를 질질 끌고 다녔다. 내년에 다시 보자는 인사로 배웅이 끝나는 걸 보고 그녀에게 갔다. 우도 베르거입니다. 감격의 미소를 지으며 손을 내밀었다. 빈말이 아니라 그 순간 가까이에서 본 프라우 엘제는 훨씬 아름다웠고, 최소한 사춘기 시절의 기억 속 모습만큼이나 불가사의한 여인 같았다. 하지만 그녀는 나를 알아보지 못했다. 나는 내가 누구인지, 내 부모가 누구인지, 여름이면 이 호텔에 얼마나 자주 왔었는지 5분 정도 설명해야 했고, 그도 모자라 말하지 않는 편이 나았을 지난 이야기를 세세히 그려 가며 기억을 더듬어야 했다. 프런트 앞에 서서 얘기를 나누는 내내 수영복을 입은 손님들이 (나는 셔츠 몇 장과 샌들 몇 개뿐이다) 드나들며 그녀의 기억을 되살리려는 나를 계속 방해했다. 마침내 그녀가 말했다. 아, 베르거 가족. 뮌헨에서 왔던? 아니요, 로이틀링겐이죠. 내가 정정했다. 뭐 지금은 슈투트가르트에 살지만. 그렇군요. 그녀는 내 어머니가 아주 매력적인 분이라고 했고 아버지와 지젤 이모도 기억했다. 많이 컸네요, 남자가 다 됐어요. 조금은 소심해 보이는 그녀의 말투에, 뭐라 적절히 설명하긴 어렵지만, 불편해졌다. 얼마나 머물 건지 또 마을이 많이 변하지 않았느냐고 내게 물었다. 나는 어젯밤 늦게 도착해서 아직 나가 볼 시간이 없었고 델 마르엔 보름 정도 있을 거라고 했다. 그녀가 미소 지었다. 그것으로 대화가 끝나 버렸다. 나는 곧장 방으로 올라왔다. 이유 없이 약간 어지러웠다. 전화를 걸어 탁자 하나를 갖다 달라고 하면서 최소한 1.5미터는 돼야 한다고 못 박았다. 기다리는 사이 이 일기의 첫 장을 읽어 봤다. 갓 시작한 것치고는 나쁘지 않았다. 매일의 일과와 생각을 기록하는 것을 일상적이고 의무적인 혹은 의무에 가까운 실천으로 옮기는 일은, 나 같은 사실상의 독학자가 스스로를 성찰하고, 이미지에 성의 있고 주의 깊게 집중하여 기억을 되살리고, 특히 이미 완성된 것 같지만 실제로는 하나의 기질로 발전할 수도 그렇지 않을 수도 있는 씨앗에 불과한 자신의 감수성을 돌보는 데 도움이 된다는 콘라트의 말은 일리가 있다. 그렇지만 이 일기의 애초 목적은 훨씬 실용적인 데 있다. 글쓰기를 연습함으로써 갈수록 많아지는 전문 잡지에 실릴 내 글이 불완전한 문장과 비문 때문에 그 성과가 실추되지 않도록 하는 것이다. 내 글은 최근에 비난의 대상이 됐는데, 독자의 불만스러운 편지가 투고되기도 했고 담당자들이 내 글을 수정하거나 삭제하기도 했다. 훤히 드러나는 교열 앞에서는 내 항변도, 챔피언이라는 내 지위도 쓸모가 없었다. 교열 내용은(자기네들은 아주 글을 잘 쓴다는 듯) 내 글의 문법적 결함에 대한 것이었다. 다행히도 늘 그런 것은 아니었다. 어떤 잡지사는 내 글을 받고 두세 문장을 삭제할 수도 있다는 내용을 적어 정중히 회신했지만 얼마 후 아무 문장도 삭제하지 않고 인쇄하기도 했다. 또 어떤 잡지사는 아첨을 해댔는데, 콘라트는 그걸 베르거식 출판이라고 했다. 사실 나는 슈투트가르트의 일부 출판사와 허영심 많은 쾰른의 몇 사람과 문제가 있을 뿐이다. 내가 자기네 요구를 현란하게 거절한 적이 몇 번 있다는 이유로 아직도 나를 용서하지 않고 있다. 슈투트가르트엔 잡지사가 세 개 있는데 모두 내 글을 실은 바 있다. 거기서 발생한 문제는 다들 말하듯 늘 있는 일이었다. 쾰른에는 잡지사가 하나밖에 없지만 그래픽 질이 좋고 전국에 배포되며, 빼놓을 수 없는 게, 가볍게 여길 수 없을 만큼의 보수를 지불한다. 게다가 작지만 전문적인 편집 위원회가 제공되는 사치를 누릴 수 있다. 그들이 잘하든 말든 — 내가 보기엔 개판이지만 — 그건 별도의 문제다. 나는 쾰른에서 두 편의 에세이를 냈는데, 첫 에세이 「벌지에서 이기는 방법」이 이탈리아어 번역으로 밀라노의 한 잡지에 게재됐다. 그 일로 친구들의 찬사를 받았으며 밀라노의 마니아들과도 직접적인 소통의 장이 마련되었다. 말했듯이, 이 두 에세이는 지면 부족과 문체 수정을 이유로 가벼운 교열과 사소한 수정이 있긴 했지만 문장이 통째로 삭제되어 실리진 않았다. 그러면서도 내가 요청한 도해를 모두 넣어 주다니! 교정을 책임진 인간에 대해선 알고 싶지도 않았고 통화조차도 하기 싫었으며, 그런 사람의 존재 자체마저 의심스러웠다. (그의 이름은 잡지에 나오지 않는다. 누군지 모를 이 교정 담당자의 배후에서 편집 위원회가 필자와 싸워 주는 게 분명했다.) 세 번째 글에서 올 것이 오고야 말았다. 다급한 요청에 글을 써줬는데 아무렇지 않게 글을 싣지 않겠다고 한 것이다. 참는 데도 한계가 있었다. 게재 불가 통보를 받은 지 몇 시간 지나지 않아 편집장에게 전화를 걸어 그런 결정에 대한 우려와 편집 위원회가 내 시간을 헛되게 한 것에 불쾌감을 표명했다. 불쾌하다는 건 거짓말이다. 나는 게임과 관련된 문제를 해석하는 일에 시간을 낭비했다고 생각하지 않을뿐더러, 유독 관심이 가는 전투의 특정 양상을 고민하며 글을 쓰는 시간이라면 더더욱 그렇다. 나는 편집장이 줄줄이 쏟아 낸 욕설과 협박에 당황하지 않을 수 없었다. 몇 분 전만 해도 그 잘난 오리 주둥이에서 그런 말이 나오리라고는 상상도 못 했다. 나는 전화를 끊기에 앞서 — 결국 전화를 먼저 끊은 사람은 편집장이었지만 — 만나기만 하면 코뼈를 부숴 버리겠다고 했다. 그에게 들은 욕설 중에 내게 가장 상처가 됐던 건 내 문학적 자질이 보잘것없다는 것이었다. 가만 생각해 보면 그 불쌍한 인간이 분명 실수한 거다. 그게 아니고서야 독일을 비롯해 몇몇 외국 잡지사들이 왜 내 글을 계속 싣겠는가? 내가 렉스 더글러스, 니키 파머, 데

이브 로시의 편지를 받는 이유가 뭐겠는가? 단지 내가 챔피언이라서? 그런 점에서 나는 그 일을 위기로 생각지 않는다. 이에 대해 콘라트가 종지부를 찍었다. 그는 퀼른 놈들은 무시하고(거기에선 잡지사와 아무런 연이 없는 하이미토만 괜찮은 사람이라며), 앞날을 위해 하루 일을 기록하고 흩어진 생각을 정리하는 최선의 방법이라며 일기를 쓰라고 권했다. 그리고 그게 내가 하려는 일이다.

그런 생각에 빠져 있을 때 소녀나 다름없는 종업원이 노크를 하고 들어와 말도 안 되는 뚝일어 몇 마디를 허둥지둥 내뱉었는데 — 사실 그녀의 말 중 독일어는 〈아니요〉라는 단어가 전부였다 — 잠시 생각하고 나서야 나는 탁자가 없다는 말이라는 걸 알았다. 나는 꼭 탁자가 있어야 하며 아무 거나 되는 게 아니라 길이가 최소한 1.5미터는 돼야 하는데 그게 안 된다면 75센티미터짜리 탁자 두 개를 즉시 가져다 달라고 스페인어로 말했다.

소녀는 최선을 다하겠다고 말하고 돌아갔다. 잠시 후, 소녀는 마흔 즈음의 남자를 데리고 왔는데 그는 지난밤에 옷을 입고 잤는지 주름 잡힌 갈색 바지에 옷깃이 지저분한 흰색 셔츠를 입고 있었다. 남자는 실례한다는 말도 인사도 없이 들어와서는 탁자를 어디에 쓸 거냐고 물으며 턱으로 방에 비치된 탁자를 가리켰다. 하지만 그건 내가 쓰기엔 너무 작고 낮았다. 대답하고 싶지 않았다. 내가 말이 없자 방 하나에 탁자 두 개를 둘 수 없다고 설명했다. 내가 자기 말을 이해하는지 확신이 없었는지 가끔씩 임산부를 묘사하는 것 같은 손짓을 했다.

계속된 팬터마임이 살짝 지겨워진 나는 탁자 위에 있

던 물건을 전부 침대에 쏟아붓고는 이걸 가져가는 대신 내가 원하는 규격의 탁자를 달라고 했다. 남자는 꿈쩍도 하지 않았다. 놀란 눈치였다. 반대로 소녀는 내게 다정히 미소 지었다. 나는 그 즉시 내 손으로 탁자를 복도에 내놓았다. 남자는 원하는 탁자를 찾기가 쉽지 않을 거라는 말을 남기고 돌아갔다. 나는 미소로 힘을 실어 줬다. 노력해서 안 되는 건 없다.

잠시 후 프런트에서 전화가 왔다. 누군지 모를 목소리가 내가 요청한 탁자가 없다고 독일어로 알려 주면서 이렇게 물었다. 손님 객실에 갔던 직원을 다시 보내 드릴까요? 당신은 누구냐고 되물었다. 프런트 직원 누리아입니다. 상대편에서 말했다. 나는 아주 호소력 짙은 어조로 내가 휴가 때도 일을 하는데 그러려면 어쩔 수 없이 탁자가 필요하다며 지나친 요구가 아니라면 호텔의 모든 방에 비치된 규격화된 탁자가 아니라 그것보다 더 높고 긴 탁자를 준비해 달라고 그녀에게 말했다. 무슨 일을 하시나요, 베르거 씨? 누리아가 물었다. 그게 무슨 상관이죠? 제가 요청한 탁자를 보내라고 지시만 하세요. 그럼 되잖아요. 프런트 직원은 말을 더듬으며 가는 목소리로 알아보겠다고 하고는 서둘러 전화를 끊었다. 순간 기분이 나아진 나는 침대에 누워 큰 소리로 웃었다.

프라우 엘제의 목소리가 나를 깨웠다. 옆에 서서 범상치 않은 강렬한 눈으로 근심 어린 듯 나를 바라보고 있었다. 이내 내가 잠들어 버렸다는 사실을 깨닫고는 창피했다. 셔츠를 입고 있었는데도 벌거벗은 느낌이 들어 덮을 것을 찾아 손을 움직였다. 아직 잠이 덜 깬 척 아주 천천히. 인기척도 없이 어떻게 들어온 거죠? 호텔 마스터키가 있다고 이렇게 막 써도 되는 건가요?

아픈 줄 알았어요, 그녀가 말했다. 프런트 직원을 당황하게 한 건 이미 아시죠? 그 직원은 호텔 규정을 따를 뿐이니 손님들의 모욕을 받을 이유가 없어요.

「어떤 호텔이든 피할 수 없는 일이죠.」 내가 말했다.

「제가 하는 일에 대해 저보다 더 잘 알고 계신가 보죠?」

「아니요, 전혀.」

「그러면?」

나는 프라우 엘제의 완벽한 얼굴선에서 눈을 떼지 못한 채 사과의 말을 몇 마디 중얼거렸다. 내가 유발한 상황이 재미있다는 듯 그녀의 얼굴에 가벼운 조롱의 미소가 번지는 것 같았다.

그녀 뒤로 탁자가 보였다.

나는 몸을 일으켜 침대에 무릎을 꿇고 섰다. 그녀는 내가 탁자를 볼 수 있게 몸을 비켜 주는 척도 하지 않았지만 그 탁자가 내가 원하던 규격이라는 걸 알 수 있었다. 마음에 드셨으면 좋겠네요. 남편의 어머님이 쓰시던 건데 이걸 찾으러 지하실까지 내려갔어요. 그녀의 목소리에 빈정거림이 묻어났다. 작업하는 데 쓰실 수 있겠어요? 여름 내내 일할 생각인가요? 제가 당신처럼 창백하다면 하루 종일 해변에서 지낼 거예요. 나는 정확히 그 두 가지 일, 해변도 즐기고 일도 할 거라고 말했다. 밤에 디스코텍은 안 가나요? 여자 친구가 클럽을 좋아하지 않나요? 그런데, 그분은 어디 있죠? 해변에요. 내가 말했다. 아주 똑똑하시네요. 시간 낭비 하지 않는 걸 보니. 프라우 엘제가 말했다. 괜찮으시면 오후에 소개해 드리죠. 내가 말했다. 어쩌죠, 제가 할 일이 많아서요. 종일 사무실에 있어야 할 것 같네요. 인사는 다음에 하죠. 그녀가 말했다. 웃음이 나왔다. 갈수록 흥미로운 여자였다.

「당신도 일 접고 해변에 나가는 게 어때요?」 내가 말했다.

그녀는 직원들을 최대한 배려해 달라는 말을 남기고 돌아갔다.

나는 자연광을 받기에 최적의 자리인 창가에 탁자를 놓았다. 그리고 발코니에 나가 해변을 오랫동안 바라보며 일광욕 중인 반나체의 사람들 속에서 잉게보르크를 찾았다.

점심은 호텔에서 먹었다. 잉게보르크의 피부가 뻘겋게 타 있었다. 심한 금발이라서 갑자기 햇빛을 많이 쐬는 건 좋지 않다. 일사병에 걸리지 않아야 할 텐데. 그건 끔찍한 일이다. 방에 올라가자 그녀는 탁자가 어디서 났느냐고 물었다. 나는 탁자에 앉아서는 침대에 평화롭게 기대 있는 그녀에게 게임판을 펼치려고 전에 있던 탁자를 큰 것으로 바꿔 달라고 했다고 설명했다. 잉게보르크는 말없이 날 쳐다봤지만 그녀의 눈에서 비난의 눈초리를 알아챘다.

그녀는 어느 순간 잠들어 있었다. 잉게보르크는 눈을 반쯤 뜨고 잔다. 나는 종종걸음으로 일기장을 들고 와서 일기를 쓰기 시작했다.

안티구오 이집트라는 디스코텍에 갔다. 저녁은 호텔에서 먹었다. 잉게보르크는 시에스타를 즐기며(스페인 관습을 어쩌나 빨리 습득하는지!) 잠꼬대를 했다. 침대,

엄마, 고속 도로, 아이스크림 같은 제각각의 단어들이었다. 그녀가 잠에서 깨자 둘이서 마리티모 대로를 오가는 사람들에 뒤섞여 산책을 했지만 마을까지 들어가진 않았다. 우리는 대로의 옹벽에 앉아 얘기를 나눴다.

저녁 식사는 가볍게 했다. 잉게보르크는 옷을 갈아입었다. 흰색 원피스에 굽 높은 흰색 구두를 신고 진주 목걸이를 찼다. 미리 손보지 못한 머리는 끈으로 묶었다. 그녀보다 우아하진 않겠지만 나도 흰색 옷으로 차려입었다.

디스코텍은 캠핑장에 있는데 디스코텍과 햄버거 가게, 식당이 그곳에 모여 있다. 10년 전엔 두 개의 캠핑장과 기찻길로 이어지는 소나무 숲이 있었다. 이젠 마을에서 가장 중요한 관광 지구가 된 것 같았다. 바다를 따라 이어진 해안 도로에서 들려오는 떠들썩한 소리는 대도시의 러시아워에 비길 만했다. 차이가 있다면 이곳의 러시아워는 밤 9시에 시작해서 새벽 3시까지 계속된다는 점이다. 인도에는 각양각색의 사람들이 들끓고 백인, 흑인, 아시아계, 인디오, 메스티소 같은 세계 각지 사람들로 북적인다. 물론 이들 모두가 휴가를 온 건 아니지만 온갖 인종이 여기서 휴가를 보내기로 약속이라도 한 것 같다.

화려하게 꾸민 잉게보르크와 디스코텍에 들어가자 사람들이 감탄의 눈빛으로 우리를 힐긋거렸다. 그녀를 향한 감탄이며 나를 향한 시샘일 것이다. 난 그런 시샘은 금방 알아챈다. 어쨌거나 거기에 오래 머물 생각은 없었다. 그런데 불행히도 독일인 연인 한 쌍이 금세 우리 테이블에 합석했다.

사정은 이랬다. 나는 미치도록 춤을 좋아하는 건 아니지만 종종 춤을 춘다. 잉게보르크를 만난 후엔 더 자주 췄다. 하지만 춤을 추려면 분위기에 젖기 위해 먼저 술을 두어 잔 해야 하고 보통 조명이 어두운 곳에 모르는 사람들과 있다는 낯선 느낌을, 이렇게 말해도 될지 모르지만, 소화해야 한다. 반대로 잉게보르크는 스스럼없이 홀로 춤추러 나간다. 노래가 두세 번 바뀔 동안 플로어에서 춤을 추다 테이블로 돌아와 술을 한 모금 마시고 다시 플로어로 나가는 식으로 지칠 때까지 밤새 놀 줄 안다. 내겐 벌써 익숙한 일이 됐다. 그녀가 자리를 비우면 나는 일 생각도 하고 잡생각도 하고 스피커에서 나오는 멜로디를 아주 낮은 소리로 따라 부르거나 나를 둘러싼 사람들과 개성 없는 군중들의 암울한 운명을 생각하기도 한다. 잉게보르크는 가끔씩 내 입장은 생각도 안 하고 내게 와서 키스한다. 어떤 때는 북새통이 된 플로어에서 몇 마디 나누지 못했으면서도 새로 알게 된 여자나 남자를 데려오는데, 오늘 밤엔 독일인 커플을 데려왔다. 피서객이라는 같은 조건에서 나온 이야기들은 우정 비슷한 뭔가가 생기기에 충분하다.

카를과 — 찰리라고 불러 주길 바라지만 — 한나는 오버하우젠에서 왔다. 한나는 카를이 기술자로 있는 회사에서 비서로 일한다. 둘 다 스물다섯이다. 한나는 이혼녀다. 세 살배기 아들이 있고 어렵겠지만 찰리와 결혼할 생각이다. 호텔로 돌아올 때 잉게보르크가 화장실에서 한나에게 들은 이야기를 해줬다. 찰리는 모든 스포츠를 좋아하지만 그중에서도 축구와 윈드서핑을 좋아해서 오버하우젠에서 서핑 보드를 가져왔는데 그 보드가 굉장하다고 한다. 한편, 잉게보르크와 한나가 플로어에 있을 때 찰리가 나한테 좋아하는 운동이 뭐냐고 물었다. 나는 달리기를 좋아한다고 했다. 혼자 달리기.

두 사람은 술을 꽤 많이 마셨다. 사실 잉게보르크도 마찬가지였다. 그런 상태에서 다음 날을 기약하는 건 쉬운 일이다. 그들은 우리 호텔에서 멀지 않은 코스타 브라바 호텔에 머물고 있었다. 정오에 해변에 있는 페달보트 대여점에서 만나기로 약속했다.

새벽 2시경에 나왔다. 나가기 전에 찰리가 마지막 잔을 샀다. 행복해하며 내게 말하길 이곳에서 10일이 지났는데 아직 누구와도 친해지지 못했고 코스타 브라바엔 영국인만 득실대는 데다 바에서 만난 독일인은 그다지 사교적이지 않거나 남자만 우글대서 한나가 혼자였다고 했다.

돌아가는 길에 찰리가 노래를 불렀는데 한 번도 들어본 적이 없는 노래였다. 대부분 낯 두꺼운 노래에 몇 곡은 객실에서 한나와 하려는 일에 대한 가사였는데, 적어도 가사는 자기가 쓴 모양이었다. 한나는 잉게보르크와 팔짱을 끼고 조금 앞서 걸어가다 가끔씩 박장대소하며 그의 노래에 갈채를 보냈다. 잉게보르크 역시 웃어 댔다. 나는 순간적으로 잉게보르크가 찰리의 품에 안기는 상상에 아찔해졌다. 위장이 주먹만 하게 쪼그라드는 느낌이었다.

마리티모 대로의 신선한 바람이 나를 깨웠다. 사람은 거의 없었다. 여행객들은 비틀거리며 혹은 노래를 부르며 호텔로 돌아갔고 이따금씩 자동차만 이쪽저쪽으로 천천히 지나갔다. 마치 세상 모두가 기진맥진하거나 아파서 이제 문 닫힌 방과 침대로 흘러가려 애쓰는 것 같았다.

코스타 브라바에 이르자 찰리가 자신의 보드를 굳이 보여 주겠다고 했다. 보드는 호텔 노천 주차장에 있는 자동차 루프랙에 고무 끈으로 고정돼 있었다. 어때? 그가 물었다. 특별한 건 없었다. 수많은 보드 중에 하나일 뿐이었다. 나는 윈드서핑에 대해 아는 게 없다고 털어놨다. 괜찮다면 내가 가르쳐줄게. 그가 말했다. 조만간 알게 되겠지. 나는 어떤 약속도 하지 않았다.

헤어질 때가 되자 한나가 우리더러 호텔에 가지 말라고 억지를 부렸다. 작별 인사가 조금 더 길어졌다. 보기보다 더 취해 있던 찰리는 자기들 방으로 올라가자고 고집 부렸다. 한나와 잉게보르크는 헛소리라며 웃었지만 난 아무 반응도 하지 않았다. 마침내 자러 가는 게 좋겠다고 찰리를 설득했는데, 그 순간 찰리가 해변 어딘가를 가리키고는 그곳을 향해 달려가더니 어둠 속으로 사라져 버렸다. 맨 먼저 한나가 — 그녀는 분명 이런 상황에 익숙할 것이다 — 뒤이어 잉게보르크가 달려갔고, 별로 내키지 않았지만 나도 뒤를 따랐다. 이내 우리는 마리티모 대로의 불빛을 등지고 있었다. 해변에는 바닷소리만 들렸다. 멀리 왼쪽으로 항구의 불빛이 보였는데 언젠가 아침 일찍 아버지와 물고기를 사러 갔다가 허탕쳤던 곳이었다. 그 당시엔 오후에 장이 섰다.

찰리를 불렀다. 그 밤에 들리는 거라곤 우리의 고함 소리뿐이었다. 한나는 실수로 물에 빠져 무릎까지 바지가 젖었다. 실크 바지라서 바닷물에 상할 거라며 저주를 퍼부을 즈음 찰리의 대답이 들렸다. 그는 우리와 마리티모 대로 사이에 있었다. 어디 있어, 찰리? 한나가 소리쳤다. 여기야, 여기. 내 목소리를 따라와. 찰리가 말했다. 우리는 다시 호텔 불빛이 비치는 곳으로 갔다.

「페달보트 조심해.」 찰리가 말했다.

심해 동물 같은 페달보트들이 해변을 뒤덮은 어스름 속에 검은 섬처럼 보였다. 찰리는 헝클어진 머리에 셔츠를 풀어헤치고 그 희한한 탈것의 바닥판에 앉아 우릴 기다리고 있었다.

「그냥 내일 만날 곳을 우도한테 정확히 보여 주려고.」 한나와 잉게보르크가 그의 유치한 행동과 우리를 걱정시킨 것을 나무라자 찰리가 말했다.

둘이서 찰리를 일으키는 사이 나는 페달보트를 살펴봤다. 내 관심을 끈 게 정확히 뭐였는지는 모르겠다. 아마도 스페인 그 어디서도 보지 못한 정리 방법에 호기심이 일었던 것 같다. 물론 스페인이 질서정연한 나라는 아니다. 페달보트는 불규칙한 데다 그리 효율적이지 않은 방법으로 배열돼 있었다. 페달보트를 취급하는 사람이라면 요상한 변덕을 부리더라도 누구든 종횡으로 서너 개씩 바다를 등지게 정렬해 두는 게 보통이다. 물론 바다 쪽을 향에 놓아두거나 한 줄로 길게 늘어놓기도 하고, 정렬하지 않고 마리티모 대로와 해변을 가르는 옹벽까지 끌어다 놓는 사람들도 있다. 그런데 그곳의 페달보트들은 그 모든 종류의 배치를 벗어나 있었다. 대부분 비스듬히 항구 쪽이나 캠핑장 쪽을 향해 밤송이처럼 정렬되어 있긴 했지만 몇 개는 바다 쪽으로 또 몇 개는 대로 쪽을 향하고 있었다. 그런데 신기한 건 두 개가 포개진 것도 몇 개 있었는데 단 하나의 바닥판 위에서도 균형이 잡혀 있었고, 바닥판과 날개는 위로 향하고 좌석은 모래 속에 처박힌 채 완전히 뒤집힌 것도 있었다. 그 모양새가 유별날 뿐만 아니라 상당한 물리력을 요하는 것이어서, 그것의 기묘한 대칭이나 낡은 천으로 반쯤 덮어둔 의도를 눈치채지 못했다면, 한밤중에 해변을 휘젓고 다니는 불량배 무리가 만든 작품으로 보였을 것이다.

물론 찰리도, 한나도 잉게보르크도 페달보트가 이상하다고는 생각지도 못했다.

호텔에 돌아와서 잉게보르크에게 찰리와 한나의 인상이 어떠냐고 물었다.

좋은 사람들이지. 그녀가 말했다. 나는 전적으론 아니지만 그 말에 수긍했다.

8월 22일

라 시레나 바에서 아침을 먹었다. 잉게보르크는 우유를 넣은 차 한 잔에 계란 프라이 한 접시, 베이컨 두 장, 달콤한 콩 약간에 얇게 썬 토마토가 나오는 영국식 아침 메뉴를 골랐다. 전부해서 350페세타[2]였는데 호텔보다 상당히 싼 가격이었다. 바 테이블 뒷벽에는 빨간 머리에 금빛 피부의 나무 인어가 있었다. 천장에는 여전히 낡은 그물이 걸려 있었다. 그걸 빼곤 죄다 변해 있었다. 종업원과 바텐더 아가씨는 젊었다. 10년 전엔 갈색 피부에 주름이 많은 할아버지와 할머니가 계셨는데 부모님과 담소를 나누시곤 했다. 그분들에 대해 물어보진 않았다. 물어봐야 뭐하겠는가? 지금 일하는 사람들은 카탈루냐어를 쓰는데.

약속했던 페달보트 근처에서 찰리와 한나를 만났다. 자고 있었다. 옆자리에 매트를 깔고 그들을 깨웠다. 한

---

[2] 유로화 이전의 스페인 화폐 단위.
[3] 바게트 속을 다양한 재료로 채워 만든 스페인식 샌드위치.

나는 바로 일어났지만 찰리는 헛소리를 주절거리더니 계속 잤다. 엿 같은 밤을 보냈다고 한나가 말했다. 그녀는 찰리가 술을 마시면 끝장을 보는 성격에 지나치게 건강과 몸을 함부로 한다고 했다. 한숨도 안 자고 아침 8시에 윈드서핑을 하러 갔다는 얘기도 했다. 찰리의 가슴팍 옆에 진짜로 보드가 놓여 있었다. 뒤이어 한나가 잉게보르크와 태닝 크림을 나눠 바르더니 잠시 후엔 둘 다 해를 등지고 엎드린 채 오버하우젠에 사는 어떤 사업가 얘기를 했는데, 진지하게 접근한 그에게 한나가 그저 〈친구로 대했다〉는 내용이었다. 그들의 얘기를 알아들을 수 없어서 지난밤 호기심을 자극하던 페달보트에 눈을 돌렸다.

해변에 남은 페달보트는 그다지 많지 않았다. 이미 대여한 대부분이 고요하고 짙푸른 바다에서 천천히 흔들리며 미끄러지고 있었다. 물론 아직 대여하지 않은 페달보트는 전혀 주의를 끌지 못했다. 낡은 데다가 다른 대여점 페달보트에 비해 오래된 모델이었다. 심하게 칠이 벗겨진 페달보트의 갈라진 표면 위로 햇빛이 쏟아졌다. 모래에 박힌 몇 개의 기둥에 연결된 밧줄이 피서객들과 페달보트 영역을 가르고 있었는데 그 높이가 바닥에서 30센티미터도 채 되지 않았고 어떤 기둥은 쓰러지기 일보 직전까지 기울어 있었다. 해변에 있던 임대업자가 보였다. 그는 페달보트 주위에서 물장구를 치는 아이들이 머리라도 부딪칠까 조심하면서 한 무리의 손님이 바다로 나가는 걸 도와주고 있었다. 손님들은 여섯 명 정도 됐는데 캔 맥주와 보카디요[3]가 들어 있을 법한 비닐봉지를 들고 페달보트에 올라타서 해변을 향해 작별의 손짓을 하거나 즐거워하며 박수를 쳤다. 보트가 아이들이 노는 곳을 빠져나가자 임대업자가 물 밖으로 나오더니 우리 쪽으로 다가왔다.

「가엾기도 해라.」 한나의 말이 들렸다.

누구한테 하는 말이냐고 물었다. 잉게보르크와 한나가 몰래 한번 보라고 했다. 임대업자는 갈색 피부에 머리가 길고 근육질이었지만 그의 몸엔 눈에 확 띄는 화상 자국이 보였는데 — 햇볕에 탄 게 아니라 불에 탄 자국 — 얼굴과 목, 그리고 가슴 대부분이 그랬고 구운 고기나 사고 난 비행기 파편처럼 검고 울퉁불퉁한 자국이 아주 뚜렷했다.

솔직히 나는 그 또한 우릴 보고 있다는 걸 알아챌 때까지 순간적으로 최면에 걸린 것 같았다. 나는 그의 무관심한 표정과 냉담함에 금세 불쾌해졌다.

그 뒤로 나는 그를 보려 하지 않았다.

한나는 자기가 그런 화상을 입는다면 자살할 거라고 했다. 한나는 예쁜 아가씨다. 파란 눈에 머리는 밝은 갈색이고 가슴은 — 한나도 잉게보르크도 비키니를 입지 않는다 — 크고 예쁘다. 난 그녀가 화상을 입고 소리치며 호텔 방을 뛰어다니는 모습을 별생각 없이 상상해 봤다. (왜 하필 호텔 방이었을까?)

「태어날 때부터 그랬는지도 모르지.」 잉게보르크가 말했다.

「그럴 수도 있지, 이상한 일 많잖아.」 한나가 말했다. 「찰리는 이탈리아에서 태어날 때부터 손이 없는 여자도 만났대.」

「진짜?」

「정말이야, 걔한테 물어봐. 같이 잠도 잤대.」

한나와 잉게보르크가 깔깔거렸다. 나는 가끔 잉게보르크가 어떻게 그런 말에 즐거워하는지 이해할 수 없다.

「엄마가 임신 중에 화학 약품을 먹었는지도 모르지.」

잉게보르크가 손 없는 여자를 말하는 것인지 페달보트 빌려 주는 사람을 말하는 것인지 알 수 없었다. 아무튼 난 그녀가 잘못 알고 있다고 지적했다. 그렇게 상처 난 피부를 갖고 태어나는 사람은 없다. 어쨌거나 최근에 화상을 입은 게 아니라는 건 의심의 여지가 없었다. 화상을 입은 지 5년은 됐을 것이다. 괴물이나 장애인에 대한 관심과 호기심, 그러니까 의도적이지 않은 혐오의 눈길과 불행에 대한 동정을 불러내는 데 익숙한 그의 행동으로 미루어 보면(나는 그를 보지 않았다) 더욱 그렇다. 팔이나 다리를 잃는 것은 자신의 일부를 잃는 것이지만 그런 화상을 입는 것은 다른 사람으로 변하는 것이다.

마침내 찰리가 깨어나자 한나는 그 임대업자가 매력적이라고 말했다. 저 근육 좀 봐! 찰리가 웃어 댔다. 우린 모두 물에 들어갔다.

오후엔 점심을 먹고 게임을 펼쳤다. 잉게보르크, 찰리, 한나는 구시가지에 쇼핑하러 갔다. 점심을 먹을 땐 프라우 엘제가 우리 테이블에 와서 어떻게 지내느냐고 물었다. 그녀는 진솔하고 편안한 웃음으로 잉게보르크와 인사를 나눴지만 나에게는 왠지 빈정거리는 것 같았다. 마치 이렇게 말하는 듯했다. 이제 알겠지, 내가 너의 편의를 위해 일한다는 거 말이야. 널 기억해 두지. 그녀는 잉게보르크가 보기에도 아름다운 여자였다. 잉게보르크는 프라우 엘제가 몇 살이냐고 물었다. 모른다고 했다.

프라우 엘제는 몇 살일까? 그녀가 아주 젊은 나이에 스페인 사람과 결혼했다는 부모님의 얘기를 기억하고 있다. 남편은 아직 보지 못했다. 내가 여기 머물던 마지막 여름에 그녀는 지금의 한나, 찰리 그리고 내 나이인 스물다섯은 됐을 것이다. 그러니 이제 서른다섯쯤일 것이다.

점심시간이 끝나면 호텔은 야릇한 졸음에 빠진다. 해변에 가지 않거나 주변을 산책하지 않는 사람들은 더위에 지쳐 잠을 잔다. 태연하게 바 테이블을 지키는 종업원을 뺀 나머지 종업원들도 사라지는데 오후 6시까지는 호텔 안팎으로 보이지도 않는다. 끈적끈적한 침묵이 모든 객실을 지배한다. 아이들의 맥없는 목소리나 엘리베이터 움직이는 소리만 가끔씩 그 침묵을 깬다. 아이들이 길을 잃은 건 아닌가 하는 생각이 들지만 그게 아니다. 그저 부모들이 말하는 걸 귀찮아할 따름이다.

에어컨으로도 가라앉지 않는 더위만 아니라면 이 시간이 일하기에 가장 좋은 때다. 자연광도 들어오고 오전의 산만함도 진정되고 시간도 많이 남았으니 말이다. 콘라트, 내 멋진 친구 콘라트는 밤을 좋아한다. 그래서인지 심심찮게 다크서클이 어리거나 아주 창백해 보이는데 우리는 그저 잠이 모자라서 그런 것을 병에 걸렸다며 걱정할 때도 있다. 그는 일도 못 하고 생각도 못 하고 잠도 못 자면서도 새로운 게임의 간략한 안내서나 해설은 물론이고 수많은 분석적, 역사적, 방법론적 작업과 몇몇 전투에 대한 최고의 변칙 등 많은 걸 우리에게 선물했다. 그가 없었다면 슈투트가르트의 열기는 지금 같지 않았을 것이다. 마니아도 얼마 없고 수준도 떨어졌을 것이다. 어찌 됐건 그는 우리가 읽어 보지도 못한 책들을 찾아 주고 참으로 다양한 주제로 흥미롭고 열렬하게 얘기해 주는 우리의 — 나, 알프레트, 프란츠 — 수호자다. 그는 야욕이 없는 사람이다. 내가 그를 알게 된 때부터 — 내가 알기로는 그보다 훨씬 이전부터 — 그는 그저 그런 건축 사무소에서 일했는데 그 어떤 직원이나 노동자보다 하잘것없는 자리에서 과거의 사환이나 발로 뛰는 심부름꾼처럼 일했다. 콘라트는 스스로를 발로 뛰는 심부름꾼이라고 부르는 걸 좋아했다. 돈을 벌면 집세를 내고 자기를 거의 가족으로 여기는 싸구려 식당에서 밥을 먹고 아주 가끔 옷을 샀다. 나머지 돈은 게임 구매, 유럽에서 발행되는 잡지 구독, 클럽 회비, 약간의 책(많이 사지는 않았다. 게임 살 돈을 모으려고 보통 도서관을 이용했다), 모든 사람이 예외 없이 참여하는 팬 잡지 자선 기부에 썼다. 콘라트의 너그러움이 없었다면 그 팬 잡지들이 사라졌을 거란 건 말할 필요도 없다. 이 또한 그가 야욕이 없다는 걸 보여 준다. 적어도 그 팬 잡지들 중 몇몇은 조용히 사라져야 한다. 그것들은 엄정한 육각 게임판보다 컴퓨터 게임이나 역학 놀이에 경도된 작자들이 만들어 낸 쓰레기 복사본이다. 그런데 콘라트는 그것도 개의치 않고 그들을 지원하고 있다. 「우크라이나 갬빗」이라는 — 콘라트는 마르크스 장군의 꿈이라 불렀다 — 글을 포함해 그가 쓴 훌륭한 글 중에 상당수가 그 잡지에 게재되었는데, 그가 그런 부류의 잡지를 위해 일부러 써준 것들이다.

역설적이게도 나더러 인쇄 부수가 많은 잡지사에 글을 내보라고 한 사람도 그였고 반(半)직업적으로 활동하라고 고집스레 설득한 사람도 그였다. 그는 내가 『프런트 라인』, 『주 드 시뮬라시옹』, 『스톡케이드』, 『카수스 벨리』, 『더 제너럴』 등과 접촉할 수 있도록 도와줬다. 콘라트는 — 이걸 계산하느라 오후 나절을 보냈다 — 내가 다수의 월간지와 격월간지, 그리고 계간지를 합쳐 총 열 군데에 정기적으로 글을 내면 유익한 방식으로 현재의 직장을 그만두고 글쓰기에만 전념할 수 있을 거라고 했다. 나보다 힘든 일을 하는 데다 나만큼이나 아니 나보다 글을 잘 쓰면서 너는 왜 그렇게 하지 않느냐고 묻자 자기는 소심한 성격이라서 모르는 사람과 이해관계로 얽히는 게 거북하고, 그런 일을 하려면 영어를 어느 정도 할 줄 알아야 한다고 대답했다. 콘라트의 영어 수준은 그저 읽고 이해하는 정도였다.

우리는 그 기념비적인 날에 꿈의 목적을 설정하고 바로 작업에 착수했다. 우리의 우정은 깊어졌다.

얼마 뒤 슈투트가르트 리그가 시작됐는데 이는 몇 달 후에 시작할 지역 리그(독일 챔피언십에 버금가는) 예선이었다. 우리 둘은 출전하기로 하고 행여 우리끼리 맞붙게 된다면 서로 봐주지 않기로 농담 반 진담 반으로 약속했다. 당시 콘라트는 팬 잡지 『토텐코프』에 「우크라이나 갬빗」을 게재한 직후였다.

첫 경기는 잘 끝났다. 둘 다 그다지 머리 쓸 일 없이 첫 예선을 통과했다. 두 번째 예선에서 콘라트는 마티아스 밀러를 상대했는데 그는 열여덟 살의 슈투트가르트 천재 소년으로 『마르차스 포르사다스』 편집자에, 우리가 알고 있는 가장 손 빠른 게이머에 속했다. 힘든 경기였다. 리그에서 가장 힘든 경기 중 하나였는데 결국 콘라트가 졌다. 그러나 졌다고 해서 상심하진 않았다. 참담한 실패 후 마침내 명확히 깨달은 그는 학자적 열정으로 「우크라이나 갬빗」의 초반 오류와 그것의 은밀한 효과들, 초기에 기갑병과 산악병을 활용하는 방법, 작전 지휘소로 삼을 수 있는 곳과 없는 곳 등을 내게 설명했다. 한마디로 말해 그가 내 고문이 된 것이다.

나는 준결승에서 마티아스 뮐러를 격파했다. 결승에선 콘라트와 나의 친한 친구인 마케티스모 클럽의 프란츠 그라보스키를 상대했다. 결국 나는 슈투트가르트 대표 자격을 얻었다. 이후 나는 퀼른으로 가서 파울 후헬이나 하이미토 게르하르트 같은 사람과 경기를 했는데, 75세의 게르하르트는 독일 전쟁 게임의 최고 노장으로서 그 자체로 마니아의 표본이었다. 함께 간 콘라트는 퀼른에 모인 모든 사람에게 별명을 붙이며 즐거워했지만 하이미토 게르하르트 앞에선 재능과 의지를 잃어버린 채 바짝 얼어 버렸다. 콘라트는 하이미토 얘기가 나오면 그를 노장이나 게르하르트 선생님이라고 불렀다. 그 앞에서는 입도 뻥긋 하지 않았다. 물론 헛소리를 할까 봐 조심한 것이다.

어느 날 그토록 하이미토를 존경하는 이유가 뭐냐고 물었다. 그를 철인으로 생각한다고 대답했다. 그게 다다. 나중엔 웃으면서 녹슨 철인이라고 했지만 어쨌든 철인은 철인이다. 나는 하이미토의 과거 군인 경력 때문이냐고 물었다. 콘라트는 대답했다. 아니야, 그가 게임을 하려는 용기야. 노인들은 그저 텔레비전을 보거나 아내와 산책하며 시간을 보내는 게 보통이다. 하지만 하이미토는 젊은이들이 와글거리는 경기장에 과감하게 들어와 복잡한 게임을 마주한 탁자에 자리를 잡고는 자기를 지켜보는 많은 이들의 비웃는 시선에도 꿈쩍하지 않는다.

콘라트는 이제는 그런 성격에 그런 순수함을 지닌 노인은 독일에서만 볼 수 있다고 했다. 그리고 그런 노인들이 사라져 간다고 했다. 그럴 수도 있고 아닐 수도 있다. 어쨌든, 나중에 알게 된 건데, 하이미토는 탁월한 게이머였다. 나와 하이미토는 챔피언 결정전에 진출할 게임에서 만났다. 유난히 힘든 경기였다. 운이 없게도 가장 약한 부대가 나한테 배정된 불공평한 경기였다. 유럽 포트리스 경기였고 나는 독일군으로 경기를 했다. 우리의 게임을 보던 거의 모든 이들의 예상을 깨고 내가 이겼다.

경기 후, 하이미토가 몇 명을 자기 집에 초대했다. 부인이 보카디요와 맥주를 차려 줬고 늦은 밤까지 계속된 자리는 멋진 이야기로 가득했고 매우 즐거웠다. 하이미토는 보병 352사단 915연대 2대대에서 근무했는데 그 부대 사단장의 지휘력은 내가 게임에서 보여 준 것만큼도 못했다고 딱 잘라 말했다. 그저 치켜세우는 말이었지만 나는 그에게 경기의 열쇠가 기갑 사단의 위치였다고 말해야 했다. 마르크스 장군과 에버바흐 장군,[4] 제5기갑부대를 위해 건배했다. 야회가 거의 끝날 즈음 하이미토는 내가 다음 독일 챔피언이 되리라고 장담했다. 쾰른 그룹의 게이머들이 나를 증오하기 시작한 게 그때부터

---

4 Heinrich Eberbach(1895~1992). 제2차 세계 대전 독일 기갑 부대 상급대장.

인 것 같다. 내 입장에선 그 어떤 것보다 동료를 얻었다는 생각에 행복할 따름이었다.

더불어 챔피언십에서도 우승했다. 준결승전과 결승전은 전격전 리그 경기였다. 아주 균형이 잘 잡힌 게임으로, 지도는 물론 양쪽 군사력도(그레이트 블루와 빅 레드) 가상으로 설정되는데, 양 군이 공히 훌륭하다면 경기가 답보 상태에 빠져 극단적으로 길어질 수도 있다. 내 경우엔 그렇지 않았다. 파울 후헬을 여섯 시간 만에 물리쳤고 결승전에선 상대편이 준우승자임을 선언하고 품위 있게 패배를 인정하게 만드는 데 세 시간 반이 걸렸다. 시간은 콘라트가 쟀다.

쾰른에 하루 더 묵었다. 잡지사에서 원고 청탁이 들어왔고 콘라트는 거리와 교회를 사진기에 담으며 관광을 즐겼다. 아직 잉게보르크를 알기 전이지만 내 인생은 이미 아름다워 보였다. 머지않아 진정 아름다운 인생이 다 가온다는 건 생각지도 못하고 말이다. 당시엔 모든 게 아름다워 보였다. 비록 전쟁 게임 회원 협회가 독일에서 가장 작은 스포츠 협회일지는 모르지만, 어쨌든 난 챔피언이 됐고 그걸 의심하는 사람은 없었다. 태양이 날 위해 빛났다.

쾰른에서의 마지막 날 우리는 훗날 중요한 결과를 낳을 뭔가를 받았다. 우편으로 게임하는 데 열광하던 하이미토 게르하르트가 버스 정류장까지 배웅 나와 콘라트와 내게 플레이-바이-메일 키트를 선물로 준 것이다. 그는 미국 최고 게이머이며 전문 잡지 중 가장 평판이 좋은 『더 제너널』지의 편집인인 렉스 더글러스(콘라트의 우상 중 한 사람)와 서신을 교환하고 있었다. 그는 더글러스를 이겨 본 일이 없다고 털어놓으며(6년 동안 서신으로 3번의 게임을 했다) 나보고 렉스에게 연락해서 경기를 해보라고 권했다. 솔직히 말해 처음엔 그 제안이 그다지 끌리지 않았다. 서신으로 게임을 한다면 하이미토나 내 주변 사람들이 나을 거라 생각했다. 그런데 버스가 슈투트가르트에 당도하기도 전에 렉스 더글러스와 서신으로 경기를 하는 게 얼마나 중요한지 강조하는 콘라트의 설득에 넘어갔다.

잉게보르크는 지금 자고 있다. 잠들기 전 내게 침대에서 나가지 말고 밤새 안아 달라고 했다. 무서우냐고 물었다. 그런 질문은 생각이 아니라 자연스럽게 나오는 것이다. 난 그녀에게 단순하게 물었다. 무서워? 그녀가 그렇다고 대답했다. 왜? 뭐가? 그녀도 몰랐다. 내가 있잖아. 무서울 거 없어. 내가 말했다.

그녀가 잠드는 걸 보고 일어났다. 게임판을 펼쳐 놓은 탁자에 설치한 전등을 빼고는 모든 불이 꺼져 있었다. 오후엔 거의 일을 못 했다. 잉게보르크는 마을에 나가 필리피노라고 부르는 노란빛 돌로 만든 목걸이를 샀는데 젊은이들이 해변이나 디스코텍에 갈 때 건다고 한다. 저녁은 한나, 찰리와 함께 캠핑장에 있는 중국 식당에서 먹었다. 찰리가 술에 취할 즈음 식당을 나왔다. 사실 무의미한 오후였다. 식당은 사람들로 북적이고 날은 더웠다. 종업원은 뻘뻘 땀을 흘렸다. 음식은 괜찮았지만 특별한 건 없었다. 우린 한나와 찰리가 각자 좋아하는 얘깃거리인 사랑과 성에 대해 얘기했다. 한나는 자신이 사랑할 준비가 된 여자라고 했다. 비록 그녀가 사랑을 얘기하면 상대방 입장에선 그녀가 안정과 자동차 브랜드와 가전제품에 대해 말하고 있다는 이상한 느낌이 들지만 말이다. 찰리는 한나와 잉게보르크를 즐겁게 해줄 요량으로 다리, 엉덩이, 가슴, 음모, 목, 배꼽, 괄약근 등에 대한 얘기를 했고 그녀들은 쉴 새 없이 깔깔거렸다. 솔직히 뭐가 그렇게 즐거운지 모르겠다. 어쩌면 신경질적인 웃음일 수도 있다. 나는 딴생각을 하며 조용히 식사했다.

  호텔로 돌아와 프라우 엘제를 봤다. 밤이면 춤추는 곳으로 변하는 식당에 있었다. 무대 옆에서 흰색 정장 차림의 두 남자와 얘기하고 있었다. 잉게보르크는 중국 음식 때문인지 속이 좋지 않다며 바 테이블에 만사니야 차를 주문했다. 거기에 앉아 프라우 엘제를 지켜봤다. 스페인 여자 같은 제스처에 고개를 까딱거리고 있었다. 반면에 흰색 정장 남자들은 꿈쩍도 하지 않았다. 사실 그들이 누군지 관심도 없었다. 물론 그들이 악사가 아니라는 건 알고 있었다. 지난밤 본 악사들은 훨씬 젊었다. 우리가 자리를 뜰 때까지 프라우 엘제는 그 자리에 있었다. 녹색 치마에 검은 블라우스를 입은 그녀는 완벽해 보였다. 흰색 정장 남자들은 미동도 없이 그저 고개를 숙이고 있었다.

8월 23일

   상대적으로 평온한 하루였다. 오전에 아침 식사를 마치고 잉게보르크는 해변으로, 나는 본격적으로 일을 시작하려고 방으로 갔다. 이내 더위 때문에 수영복으로 갈아입고 제법 편안한 안락의자 두 개가 놓인 발코니로 나갔다. 이른 시간인데도 해변은 사람들로 북적였다. 다시 방으로 들어가자 갓 정돈된 침대가 보였다. 욕실에서 소리가 들리는 걸로 보아 객실 종업원이 아직 거기에 있는 듯했다. 내가 탁자를 부탁했던 그 종업원이었다. 이번엔 그다지 어려 보이지 않았다. 햇빛에 익숙하지 않은 동물의 눈처럼 졸린 눈에 얼굴에는 피로가 드리워져 있었다. 나를 마주칠 거라고는 생각하지 못한 게 분명했다. 순간적으로 나는 그녀가 서둘러 나가려 한다는 인상을 받았다. 그녀가 나가기 전에 이름을 물었다. 미소를 지으며 클라리타라고 했지만 왠지 불안해 보였다. 그렇게 웃는 사람은 처음 봤다.
   나는 아주 무뚝뚝하게 잠시 기다리라고 말하고는

1천 페소짜리 지폐를 꺼내 건넸다. 그 가엾은 소녀는 돈을 받아야 하는지, 무슨 이유로 돈을 주는지 몰라 당황하며 날 쳐다봤다. 팁이에요. 그녀에게 말했다. 그러자 놀랄 일이 벌어졌다. 그녀가 신경질적인 사립 학교 여학생처럼 아랫입술을 깨물더니 머리 숙여 영화 「삼총사」에 나올 법한 인사를 하는 것이었다. 나는 어찌해야 할지 그녀의 제스처를 어떻게 이해해야 할지 몰라서 그때까지 쓰던 스페인어가 아니라 독일어로 이제 가도 된다고 말했다. 소녀는 내 말대로 했다. 들어올 때처럼 아주 조용히 나갔다.

남은 오전 시간엔 콘라트가 〈전투 노트〉라고 부르는 것을 쓰면서 전략 도입부의 얼개를 짰다.

12시에 잉게보르크를 보러 해변에 나갔다. 나는 게임판 앞에서 유익한 시간을 보낸 덕분에 기분이 들떠 평소와 다르게 잉게보르크에게 작업 개시에 대해 자세히 설명했지만 그녀는 사람들이 우리 얘기를 듣는다며 말을 막았다.

나는 수천 명이 어깨가 부딪힐 정도로 해변에 북적대는데 사람들이 들을 수밖에 없는 것 아니냐고 대꾸했다.

이내 잉게보르크가 나를, 내가 꺼낸 단어들을(보병, 기갑병, 항공전의 요소, 해전의 요소, 노르웨이 예방 전쟁, 1939년 겨울 소비에트 연방에 기습 공격을 전개할 가능성, 1940년 겨울에 프랑스를 전멸시킬 가능성) 창피해한다는 걸 알았을 땐, 내 발밑에 심연이 열리는 것 같았다.

호텔에서 점심을 먹었다. 후식을 먹고 나자 잉게보르크가 보트를 타러 나가자고 했다. 그녀가 호텔 프런트에서 보트 시간표를 받아 왔다. 이 해수욕장에서 인근 두 마을을 오가는 보트였다. 나는 할 일이 있다면서 거절했다. 오후에 두 번의 첫 수를 시작할 생각이라고 하자 날 쳐다보며 해변에 있을 때 이미 알아봤다고 했다.

뭔가가 우리를 갈라놓고 있다는 생각에 덜컥 겁이 났다.

그것 말고는 지루한 오후였다. 이제 호텔에는 하얀 피부의 관광객이 거의 없다. 여기서 며칠 묵지 않은 사람조차도 우리의 기술로 풍족하게 생산된 태닝 크림과 로션, 그리고 오랜 시간을 해변에서 보낸 덕에 완벽히 그을려 있다. 여태 온전히 자기 피부색을 유지하고 있는 사람은 사실 나밖에 없다. 난 대부분의 시간을 호텔에서 보낸다. 한 노파도 거의 테라스에만 있다. 이게 종업원들의 호기심을 자극하는지 시간이 갈수록 나를 주의 깊게 관찰하고 있다. 조심스레 거리를 유지하는데, 부풀려 말하면 두려워서 그러는 것이다. 탁자 위 보드게임은 놀랄 만한 속도로 진행됐다. 노파와 나의 차이라면, 그녀가 하늘과 해변을 바라보며 조용히 테라스에 머무는 반면 난 해변에 있는 잉게보르크를 보거나 호텔 바 테이블에 맥주를 마시러 몽유병자처럼 계속 방을 들락거린다는 점이다.

이상하게도 난 가끔 부모님과 델 마르에 왔을 때도 그 노파가 여기 있었다고 확신하게 된다. 하지만 10년은 긴 세월이며, 이젠 그녀의 얼굴이 기억나지 않는다. 내가 노파에게 가서 날 기억하느냐고 물어볼 수도 있겠지만……

그런 일은 없을 것이다. 어쨌든 내가 노파에게 다가

갈 수 있을지 모르겠다. 노파에겐 나를 끄는 뭔가가 있다. 하지만 얼핏 봐도 보통 할머니와 다를 게 없다. 뚱뚱하기보다는 마른 편에 주름도 많고 흰옷에 선글라스와 밀짚모자를 쓰고 있다. 난 잉게보르크가 나간 뒤로 발코니에서 노파를 보고 있었다. 노파는 늘 같은 자리에 있다. 인도에 인접한 테라스 모퉁이 자리다. 행복한 관절 인형처럼 커다란 하늘색 파라솔 아래 반쯤 숨은 채 때때로 마리티모 대로를 달리는 차들을 지켜보며 시간을 보낸다. 이상하면서도 즐거운 건 내가 텁텁한 공기를 참지 못해 방을 나갈 때마다 노파가 그 자리에 있다는 것인데, 그건 내가 탁자로 돌아가 작업을 계속할 수 있도록 기운을 북돋아 주는 힘의 원천이 됐다.

그러면 내가 발코니에 나갈 때마다 노파도 나를 봤을까? 나를 어떻게 생각할까? 내가 누구라고 생각할까? 노파가 시선을 올린 적은 없지만 까만 선글라스를 쓰고 있으니 언제 보고 있는지 또 언제 보고 있지 않은지 누가 알겠는가. 테라스 타일 바닥에 비친 내 그림자를 봤을 수도 있다. 호텔엔 사람이 많지 않으니 이따금씩 나타났다 사라지는 청년이 분명 이상해 보였을 것이다. 내가 마지막으로 밖에 나갔을 때 노파는 엽서를 쓰고 있었다. 내 얘기를 하는 건 아닐까? 모르겠다. 하지만 혹여 그랬다면 어떤 관점에서 어떻게 썼을까. 훤칠한 이마에 창백한 청년이라고 했을까. 아니면 사랑에 빠져 안절부절못하는 청년이라고 했을까. 아니면 피부에 문제가 있는 평범한 청년이라 했을까.

모르겠다. 아는 거라곤 내가 산만하게 여기저기 신경을 쓰고 있고 쓸데없는 억측에 혼란스러워한다는 것이다. 무엇 때문인진 모르지만 가끔씩 콘라트는 내가 카를 브뢰거[5]처럼 글을 쓴다고 했다. 그 이상 바랄 게 뭐 있겠나.

콘라트 덕분에 오브레로스 데 라 카사 닐랜드 문학 그룹을 알게 됐다. 카를 브뢰거의 책 『대지의 군인들』을 내 손에 쥐여 준 사람도 콘라트였고, 그 책을 다 읽자 슈투트가르트의 도서관들을 뒤지며 갈수록 어지럽고 힘든 과정을 거쳐 브뢰거의 『벙커 17』, 하인리히 레르슈[6]의 『망치질』, 막스 바르텔[7]의 『격자의 땅』, 게리트 엥겔케[8]의 『신유럽의 리듬』, 레르슈의 『강철 인간』 등의 작품을 찾게 한 사람도 그 친구였다.

콘라트는 우리 조국의 문학을 아는 사람이다. 어느 날 밤 그는 자기 방에서 나를 앞에 두고 2백 명의 독일 작가 이름을 줄줄 읊어 댔다. 나는 그에게 그 작가들을 모두 읽어 봤느냐고 물었다. 그렇다고 대답했다. 특히 괴테를 좋아하고 현대 작가들 중에서는 에른스트 윙거[9]를 좋아한다고 했다. 윙거의 작품 중 두 작품을 늘 다시 읽는데 『내적 체험으로서의 전투』와 『정열과 피』가 그것이었다. 하지만 잊힌 작가들도 무시하지 않았으니 이것

---

5 Karl Bröger(1886~1994). 독일의 노동 작가.
6 Heinrich Lersch(1889~1936). 독일의 노동시인. 나치 치하에서 문학 아카데미 회원으로 활동했다.
7 Max Barthel(1893~1975). 독일의 노동 작가. 제1차 세계 대전에 참전했으며 1920년 소비에트 연방에서 청년인터내셔널 조직의 회원이었다.
8 Gerrit Engelke(1890~1918). 독일의 노동시인.
9 Ernst Jünger(1895~1998). 독일의 작가이자 사상가. 나치를 비난하고 평화와 자유를 역설했다.

이 그의 문학적 열정을 보여 주는 것이었다. 그 뒤로 우리는 닐랜드 그룹을 통해 그 모든 걸 함께했다.

그때부터 새로운 게임의 힘겨운 규칙을 풀어내고 독일 문학의 정점과 심연, 환희와 불행에 빠져 얼마나 수많은 밤을 잠 못 이루고 지냈던가!

내가 말하는 문학은 당연히 피로 쓴 문학이지 플로리안 린덴의 책이 아니다. 잉게보르크의 말에 따르면, 이자의 작품은 갈수록 엉터리라고 한다. 이와 관련해 내가 받은 부당한 대우도 여기에 남겨야겠다. 잉게보르크는 앞서 말한 것처럼 내가 많은 사람들 앞에서 게임이 어떻게 진행되는지 구체적으로 얘기하면 화를 내거나 창피해한다. 반면에 그녀는 아침 식사 중에, 디스코텍에서, 차에서, 침대에서, 저녁 식사 중에, 그도 모자라 전화로도 플로리안 린덴이 해결해야 할 수수께끼를 시도 때도 없이 얘기한다. 난 그녀의 말을 누가 듣는다고 해서 화를 내거나 부끄러워한 적이 없다. 오히려 포괄적이고 객관적으로(쓸모없는 노력이지만) 사건을 이해하려 애쓰고 탐정이 풀어야 할 문제에 논리적으로 타당한 해결책을 제안한다.

멀리 갈 것도 없다. 한 달 전에 난 플로리안 린덴 꿈을 꿨다. 정말 절정의 순간이었다. 그 꿈을 생생하게 기억하고 있다. 추워서 누워 있는 내게 잉게보르크가 말했다. 「방은 단단히 닫혀 있어.」 그때 탐정 플로리안 린덴의 목소리가 복도에서 들려왔다. 방에 독거미가 나타났다고 알려 주면서 방이 〈단단히 닫혀 있다〉 하더라도 우릴 쏘고 달아날 수 있다고 했다. 잉게보르크는 울음을 터트렸고 나는 그녈 안아 줬다. 곧이어 그녀가 말했다.

「그건 불가능해, 플로리안이 이번엔 어떻게 해결할까?」
나는 일어나 주변을 돌며 거미를 찾아 서랍을 살펴봤지만 아무것도 없었다. 물론 숨을 장소는 많았다. 잉게보르크가 소리쳤다. 플로리안, 플로리안, 플로리안, 어떡해 우리? 아무 대답도 없었다. 우리 둘밖에 없다는 걸 우리도 알고 있었다.

그게 전부다. 꿈이라기보다는 악몽이었다. 뭘 의미하는지는 상관없다. 난 악몽을 자주 꾸지 않는다. 사춘기 때는 그랬다. 악몽을 자주 꿨고 그 배경도 아주 다양했다. 하지만 부모님이나 학교 심리 상담사에게 걱정을 끼칠 정도는 아니었다. 사실 난 늘 균형 잡힌 사람이었다.

10년 전 이곳 델 마르에서 꾼 꿈들이 기억난다면 재미있을 것이다. 내가 다른 사춘기 애들처럼 계집애들 꿈을 꾸거나 벌 받는 꿈을 꿨던 건 확실하다. 형은 가끔 꿈 얘기를 했다. 그 자리에 우리 둘만 있었는지 부모님도 계셨는지 기억나지 않는다. 나는 그런 적이 없다. 잉게보르크는 어릴 적에 울다가 잠에서 깬 일이 허다했고, 그러면 누군가 달래 줘야 했다. 두려움과 엄청난 고독을 느끼며 깬 셈이다. 나는 아예 그런 적이 없거나 아니면 기억나지 않을 정도로 가끔 그랬다.

2년 전부터는 게임하는 꿈을 꾼다. 누워서 눈을 감으면 도무지 알 수 없는 게임말이 가득한 게임판이 나타나고 그렇게 조금씩 잠이 든다. 하지만 진짜 꿈은 이런 꿈과 다르다. 진짜 꿈은 기억나지 않는다.

아주 드물지만 잉게보르크 꿈도 꾼다. 그녀는 내가 꾸는 강렬한 꿈의 핵심 인물이다. 얘기하기에도 짧은 꿈이고 대충 봐도 단순한 꿈인데 아마 그게 그 꿈의 미덕

일 것이다. 그녀가 돌 의자에 앉아 유리 빗으로 머리를 빗고 있다. 맑은 금발이 허리까지 내려온다. 날이 저물고 있다. 저 먼 곳에서 흙먼지가 희미하게 피어오른다. 그 순간 나는 그녀 곁에 나무로 된 덩치 큰 개가 있는 걸 알고는 잠에서 깬다. 그녀를 안 지 얼마 되지 않았을 때 꾼 꿈이다. 그녀에게 이 꿈 얘기를 들려주자 그녀는 흙먼지가 사랑을 만났다는 의미라고 했다. 나 또한 그렇게 생각한다고 했다. 우린 행복했다. 슈투트가르트에 있는 디트로이트 디스코텍에서 이 꿈 얘길 들려줬고 그녀도 이해했으니 아마 여전히 기억하고 있을 것이다.

가끔씩 잉게보르크는 깊은 밤에 전화하곤 한다. 그게 날 사랑하는 이유 중 하나라고 했다. 옛 애인들은 그런 전화를 견디지 못했다나. 에리히라는 옛 애인은 새벽 3시에 잠을 깨웠다는 이유로 그녀와 헤어졌다. 일주일 뒤에 화해를 청했지만 잉게보르크가 거절했다. 그녀가 악몽에서 깨어나, 더욱이 혼자 있을 때거나 악몽이 아주 무서웠을 때, 얘기할 누군가가 필요하다는 걸 아무도 이해하지 못했다. 그런 일에 나는 이상적인 사람이었다. 나는 깊이 잠들지 않기 때문에 오후 5시에 전화를 받듯이(이 시간엔 일을 하기 때문에 그런 일은 없다) 금방 통화를 할 수 있다. 밤중에 전화를 걸어도 괜찮다. 늦은 밤 전화가 올 때 가끔은 깨어 있기도 한다.

그녀의 전화에 내가 행복해진다는 건 말할 필요도 없다. 금방 다시 잠드는 데도 전혀 방해되지 않는 평온한 행복이다. 잉게보르크는 전화를 끊으면서 〈세상에서 가장 좋은 꿈 꿔, 사랑해, 우도〉라고 인사해 준다.

사랑스러운 잉게보르크. 누군가를 이토록 사랑해 본

적이 없다. 그런데 왜 서로 불신의 시선을 보낼까? 왜 어린애처럼 서로를 온전히 받아 주며 사랑할 순 없을까?

그녀가 돌아오면 사랑한다고, 보고 싶었다고, 용서해 달라고 말해야겠다.

이번이 우리 둘이서 함께 보내는 첫 휴가이다. 그러니 당연히 서로에게 맞추는 데 어려움이 있다. 게임에 대한 얘기, 특히 전쟁 게임 얘기는 하지 말고 그녀에게 더 신경을 써야겠다. 시간이 허락하면, 아직 이 글을 마치지도 못했지만, 호텔 기념품점에 가서 그녀의 기분도 풀 수 있고 날 용서해 줄 뭔가를 사야겠다. 그녀를 잃는다는 건 상상조차 할 수 없다. 상처 주는 일도 상상할 수 없다.

흑단을 상감한 은 목걸이를 샀다. 4천 페세타였다. 맘에 들었으면 좋겠다. 아주 작은 점토 인형도 하나 샀는데 빨간 모자를 쓰고 똥 누는 자세로 웅크리고 있는 농부 인형이다. 점원 말로는 이 지역의 전통적인 인물인지 뭔지 그렇단다. 틀림없이 잉게보르크가 좋아할 것이다.

프런트에서 프라우 엘제를 봤다. 그녀에게 조심스레 다가가 인사를 건네려 하는데 어깨 너머로 숫자 0이 수두룩한 회계 장부가 보였다. 그녀를 놀래지 않았어야 했다. 내가 나타난 걸 보고는 언짢은 표정을 지었다. 목걸이를 보여 주고 싶었는데 그럴 틈도 없었다. 프런트에 기댄 그녀의 머리카락이 복도의 큰 유리창으로 들어오는 석양에 빛나고 있었다. 그녀가 잉게보르크와 〈내 친구들〉의 안부를 물었다. 무슨 친구를 말하는지 모르겠다고 거짓말을 했다. 그 젊은 독일인 커플 말이에요. 프라우 엘제가 말했다. 친구가 아니라 아는 사람이라고, 휴양지 친구라고 대답했다. 덧붙여 나는 그들이 경쟁 호텔의 고객이라고 했다. 프라우 엘제는 내 반어법에 신경 쓰지 않는 것 같았다. 더 이상 할 말이 없었지만 방에 올라가고 싶지 않아서 서둘러 점토 인형을 꺼내 보여 줬다. 프라우 엘제가 미소를 보이며 말했다.

「아직 어린애군요, 우도 씨.」

왜인지는 모르지만 완벽한 억양의 그 간단한 문장에 창피해졌다. 그녀는 일이 있으니 혼자 있게 해달라고 했다. 자리를 뜨기 전에 나는 몇 시에 해가 지느냐고 물었다. 밤 10시에요. 프라우 엘제가 말했다.

발코니에서는 관광지를 오가는 작은 배들을 볼 수 있다. 어부들이 있는 오래된 항구에서 매시간 출발하여 서쪽으로 갔다가 북쪽으로 방향을 틀어 푼타 데 라 비르헨이라고 불리는 큰 바위 뒤로 사라진다. 9시다. 이제 석양과 함께 천천히 밤이 내리기 시작한다.

해변엔 거의 인적이 없다. 검누른 모래사장엔 아이들과 개들만 뛰어다니고 있다. 홀로 다니던 개들이 금세 떼로 모여 숲과 캠핑장으로 달려갔다 돌아오는데 차츰차츰 무리가 줄어든다. 마을 끝 쪽, 구시가지와 바위가 있는 곳에서 하얀 배가 나타난다. 나는 잉게보르크가 그 배에 타고 있다고 확신한다. 그런데 그 배는 이제 막 출발한 것 같은 느낌이다. 델 마르와 코스타 브라바 사이의 해변에선 페달보트 임대업자가 물가에서 보트를 끌어내고 있다. 힘들 텐데 도와주는 사람도 없다. 하지만 모래사장 깊숙이 자국을 남기며 그 거대한 물체를 옮기는 솜씨를 보니 혼자서도 충분하겠다. 이 정도 거리에선 그의 몸 상당 부분을 덮은 끔찍한 화상 자국이 보이지 않는다. 그는 짧은 바지 차림이다. 해변에 이는 바람이 너무나도 긴 그의 머리카락을 흐트러뜨린다. 독특한 사람이라는 걸 부정할 수 없다. 화상 자국 때문이 아니라 페달보트를 정리하는 유별난 방식 때문이다. 찰리가 해변으로 뛰어간 그날 밤에 내가 알게 된 걸 이제야 처음부터 제대로 볼 수 있다. 그 일은 내가 생각했던 것처럼 아주 느리고 복잡하며 실용적이지도 않고 터무니없다. 페달보트를 모을 땐 서로 다른 방향으로 결박해 두는데 일반적 방식인 1열 종대나 2열 종대가 아니라 원형을 만든다. 뿔의 각도가 부정확한 별처럼 보일 수도 있다. 그가 절반 정도 진행했을 때 다른 사람들이 이미 일을 끝낸 걸 보면 분명 힘든 방식이다. 하지만 그는 개의치 않는 것 같다. 페달보트로 가지 않고 모래사장에서 뛰노는 아이들만 있는 텅 빈 해변에서 해 질 녘 바람을 쐬며 이 시간에 일하는 걸 맘 편히 받아들이는 것 같다. 음, 내가 어린애라도 가까이 가지 않을 것 같다.

이상하게도 나는 순간적으로 그가 페달보트로 성을 쌓고 있다는 인상을 받았다. 아이들이 만드는 그런 성 말이다. 차이가 있다면 그 가엾은 사람이 어린애가 아니라는 것이다. 그건 그렇고 왜 성을 쌓지? 답은 분명하다. 그 안에서 밤을 보내려는 것이다.

잉게보르크가 탄 배가 도착했다. 그녀는 호텔로 오고 있을 것이다. 나는 그녀의 매끄러운 피부, 신선하고 향기로운 머리카락, 구시가지를 통과하는 경쾌한 발걸음을 상상한다. 곧 완전히 어두워질 것이다.

페달보트를 정리하던 남자는 여태 별을 만들고 있다. 어떻게 아무도 관심을 보이지 않는지 궁금하다. 초라하기 그지없는 그 움막 같은 페달보트 더미가 해변의 매력을 완전히 깨버린다. 그렇다고 그게 그 가련한 사람의 잘못도 아니다. 움막이나 굴처럼 보이는 그 좋지 않은 모양새가 여기에서만 보이는 듯하다. 마리티모 대로 쪽에선 그 페달보트가 해변 경관을 해친다는 걸 아무도 모르는 걸까?

발코니를 닫았다. 잉게보르크는 왜 이리 오래 걸리는 거지?

8월 24일

쓸 게 많다. 케마도[10]를 알게 됐다. 몇 시간 동안의 일을 정리해야겠다.

지난밤 호텔에 도착한 잉게보르크는 밝고 생기 있어 보였다. 바람을 쐬고 온 게 좋았는지 화해하자고 말을 꺼낼 필요도 없었지만, 그렇게 하는 게 당연히 한층 더 아름다웠다. 호텔에서 저녁을 먹고 마리티모 대로 옆 바린콘 델 로스 안달루세스에서 한나와 찰리를 만났다. 사실 잉게보르크와 둘이서 남은 밤을 보내고 싶었지만 이제 막 시작된 평화를 어지럽힐지도 모른다는 생각에 거절할 수 없었다.

찰리는 즐거워하면서도 안절부절못했다. 곧 그 이유를 알게 됐다. 그날 밤 독일과 스페인의 국가 대표 축구 경기 중계가 있었는데, 찰리는 다 같이 바 안쪽에 있는

---

10 Quemado. 햇볕, 불 등에 타거나 그을렸다는 뜻.
11 Lobo. 늑대나 미꾸라지를 의미하며 영악하고 교활한 사람을 일컫는 말.
12 Cordero. 새끼 양을 의미하며 온순한 사람을 일컫는 말.

스페인 사람들과 인사를 나누고 함께 어울려 경기를 보고 싶었던 것이다. 내가 호텔로 가는 게 낫지 않겠느냐고 했더니 그건 다른 얘기라고 했다. 호텔에는 독일인만 있을 게 거의 확실하지만 바에서는 〈적들〉에 둘러싸여 있을 테니 경기의 감동이 배가된다는 것이다. 놀랍게도 한나와 잉게보르크가 찰리 편을 들었다.

의견이 맞지 않았지만 고집부리진 않았다. 잠시 후 우리는 테라스에서 나와 텔레비전 근처에 앉았다.

그리하여 로보[11]와 코르데로[12]를 알게 됐다.

린콘 델 로스 안달루세스의 내부를 묘사할 필요는 없겠지만 널찍하고 악취가 났다는 것만은 적어야겠다. 그리고 내가 걱정했던 점을 바로 확인했다. 우리만 외국인이었던 것이다.

거기 있던 사람들은 텔레비전 앞에 반달 모양으로 아무렇게나 모여 있었는데 대부분 남자였고 모두들 이제 막 일을 끝내고 아직 샤워할 시간을 내지 못한 인부의 외모였다. 겨울이라면 그 풍경이 낯설지 않겠지만 여름이라 불쾌했다.

그들과 우리의 차이를 극명히 보여 주듯이, 그들은 아주 어렸을 때부터 알던 사람처럼 서로 손을 마주치고 이 구석에서 저 구석으로 소리치고 차츰 목청을 높여 가며 농담을 던졌다. 그 소란에 귀가 멀 지경이었다. 테이블엔 맥주병이 수두룩했다. 쓰러져 가는 테이블 축구를 즐기는 사람들도 있었는데 공을 때릴 때 나는 쇳소리가 검과 단도가 난무하는 야전 한복판에서 울리는 저격병의 총탄 소리를 내며 바의 떠들썩한 소리에 겹쳐졌다. 우리가 나타나자 축구 경기와는 상관없는 시선이 자연스럽게 우리에게 쏠렸다. 힐긋힐긋 몰래 쳐다보는 시선들이 요정 이야기에 나오는 공주 같은 잉게보르크와 한 나에게 집중됐는데 잉게보르크가 더욱 그래 보였다.

찰리는 흡족해했다. 실제로 그는 고함, 악담, 구역질 나는 냄새, 담배 연기 가득한 분위기를 좋아했다. 거기에 우리 나라 대표 팀 경기를 볼 수 있었으니 최고였다. 하지만 완벽한 건 없다. 주문한 상그리아가 나오던 그 순간 우리는 그 팀이 동독 팀이라는 걸 알았다. 찰리는 한 대 얻어맞은 듯한 충격을 받았고 그때부터 갈수록 안절부절못했다. 그러더니 나가려고 했다. 나중에야 나는 그가 느낀 두려움이 실제로 얼마나 크고 말도 안 되는 것인지 확인할 수 있었다. 그를 가장 두렵게 했던 건 스페인 사람들이 우리를 동독 사람으로 봤다는 것이었다.

결국 계산이 끝나면 나가기로 했다. 경기에 눈길도 주지 않았다는 것은 두말하면 잔소리. 우리는 웃고 마시기에 바빴다. 그때 로보와 코르데로가 우리 테이블에 합석했다.

어떻게 된 건지 나도 잘 모르겠다. 그냥 아무 이유 없이 우리 옆에 앉아서 얘기하기 시작했다. 영어 몇 마디는 알았지만 의사소통을 할 수준은 아니어서 대부분 보디랭귀지였다. 처음엔 일상적이고 진부한 얘기를 했고 (직업, 날씨, 월급 등) 내가 통역을 했다. 그들 말로는 자기들이 이곳 출신 직업 가이드라는데 꾸며 낸 게 확실했다. 그 후로 밤이 깊어지고 서로 가까워지자 내 지식은 어려운 순간에만 필요하게 됐다. 술은 기적을 만든다.

다 함께 린콘 델 로스 안달루세스에서 나와 찰리의 차를 타고 마을 밖 바르셀로나 고속 도로 인근 벌판에 있는 디스코텍에 갔다. 입장료는 관광 구역보다 훨씬 쌌고 손님들도 대부분 우리의 새 친구들과 비슷한 부류였으며 금방 친해질 수 있는 축제 분위기였다. 비록 스페인에서만 느낄 수 있는 어둡고 답답한, 역설적이게도 그러면서도 믿을 만한 뭔가가 있었지만 말이다. 늘 그렇듯, 찰리는 금세 취해 버렸다. 어떻게 안 건지 모르지만 어느 순간 우리는 동독 대표팀이 2대 1로 졌다는 걸 알았다. 축구에 관심 없는 나로서는 뭔가 희한한 느낌을 받았던 걸로 기억하는데, 경기의 결과가 그 밤의 전환점으로 느껴졌던 것이다. 마치 그 순간부터 디스코텍의 떠들썩한 즐거움이 뭔가 다른 것으로, 어떤 공포의 장면으로 변하는 것 같았다.

새벽 4시에 돌아왔다. 두 스페인 친구 중 하나가 운전을 했다. 뒷좌석에 앉은 찰리는 창밖으로 머리를 내밀고 내내 구역질을 했다. 사실 그는 몸 상태가 엉망이었다. 호텔에 도착하자 찰리가 나를 따로 부르더니 울음을 터트렸다. 잉게보르크와 한나, 그리고 두 스페인 친구는 멀리 떨어지라는 내 손짓에도 불구하고 궁금하다는 듯 우릴 쳐다봤다. 찰리는 딸꾹질을 하면서 죽음이 두렵다고 했다. 무슨 말을 하는 건지 알 수 없었지만, 분명한 건 그런 근심을 정당화할 이유가 없다는 것이었다. 찰리는 그러다가 갑자기 웃음을 터트리더니 코르데로와 복싱을 시작했다. 찰리보다 작고 마른 체구의 코르데로는 그를 피했지만 찰리는 너무 취한 나머지 균형을 잃었다. 일부러 쓰러졌는지도 모른다. 그를 일으키고 있을 때 스페인 친구 한 명이 린콘 델 로스 안달루세스에 가서 커피를 마시자고 했다.

마리티모 대로에서 본 바의 테라스는 도둑 소굴 같은 분위기에 아침 안개와 습기 속에 잠든 흐릿한 선술집 같았다. 문을 닫았을 것 같았는데 주인이 날이 밝을 때까지 안에서 영화를 본다고 로보가 말했다. 들어가 보기로 했다. 잠시 후 일주일 정도 기른 턱수염에 발그레한 얼굴의 남자가 문을 열어 줬다.

　커피를 준비한 사람은 다름 아닌 로보였다. 우리 뒤쪽에는 주인과 다른 한 사람이 서로 다른 테이블에 앉아서 텔레비전을 보고 있었다. 나는 금세 그를 알아봤다. 뭔가에 홀려 그의 옆자리에 앉았다. 약간 취해서 그런 건지도 모르겠다. 커피를 들고 그가 있는 테이블에 앉았다. 다른 친구들이 모여들 때까지 우리는 잠깐 동안 평범한 대화를 나눌 수 있었다(나는 서툴고 긴장해 있었다). 로보와 코르데로는 당연히 그를 알고 있었다. 소개는 아주 형식적이었다.

「여기 독일인 친구들, 잉게보르크, 한나, 찰리, 우도.」

「여기는 우리 친구 케마도.」

한나에게 통역해 줬다.

「어떻게 이름이 케마도일 수 있지?」 한나가 물었다.

「실제 그러니까. 게다가 다른 이름도 있어. 무스쿨리토스[13]라고. 두 이름 모두 잘 어울리지.」

「배려심이 그리 없어서야.」 잉게보르크가 말했다.

그때까지 우물거리던 찰리가 말했다.

「아니면 지나친 관대함이거나. 그저 피해 가지 않은 것뿐이잖아. 전쟁에선 그렇게 하지. 전우를 이름 대신 단순하게 사물로 부르는데, 그렇다고 그게 무시해서 그

13 근육질을 의미한다.

런다거나 배려심이 없어서 그러는 건 아니거든. 뭐 비록…….」

「잔인하기는.」 잉게보르크가 불쾌한 얼굴로 그의 말을 자르며 나를 쳐다봤다.

로보와 코르데로는 한나에게 코냑 한 잔 더 마신다고 찰리가 더 취하진 않을 거라고 설득하느라 우리의 대화에 신경 쓸 틈이 없었다. 한나는 두 남자 사이에서 때로는 신이 난 것처럼 때로는 뛰쳐나가고 싶을 정도로 불안해 보이기도 했지만 진심으로 호텔로 돌아가고 싶은 심정이었다고는 생각지 않는다. 적어도 횡설수설 말을 더듬을 정도로 취한 찰리와 돌아가고 싶어 하는 것 같진 않았다. 술에 취하지 않은 사람은 케마도뿐이었고 그는 독일어를 알아듣는다는 듯 우리를 쳐다보고 있었다. 잉게보르크도 나와 마찬가지로 그걸 알고 긴장했다. 그건 그녀의 아주 전형적인 반응으로, 누구에게도 의도치 않게 상처 주는 걸 싫어했다. 하지만 솔직히 우리가 하는 말이 그에게 무슨 상처가 되겠는가?

나중에 그에게 독일어를 아느냐고 물었더니 모른다고 했다.

아침 7시, 날이 밝고 나서야 우리는 침대에 누웠다. 추운 방에서 섹스를 했다. 창도 커튼도 열어 둔 채 잠들어 버렸다. 하지만 그에 앞서 우리는 찰리를 코스타 브라바까지 데려다 줘야 했는데, 그는 로보와 코르데로가 자기 귓전에서 부른 노래를(녀석들은 미친 듯이 박장대소했다) 끈질기게 따라 부르려 했다. 찰리는 호텔로 가던 중에 잠깐 수영을 하겠다며 고집을 부렸다. 한나와 나는 만류했지만 스페인 친구들은 그를 뒤따라가더니 결국 셋이서 물에 들어갔다. 불쌍한 한나는 수영을 할지 우리와 함께 해변에서 기다릴지 잠깐 망설였다. 결국 기다리기로 했다.

아무도 모르게 바에서 사라진 케마도가 해변을 따라 걸어오다가 우리와 50미터쯤 떨어진 곳에 멈춰 섰다. 그곳에 쭈그리고 앉아 바다를 바라봤다.

한나는 찰리에게 안 좋은 일이라도 생길까 봐 걱정했다. 자기가 수영을 잘하기 때문에 그의 곁에 있어야 한다고 생각했다. 하지만 실긋한 미소를 띠며 새 친구들 앞에서 옷을 벗고 싶진 않다고 했다.

바다는 융단처럼 반들거렸다. 헤엄치던 세 사람이 갈수록 멀어졌다. 어느새 누가 누군지 분간할 수 없었다. 금발의 찰리와 진한 검은색 머리의 스페인 친구들이 구분되지 않았다.

「찰리가 제일 멀리 있어.」 한나가 말했다.

두 사람이 해변으로 돌아오기 시작했다. 하지만 한 사람은 계속해서 앞으로 나아갔다.

「저기, 찰리야.」 한나가 말했다.

우리는 옷을 벗고 찰리를 따라가려는 그녀를 말려야 했다. 잉게보르크는 그런 일에는 내가 적격이라는 듯 날 쳐다봤지만 말을 꺼내진 않았다. 그녀에게 고맙다고 했다. 난 수영에 자신도 없을뿐더러 따라잡기엔 너무 멀었다. 돌아오던 친구들의 속도가 너무 더뎠다. 둘 중에 한 명은 찰리가 따라오는지 확인하려고 몇 번이고 뒤돌아봤다. 순간 찰리가 내게 죽음의 공포를 언급했다는 걸 깨달았다. 그런 생각이 우스꽝스러웠다. 그러면서 난 케마도가 앉아 있던 곳을 돌아봤는데 그가 보이지 않았다. 우리의 왼편, 바다와 마리티모 대로 중간에 희미한 푸른빛에 젖은 페달보트들이 우뚝 서 있었다. 나는 케마도가 그곳에서, 자신의 성 안에서 자고 있거나 우리를 지켜보고 있을 거라 생각했다. 거기에 숨겨진 게 뭔지 알아내는 게 저 바보 같은 찰리의 수영을 구경하는 것보다 훨씬 짜릿할 것 같았다.

마침내 로보와 코르데로가 해변으로 나왔다. 녹초가 돼 둘 다 그 자리에 쓰러져 일어나지도 못했다. 한나는 그들이 나체라는 건 안중에도 없이 그들에게 달려가 독일어로 물어보기 시작했다. 지쳐 버린 스페인 친구들은 웃으면서 무슨 말인지 모르겠다고 말했다. 로보가 그녀를 쓰러뜨리려 하더니 나중엔 물을 뿌려 댔다. 한나는 뒤로 팔짝 뛰며(전기 스파크처럼) 손으로 얼굴을 가렸다. 울거나 그들을 때릴 거라고 생각했는데 아무 일도 없었다. 그녀는 우리 쪽으로 돌아와 찰리의 옷 무더기 옆 모래에 앉고는 찰리가 아무렇게나 던져둔 옷을 공들여 정리했다.

「개새끼.」 중얼거리는 소리가 들렸다.

한나는 길게 한숨을 내쉬고 일어나더니 수평선을 살피기 시작했다. 찰리는 어디에도 보이지 않았다. 잉게보르크는 경찰을 부르자고 했다. 나는 스페인 친구들에게 가서 경찰이나 항구의 구조 팀에 연락할 방법이 있는지 물었다.

「경찰은 안 돼.」 코르데로가 말했다.

「별일 있겠어. 장난기 있는 친구니까 곧 돌아올 거야. 우리한테 장난치는 거야.」

「하지만 경찰은 부르지 마.」 코르데로가 고집했다.

잉게보르크와 한나에게 스페인 친구들과는 말이 통하지 않는다고 전했는데 어찌 보면 내가 다소 과장한 걸 수도 있다. 사실 찰리는 어느 순간에든 나타날 수 있었다.

스페인 친구들이 서둘러 옷을 입고 우리 쪽으로 왔다. 해변은 푸른색에서 붉은색으로 변하고 있었고 마리티모 대로변에는 일찍 일어난 관광객 몇몇이 조깅을 하고 있었다. 한나를 빼고 모두 서 있었다. 찰리의 옷 무더기 옆에 다시 앉은 한나는 점점 뜨거워지는 햇볕이 따갑다는 듯 실눈을 뜨고 있었다.

찰리를 처음으로 발견한 사람은 코르데로였다. 찰리는 조화롭고 완벽한 방식으로 물도 튀기지 않으며 1백 미터 전방에서 해변으로 다가오고 있었다. 스페인 친구들은 신이 나서 소리를 지르며 바지가 젖는 것도 아랑곳하지 않고 그를 맞으러 달려갔다. 한나는 오히려 잉게보르크를 안고 울음을 터트리며 몸이 좋지 않다고 말했다. 찰리는 멀쩡히 물에서 나왔다. 한나와 잉게보르크에게 볼 키스를 하고 우리와는 악수를 했다. 그 장면이 비현실적으로 느껴지기까지 했다.

우리는 코스타 브라바 앞에서 헤어졌다. 둘이서 호텔로 가는 길에 케마도가 페달보트 밑에서 나와 보트를 풀어내며 하루 일을 준비하고 있었다.

오후 3시가 지나서야 일어났다. 샤워를 하고 호텔 식당에서 가볍게 식사를 했다. 바 테이블에 앉아 어두운 유리창 건너 마리티모 대로 풍경을 바라보고 있었다. 우편엽서 같았다. 대로변 난간에 선 할아버지들이 보였다. 그들 중 반은 하얀 모자를 쓰고 있었다. 햇빛에 다리를 내놓으려 무릎 위로 치마를 올린 할머니들도 보였다. 그게 다였다. 우리는 음료수를 마시고 방으로 돌아가 수영복으로 갈아입었다. 찰리와 한나는 페달보트 옆, 늘 있던 자리에 있었다. 잠깐 동안 아침에 있었던 사건 얘기가 오갔다. 한나는 열두 살 때 가장 친한 친구가 수영을 하다가 심장마비로 죽었다고 했다. 술이 깬 찰리는 자기가 한스 크레브스라는 친구와 한동안 오버하우젠 시립 수영장 챔피언이었다고 했다. 강에서 수영을 배웠는데, 그런 방식으로 배우면 절대 바다에 빠지지 않는다고 했다. 강에서는 근육에 유의하며 입을 다물고 수영해야 하는데 그 강이 방사성이라면 더욱 그래야 한다고 말했다. 그는 스페인 친구들에게 자신의 인내력을 보여준 것에 만족했다. 그 녀석들이 어느 순간 돌아가자고 했다는 것이다. 적어도 찰리는 그렇게 믿고 있었다. 그들은 다르게 말할지 모르겠지만 그들의 억양에서 겁먹은 걸 알았다고 했다. 넌 술 취해서 겁이 안 났던 거지. 한나가 그에게 입 맞추며 말했다. 찰리는 크고 하얀 치열을 훤히 드러내며 웃었다. 아니야. 그가 말했다. 수영할 줄 아는데 뭐가 겁이 나.

우리는 불가피하게 케마도와 마주쳤다. 통 넓은 반바지처럼 하단을 자른 청바지만 입고 느긋이 일하고 있었다. 잉게보르크와 한나가 손을 들어 인사했다. 우리 쪽으로 오지는 않았다.

「언제부터 친구가 된 거야?」 찰리가 물었다.

케마도 같은 식으로 인사를 하고 다시 페달보트를 바닷가로 끌었다. 한나가 그의 이름이 진짜 케마도냐고 물었다. 그렇다고 했다. 찰리는 그가 거의 기억나지 않는다고 했다. 그나저나 왜 같이 바다에 안 들어갔어? 우도랑 같은 이유지. 잉게보르크가 말했다. 바보가 아니니까. 찰리가 어깨를 으쓱했다. (여자들이 자기를 나무라는 걸 좋아하는 것 같았다.) 아마 쟤가 너보다 수영 잘할걸. 한나가 말했다. 그럴 리가. 찰리가 말했다. 내기를 해도 좋아. 그러자 한나는 케마도의 근육이 우리 두 사람보다, 일광욕을 하고 있는 그 누구보다 낫다고 확신했다. 보디빌더야? 잉게보르크와 한나가 깔깔댔다. 나중에 찰리는 전날 밤이 전혀 기억나지 않는다고 고백했다. 디스코텍에서 돌아가던 길, 구역질, 울던 일, 어느 것 하나 기억하지 못했다. 그런데 로보와 코르데로에 대해선 우리보다 잘 알고 있었다. 한 명은 캠핑장 슈퍼마켓에서 일하고 한 명은 구시가지 어느 바의 종업원이었다. 멋진 놈들.

오후 7시에 해변을 나와 맥주를 마시러 린콘 델 로스 안달루세스 바의 테라스로 갔다. 주인은 바 테이블 뒤에서 난쟁이처럼 키가 작은 마을 노인 두 명과 얘기하고 있었다. 우리를 보고 손짓으로 인사했다. 분위기가 좋았다. 부드럽고 시원한 바람에 테이블은 모두 꽉 찼지만 사람들은 아직 본격적으로 소란 떨진 않았다. 우리처럼 해변에서 온 그들도 수영과 일광욕에 지쳐 있었다.

우린 밤에 뭘 할지 정하지 않고 헤어졌다.

호텔로 돌아와 샤워를 했다. 잉게보르크는 엽서를 쓰고 플로리안 린덴의 소설을 끝내려고 발코니의 안락의자에 앉았다. 나는 잠시 게임판을 보다가 맥주를 마시러 식당으로 내려갔다. 잠시 후 노트를 찾으러 올라갔더니 잉게보르크가 까만 가운을 입은 채 잠들어 있었다.

손과 허리 사이에 엽서들이 꽉 끼어 있었다. 입맞춤을 하며 침대에서 자라고 했지만 괜찮다고 했다. 열이 나는 것 같았다. 나는 다시 바로 내려갔다. 해변에서는 케마도가 매일 오후에 하는 의식을 반복하고 있었다. 하나씩 하나씩 페달보트가 엮여 움막 형태로 쌓이고 있었다. 움막이 쌓인다는 표현을 쓸 수 있다면. (움막은 쌓는 게 아니겠지만 성은 쌓는다.) 나도 모르게 손을 들어 인사했다. 그는 나를 보지 못했다.

바에서 프라우 엘제를 만났다. 뭘 쓰느냐고 그녀가 물었다. 별거 아녜요. 내가 말했다. 에세이 노트예요. 음, 작가인가 보네요. 그녀가 말했다. 아니요, 그건 아니에요. 내가 말했다. 얼굴이 달아오르기 시작했다. 나는 주제를 바꾸려고 남편을 언급하며 아직 인사를 못 했다고 말했다.

「아파요.」

나를 보고 부드러운 미소를 지으면서도 바에서 일어나는 어떤 일도 놓칠 수 없다는 듯 주위를 살피며 말했다.

「정말 안타깝네요.」

「심하진 않아요.」

나는 여름에 발병하는 병에 대한 이야기를 꺼냈는데, 정말 멍청한 이야기였다. 일어나면서 나와 한잔할 수 있겠느냐고 물었다.

「고맙지만 안 되겠네요. 이대로도 괜찮아요, 더구나 할 일도 있고. 늘 일만 하죠!」

하지만 그녀가 자리를 뜨지는 않았다.

「독일에 오랫동안 못 가셨나요?」 입을 다물고 있기가

뭐해 물어봤다.

「못 갔죠. 1월에 한 주 있었어요.」

「어떻던가요, 독일?」 그렇게 물으면서 또 멍청한 말을 했다는 걸 알고는 얼굴이 화끈거렸다.

「늘 그렇죠.」

「맞아요, 그렇죠.」 중얼거렸다.

프라우 엘제가 처음으로 상냥한 눈길을 건네고 자리를 떴다. 나는 그녀가 종업원에게 갔다가 손님에게 갔다가 두 노인을 만나고 계단 뒤편으로 사라질 때까지 그녀를 바라보았다.

8월 25일

찰리와 한나와의 관계가 판석처럼 무거워지기 시작했다. 어제는 일기를 쓰고 나서 잉게보르크와 단둘이 조용한 밤을 보내리라 생각했는데 그들이 나타났다. 잉게보르크가 막 잠에서 깬 밤 10시였다. 난 호텔에 있겠다고 했지만 그녀는 한나와 통화를 하더니(찰리와 한나가 프런트에 있었다) 나가는 게 좋겠다고 결정했다. 우리는 방에서 옷을 갈아입는 내내 입씨름을 했다. 프런트에 내려갔을 때 나는 경악을 금치 못했다. 로보와 코르데로도 와 있었던 것이다. 로보는 카운터에 턱을 괴고 프런트 직원에게 뭔가 속닥거리고 있었고 직원은 경박하게 시시덕거리고 있었다. 참으로 불쾌하기 짝이 없었다. 나는 탁자 문제로 오해가 있었을 때 프라우 엘제에게 내 험담을 한 직원이 그녀라고 추측했다. 물론 프런트는 2교대이므로 시간대를 고려해 보면 다른 직원일 수도 있었다. 어쨌든 아주 어리고 멍청해 보였다. 직원은 우리를 보자 우리와 비밀을 공유하고 있다는 듯이 공손한 표정을 지었다. 다른 친구들이 박수를 쳤다. 가관이었다.

찰리의 차로 마을을 나섰고 한나와 로보가 길을 잡았다. 디스코텍에 가는 도롯가에, 그 구저분한 곳을 디스코텍이라 할 수 있을지 모르지만, 그 길에 단순하게 지어진 큰 자기 공장이 보였다. 실제로는 분명 술 창고나 도매점일 것이다. 축구장처럼 밤새 서치라이트가 켜 있어서 운전을 하면서도 그 헤아릴 수 없이 많은 각종 사기그릇, 항아리, 화분과 담장 너머 다른 형태의 조각품을 볼 수 있었다. 먼지에 덮인 조잡한 그리스식 모조품들, 만드는 데 한나절도 걸리지 않을 지중해식 수공예 모조품들도 있었다. 안뜰엔 보안견이 돌아다니고 있었다.

어젯밤도 대체적으로 그 전날 밤과 거의 다를 게 없었다. 코르데로가 그곳이 디스코테카 트라페라라고 말해 주긴 했지만 간판도 없는 곳이었다. 다른 곳처럼 관광객보다는 현지인들이 드나드는 곳이었다. 음악도 조명도 실망스러웠다. 찰리는 술을 마시고 한나와 잉게보르크는 스페인 사람들과 춤을 췄다. 그런 곳에서 종종 발생하는 사고만 아니었다면 모든 게 전처럼 끝났을 수도 있었다. 로보가 우리에게 서둘러 나가라고 했다. 무슨 일이 있었는지 얘기하자면 이렇다. 사건은 무대 가장자리를 따라 테이블 사이에서 춤추는 척하던 놈 때문에 시작됐다. 술값을 계산하지도 않은 데다 마약에 취한 것 같았다. 마약을 한 건지는 정확하지 않다. 그가 눈에 띈 이유는, 소동이 있기 한참 전에 유심히 살펴본 건데, 그가 꽤나 두꺼운 막대기를 들고 있었기 때문이었다. 나중에야 로보가 그 막대는 초리소[14]고 그걸로 맞으면 평

14 스페인의 돼지고기 소시지.

생 상처가 남는다고 알려 줬다. 어쨌든 춤추는 척하던 그자의 행동이 의심을 샀고 곧 디스코텍 종업원 두 명이 그에게 다가갔다. 종업원들은 유니폼을 입지 않아 손님과 구별되지 않았지만 그들의 태도나 얼굴은 아주 험악했다. 그들과 초리소를 든 사내가 옥신각신하더니 조금씩 목소리가 커졌다.

초리소를 든 사내의 말이 들렸다.

「난 어딜 가나 이 칼을 갖고 다닌단 말이지.」 사내는 몽둥이를 엉뚱하게 표현하면서 디스코텍에서 그걸 소지할 수 없다는 말에 대들었다.

종업원이 대답했다.

「나한텐 그 칼보다 훨씬 강한 게 있지.」 뒤이어 내가 알아듣지 못할 상스러운 말을 엄청나게 퍼붓더니 끝으로 이렇게 말했다 「한번 볼래?」

몽둥이를 든 사내는 벙어리가 됐다. 그의 얼굴이 일순간에 창백해졌을 것이다.

그때 종업원이 고릴라처럼 털이 많은 근육질 팔뚝을 들어 올리며 말했다.

「보여? 이게 더 강하단 말이지.」

초리소를 든 사내는 도발이 아니라 오히려 안심된다는 듯 웃었는데, 두 종업원이 그 차이를 느꼈을지 모르겠다. 사내가 초리소를 들어 올리더니 양 끝을 잡고 활처럼 구부렸다. 멍청하게 웃고 있었는데 그건 술 취한 불운한 자의 웃음이었다. 그 순간 용수철처럼 탄력을 받은 종업원의 팔이 잽싸게 초리소를 낚아챘다. 순식간에 일어난 일이었다. 뒤이어 종업원의 달아오른 얼굴로 힘을 주더니 초리소를 두 동강 냈다. 어느 테이블에선가 박수가 터져 나왔다.

초리소 사내도 종업원처럼 날쌔게 움직여 그들을 덮쳤다. 그러고는 팔을 등 뒤로 꺾어 단번에 부러뜨렸다. 누구도 말리지 못했다. 그 일이 벌어지는 동안 음악이 멈추지 않았는데도 나는 뼈가 부러지는 소리를 들었다.

사람들이 소리치기 시작했다. 맨 먼저 팔이 부러진 종업원의 비명이 들렸고 뒤이어 싸우는 사람들의 고함이 들렸는데 내 테이블에선 누가 누구 편인지 구분할 수 없었다. 결국엔 무슨 일인지도 모르는 사람을 포함해 거기 있던 모든 사람들이 비명을 질러 댔다.

우리도 자리를 떴다.

돌아오는 길에 경찰차 두 대가 지나가는 게 보였다. 로보는 우리와 함께 빠져나오지 못했다. 그 아수라장 속에서 그를 찾는 건 불가능했다. 코르데로는 불평 없이 우리를 따라왔지만 친구를 두고 온 걸 후회하며 돌아가자고 했다. 하지만 찰리가 딱 잘라 말했다. 가고 싶거든 지나가는 차를 잡아 가라고. 우린 린콘 델 로스 안달루세스에서 로보를 기다리기로 했다.

우리가 도착했을 때, 바는 아직 영업 중이었고 밝은 테라스는 밤이 깊었는데도 사람들이 많았다. 주방이 일을 끝낸 터라 코르데로의 부탁으로 주인이 닭고기 두 마리와 적포도주 한 병을 내줬다. 그걸 먹고도 여전히 허기졌는지 소시지와 하몽, 타코 한 접시에 토마토와 올리브유가 들어간 빵을 해치웠다. 테라스 영업이 끝나고 좋아하는 서부 영화를 보며 느긋하게 저녁을 먹던 주인과 우리만 남았을 때, 로보가 나타났다.

우리를 보자 화난 심술쟁이 같은 기분을 드러냈다.

그는 〈날 버렸다 이거지〉, 〈나만 남겨 두고〉, 〈친구란 믿을 만한 게 못 된다니까〉 같은 말을 엉뚱하게도 찰리에게 던졌다. 엄밀히 말해 그곳에 있던 유일한 친구인 코르데로는 무안해하며 얌전히 친구의 말을 들어줬다. 그보다 더 놀라운 건 찰리가 그 말에 수긍하여 미안해하고 웃어넘겼다는 건데, 그는 스페인 친구가 대범한 표정과 최악의 악취미로 보여 준 모욕의 재능을 명예롭게 느낀다고 잘라 말했다. 그랬다. 찰리는 그런 걸 좋아했다! 아마도 그 장면에 진정한 우정이 있을지도 모른다! 그게 웃자고 한 짓이라니! 짚고 넘어갈 것은 로보가 내게는 일언반구의 비난도 하지 않았으며 여자들과는 온화함과 천박함을 오가며 평소 하던 대로 했다는 것이다.

내가 자리를 뜨려고 할 때 케마도가 들어왔다. 그는 고개를 끄덕이며 인사를 대신하고 우리를 등지고 바 테이블에 앉았다. 나는 디스코테카 트라페라에서 벌어진 일에 대한 로보의 얘기를 다 들어주었다. 아마 그 혈투와 체포를 자기 맘대로 부풀렸을 것이다. 나는 케마도 쪽으로 갔다. 윗입술 절반이 상처로 일그러져 있었지만 누구나 금세 익숙해지기 마련이다. 혹시 불면증이냐고 물었더니 살짝 웃었다. 아니었다. 불면증은 없었다. 그는 몇 시간만 자도 일을 해낼 수 있었다. 그에겐 쉽고 즐거운 일이었다. 생각했던 것만큼 말이 없진 않았지만 그렇다고 말이 많은 사람도 아니었다. 갈린 것처럼 작은 치아는 상태가 엉망이었다. 화상으로 그렇게 된 건지 단순히 구강 청결의 문제인지 알 수 없었다. 얼굴에 화상을 입은 사람이라면 치아 건강에 그다지 신경 쓰지 않을 거라 생각했다.

나보고 어디서 왔느냐고 물었다. 그의 목소리는 알아듣기 좋은 낭랑한 저음이었다. 슈투트가르트라고 하자 그 도시를 모를 게 뻔한데도 아는 것처럼 고개를 끄덕였다. 낮에 입고 있던 짧은 바지와 셔츠에 샌들을 신고 있었다. 체격이 굉장히 좋았다. 가슴과 팔이 두껍고 이두박근이 과도하게 발달돼 있었다. 하지만 바 테이블에 앉아 〈차를 마시는〉 그의 모습은 나보다 야위어 보였다. 혹은 소심해 보였다. 옷은 대충 입었지만 간단하게라도 외모에 신경 쓰고 있다는 걸 알 수 있었다. 늘 정리된 머리에 냄새도 나쁘지 않았다. 해변에 사는 그가 갈 수 있는 욕실이 바다뿐임을 감안하면 냄새가 나쁘지 않다는 건 어찌 보면 그나마 성공적이라 할 수 있다. (코를 갖다 대고 맡아 보면 짠 내가 났다.) 나는 잠깐 상상했다. 매일 밤낮으로 바다에서 옷을(반바지와 셔츠를) 빨고 몸을 씻는 그를. 그리고 바로 그 바닷물에 들어가는 수백 명의 사람들을. 그들 중엔 잉게보르크도 있다는 것을⋯⋯. 지독히 역겨운 느낌이 들어 그의 파렴치한 행태를 경찰에 신고하는 상상을 했다. 하지만 나는 당연히 그렇게 하지 않을 것이다. 한데, 보수를 받고 일하는 사람이 어찌 잠자리 하나 마련하지 못한단 말인가? 이 동네 집세가 그리도 비싼가? 바다에 가깝진 않더라도 값싼 여인숙이나 캠핑장도 없나? 그도 아니면 우리의 친구 케마도가 집세를 아껴서 여름이 끝날 때까지 돈을 모으려고 그러는 것인가?

그에겐 선한 야만인 같은 구석이 있다. 하지만 로보와 코르데로에게도 선한 야만인의 면모가 있으며 나름의 방식대로 살아간다. 그 공짜 집이 사람들과 그들의 시선을 피할 수 있는 격리된 집을 의미할 수도 있다. 행여 그런 거라면 이해가 간다. 또한 야외에서 산다는 이점도 있다. 비록 그의 삶이 내가 생각하는 야외의 삶, 그 건강한 삶과는 약간 거리가 있지만 말이다. 그는 죽어라 해변의 습도에 맞서 싸우며 날마다 보카디요로 끼니를 때우는 게 분명하다. 케마도는 대체 어떻게 살까? 내가 아는 거라곤 그가 좀비처럼 하루 종일 모래사장의 어느 작은 공간으로, 또는 그 반대 방향으로 페달보트를 옮긴다는 것이다. 그게 전부다. 설령 그렇다 해도 밥 먹을 시간은 있을 테고 수입을 정산하려고 사장을 만나기도 할 것이다. 누군지 모를 그 사장은 케마도가 해변에서 잔다는 걸 알고 있을까? 멀리 갈 것 없이, 린콘 델 로스 안달루세스 주인은 알고 있을까? 코르데로와 로보가 비밀로 하고 있는 건가? 아니면 내가 그의 은신처를 발견한 유일한 사람인가? 굳이 물어보고 싶진 않다.

밤이면 케마도는 하고 싶은 대로 한다. 적어도 그렇게 하려는 것 같다. 그런데 잠자는 것 말고 정확히 뭘 하는 걸까? 밤늦도록 린콘 델 로스 안달루세스에 있다가 해변을 거닐고, 친구들과 얘기를 나누고, 차를 마시고, 덩치만 크지 별 쓸모없는 그 물건들 밑으로 들어가고……. 맞다, 가끔 그 페달보트 성채는 일종의 능처럼 보인다. 빛이 비쳐 나올 때는 움막 같아 보인다. 밤에 달빛이 비치면 흥분한 영혼이 그 성채를 원시의 무덤과 헷갈릴지도 모른다.

24일 밤은 더 이상 적을 만한 게 없다. 우리는 그다지 술에 취하지 않은 채 린콘 델 로스 안달루세스를 나왔다. 케마도와 주인은 계속 거기 있었다. 케마도는 빈 찻

잔을 앞에 두고, 주인은 다른 서부 영화를 보면서.

예상대로 오늘 해변에 있는 그를 봤다. 잉게보르크와 한나는 페달보트 옆에 누워 있었고 케마도는 다른 편에서 플라스틱 바닥판 위에 등을 기대고 손님들의 실루엣이 거의 보이지 않는 지평선을 바라보고 있었다. 단 한 순간도 잉게보르크를 돌아보지 않았다. 정확히 말해 그녀를 시선에 담으려 하지 않았다. 한나와 잉게보르크는 생기 있고 밝은 오렌지색 새 비키니를 입고 있었다. 하지만 케마도는 그녀들을 보지 않았다.

나는 해변에 나가지 않았다. 방에 머무르며 — 가끔씩 발코니나 창을 내다보긴 했지만 — 중단한 게임을 다시 살폈다. 사랑이 배제적 열정이라는 걸 누구나 알지만 난 잉게보르크에 대한 열정과 게임에 대한 나의 열의가 조화롭기를 바란다. 슈투트가르트에서 세운 계획대로라면 이맘때쯤은 이미 고심하여 적어 둔 다양한 전략들의 절반 정도는 진행했어야 하고 적어도 파리에서 발표할 글의 초고라도 끝냈어야 한다. 그런데 여태 한 글자도 쓰지 못했다. 콘라트가 안다면 분명 놀랄 것이다. 하지만 콘라트도 내가 잉게보르크와 보내는 첫 휴가에서 그녀를 버려두고 게임에만 집중할 수 없다는 걸 이해

---

15 Josef ⟨Sepp⟩ Dietrich(1892~1966). 제2차 세계 대전 당시 나치 독일군 무장 친위대 장교. 히틀러의 최측근으로 SS상급대장.

16 Paul ⟨Papa⟩ Hausser(1880~1972). 독일 군인으로 SS전투부대를 육성, 무장 친위대 창설에 참여해 ⟨무장 친위대의 아버지⟩라 불렸다.

17 Wilhelm Bittrich(1894~1979). 제2차 세계 대전 중 무장 친위대 대장이었다.

18 Eugen Meindl(1892~1951). 독일군 장군으로 팔슈름예거(공수부대)의 대부로 불렸다.

할 것이다.

오후에 신기한 일이 있었다. 방에 앉아 있는데 갑자기 호른 소리가 들렸다. 백 퍼센트 확신할 순 없지만 호른 소리를 다른 소리와 구분할 줄은 안다. 흥미로운 건, 언젠가 위험을 알리는 호른에 대해 말한 바 있는 제프 디트리히[15]를 멍하니 생각하고 있을 때였다는 것이다. 어쨌든 그 소리가 상상이 아니라는 건 확실하다. 제프는 그 소리를 두 번, 처음엔 러시아에서 두 번째는 노르망디에서 들었는데, 두 번 모두 그 신비한 음악이 극단적인 육체적 피로를 불러일으켰다고 했다. 우편 수발병과 운전병으로 시작해서 사단장까지 올라선 제프에 따르면, 호른은 조상들의 경고이며 경계 태세를 갖추라는 피의 목소리다. 난 앉아서 엉뚱한 생각을 하다가 갑자기 호른 소리를 들었다고 생각했다. 일어나 발코니로 나갔다. 밖에서는 매일 오후에 들리는 굉음뿐, 바닷가의 소란은 들리지 않았다. 반대로 복도에는 두터운 정적만 흘렀다. 그럼 내 머릿속에서 호른이 울렸나? 제프 디트리히를 생각해서 그랬던 걸까? 아니면 내게 위험을 알리려고 울린 것일까? 그러고 보니 난 하우서,[16] 비트리히,[17] 마인들[18]도 생각했는데……. 그럼 날 위해 울린 것인가? 만약 그렇다면 어떤 위험으로부터 경계 태세를 갖추라는 거지?

잉게보르크에게 이 얘기를 했더니 너무 오랫동안 방에 박혀 있지 말라고 충고했다. 그녀는 우리가 호텔에서 진행하는 조깅 프로그램이나 헬스장에 등록해야 한다고 했다. 불쌍한 잉게보르크는 아무것도 이해하지 못한다. 운동에 대해선 프라우 엘제에게 알아보겠다고 약속했다. 10년 전에는 전혀 그런 게 없었다. 잉게보르크는 자기가 등록하겠다면서 프런트 직원과 해결하면 될 일이니 프라우 엘제와 얘기할 필요 없다고 했다. 나는 그렇게 하라고, 좋을 대로 하라고 했다.

잠자리에 들기 전에 두 가지 일을 했다.

1. 프랑스를 기습 공격 할 기갑 부대를 배치했다.
2. 발코니에 나가 케마도가 있는지 불빛을 찾아 봤지만 완전히 깜깜했다.

8월 26일

잉게보르크의 충고대로 했다. 오늘은 평소보다 오래 바닷가에 머물렀다. 지나친 일광욕에 어깨가 뻘겋게 타 버려서 오후엔 피부열을 빼줄 크림을 사러 가야 했다. 우린 페달보트 옆에 있었고 달리 할 일이 없던 나는 케마도와 얘기를 나눴다. 어쨌든 오늘도 몇 가지 얘깃거리가 있었다. 주요 사건은 어제 찰리가 로보와 코르데로와 함께 떠들썩하게 술을 마신 일이다. 근심에 쌓인 한나는 그를 포기해야 할지, 어떡해야 할지 모르겠다고 잉게보르크에게 하소연했다. 혼자 독일로 돌아가고 싶은 마음이 간절하다고 했다. 아이가 보고 싶고 진절머리 나고 피곤하다고도 했다. 완벽하게 구릿빛으로 변한 피부만을 위안 삼았다. 잉게보르크는 그 모든 게 찰리에 대한 사랑이 진심인지 아닌지에 달렸다고 했다. 한나는 어떻게 대답해야 할지 모르는 듯했다. 한 가지 다른 소식은 코스타 브라바 호텔 지배인이 그들에게 호텔을 나가 달라고 했다는 것이다. 지난밤 찰리와 스페인 친구들이

야간 경비원을 폭행하려고 했던 것 같다. 내가 몰래 눈치를 줬는데도 잉게보르크는 그녀에게 델 마르로 옮기라고 제안했다. 다행히 한나가 지배인에게 재고해 줄 것을 부탁해서 받아들여지지 않으면 선금을 돌려 달라고 할 작정이었다. 난 모든 게 해명과 이해에 달려 있다고 생각했다. 그 싸움이 벌어질 때 어디 있었느냐는 잉게보르크의 질문에 한나는 방에서 자고 있었다고 했다. 찰리는 정오가 돼서야 기진맥진한 몸으로 서핑 보드를 질질 끌며 해변에 나왔다. 그를 보고 한나가 잉게보르크에게 귓속말을 했다.

「죽으려고 환장했어.」

찰리의 입장은 전혀 달랐다. 지배인의 경고에 아랑곳하지 않았다. 침대에서 방금 나온 사람처럼 눈꺼풀이 반쯤 잠긴 그가 말했다.

「로보 집으로 옮겨도 돼. 더 싸고 진짜 집이잖아. 그럼 너도 스페인을 제대로 알 수 있고.」 그러면서 내게 윙크했다.

반은 농담이었다. 로보의 어머니는 여름철이면 방을 싸게 빌려 주는데 식사를 포함할 수도 안 할 수도 있었다. 한나가 울음을 터트릴 것만 같았다. 잉게보르크가 끼어들어 그녀를 안정시켰다. 찰리와 같은 농담조로 찰리에게 로보와 코르데로와 사랑에 빠지기라도 한 거냐고 물은 것이다. 한데 그 질문이 진지하게 들린 모양이다. 찰리가 웃더니 아니라고 했다. 뒤이어 기운을 차린 한나는 로보와 코르데로가 침대로 데려가고 싶어 하는 사람은 자기라고 했다.

「지난밤에 계속 나를 만지더라니까.」 아양과 부끄러

움이 뒤섞인 독특한 말투였다.

「네가 예쁘니까.」 찰리가 차분히 말했다. 「네가 모르는 사람이었으면 나라도 그랬을 거야, 그치?」

얘기가 갑자기 오버하우젠에 있는 디스코텍33과 전화국 같은 엉뚱한 주제로 옮겨 갔다. 한나와 찰리는 감상에 빠져 낭만적 추억의 장소를 떠올렸다. 하지만 잠시 후 한나가 말했다.

「죽으려고 환장했군.」

찰리는 그녀의 비난에 종지부를 찍으려는 듯 보드를 들고 바다로 들어가 버렸다.

케마도와의 첫 대화 주제는 페달보트를 누가 훔쳐 간 적이 있는지, 일이 힘든지, 무자비한 태양 아래 오랜 시간 일하는 게 지루하지 않은지, 점심시간은 있는지, 외국인 중에 누가 최고의 손님이었는지 등이었다. 그는 막힘없이 다음과 같이 대답했다. 도둑맞은 적은 두 번 있었는데 알고 보니 엉뚱한 곳에 놔두고 간 거였다. 일은 힘들지 않다. 지루할 때도 있지만 그런 경우는 많지 않다. 내가 예상했듯, 보카디요로 점심을 먹는다. 어느 나라 사람이 보트를 제일 많이 빌려 갔는지는 모르겠다. 나는 그의 대답들이 마음에 들었다. 그 뒤로 잠깐의 침묵이 이어졌다. 그가 대화에 그다지 익숙하지 않은 사람이라는 건 분명했으며 시선을 피하는 걸 보니 사람을 쉽게 믿지 못하는 것 같았다. 몇 발 떨어진 곳에 있는 잉게보르크와 한나의 몸이 빛나는 태양광을 받고 있었다. 그 순간 나는 호텔에서 나오고 싶지 않았다고 뜬금없는 말을 했다. 케마도는 아무렇지 않게 날 쳐다보더니 자기

보트와 다른 임대점의 보트가 섞여 있는 수평선으로 시선을 옮겼다. 나는 산이 좋지 바다는 별로라고 했다. 바다도 좋지만 산이 훨씬 좋다고 했다. 케마도는 아무 말도 없었다.

다시 침묵이 흘렀다. 햇볕이 내 어깨를 감싸는 걸 느꼈지만 움직이지도, 어깨를 보호하려고 하지도 않았다. 케마도의 옆모습은 다른 사람 같았다. 그렇다고 얼굴이 덜 일그러져 보인다는 게 아니라(사실 훨씬 일그러져 보였다) 그냥 다른 사람처럼 보였다. 멀게 느껴졌다. 굵고 짙은 머리칼에 경석으로 만든 흉상 같았다.

뭐 때문에 그랬는지 모르지만, 작가가 되고 싶다고 그에게 털어놨다. 케마도가 고개를 돌리고 잠시 주저하더니 아주 흥미로운 직업이라고 했다. 나는 제대로 말하지 못한 것 같아 그에게 다시 말했다.

「소설이나 희곡을 쓰는 작가는 아니고.」 분명히 밝혔다.

케마도가 입을 떼며 뭐라 했는데 듣지 못했다.

「뭐라고?」

「시인이 되고 싶은 거야?」

그의 상흔 속에 괴물 같은 웃음이 보이는 것 같았다. 태양이 날 바보로 만들고 있다고 생각했다.

「아니, 아니, 시인은 당연히 아니지.」

이미 거기에 발을 들여놓은 이상 나는 어떤 식으로도 시를 경시하지 않는다고 밝혔다. 클롭슈토크[19]나 실러[20]의 시를 외워서 낭송할 수 있었더라면. 요즘 같은 때 시

---

19 Friedrich Gottlieb Klopstock(1724~1803). 독일의 서정 시인. 근대 독일 문학의 새로운 장을 개척했다.

20 Johann Christoph Friedrich von Schiller(1759~1805). 독일 고전주의 극작가이자 시인, 철학자, 역사가, 문학 이론가.

를 쓴다는 건 사랑하는 사람을 위한 게 아니라면 무익한 일이다. 그도 그렇게 생각하지 않을까?

「아니면, 그로테스크?」 그 가련한 친구가 고개를 끄덕거리며 물었다.

그토록 기형적인 사람이 남들처럼 즉각적으로 느껴 보지도 않고 어찌 그로테스크를 말할 수 있단 말인가? 신기한 일이다. 어쨌거나 케마도가 몰래 웃고 있다는 느낌이 커져 갔다. 그의 눈에 웃음의 그림자가 드리워져 있었다. 아주 이따금씩 날 봤지만 그때마다 그의 눈에서 환희와 힘의 불꽃이 보였다.

「전문 작가.」 내가 말했다. 「창작 에세이스트.」

나는 바로 전쟁 게임 관련 잡지, 경기, 지역 클럽, 등을 언급하며 그 세계를 대략적으로 설명했다. 스페인 선수 협회가 있는지에 대한 얘기는 듣지 못했지만, 바르셀로나에도 두 개의 협회가 있고 유럽 리그에서 활발히 활동하기 시작했다고 말했다. 파리에서 두어 명 봤다고 했다.

「인기가 높아지고 있는 스포츠지.」 내가 말했다.

케마도는 내 말을 곱씹어 보는 것 같더니 일어나서 연안에 도착한 페달보트를 받았다. 손쉽게 대여소로 끌어 올렸다.

「언젠가 납으로 만든 모형 군인으로 게임하는 사람들에 대해 읽은 적이 있어.」 그가 말했다. 「얼마 전에 말이야. 초여름에……」

「맞아, 대충 비슷해. 럭비나 아메리카 풋볼 같은 거지. 난 납으로 만든 군인 모형엔 별로 관심 없지만, 뭐 괜찮지……. 예쁘고…… 예술적이고…….」 웃어 보였다. 「난 보드 게임이 더 좋아.」

「무슨 글을 쓰는데?」

「어떤 것이든. 생각나는 전쟁이나 전투를 네가 얘기해 주면 내가 어떻게 이기고 질 수 있는지, 또 게임에 어떤 오류가 있는지, 제작자가 어떤 점에서 정확했고 어디에서 실수를 했는지, 전개상의 오류가 뭔지, 어떤 순서가 옳은지, 실제 전투 순서가 어땠는지 설명해 주지.」

케마도는 수평선을 바라봤다. 엄지발가락으로 모래사장에 홈을 파고 있었다. 우리 뒤에 있던 한나는 잠들어 있었고 잉게보르크는 플로리안 린덴의 책을 끝내 가고 있었다. 나와 눈이 마주치자 미소 지으며 키스를 보냈다.

나는 잠시 케마도에게 애인이 있을지 아니면 있었을지 생각해 봤다.

저 무시무시한 얼굴에 어떤 여자가 키스할 수 있을까? 하지만 못 할 게 없는 여자가 있다는 걸 나도 안다.

잠시 후.

「여기서 많이 즐기고 가.」 그가 말했다.

목소리가 멀리에서 들려오는 것 같았다. 햇빛이 바다 위에 쏟아지며 구름에 닿을 정도로 큰 빛의 장벽을 만들었다. 탁한 우윳빛에 두툼하고 무거운 구름이 북쪽 바위 쪽에 거의 멈춰 있었다. 구름 아래로 보트에 매달린 낙하산 하나가 해변으로 오고 있었다. 나는 현기증이 좀 난다고 했다. 남은 일 때문인 것 같은데, 일을 끝낼 때까진 신경이 예민해진다고 했다. 전문 작가가 되려면 복잡하고 귀찮은 장치들을 설치해야 한다고 했다. (자신에게 유리하게 시공간의 경제성을 추론하는 것은 지능화된 전쟁 게임 게이머가 갖춰야 할 핵심 덕목이다.)

며칠 전부터 내 방에 큰 게임을 전개하고 있으며 거기서 일을 하고 있어야 한다고 말했다.

「9월 초까지 에세이를 보내 주기로 했는데, 네가 보듯이, 여기서 멋지게 보내고 있잖아.」

케마도는 말이 없었다. 나는 그 글을 미국 잡지에 보낼 거라고 덧붙였다.

「내가 하고 있는 건 상상 이상의 전략이야. 아무도 해 본 적 없지.」

태양이 날 흥분시키는 것 같았다. 솔직히 슈투트가르트를 떠난 후로 전쟁 게임에 대해 누구와도 얘기할 기회가 없었다. 게이머라면 내 맘을 이해할 것이다. 우리 같은 사람들은 게임에 대해 얘기하는 걸 즐거워한다. 물론 내가 그 많은 사람들 중에 아주 특별한 대화 상대를 골랐지만 말이다.

케마도는 내가 글을 쓰면서 게임을 해야 한다는 걸 이해하는 것 같았다.

「그런데 그렇게 하면 늘 이기겠네.」 그가 흉한 이를 드러내며 말했다.

「전혀 그렇지 않아. 혼자 경기를 하면 전략이나 위장으로 적을 속일 방법이 없어. 모든 카드를 탁자 위에 놓고 하는 거라서 나의 전략이 작동한다면 그건 수학적으로 그렇게 해야 하기 때문이지. 부차적인 얘긴데, 그 전략을 두 번 정도 시도했는데 두 게임 모두 내가 이겼어. 하지만 그 전략을 더 연습해야 해서 혼자 게임을 하고 있지.」

「글쓰기가 아주 오래 걸리겠네.」 그가 말했다.

「아니.」 웃으며 말했다. 「번개처럼 쓰지. 게임은 느리지만 글은 아주 빨라. 내가 신경이 예민하다고 하는데, 그래서 그런 게 아냐. 내 글쓰기 때문에 그렇게 말하는 거지. 일필휘지거든!」

「나도 아주 빨리 쓰지.」 케마도가 중얼거렸다.

「그래, 그럴 줄 알았어.」 내가 말했다.

내 말에 나도 놀랐다. 사실 케마도가 글을 쓸 줄 안다고는 생각지도 못했다. 하지만 그가 그 말을 할 때, 혹은 내가 그의 말을 수긍하기도 전에 나는 그가 아주 빨리 글을 쓸 거라 직감했다. 우리는 잠시 말없이 서로를 쳐다봤다. 조금씩 익숙해지긴 했지만 그의 얼굴을 계속 보고 있기는 어려웠다. 케마도의 미소는 여전히 비밀스러웠다. 그 숨어 있는 미소는 날 비웃는 것일 수도, 방금 나눈 우리의 대화를 조롱하는 것일 수도 있었다. 갈수록 기분이 나빴다. 땀이 났다. 케마도가 어떻게 그리 오랫동안 태양빛을 견디는지 이해할 수 없었다. 울퉁불퉁하고 그을린 주름이 가득한 그의 몸이 시시각각 파열 지경에 이른 가스레인지의 파란, 혹은 검누른 색을 띠고 있었다. 그런데도 그는 손을 무릎에 올리고 시선을 바다에 고정한 채 모래 위에 편안히 앉아 있을 수 있는 사람이었다. 그가 미리 준비한 것 같은 낯선 표정을 지으며 방금 도착한 페달보트를 끌어내는 걸 도와줄 수 있느냐고 물었다. 나는 반쯤 얼이 빠져 그러자고 했다. 한 이탈리아인 커플이 페달보트를 연안에 대지 못하고 있었다. 우리는 물에 들어가 부드럽게 보트를 밀었다. 보트 안에 앉아 있던 이탈리아인들은 농담을 하며 물에 빠지는 시늉을 했다. 그들은 모래사장에 닿기 전에 뛰어내렸다. 몸을 추스르며 손을 잡고 마리티모 대로로 가는 걸 보고 나도 기분이 좋았다. 보트를 옮기고 나자 케마도가 내게 잠깐 수영을 하라고 권했다.

「왜?」

「햇빛에 네 추가 다 녹잖아.」 그가 말했다.

나는 웃으며 그에게 같이 가자고 했다.

우리는 맨 앞줄의 해수욕객들을 지날 때까지 전진했다. 그러자 바다가 우리 앞에 펼쳐졌다. 케마도와 같이 앉아 있던 그곳에선 해변과 북적대는 사람들이 다르게 보였다.

돌아왔을 땐 내게 이상한 목소리로 코코넛 크림을 바르라고 했다.

「코코넛 크림과 어둠.」 그가 중얼거렸다.

나는 고의적으로 불시에 잉게보르크를 일으켜서 자리를 떴다.

오후가 되자 몸에 열이 났다. 잉게보르크에게 말했지만 내 말을 믿지 않았다. 어깨를 보여 주자 젖은 수건을 올리든 찬물로 샤워를 하든 하라고 했다. 한나가 기다리고 있으니 나를 두고 서둘러 나가려는 것 같았다.

나는 잠시 맥없이 게임판을 쳐다봤다. 눈부신 햇빛과 호텔의 윙윙거림이 잠을 몰고 왔다. 애써 거리에 나가 약국을 찾았다. 무시무시한 태양 아래 마을의 옛길을 돌아다녔다. 여행객들이 있었는지는 기억나지 않는다. 사실 아무도 보지 못했다. 잠든 개들, 나를 응대한 약국 아가씨, 문 그림자에 앉아 있던 노인이 다였다. 반면에 마리티모 대로에는 팔꿈치를 부딪치거나 밀치지 않고는 걸을 수 없을 정도로 사람이 많았다. 항구 근처엔 유원이 들어서 있었는데 거기 있던 사람들 모두 유원에 푹 빠져 있었다. 미친 사람들의 놀이터 같았다. 작은 좌판들이 넘쳐 났고 사람에 깔려 죽을 지경이었다. 구시가지 거리에서 또 길을 잃었다가 길을 우회하여 호텔로 돌아왔다.

나는 옷을 벗고 블라인드를 내린 뒤 몸에 크림을 발랐다. 몸이 좀 탄 것 같았다.

어두운 방 침대에 누워 눈을 뜨고 요 며칠간의 일을 생각하다 잠들었다. 그리고 꿈을 꿨는데, 몸에 열도 없었고 잉게보르크와 함께 이 방, 이 침대에서 각자 책을 읽고 있었다. 우리는 아주 가까이 있었다. 둘 다 각자의 책에 빠져 있었지만 우리가 함께 있다고 확신했고 서로 사랑한다는 걸 알고 있었다. 그때 누군가 문을 세게 긁어 댔다. 잠시 후 문 밖에서 목소리가 들렸다. 〈플로리안 린덴이오, 빨리 나오시오. 당신들 큰 위험에 빠졌소.〉 잉게보르크는 재빨리 책을 놓고(책이 배게 위에 떨어지며 부서졌다) 문을 주시했다. 나는 거의 미동도 하지 않았다. 사실 피부에 생기가 돌아 그 자리가 너무 편했으며 긴장할 이유도 없다고 생각했다. 〈당신 목숨이 위험해요.〉 플로리안 린덴이 재차 말했다. 복도 끝에서 말하는 것처럼 목소리가 갈수록 멀어졌다. 이윽고 엘리베이터 소리가 들리더니 금속성 소리를 내며 문이 열렸고 문이 닫히며 플로리안 린덴을 1층으로 데려갔다. 〈해변이나 유원지로 갔을 거야.〉 잉게보르크가 서둘러 옷을 입으며 말했다. 〈그를 만나야겠어. 여기서 기다려. 얘기를 해야겠어.〉 물론 나는 아무런 제지도 하지 않았다. 하지만 혼자 남게 되자 더 이상 책을 읽을 수 없었다. 〈문 닫힌 방에 있는데 뭐가 위험하다는 거야?〉 큰 소리로 물었다. 〈저 건달 같은 탐정이 원하는 게 뭔데?〉 흥분한 나는 창문으로 가서 잉게보르크와 플로리안 린덴이 만나기를 기다렸다. 해가 저물고 있었고 케마도만 보였는데, 그는 붉어진 구름과 끓고 있는 렌즈콩 요리 빛깔의 달 아래서 반바지만 입고 자신을 둘러싼 모든 것, 바다와 해변과 대로의 옹벽과 호텔 그림자, 그것들에서 외떨어져 홀로 페달보트를 정리하고 있었다. 일순간 공포가 엄습했다. 나는 거기에 위험과 죽음이 있다는 걸 깨달았다. 뻘뻘 땀을 흘리며 깨어났다. 열은 사라졌다.

8월 27일

아침에 첫 두 수를 진행하고 기록하면서 첫해에 한 개 이상의 전선을 만들지 말라는 벤저민 클라크(『워털루』, 14호)와 잭 코르소(『더 제너럴』, 17권, 3호)의 충고를 뭉개 버렸다. 호텔 바로 내려갔다. 들뜬 기분에 글을 쓰고, 수영하고, 마시고, 웃고 싶은 욕심이 온몸에 끓어올랐는데, 말하자면 그 모든 게 나의 건강과 생기 넘치는 즐거움을 말해 주는 것이었다. 오전에는 바에 손님이 많지 않아서 소설 한 권과 내 일에 필요한 에세이들의 사본을 넣어 둔 파일을 챙겨 갔다. 카를 구츠코[21]의 소설 『회의적인 여자 발리』를 가져갔는데 유익한 아침의 행복과 흥분 때문에 독서에도, 반박하고 싶은 논설에도 집중할 수가 없었다. 그래서 식당과 테라스를 오가는 사람들을 지켜보며 맥주를 즐겼다. 세 번째 순번을(의심의 여지

---

21 Karl Ferdinand Gutzkow(1811~1878). 독일의 소설가, 극작가로 19세기 청년 독일 운동의 중심인물. 희곡 『회의적인 여자 발리』(1835)는 신성 모독과 미풍양속 파괴라는 명목으로 발행 금지 처분을 받았다.

없이 가장 중요한 순간에 속하는 1940년 봄) 요약해 둔 노트를 찾으러 방으로 돌아가려는데 때마침 운 좋게 프라우 엘제가 나타났다. 나를 보고 미소 지었다. 이상한 미소였다. 그녀는 손님들의 말이 끝나기도 전에 등을 돌려 내 테이블에 앉았다.

그녀의 반듯한 얼굴선에 어울리지 않게 피곤해 보였지만 눈빛은 밝았다.

「한 번도 못 본 책이네요.」 책을 보며 그렇게 말했다. 「누구의 책인지도 모르겠고요. 현대 작가인가요?」

나는 웃으며 아니라고 했다. 지난 세기 작가고, 이미 죽었다고 말했다. 그 순간 그녀와 눈이 마주쳤는데 서로 눈을 떼지도, 말을 꺼내 어색함을 풀어 보려고도 하지 않았다.

「내용이 뭐예요? 얘기해 주실래요?」 그녀가 구츠코의 책을 가리켰다.

「원하시면 빌려 드리죠.」

「책 읽을 시간이 없어요. 여름엔 그렇죠. 저한테 얘기해 주시면 되잖아요.」 아주 부드러웠지만 명령조의 목소리였다.

「한 소녀의 일기예요. 발리라는. 자살로 끝나요.」

「그게 다예요? 잔인하네요.」

웃음이 나왔다.

「얘기해 달라면서요. 가져가세요. 나중에 돌려줘요.」

그녀가 사색에 잠긴 듯 말을 하며 책을 잡았다.

「소녀들은 일기 쓰는 걸 좋아하죠······. 이런 드라마는 싫어요······. 아니, 안 읽을래요. 좀 더 즐거운 책은 없나요?」 그녀가 파일을 열더니 에세이 사본을 살펴봤다.

「이건 다른 거예요.」 나는 다급히 설명했다. 「쓸데없는 거죠!」

「그런 것 같네요. 영어도 보시네요?」

「예.」

그건 좋은 일이라 말하는 듯 고개를 끄덕였다. 그러고는 파일을 덮었다. 우리는 잠시 말이 없었다. 난 그런 상황이 아주 곤혹스러웠다. 놀라운 건 그녀가 서둘러 자리에서 일어나지 않았다는 것이다. 대화를 이어갈 주제를 생각해 봤지만 아무것도 떠오르지 않았다.

그런데 생각지도 않게 10년 혹은 11년 전 일이 기억났다. 프라우 엘제가 누군가를 위한 파티에서 빠져나와 마리티모 대로를 건너 해변으로 사라졌다. 당시엔 대로에 지금처럼 가로등이 없었기에 깜깜한 어둠 속으로 들어가는 데 두어 걸음이면 충분했다. 그녀가 나가는 걸 본 사람이 있는지는 중요치 않다. 아마도 없었을 것이다. 파티는 소란스러웠고 모두 테라스에서 술을 마시며 춤을 추고 있었다. 심지어 지나가는 행인들이나 호텔과 아무 상관 없는 사람들까지도 그랬다. 돌아올 땐 혼자가 아니었다. 한 남자와 손을 맞잡고 있었는데 그는 키가 크고 호리호리한 체격에 하얀 셔츠를 입고 있었다. 셔츠가 미풍에 날렸다. 그 셔츠 속에는 마치 뼈만, 깃대처럼 단 하나의 뼈만 있는 것 같았다. 대로를 건널 때 그를 알아봤다. 호텔 주인이자 프라우 엘제의 남편이었다. 그녀가 내 옆을 지나며 독일어로 내게 인사했다. 그토록 슬픈 미소는 본 적이 없다.

10년이 지난 지금도 그때와 똑같은 미소를 짓고 있다. 나는 주저하지 않고 그녀에게 아주 아름답다고 말했다.

프라우 엘제는 못 들었다는 듯 나를 보더니 테이블 주변 사람들이 듣기 어려울 만큼 작은 소리로 웃었다.

「정말이에요.」 내가 말했다. 웃음거리가 될 수도 있다는 두려움, 내가 그녀와 있을 때마다 늘 느끼던 그 두려움은 없었다.

내가 진지해 보였는지 그녀도 돌연 진지하게 말했다.

「그렇게 생각하는 사람이 당신뿐인 건 아니에요, 우도 씨. 정말로 제가 그런가 보네요.」

「늘 그랬어요.」 내가 말했다. 이젠 주워 담을 수도 없었다. 「외모만으로 하는 말이 아니에요. 그건 분명해요. 당신의…… 후광, 당신의 아주 사소한 몸짓이 풍기는 분위기……. 당신의 침묵…….」

프라우 엘제가 이번에는 농담이라도 들은 양 대놓고 웃어 댔다.

「미안해요.」 그녀가 말했다. 「당신 때문에 웃는 거 아니에요.」

「저는 아니겠죠, 제가 한 말 때문이겠죠.」 내가 말했다. 나도 웃음이 나왔다. 약간 화가 섞여 있었다. (사실 약간 모욕을 받은 느낌이었다.)

프라우 엘제에겐 이런 태도가 다정하게 비쳤던 것 같다. 나는 본의 아니게 감춰 둔 상처를 건드린 게 아닌가 생각했다. 나는 한 스페인 사람의 구애를 받는 프라우 엘제를 상상했다. 그 남자와 비밀스러운 관계를 유지한다. 그녀의 남편은 당연히 그걸 의심하고 괴로워한다. 그녀는 애인을 포기할 수도 없고 그렇다고 남편을 포기할 용기도 없다. 이 두 믿음 사이에 붙들린 그녀는 괴로

움의 원인이 자신의 아름다움에 있다고 생각한다. 나는 불꽃같은 프라우 엘제를 본다. 그 불꽃은 세상사에 타 버리고 죽어 가더라도 우리 모두를 비춘다. 와인이 우리의 핏속에 녹아들어 사라지듯이. 아름답고도 먼 그녀. 그리고 고독한 그녀……. 이 마지막 말이 그녀의 가장 불가사의한 미덕이다.

그녀의 목소리가 상상 속에 잠든 나를 깨웠다.

「여기서 아주 멀리 계신 것 같네요.」

「당신 생각을 하고 있었어요.」

「세상에나, 우도. 창피하네요.」

「10년 전의 당신을 생각했어요. 예전과 똑같으세요.」

「10년 전에 제가 어땠는데요?」

「지금 같았죠. 사람을 끄는 매력이 있고 활동적이고.」

「활동적인 건 맞아요. 어쩌겠어요. 하지만 사람을 끄는 매력이 있다고요?」 좋은 친구 같은 그녀의 웃음소리가 다시 식당에 울려 퍼졌다.

「예, 자석 같지요. 예전의 그 테라스 파티 기억나세요? 당신은 해변으로 가버렸죠……. 테라스엔 그렇게 많은 조명이 있었지만 해변은 늑대 입처럼 어두웠죠. 나만 당신이 자리를 비운 걸 알고 있었고 돌아올 때까지 기다렸죠. 저기 저 계단에서. 잠시 후 당신은 혼자가 아니라 남편과 함께 나타났어요. 내 옆을 지나면서 내게 미소 지었죠. 정말 아름다웠어요. 남편이 당신을 따라 나간 걸 보진 못했으니 남편은 이미 해변에 가 있었겠죠. 이런 게 사람을 끄는 매력이라는 거예요. 당신은 사람을 끌죠.」

「우도 씨, 난 그 파티가 전혀 기억나지 않아요. 파티가 너무 많은 데다 너무 오래전이네요. 어쨌든 당신 얘기에선 제가 끌려간 것 같은데요. 바로 제 남편한테요. 당신이 그가 나가는 걸 못 봤다면 이미 해변에 있었다는 거죠. 하지만 당신이 말처럼 해변은 어두워요. 그러니 남편이 거기 있었다는 걸 내가 어떻게 알았겠어요. 따라서 내가 해변에 간 건 그의 자성이 나를 끌어서겠죠. 그렇지 않나요?」

대답하고 싶지 않았다. 프라우 엘제가 나의 말을 깨뜨리려 했지만 우리는 변명을 용인하며 대화를 계속 이어갔다.

「몇 살이죠? 열다섯 소년이 자기보다 약간 나이 많은 여자한테 끌리는 건 당연하죠. 사실 난 당신이 거의 기억나지 않아요, 우도 씨. 내…… 관심은 다른 쪽에 있거든요. 그때 전 정신 나간 여자였을 거예요. 다른 여자들처럼 아주 불안정한. 호텔을 좋아하지 않았죠. 그래서 많이 힘들었어요. 뭐, 어느 외국인이라도 처음엔 힘들죠.」

「제겐 뭔가…… 예쁜 것이었죠.」

「그런 표정 짓지 마세요.」

「어떤 표정요?」

「두들겨 맞은 바다코끼리 같은 표정 말예요, 우도 씨.」

「잉게보르크와 똑같은 말을 하시네요.」

「정말요? 말도 안 돼요.」

「물론 다른 표현을 써요. 하지만 비슷해요.」

「예쁘던데요.」

「예, 그렇죠.」

갑자기 침묵이 찾아왔다. 그녀가 왼손 손가락으로 테이블 플라스틱 바닥을 북 치듯 두드리기 시작했다. 남편에 대해 물어보고 싶었다. 여태 그를 만나기는커녕 먼발치에서도 보지 못했고, 프라우 엘제가 들려준 뭐라 해야 할지 모를 그 이야기에서 그가 중요한 역할을 한다고는 생각했지만, 물어볼 기회는 이미 놓쳐 버렸다.

「다른 얘기하는 건 어때요? 문학 얘길 해보죠. 그러니까, 당신이 문학에 대해 얘기하면 내가 들을게요. 책에 대해선 아는 게 없지만 읽는 건 좋아해요. 진짜예요.」

날 놀리는 것 같았다. 프라우 엘제의 눈이 내 피부를 파고드는 것 같았다. 게다가 그녀의 눈이 내 눈을 살피고 있었는데, 그럼으로써 내 안에 숨겨진 생각들을 읽을 수 있다는 것 같았다. 그럼에도 표정은 친절해 보였다.

「그럼 영화 얘길 해보죠. 영화 좋아하세요?」 난 어깨를 으쓱였다. 「오늘 밤 텔레비전에서 주디 갈런드 영화를 해요. 제가 좋아하는 배우예요. 좋아하세요?」

「글쎄요. 그녀가 나오는 영화를 본 적이 없어요.」

「〈오즈의 마법사〉 못 봤어요?」

「아니요, 봤어요. 하지만 만화로 봤죠. 제가 기억하는 건 만화예요.」

그녀가 맥 빠진다는 표정을 지었다. 식당 어디에선가 아주 부드러운 음악이 들려왔다. 우린 둘 다 땀을 흘리고 있었다.

「나눌 만한 얘기가 없네요.」 그녀가 말했다. 「물론 당신과 여자 친구는 밤에 호텔 로비에 내려와 텔레비전을 보는 것보다 재미있는 일이 많겠죠.」

「재미있을 것도 없어요. 디스코텍에 가는데, 지루하게 끝나죠.」

「춤 잘 춰요? 맞아, 분명 춤을 잘 출 거 같아요. 진지하고 지치지 않는 사람들이 그렇죠.」

「그런 사람이 어떤데요?」

「어떤 것에도 동요하지 않고 춤추는 사람들이죠. 그들은 어디라도 갈 수 있어요.」

「전 아니네요. 전 그런 사람이 아니에요.」

「어떤 스타일로 추는데요, 그럼?」

「서툴다고 해야 맞겠죠.」

프라우 엘제는 이해하겠다는 듯 수수께끼 같은 표정을 지었다. 우리도 모르는 사이 해변에서 돌아온 사람들로 식당이 북적이고 있었다. 바로 옆 테이블은 벌써 손님들이 앉아 식사 준비를 하고 있었다. 잉게보르크도 곧 돌아올 시간이었다.

「이젠 춤도 잘 추지 않아요. 스페인에 왔을 땐 거의 매일 남편과 춤을 췄죠. 늘 같은 곳에 갔는데 당시엔 디스코텍도 많지 않은 데다 여기가 가장 현대적이고 좋은 곳이었어요. 아니요, 여기가 아니라 X에 있었어요……. 제 남편이 좋아하던 유일한 디스코텍이죠. 아마 마을 밖에 있어서 좋아했을 거예요. 지금은 없어요. 몇 년 전에 문을 닫았죠.」

나는 기회를 놓치지 않고 최근에 디스코텍에서 겪은 사건을 얘기했다. 프라우 엘제는 종업원과 소시지 몽둥이 남자의 말다툼이 패싸움으로 번진 얘기를 들으면서도 얼굴색 하나 변하지 않았다. 그녀는 우리와 같이 간 스페인 친구 로보와 코르데로 얘기에 관심을 보였다. 난 그녀가 그들을 알거나 아니면 들어서 알고 있을 거라 생각하고 그들 얘기를 꺼냈다. 그런데 아니었다. 그녀는 그들을 몰랐다. 그들은 신혼여행처럼 처음으로 휴가를 함께 보내는 젊은 연인에게 적절한 친구가 아닐 수도 있었다. 그렇다고 해서 무슨 수로 참견할 수 있겠는가? 프라우 엘제의 표정 때문에 걱정이 됐다. 그녀는 내가 모르는 뭔가를 알고 있는 것일까? 나는 그녀에게 로보와 코르데로가 내 친구라기보다는 찰리와 한나의 친구라고 말했고 또 슈투트가르트에선 용모가 훨씬 못한 사람들도 알고 지낸다고 했다. 물론 거짓말이었다. 나는 그들과 스페인어를 할 수 있다는 점에 관심이 있다고 말했다.

「여자 친구 생각도 해야죠.」 그녀가 말했다. 「그녀를 품위 있게 대해야죠.」

그녀의 얼굴에 불쾌감이 서려 있었다.

「걱정 마세요. 괜찮을 겁니다. 제가 조심스러운 성격이라 사람에 따라 어디까지 친해질 수 있는지 잘 알아요. 잉게보르크는 그 관계에 호의적이지만 그런 사람들과 자주 어울리진 않을 것 같고요. 물론 그녀도 나도 그 친구들을 아주 진지하게 생각하진 않아요.」

「하지만 그들은 실재하는 사람들이에요.」

그 순간 매력적이고 고독한 그녀를 뺀 모든 것, 로보와 코르데로, 호텔과 여름, 내가 언급하지 않은 케마도, 관광객들이 비현실적으로 보인다고 말할 뻔했지만 운 좋게 입을 다물었다. 분명 그녀가 좋아하지 않았을 것이다.

잠시 침묵이 흘렀다. 침묵 속에서 그 어느 때보다 그녀에게 더 가까워진 느낌이었다. 그녀는 곧 일어나 내게 악수를 청하고 자리를 떴다.

방으로 올라가는 길에 엘리베이터에서 낯선 사람이

22 튀김옷을 입힌 고기 요리.

영어로 사장이 아프다고 했다. 「사장이 아프다니. 참 안됐어, 루시.」 이렇게 말했다. 나는 그 사장이 프라우 엘제의 남편이라고 확신했다.

나는 방에 이를 즈음 같은 말을 되풀이하고 있는 나를 보고 놀랐다. 그가 아프다, 아프다, 아프다⋯⋯. 분명 그렇게 말했다. 지도 위의 게임말들이 흩어져 버리는 것 같았다. 햇빛이 탁자 위로 비스듬히 쏟아지니 독일 기갑병 게임말들이 살아 있는 듯 번득였다.

오늘은 닭고기에 감자튀김과 샐러드, 초콜릿 아이스크림과 커피로 점심 식사를 했다. 변변찮은 점심이었다. (어제는 밀라네사,[22] 샐러드, 초콜릿 아이스크림, 커피였다.) 잉게보르크와 한나는 바다로 곧장 깎아지른 두 바위 사이에 있는 항구 뒤편의 시립 정원에 다녀왔다고 했다. 사진도 많이 찍고 엽서도 산 뒤 걸어서 마을로 돌아왔다. 부산한 오전이었다. 난 내 일에 대해 거의 말하지 않았다. 식당의 소란이 머리를 타고 올라 가벼운 두통이 계속됐다. 점심 식사를 마칠 즈음 한나가 비키니에 노란색 셔츠만 입고 나타났다. 자리에 앉으며 내게 양해를 구하듯 혹은 부끄러운 듯 애써 웃었다. 왜 그러는지 나로선 알 수 없었다. 함께 커피를 마시면서도 거의 말이 없었다. 내색하지 않으려 애썼지만 사실 그녀가 전혀 달갑지 않았다. 결국엔 셋이서 방에 올라갔고, 잉게보르크가 수영복으로 갈아입은 후 둘이서 해변으로 나갔다.

한나가 물었다. 「우도는 왜 그렇게 방에만 박혀 있는

거야?」 잠시 뜸을 들이고 또 물어봤다. 「탁자 위에 있는 게임말로 가득한 보드가 뭐야?」 잉게보르크는 당황하여 대답을 못 하고 친구의 뚱딴지같은 호기심에 대한 책임이 내게 있다는 듯 날 쳐다봤다. 한나가 기다리고 있었다. 나는 나 자신도 당황스러울 만큼 차분하고 냉정한 목소리로 어깨가 좋지 않아 그늘에 있는 게 좋겠다며 발코니에서 책을 읽을 거라고 잉게보르크에게 말했다. 이거 안정제 같은 거야. 너도 한번 해봐. 내가 말했다. 생각하는 데 도움이 돼. 한나는 내 말의 의미를 이해하지 못하고 웃었다.

뒤이어 덧붙여 말했다.

「알다시피 이 게임판은 유럽 지도야. 게임이지. 결투이기도 하고. 이게 내 일의 일부야.」

한나는 멍하니 내가 슈투트가르트 전기 공사에서 일하는 걸로 들었다고 더듬더듬 말했다. 이에 나는 거의 대부분의 수입이 전기 공사에서 들어오긴 하지만 내 천직도, 내가 상당한 시간을 들이는 일도 회사와는 무관하며, 약간의 부수입이 탁자에 있는 저 게임에서 나온다고 말했다. 돈에 대한 얘기 때문인지 아니면 게임판과 게임말의 광채 때문인지 모르지만 한나가 다가와 아주 진지하게 지도와 관련된 질문을 했다. 그녀를 그 일에 끌어들일 수 있는 절호의 기회였다……. 바로 그때 잉게보르크가 나가자고 말했다. 나는 발코니에서 두 사람이 마리티모 대로를 건너 케마도의 페달보트 몇 미터 옆에 매트를 펼치는 걸 지켜봤다. 참으로 여성적이고 부드러운 몸짓이 유독 날 아프게 했다. 잠시 몸이 좋지 않아 침대에 머리를 박고 엎드려 땀을 빼는 것밖에 할 수 있는 게 없었다. 어처구니없는 이미지들이 떠올라 머리가 아팠다. 잉게보르크에게 남쪽 안달루시아까지 내려가거나 포르투갈로 가거나, 아니면 정처 없이 스페인 고속도로를 달리거나 바다 건너 모로코로 가자고 할까 생각했다. 그러나 곧 그녀가 9월 3일에 업무에 복귀해야 하고 내 휴가도 9월 5일에 끝나기 때문에 그럴 시간이 없다는 걸 깨달았다. 결국 일어나 샤워를 하고 게임판 앞에 앉았다.

(1940년 봄. 전황 개요. 프랑스가 24 육각 열에 전형적 전선을 유지하고 23열에 두 번째 방어선을 구축한다. 이 시점엔 14개 보병 부대가 유럽 무대에 있어야 하는데, 그들 중 최소 12개 부대가 육각 지점 Q24, P24, O24, N24, M24, L24, Q23, O23, M23을 원호하고 있어야 한다. 나머지 2개 부대는 육각 지점 O22, P22에 배치해야 한다. 3개 기갑 부대 중 하나는 육각 지점 O22에, 다른 하나는 T20, 나머지 하나는 O23에 배치될 것이다. 보충 게임말은 육각 지점 Q22, T21, U20, V20에 배치돼야 한다. 공군 부대는 공군 기지 육각 지점 P21, Q20에 배치한다. 영국 원정군은 최상의 경우, 3개 보병 부대와 1개 기갑 부대로 구성될 것이고 — 물론 영국이 프랑스로 더 많은 부대를 파병한다면 영국을 직접 타격하는 전략을 쓸 것이고 이를 위해 독일 공수 부대가 육각 지점 K28에 있어야 한다 — N23지점으로 2개의 보병 부대가, P23에 1개 보병 부대와 1개 기갑 부대가 산개될 것이다. 방어 전략을 들고 나온다면 P23의 영국군이 O23으로 변경될 수 있고, 프랑스군이 O23의 1개 기갑 부대와 1개 보병

부대를 P23으로 옮길 수도 있다. 어떤 전개를 하든 가장 강력한 육각 지점은 영국 기갑 부대가 P23이나 O23에 배치되는 것이고, 그에 따라 독일군의 공격 축이 결정될 것이다. 독일군의 공격은 소수 정예로 실행될 것이다. 만약 영국 기갑 부대가 P23에 있다면, 독일군의 공격은 O24일 것이고, 반면에 영국 기갑 부대가 O23에 있다면 공격은 벨기에 남부 N24에서 시작해야 한다. 돌파구를 확보해야 할 경우, 영국 기갑 부대가 P23에 있으면 공수 부대가 O23에 낙하해야 하고, 영국 기갑 부대가 O23에 있으면 N23에 낙하해야 한다. 첫 번째 방어선에 대한 공격은 2개 기갑 부대로 시작하고 다른 2개 혹은 3개 기갑 부대로 돌파하여 영국 기갑 부대의 위치에 따라 O23이나 N22에 도달해야 하고, 이를 발판으로 육각 지점 O22, 즉 파리에 대한 즉각적 공격 절차를 밟아야 한다. 1:2를 넘어서는 전력의 역습을 방어하려면 해당 지점에 어느 정도의 공군력을 배치해야 한다, 등등.)

오후에 캠핑장에서 한잔하고 미니 골프를 하러 갔다. 찰리는 전보다 차분했는데, 여태 알지 못했던 고요가 깃든 것처럼 깔끔하고 얌전한 얼굴이었다. 하지만 겉모습은 사람 눈을 속이는 법. 금세 전처럼 난잡한 말을 늘어놓으면서 얘기 하나를 들려줬다. 이 이야기가 그의 우둔함, 우리의 우둔함, 혹은 두 가지 모두를 드러냈다. 간단히 말하면, 하루 종일 서핑을 하다 보니 어느 순간 너무 멀리 나가서 해안선이 보이지 않는 곳에 다다랐다는 것이다. 이 이야기에서 재미난 점은 그가 해변으로 돌아오다가 이 마을과 옆 마을을 헷갈렸다는 것이다. 건물과 호텔, 해변의 생김이 의심스러웠는데 그걸 무시했다고 한다. 길 잃은 찰리는 어느 독일인 피서객에게 코스타 브라바 호텔이 어디 있느냐고 물었고, 그 사람은 아무 의심 없이 실제로 코스타 브라바라고 불리는 호텔을 알려 줬는데 그가 머물던 코스타 브라바와 완전히 딴판이었다. 그런데도 찰리는 호텔에 들어가 방 열쇠를 달라고 했단다. 투숙객 명단에 있을 리가 없으니 프런트 직원은 거부했다. 찰리가 겁을 줬는데도 그는 꿈쩍하지 않았다. 프런트에 일이 많지 않았던지 욕지거리가 대화로 바뀌었고 그렇게 호텔 바에 맥주를 마시러 가게 됐는데 의외로 그곳 사람들의 얘기를 듣다가 모든 걸 알게 됐다. 찰리는 친구가 생겼고 사람들은 감탄했다고 한다.

「그래서 어쨌는데?」 한나가 대답을 알면서도 그렇게 물었다.

「보드 들고 돌아왔지. 바다로!」

찰리는 아주 미심쩍은 허풍선이거나 멍청이다.

나는 왜 가끔씩 그리 두려움이 많을까? 왜 두려움이 커질수록 생각이 부풀고 떠올라 저 높은 곳에서 지구 전체를 내려다보는 걸까? (나는 프라우 엘제를 저 위에서 내려다보며 무서워한다. 나는 잉게보르크를 저 위에서 보고 있고 그녀도 날 보고 있다는 걸 알고 있다. 나는 무서워 울고 싶다.) 사랑에 울고 싶은 것일까? 진심으로 나는 이 마을과 더위뿐만 아니라 다가올 미래, 평범함, 부조리로부터 그녀와 함께 도망치고 싶은 것일까? 사람들은 섹스로, 혹은 늙어 가며 평정을 찾는다. 찰리에겐 한나의 다리와 가슴이면 충분하다. 그것으로 평온해진다. 반대로 나는 잉게보르크의 아름다움에 눈이 뜨이고 평정이 깨진다. 나는 예민한 사람이다. 나는 휴가는커녕 수영장조차도 가지 않고 슈투트가르트에서 쉬고 있는 콘라트를 생각할 때면 울고 싶은 심정에 주먹을 날리고 싶다. 하지만 그렇다고 해서 얼굴색이 바뀌는 건 아니다. 나의 맥박은 늘 그대로다. 난 조금도 움직이지 않지만 내 안의 나는 갈기갈기 찢어진다.

잠자리에 들며 잉게보르크가 찰리가 좋아 보였다고 말했다. 우린 새벽 3시까지 아단스라는 디스코텍에 있었다. 지금 잉게보르크는 자고 있고 나는 열린 발코니에서 줄담배를 피우며 글을 쓰고 있다. 한나도 좋아 보였다. 게다가 몇 곡의 느린 음악에 맞춰 춤추기도 했다. 늘 그랬듯 쓸데없는 얘기가 오갔다. 한나와 잉게보르크는 무슨 얘기를 할까? 정말로 친구가 되고 있는 것일까? 찰리의 초대로 코스타 브라바 식당에서 저녁을 먹었다. 파에야, 샐러드, 포도주, 아이스크림, 커피. 그리고 내 차로 디스코텍에 갔다. 찰리는 운전할 맘도 걸을 맘도 없었다. 내가 과장하는 것일 수도 있지만 모습을 보이기조차 싫어하는 것 같았다. 그렇게 비밀스럽고 신중한 그를 본 적이 없다. 한나는 수시로 그에게 기대며 키스했다. 나는 그녀가 오버하우젠에 있는 아들에게도 그런 식으로 입맞춤을 할 거라 생각한다. 돌아오면서 린콘 델 로스 안달루세스 테라스에 있는 케마도를 봤다. 테라스는 비었고 종업원은 테이블을 치우고 있었다. 한 무리의 동네 사내들이 길모퉁이에서 얘기하고 있었다. 케마도가 몇 미터 떨어진 곳에서 그 얘기를 듣는 것 같았다. 찰리에게 저기 네 친구들이 있다고 농담했더니 야살스레 대답했다. 됐어, 그냥 가. 내가 로보나 코르데로를 지칭한 걸로 생각한 모양이었다. 어두워서 그들이 누군지 알아보기 어려웠다. 그냥 가, 그냥 가. 잉게보르크와 한나가 말했다.

8월 28일

아침 하늘이 흐리기는 오늘이 처음이다. 창가에서 바라본 텅 빈 해변은 장엄해 보였다. 백사장에서 놀던 아이들이 비가 오자 하나둘씩 사라졌다. 아침 식사를 할 때의 식당 분위기도 달랐다. 비 때문에 테라스에 앉을 수 없어 사람들이 실내로 몰려들었고 식사 시간이 길어지면서 새로운 친구를 사귈 기회가 생겼다. 모두들 얘기를 나누고 있었다. 남자들은 이른 시간인데도 술을 마셨다. 여자들은 외투를 갖고 나오느라 쉴 새 없이 객실을 들락거렸지만 대부분 빈손이었다. 우스꽝스러웠다. 어느새 분위기가 무료해졌다. 그렇다고 하루 종일 호텔에 있을 수는 없는 노릇이었는지 무리 지어 밖으로 나갔다. 대여섯 명이 두어 개의 우산을 받쳐 들고 상점을 돌아다니다가 카페나 비디오 게임장에 들어갔다. 비로 깨끗해진 거리는 일상적 소란에서 벗어나 또 다른 모습의 일상에 빠져 있었다.

점심을 먹고 있는데 찰리와 한나가 왔다. 그들은 바

르셀로나에 간다고 했다. 잉게보르크는 동행하기로 했지만 나는 정중히 사양했다. 오늘은 온전히 나를 위한 날이다. 그들이 떠난 뒤 나는 식당을 들락거리는 사람들을 보고 있었다. 기대와 달리 프라우 엘제는 나타나지 않았다. 어쨌든 그곳은 조용하고 편했다. 나는 생각에 잠겼다. 경기 원칙들, 준비 행동과 탐색……. 졸음이 쏟아지면서 모든 게 흩어져 버렸다. 정말 즐거운 사람은 종업원들뿐이었다. 보통 때보다 두 배로 바빴지만 서로 웃으며 농담을 던졌다. 내 옆에 있던 노인은 그들이 우릴 비웃는다고 했다.

「잘못 아신 겁니다.」 내가 대답했다. 「여름이 끝나 가니 일도 끝난다는 생각에 즐거운 겁니다.」

「아니, 그럼 슬퍼해야 하지 않나? 이 몰지각한 자들이 실업자가 되는 거 아냐!」

정오에 호텔을 나왔다.

차를 타고 천천히 린콘 델 로스 안달루세스로 갔다. 걷는 편이 더 빠르지만 걷고 싶지 않았다.

테라스가 있는 모든 바가 그렇듯 의자들이 기울어 있었고 파라솔을 따라 빗방울이 떨어지고 있었다. 실내는 북적거렸다. 마치 비가 어색함을 깨준 듯 관광객들과 현지인들이 어떤 파국을 연출하며 한데 어울려 끊임없이 뜻 모를 몸짓을 하며 얘기하고 있었다. 안쪽 텔레비전 옆에 코르데로가 있었다. 내게 가까이 오라는 손짓을 했다. 나는 밀크 커피가 나올 때까지 기다렸다가 그가 있는 테이블로 갔다. 처음엔 의례적인 말이 오갔다(코르데로는 내가 햇빛 쏟아지는 해변에 찾아왔는데 비가 와서 안타깝다고 했다). 나는 선뜻 비가 오는 게 좋다고 말했다. 잠시 뒤 그는 찰리에 대해 물었다. 바르셀로나에 갔다고 했다. 누구랑? 취조하듯 내게 물었다. 나는 그 질문에 놀라지 않을 수 없었다. 속으로는 그게 무슨 상관이냐고 말하고 싶었다. 머뭇거리다가 그런 말을 할 필요까지 있겠나 싶어 관두었다.

「당연히 잉게보르크랑 한나랑 갔지. 그럼 누구랑 갔겠어?」

심난해 보였다. 혼자. 그가 웃으며 말했다. 누군가 흐린 유리창에 주사기가 심장을 관통한 그림을 그려 놓았다. 유리창 너머로 마리티모 대로와 회색빛 금속판들이 보였다. 바 안쪽에 있는 몇 개 안 되는 테이블은 청년들이 차지하고 있었는데 그들만이 관광객들과 일정한 거리를 유지하고 있었다. 그 청년들과 바 테이블을 따라 빽빽이 들어선 사람들(가족 단위나 어른들) 사이의 암묵적인 장벽이 바를 두 그룹으로 나누고 있었다. 뒤이어 코르데로가 엉뚱하고 의미도 없는 이야기를 들려줬다. 테이블에 기댄 채 비밀스럽게 재빨리 말했다. 거의 알아듣지도 못했다. 찰리와 로보에 대한 얘기였는데 꿈결에 말하는 듯, 격론, 금발 아가씨(한나?), 잭나이프, 우정이 최우선...... 이런 말을 했다. 「로보는 좋은 애야. 내가 잘 아는데, 마음이 따뜻한 사람이야. 찰리도 그렇고. 그런데 둘 다 술에 취하면 아무도 못 말려.」 그 말에 동의했다. 나와는 상관없는 일이다. 우리 옆에 있던 소녀가 거대한 재떨이가 된 불 꺼진 벽난로를 뚫어지게 쳐다보고 있었다. 밖에선 비가 거세게 쏟아지고 있었다. 코르데로가 코냑을 샀다. 그때 주인이 와서 비디오를 틀려고 의자에 올라섰다. 그는 의자 위에서 말했다. 「비디오

하나 틀어 줄게.」 아무도 대꾸하지 않았다. 〈건달 같은 것들〉이라며 말을 끝냈다. 영화는 핵전쟁 후의 모터사이클리스트들에 대한 내용이었다. 「저거 봤어.」 코르데로가 코냑 두 잔을 들고 오면서 말했다. 좋은 코냑이었다. 벽난로 옆에 있던 소녀가 울음을 터트렸다. 뭐라 설명할 순 없지만 그 바에 소녀 혼자만 있는 것 같았다. 코르데로에게 아이가 왜 우느냐고 물었다. 울고 있는지 어떻게 알아? 얼굴도 안 보이는데. 그가 대답했다. 나는 어깨를 으쓱했다. 텔레비전에선 두 명의 모터사이클리스트가 사막을 달리고 있었다. 한 명은 애꾸였다. 지평선으로 도시의 잔해가 펼쳐졌다. 무너져 가는 주유소, 슈퍼마켓, 은행, 영화관, 호텔....... 「돌연변이들이야.」 뭘 보려는지 코르데로가 고개를 돌리며 말했다.

벽난로 옆 소녀 옆에 다른 소녀와 소년이 있었는데 마찬가지로 열세 살에서 열여덟 살쯤으로 보였다. 둘은 울고 있는 소녀의 등을 이따금씩 다독거렸다. 소년은 여드름투성이였다. 소년은 낮은 목소리로 위로하기보다는 뭔가를 설득하려는 듯 소녀의 귓전에 소곤거렸다. 그러면서도 눈은 영화의 가장 잔인한 장면을 놓치지 않았다. 한편, 영화에선 잔인한 장면이 계속됐다. 사실 울고 있던 소녀를 빼면 모든 청년들이 자연스레 텔레비전을 향해 있었고 싸움 소리나 절정의 전투 장면에 삽입된 음악에 정신이 팔려 있었다. 영화의 다른 장면들에는 관심이 없거나 이미 봤을 수도 있었다.

비가 잦아들었다.

나는 케마도를 생각했다. 어디 있을까? 해변의 페달보트 속에서 하루를 보낼 수 있을까? 답답한 마음에 확인하러 뛰쳐나가고 싶은 심정이었다.

　그를 찾아가는 상상이 조금씩 구체화됐다. 내가 상상한 모습을 두 눈으로 확인하고 싶었다. 유치한 은신처이기도 하고 제3세계 움막 같기도 한 그 페달보트 안에서 내가 찾고자 하는 게 대체 뭐지? 머릿속으로 캠핑용 가스등 옆에 헐거인처럼 앉아 있는 케마도를 그려 봤다. 내가 들어가자 그가 고개를 든다. 우리는 서로를 본다. 그런데 어디로 들어가지? 토끼굴 같은 구멍으로 들어가나? 그럴 수도 있다. 굴 끝에 이르면 신문을 읽고 있는 토끼 같은 케마도가 보인다. 거대한 토끼는 경악을 금치 못할 것이다. 그를 놀래지 않으려면 먼저 그를 불러야 한다. 안녕, 나야, 우도. 너 거기 있는 것 같은데, 맞아? 만약 아무 대답도 없으면 어떡하지? 출입구를 찾으며 페달보트 주변을 돌고 있는 나를 상상했다. 작디작은 입구. 기어서 간신히 들어갈 수 있는······. 내부는 완전히 어둡다. 왜 어둡지?

　「영화 어떻게 끝나는지 얘기해 줄까?」 코르데로가 말했다.

　벽난로 옆 소녀가 울음을 그쳤다. 텔레비전에선 사형 집행인 같은 사람이 어떤 남자와 그의 모터사이클을 매장할 구덩이를 파고 있었다. 그 장면이 끝나자 청년들이 웃어 댔다. 희극적이기보다는 감지하기 어려운 비극적 장면이었는데도 말이다.

　말해 달라고 했다. 어떻게 끝나?

　「영웅이 보물을 갖고 방사능 지역을 탈출해. 그 보물이 인공 석유였는지 인공 물이었는지, 뭔지 모르지만 그런 걸 만드는 방법이었던 것 같아. 뭐, 영화가 다 그렇지.

안 그래?」

「맞아.」 내가 말했다.

내가 돈을 내려고 하자 코르데로가 극구 말렸다. 〈네가 밤에 내면 되잖아〉라고 말하며 웃었다. 전혀 달갑지 않았다. 하지만 내게 그들과 어울려야 한다고 강요하는 사람은 없다. 다만 그 멍청한 찰리가 벌써 약속을 잡은 건 아닌지 걱정스러웠다. 그리고 만약 찰리가 그들과 나간다면 한나도 같이 갈 테고 잉게보르크도 갈 것이다. 나는 자리에서 일어나며 케마도는 어디 있느냐고 불쑥 물었다.

「모르지.」 코르데로가 말했다. 「그 친구 약간 돌았어. 만나려고? 그 친구 찾아? 원하면 같이 가줄게. 지금쯤이면 아마 페페가 하는 바에 있을 거야. 비가 오니까 일은 안 할 테고.」

고맙다며 같이 갈 필요는 없다고 했다. 그를 찾고 있던 건 아니었다.

「좀 이상한 친구지.」 코르데로가 말했다.

「왜? 화상 때문에? 그 화상 어떻게 입었는지 알아?」

「아니, 그래서가 아니라. 그런 건 상관없어. 그냥 이상해 보여서. 아니, 이상한 게 아니라 희한한 거지. 무슨 말인지 알겠지?」

「아니, 무슨 말인데?」

「다들 그렇지만, 그 친구도 광적인 데가 있어. 약간 세상을 등진 것 같은. 모르겠다. 다들 광적이니까. 안 그래? 찰리만 봐도 그렇잖아. 술이랑 서핑만 좋아하고.」

「이 친구야, 과장이 심하네. 다른 것도 좋아해.」

「여자들?」 코르데로가 말하며 악의적으로 웃었다.

「한나는 아주 괜찮은 애야. 그건 인정해야지, 그치?」

「그래.」 내가 말했다. 「나쁘진 않지.」

「아들이 있다며, 맞지?」

「그럴 거야.」 내가 말했다.

「사진을 보여 주더라고. 그 녀석 잘생겼던데. 금발에 엄마를 쏙 빼닮았어.」

「나는 몰라. 사진을 본 적이 없어서.」

나도 한나에 대해 그 정도는 알고 있다고 말하고 싶었지만 그냥 자리를 떴다. 물론 그가 어떤 면에선 나보다 한나를 잘 알고 있을 수도 있으니 그런 쓸데없는 말을 할 필요는 없었다.

잦아들긴 했지만 비는 계속 내리고 있었다. 마리티모 대로의 넓은 인도를 따라 색깔 있는 비옷을 입은 몇몇 관광객들이 지나고 있었다. 나는 차에 들어가 담배를 피웠다. 창밖으로 페달보트 무더기와 안개와 바람이 일으키는 물거품이 보였다. 벽난로 옆에 있던 소녀도 유리창 너머 해변을 바라보고 있었다. 나는 차를 몰아 그곳을 떠났다. 반 시간 동안 마을을 돌았다. 구시가지에선 움직일 수가 없었다. 물이 하수구 밖으로 역류했고 미지근하고 악취를 풍기는 김이 자동차 배기가스에 섞여 차에 스며들었다. 사람들은 경음기를 눌러 대고 아이들은 악쓰며 돌아다녔다. 마침내 그곳을 빠져나왔다. 지독하게 배가 고팠지만 식당을 찾는 대신 마을 밖으로 멀리 나갔다.

어디로 가는지도 모르고 되는 대로 차를 몰았다. 가끔씩 앞서 가는 차와 여행자들의 캠핑카를 추월했다. 날씨는 여름이 끝나고 있음을 알리고 있었다. 고속 도로

양편은 플라스틱으로 뒤덮여 있었고 깊은 고랑도 패어 있었다. 지평선을 가르는 미끈하고 낮은 구릉을 향해 구름이 흘러갔다. 어느 농장의 나뭇가지 아래에서 비를 피하고 있는 흑인들이 보였다.

잠시 후 자기 공장이 나타났다. 그 길은 우리가 갔던 이름 없는 디스코텍으로 이어지는 길이었다. 공장 정원에 차를 세우고 내렸다. 작은 가건물에서 한 노인이 말 없이 쳐다보고 있었다. 모든 게 달랐다. 서치라이트도 개도 없었고 석고상들이 뿜어내던 비현실적인 광채도 없었다. 그 석고상들 위로 비가 후드득 떨어지고 있었다.

화분 두어 개를 집어 들고 노인이 있는 가건물로 갔다.

「800페세타요.」 나오지도 않고 말했다.

돈을 꺼내 건넸다.

「날씨가 좋지 않네요.」 잔돈을 기다리며 말했다. 비가 얼굴을 때렸다.

「그러게 말이오.」 노인이 말했다.

트렁크에 화분을 싣고 길을 나섰다.

어느 산꼭대기 산장에서 점심을 먹었다. 거기선 바다가 훤히 내려다보였다. 그곳엔 해적의 침략을 막기 위해 수세기 전에 돌로 쌓은 성채가 있었다. 아직 마을이 생기기 전에 쌓은 것일 수도 있다. 정확한 건 아니다. 어쨌든 그 성채는 그저 돌로 남았을 뿐이고 그 돌은 사람들의 이름과 하트 모양과 외설적인 그림으로 뒤덮여 있었다. 그 폐허 옆으로 최근에 산장이 들어섰다. 거기서 보는 풍경은 장관이다. 항구와 요트 클럽, 구시가지, 중심 주거지, 캠핑장들, 바다에 인접한 호텔들이 보인다. 날이 좋으면 해안 마을들도 보이고 폐허가 된 성채를 오르면 거미줄처럼 엮인 작은 길들과 끝없이 이어지는 마을과 벽촌이 보인다. 이 산장에는 식당도 하나 있다. 운영자들이 종교 단체에 소속된 사람들인지 단순히 일반 허가를 받은 것인지는 중요치 않다. 훌륭한 조리사들이 있다는 게 중요하다. 마을 사람들, 특히 커플들은 풍경을 감상하기 위해서만이 아니라 그 식당에 가려고 그곳에 오른다. 내가 도착했을 때에도 많은 차들이 나무 아래 주차되어 있었다. 어떤 운전자들은 차에, 또 어떤 사람들은 식당에 있었다. 참으로 고요했다. 철 격자창으로 된 전망대 같은 곳으로 갔다. 양쪽 가장자리에 망원경이 있었는데 동전을 넣어야 작동했다. 아무것도 보이지 않았다. 완전히 깜깜했다. 두어 번 두들겨 보다가 그냥 나왔다. 식당에서 토끼 요리와 와인 한 병을 주문했다.

그 외에 내가 본 게 뭐였지?

1. 절벽 위로 늘어진 나무. 그 뿌리가 돌과 허공 사이에 복잡하게 칭칭 감겨 있었다. (스페인에서만 볼 수 있는 건 아니다. 독일에서도 이런 나무를 봤다.)

2. 길가에서 구역질하던 사춘기 소년. 아이의 부모는 영국 번호판이 붙은 차 안에서 라디오 볼륨을 최대로 올리고 소년을 기다리고 있었다.

3. 산장 식당 조리실에 있던 짙은 눈동자의 소녀. 스치듯 마주쳤지만 내 안의 무엇이 그녀를 미소 짓게 했다.

4. 작고 외진 광장에 있던 대머리 남자의 청동 흉상. 받침돌에 카탈루냐어로 시 한 편이 씌어 있었는데 〈땅〉, 〈인간〉, 〈죽음〉이라는 단어만 알아볼 수 있었다.

5. 마을 북쪽 바다 바위틈에서 조개를 캐는 청년들. 이렇다 할 이유도 없이 가끔씩 환호하며 고함을 질렀다.

그 소리가 북소리에 실려 바위를 타고 올라갔다.

6. 동쪽으로 더러운 핏빛의 검붉은 구름이 보였는데 먹구름이 하늘을 뒤덮고 있었지만 비가 그칠 것이라 약속하는 것 같았다.

점심을 먹고 호텔로 돌아왔다. 샤워를 하고 옷을 갈아입고 다시 나갔다. 프런트에 편지가 와 있었다. 콘라트였다. 바로 읽을지 아니면 편지 읽는 즐거움을 뒤로 미룰지 잠시 망설였다. 케마도를 만난 후에 읽기로 했다. 호주머니에 편지를 넣고 페달보트 쪽으로 갔다.

비는 그쳤지만 모래는 젖어 있었다. 해변에는 편지가 든 병이나 바다에 떠밀려 온 보석을 찾는 듯 고개를 숙이고 파도를 따라 걷는 사람들이 보였다. 나는 두 번이나 호텔로 돌아가려 했다. 하지만 내가 우스꽝스러운 짓을 하고 있다는 느낌보다는 호기심이 더 컸다.

그곳에 이르기도 전에 덮개 천이 페달보트에 부딪히는 소리가 들렸다. 끈이 풀려 있는 거 같았다. 조심스레 페달보트 주변을 돌아봤다. 정말로 끈이 풀려 바람에 요동치고 있었다. 끈이 팔랑거리는 모습이 흡사 뱀 같았다. 강에 사는 뱀 말이다. 덮개 천이 비에 젖어 무거웠다. 아무 생각 없이 끈을 잡아 할 수 있는 대로 묶어 뒀다.

「뭐 하는 거야?」 페달보트 안에서 케마도가 말했다.

한 발짝 뒤로 물러섰다. 그 순간 매듭이 풀리더니 덮개 천이 뿌리째 뽑힌 식물, 젖은 채 살아 있는 무엇처럼 펄럭였다.

「아무것도 아냐.」 내가 말했다.

나는 〈어디 있어?〉라고 바로 물었어야 했다. 이젠 그도 내가 자기의 비밀을 알고 있다고 생각할 터이니 안에서 들리는 그의 목소리에 당황하지 않았다. 하지만 말을 덧붙이기엔 늦었다.

「아무것도 아니라니?」

「아무것도 아냐.」 내가 소리쳤다. 「산책 나왔다 봤는데 바람에 천이 뜯겨질 판이더라. 몰랐어?」

아무 말 없었다.

나는 한 걸음 나아가 서슴없이 다시 끈을 묶었다.

「됐어.」 내가 말했다. 「이제 괜찮을 거야. 해만 나면 돼!」

안에서 뭔 말인지 모를 툴툴거리는 소리가 들렸다.

「들어가도 돼?」

케마도는 대답이 없었다. 순간적으로 그가 나와서 대체 뭔 짓이냐며 나를 해변에 처박아 버릴까 겁이 났다. 나는 뭐라고 대답해야 할지 몰랐다. (시간 죽이러? 의심을 확인하러? 몸에 밴 사소한 조사?)

「내 말 들려?」 내가 소리쳤다. 「들어가도 돼, 안 돼?」

「들어와.」 목소리가 거의 들리지 않았다.

조심스레 입구를 찾았다. 모래를 파서 만든 구멍 같은 건 당연히 없었다. 상상을 초월하는 방식으로 끼워진 페달보트들에는 들어갈 만한 틈이 없었다. 위쪽을 살펴보니 덮개 천과 부판 사이에 한 사람이 미끄러져 들어갈 정도의 틈이 있었다. 조심히 올라갔다.

「여기로 들어가?」 내가 말했다.

케마도가 무슨 말을 했는데, 허락하는 것 같았다. 위에 올라 보니 구멍이 훨씬 컸다. 눈을 감고 미끄러져 들어갔다.

썩은 나무와 소금 냄새가 코를 찔렀다. 마침내 성채 내부로 들어갔다.

케마도는 페달보트 덮개 천과 비슷한 천을 바닥에 깔고 앉아 있었다. 그 옆에는 여행 가방처럼 큰 가방이 있었다. 신문지 위에 빵 한 조각과 참치 캔이 있었다. 채광은 예상과 달리 흐린 날씨치고는 괜찮았다. 수많은 틈새로 빛과 바람이 들어왔다. 모래는 건조했다. 아니 그렇게 생각됐다. 어쨌거나 내부는 추웠다. 내가 말했다. 여긴 춥네. 케마도가 가방에서 술병을 꺼내더니 내게 건넸다. 길게 한 모금 마셨다. 포도주였다.

「고마워.」 내가 말했다.

케마도가 병을 받아 들고 한 모금 마셨다. 그리고 빵을 반으로 쪼개 참치 쪼가리를 넣고 올리브유에 적셔 먹었다. 페달보트 요새의 내부는 2미터 정도 넓이에 높이는 1.5미터가 약간 넘었다. 나는 곧 다른 물건들도 발견했다. 애매한 색의 수건, 샌들(케마도는 맨발이었다), 빈 참치 캔, 슈퍼마켓 로고가 그려진 비닐봉지······. 전체적으로는 그 요새에도 질서가 있었다.

「네가 어디 있는지 알고 있다는 게 의아하지 않아?」

「아니.」 케마도가 말했다.

「가끔 잉게보르크의 추론을 도와주고는 하지. 그녀가 미스터리 소설을 읽을 때······. 내가 플로리안 린덴보다 살인자를 빨리 찾아내기도 하고······.」 내 목소리가 중얼거리듯 죽어 갔다.

그는 빵을 단숨에 삼키고 무뚝뚝한 표정으로 빈 참치 캔 두 개를 비닐봉지에 넣었다. 그의 커다란 손이 소리 없이 재빠르게 움직였다. 범죄자의 손이라고 생각했다. 이제 먹을 건 바닥났고 그와 나 사이엔 포도주밖에 없었다.

「비 왔는데······. 괜찮았어? 여긴 괜찮은 것 같네. 가끔 비오는 게 너한테도 좋겠어. 오늘은 너도 다른 사람들처럼 관광객이잖아.」

케마도가 말없이 나를 쳐다봤다. 표정을 보니 날 비꼬는 것 같았다. 너도 쉬는 거야? 그가 물었다. 오늘은 혼자야. 내가 말했다. 잉게보르크, 한나, 찰리는 바르셀로나에 갔어. 그런데 나도 쉬는 거냐는 건 대체 무슨 말이었을까? 글을 안 쓴다는 건가? 호텔에 처박혀 있지 않다는 건가?

「어떻게 여기 살 생각을 했어?」

케마도가 어깨를 들썩이더니 한숨을 쉬었다.

「알아, 나도 이해해. 야외에서 별을 보며 자는 것도 아름다운 일이지. 여기선 별이 많이 보이지 않겠지만.」 나는 미소 지으며 손으로 이마를 다독거렸는데, 평소 하지 않는 행동이었다. 「어쨌거나 네가 그 어떤 피서객들보다 바다 가까이서 자는구나. 돈 내고 여기 들어오려는 사람도 있겠어!」

케마도가 모래 속에서 뭔가를 찾는 것 같았다. 발가락으로 천천히 모래를 헤집었다. 놀라울 정도로 큰 발가락이었다. 하지만 사실 다른 사람의 발과 전혀 다를 게 없었다. 발은 화상 자국 없이 깨끗한 데다가 반들반들했고, 매일 바다에서 지낸 탓에 굳은살도 없었다.

「왜 여기에 자리를 잡은 건지 궁금해. 어떻게 페달보트를 묶어서 이런 은신처를 만들 생각을 한 건지. 좋은 생각이긴 하지만 왜 그랬는지 말이야. 집세 아끼려고 그런 거야? 집세 비싸나? 내가 신경 쓸 게 아니라면 미안해. 궁금해서 그래, 알지? 커피 한잔 하러 갈까?」

케마도가 포도주 병을 들어 입으로 가져가 한 모금

마시고 내게 건넸다.

「싸잖아. 공짜니까.」 내가 병을 다시 가운데 놓자 그가 중얼거렸다.

「이래도 법적으로 괜찮은 거야? 너 여기서 자는 거 나 말고 아는 사람이 더 있어? 페달보트 주인은 네가 어디서 밤을 보내는지 알아?」

「내가 페달보트 주인이야.」 케마도가 말했다.

한 줄기 빛이 정확히 그의 이마를 비췄다. 화상 입은 살이 빛을 받아 뚜렷해지더니 꿈틀거리는 것 같았다.

「별로 비싼 거 아냐.」 덧붙여 말했다. 「이 마을의 다른 페달보트가 내 것보다 훨씬 새 거야. 그래도 아직 멀쩡해. 사람들도 좋아하고.」

「내가 보기엔 멋진데.」 열을 올리며 말했다. 「난 백조나 바이킹 모양 보트는 절대 안 탈 거야. 끔찍해. 그런데 네 건 내가 보기에······. 글쎄, 훨씬 고전적이랄까. 믿음이 가.」

내가 멍청이 같았다.

「말도 안 돼. 신형 페달보트가 훨씬 빨라.」

그는 해안가의 보트, 관광용 선박, 윈드서핑 보드가 고속 도로처럼 뒤범벅일 때가 있다는 납득 가지 않는 말을 했다. 페달보트의 속도가 다른 종류의 선박을 피할 수 있게 제작되었다면 쓸 만한 물건이 됐을 것이다. 지금까지는 해수욕객의 머리에 부딪히는 것 말고는 다른 사고가 없었지만 이런 사고도 신형 페달보트가 훨씬 잦았다. 물론 그의 낡은 페달보트 바닥판에 부딪혀도 머리가 깨질 수 있었다.

「무겁지.」 그가 말했다.

「응, 응. 탱크 같아.」

그 오후에 케마도가 처음으로 웃었다.

「넌 늘 그 생각이구나.」 그가 말했다.

「그렇지, 늘 그래.」

케마도가 웃음을 그치지 않으며 모래 바닥에 뭔가 그렸다가 지웠다. 그의 표정은 수수께끼 같다.

「게임은 잘 돼?」

「완벽하지. 성공적이야. 모든 도식을 깨버리려고.」

「모든 도식?」

「응, 낡은 방식은 모조리 깨버릴 거야. 내 시스템으로 게임을 재설정할 거야.」

밖으로 나왔을 땐 금속성 잿빛 하늘이 소나기를 뿌릴 것 같았다. 몇 시간 전에 동쪽으로 붉은 구름이 피어나기에 날이 갤 줄 알았다고 케마도에게 말했다. 바에 갔더니 코르데로가 나와 헤어진 그 테이블에서 스포츠 신문을 읽고 있었다. 우리를 보자 같이 앉자는 손짓을 했다. 찰리가 좋아할 종류의 대화가 이어졌지만 난 지루하기만 했다. 바이에른 뮌헨, 슈스터, 함부르크, 루메니게 축구 팀에 관한 이야기가 이어졌다. 물론 코르데로는 이 클럽들과 팀의 성격을 나보다 잘 알고 있었다. 놀라운 건 케마도가 대화에 끼어들었다는 것인데(스페인 선수

---

23 Harald Schumacher(1954~). 독일의 축구 선수. 1980년대 서독 국가 대표 팀의 간판 수문장.

24 Klaus Allofs(1956~). 독일의 축구 선수. 1978~1979 시즌 분데스리가 최다 득점자였으며 서독 국가 대표로 활동.

25 Uwe Seeler(1936~). 독일의 축구 선수. 1950~1960년대 서독의 간판 스트라이커.

26 Hans Tilkowski(1935~). 독일의 축구 선수. 1965년 서독 올해의 선수로 선정되었다.

가 아니라 독일 선수를 언급하여 내 체면도 세워 줬다. 난 그게 고마우면서도 한편으로는 미심쩍었다) 독일 축구에 대해 상당히 잘 알고 있었다. 예를 들어, 어떤 선수를 좋아하느냐는 코르데로의 질문에 나는 할 말이 없어 슈마허[23]라고 대답했다. 이에 코르데로가 클라우스 알로프스[24]를 좋아한다고 하자 케마도는 우베 젤러[25]를 좋아한다고 했다. 코르데로도 나도 모르는 선수였다. 그 선수와 틸코스키[26]가 케마도가 각별히 생각하는 선수였다. 코르데로와 나는 무슨 얘기인지 알 수 없었다. 우리가 물어보자 케마도는 어릴 적에 경기장에서 두 선수를 봤다고 했다. 케마도가 어린 시절을 회상하고 있구나 싶었는데 돌연 입을 다물어 버렸다. 그렇게 시간이 흐르고 날이 어두워졌지만 아직 밤은 아니었다. 나는 8시에 그들과 헤어져 호텔로 돌아왔다. 마리티모 대로와 주차장이 내다보이는 1층 창문 옆 소파에 앉아 콘라트의 편지를 읽었다.

보고 싶은 우도에게

네 엽서 받았어. 잉게보르크도 있고 수영하느라 바쁘겠지만 마감까지 글을 끝낼 시간이 허락되길 바란다. 어제 볼프강의 집에서 제3제국을 끝냈어. 발터와 볼프강(추축 국군), 프란츠(연합군)와 나(러시아), 이렇게 세 팀으로 게임을 했는데, 결과는 발터와 볼프강이 점령지 4개, 프란츠가 18개, 내가 19개였고 그중에 베를린과 〈스톡홀름〉이 있었지(발터와 볼프강의 해군이 어떤 상태가 됐을지 너도 상상이 갈 거야). 기막힌 외교적 변화가 있었어. 스페인이 1941년 가을에

추축국에 들어간 거야. 하지만 프란츠와 내가 엄청난 DP를 쏟아부은 덕분에 터키를 마이너 동맹으로 끌어들이지는 못했지. 알렉산드리아와 수에즈는 건드릴 수 없는 곳이었고 몰타가 무너졌지만 재건했지. 발터와 볼프강은 너의 지중해 전략 중 몇 가지를 실험하고 싶어 했어. 렉스 더글러스의 지중해 전략도 시도했고. 하지만 그들이 하기엔 너무 거대한 전략이었지. 결국 무너지고 말았어. 데이비드 해블라니언의 감비토 에스파뇰은 스무 번에 한 번씩 먹혔어. 프란츠가 1940년 프랑스를 뺏겼어. 그래도 1941년 봄 영국 공격을 버텨 냈어! 그가 가진 부대 대부분이 지중해로 밀리자 발터와 볼프강은 유혹을 뿌리치지 못했어. 우리는 베이마의 전략을 적용했지. 1941년엔 눈이 날 살렸어. 발터와 볼프강은 엄청난 기본 자원 포인트를 쓰며 집요하게 전선을 갈라놓으려고 했는데, 연말만 되면 파산 지경에 이르렀지. 프란츠가 네 전략이 앵커스의 전략과 크게 다르지 않다고 했어. 나는 너와 앵커스가 함께 글을 쓰긴 했지만 앵커스의 전략과 네 전략엔 공통점이 없다고 했지. 발터와 볼프강은 네가 돌아올 때에 맞춰 거대한 TR을 준비를 하고 있어. 그들이 우선적으로 GDW[27]의 유럽 시리즈를 제안했는데, 내가 단념시켰어. 네가 한 달 이상 걸리는 경기에 찬성할 것 같지 않아서 말이야. 우린 발터와 볼프강,

[27] Game Designer's Workshop. 1973년에서 1996년까지 다양한 전쟁 게임을 생산한 기업.
[28] 1939년 9월 1일에 나치 독일군과 동맹국 슬로바키아군이, 9월 17일에 소련군이 폴란드 영내에 무력 침공한 사건. 독일 참모 본부는 이 작전을 〈백색 작전〉으로 명명했다.

프란츠와 오토 볼프가 각각 연합군과 러시아군을 하고 너와 내가 독일군을 하는 걸로 얘기해 뒀는데, 어때? 그리고 12월 23일부터 28일까지 파리에서 열리는 모임에 대한 얘기도 있었어. 렉스 더글러스도 참석하는 걸로 확인했어. 그 사람도 널 만나고 싶어 할 거야.『워털루』에 네 사진이 나왔는데 랜디 윌슨과 경기할 때 찍은 거더라. 우리 슈투트가르트 그룹에 대한 기사도 있고.『마르테』에서 편지를 받았어. 기억나? 제2차 세계 대전 전문 게이머 특별호에 네 글을 싣고 싶어 해(마티아스 뮐러의 글도 실릴 거래. 믿기지가 않아!). 집필진 대부분이 프랑스와 스위스 사람이야. 네가 휴가에서 돌아오면 많은 얘길 해줄게. 발터와 볼프강이 보유하고 있는 육각 지점이 뭔지 알아? 라이프치히, 오슬로, 제노바, 밀라노야. 프란츠가 날 때리려고 하더라니까. 정말로 테이블 주위로 날 따라다녔어. 우리는 백색 작전[28]을 세워 뒀어. 내일 저녁에 시작할 거야. 〈불과 강철〉의 애송이들이 어설트 시리즈에서 〈부츠&세들즈〉와 〈분데스베어〉를 찾아냈대. 녀석들이 이젠 그 오래된 『스쿼드 리더』를 팔아 치우고 『공격이냐 핵전쟁이냐』인지 뭔지 하는 팬 잡지를 출판한다는 얘기가 돌더라. 내가 보기엔 웃기지도 않지만. 일광욕 많이 해. 잉게보르크한테도 안부 전해 주고. 잘 지내.

콘라트

비가 갠 후 델 마르의 오후가 금빛이 스민 군청색으로 물들고 있다. 나는 별다른 일 없이 오랫동안 식당에 앉아 피곤하고 허기진 얼굴로 호텔로 돌아오는 사람들을 보고만 있다. 프라우 엘제는 어디에도 보이지 않는다. 셔츠 바람이어서 춥다. 게다가 콘라트의 편지가 서글픈 뒷맛을 남겼다. 볼프강은 멍청한 놈이다. 느려 터져서 병력을 이동할 때도 결정을 못 하고 망설이는 데다 상상력도 없다. DP로 터키를 통제할 수 없으면 공격하면 되지, 멍청한 놈. 니키 파머가 수천 번 말했던 거다. 나도 수천 번 말했고. 갑자기 이유 없이 혼자라는 생각이 들었다. 콘라트와 렉스 더글러스만(편지로만 알고 있는) 친구인 것 같다. 그 외엔 공허이며 어둠이다. 응답 없는 전화 통화다. 식물이다. 〈무너진 나라에 홀로 남은〉이라는 말이 기억났다. 서사시도 영웅도 없는 기억 상실에 걸린 유럽에. (난 청소년들이 던전&드래곤이나 다른 롤플레잉 게임을 하는 게 이상하다고 생각지 않는다.)

케마도가 어떻게 페달보트를 샀을까? 맞아, 나에게 얘기했다. 포도 수확기에 모은 돈으로 샀다고 했다. 그런데 전부 예닐곱 대나 되는 걸 포도 수확기에 일한 돈으로 살 수 있나? 그 돈으로 선금을 내고 나머지는 조금씩 지불해 갔다고 한다. 늙고 지친 전 주인이 여름 수입이 충분치 않은 데다 월급을 지급해야 하는 입장이라 페달보트를 팔기로 결정했고 케마도가 그걸 샀다. 케마도가 페달보트 일을 해본 적이 있었나? 전혀. 어려운 거 아냐. 코르데로가 빈정거렸다. 나도 할 수 있을까? (멍청한 질문이다.) 물론이지, 코르데로와 케마도가 동시에 말했다. 누구든지. 사실 그 일은 엉뚱한 곳으로 가는 페달보트를 시야에서 놓치지 않을 좋은 눈과 인내심만 있으면 할 수 있다. 수영을 할 필요도 없다.

케마도가 호텔에 왔다. 우리는 사람들의 눈을 피해 올라갔다. 그에게 게임을 보여 줬다. 그가 재치 있는 질문을 했다. 갑자기 거리에서 사이렌 소리가 들렸다. 케마도가 발코니로 나가더니 캠핑장에서 사고가 났다고 했다. 바보같이 휴가 와서 죽다니. 내가 말했다. 케마도가 어깨를 으쓱했다. 깔끔한 흰 셔츠를 입고 있었다. 그가 서 있는 데서 페달보트 더미를 감시할 수 있었다. 가까이 다가가 뭘 보느냐고 물었다. 해변. 그가 대답했다. 케마도가 게임을 빨리 배울 수 있을 것 같다.

시간이 꽤 지났는데 잉게보르크는 소식이 없다. 오후 9시까지 병력 이동을 기록하며 방에서 기다렸다.

저녁은 호텔 식당에서 먹었다. 크림 얹은 아스파라거스, 계피 과자, 커피, 아이스크림. 식사를 마친 후에도 프라우 엘제는 보이지 않았다. (오늘은 제대로 사라졌다.) 50대 네덜란드 부부와 식사를 같이 했다. 우리의 대화 주제는 다른 테이블과 마찬가지로 좋지 않은 날씨였다. 손님들은 다양한 의견을 내놨고 종업원들은 — 어쨌거나 현지인이니 기상에 대해 잘 알고 있으리라 간주되어 — 그 얘기들을 중재했다. 마침내 내일은 맑을 거라고 예측한 쪽이 이겼다.

11시에 1층에 있는 방들을 둘러봤다. 프라우 엘제가 보이지 않아 린콘 델 로스 안달루세스로 갔다. 코르데로가 반 시간쯤 뒤에 나타났다. 로보는 어디 있느냐고 물었다. 하루 종일 못 봤단다.

「바르셀로나에 간 것은 아닐 테고.」 내가 말했다.

코르데로가 흠칫 날 쳐다봤다. 물론 그럴 리 없다. 오늘 늦게까지 일했을 텐데. 내가 쓸데없는 생각을 했다. 로보가 어떻게 바르셀로나에 갈 수 있겠는가? 우리는 코냑을 마시며 잠시 텔레비전 게임쇼를 봤다. 코르데로가 더듬더듬 말하는 걸 보니 뭔가 불안해 보였다. 왜 그 이야기가 나왔는지 모르지만, 묻지도 않았는데 갑자기 케마도가 스페인 사람이 아니라고 털어놨다. 우리가 냉혹함, 삶, 사고들에 대한 얘기를 하고 있었던 듯이 말이다. (게임쇼에서는 백 건에 이르는 아주 소소한 사고들이 발생했는데, 연출된 장면 같았고 희생자도 없는 것 같았다.) 나한테 스페인 사람의 성격에 대해 뭔가 확인하라는 것일 수도 있다. 그리고 불과 화상에 대해 얘기하라는 걸 수도 있다. 모르겠다. 확실한 건 코르데로가 말했듯이 케마도가 스페인 사람이 아니라는 거다. 그럼 어디 사람인데? 남미 사람. 어느 나라인지는 정확히 몰랐다.

코르데로의 말에 따귀를 맞은 것 같았다. 결론적으로 케마도는 스페인 사람이 아니다. 그런데 그런 말을 한 적이 없다. 그 자체로는 별 의미가 없지만, 내게는 아주 의미심장하고 놀라운 일이었다. 대체 무슨 이유로 나한테 국적을 숨겼을까? 사기를 당한 기분은 아니었다. 내가 감시당한 것 같았다. (케마도가 감시했다는 게 아니다. 사실 어떤 특정인도 없다. 어떤 공허함, 어떤 결핍이 나를 정탐한 것 같았다.) 나는 계산을 하고 나왔다. 호텔에서 잉게보르크를 만날 수 있을 거라고 기대했다.

방에는 아무도 없었다. 다시 내려갔다. 테라스에는

말 없는 유령 같은 형체들이 보였다. 바 테이블에는 마지막까지 남은 한 노인이 턱을 괴고 조용히 술을 마시고 있었다. 프런트 야간 경비가 날 찾는 전화는 없었다고 알려 줬다.

「프라우 엘제를 어디 가면 볼 수 있죠?」

질문을 묵살했다. 처음엔 내가 누구 애기를 하는지조차 몰랐다. 프라우 엘제. 소리를 높였다. 이 호텔 주인 말입니다. 경비의 눈이 동그래지더니 고개를 저으며 모른다고 했다. 본 적이 없단다.

고맙다고 하고 코냑을 마시러 바 테이블로 갔다. 새벽 1시쯤, 올라가서 자는 게 낫겠다고 생각했다. 테라스에는 이제 아무도 없었지만 갓 돌아온 손님 몇 명이 바 테이블에 앉아 종업원들과 농담을 주고받고 있었다.

잠을 잘 수가 없다. 잠도 안 온다.

새벽 4시, 마침내 잉게보르크가 나타났다. 경비가 전화를 걸어 어떤 아가씨가 나를 찾는다고 했다. 서둘러 내려갔다. 프런트에서 옥신각신하는 잉게보르크와 한나 그리고 경비를 만났는데 계단에서 보면 무슨 음모를 꾸미려고 모인 것 같았다. 그들이 있는 곳에 이르자 한나의 얼굴이 맨 먼저 보였는데, 왼쪽 눈 주위에 붉은 보랏빛 멍이 들었고 조금 더 가벼워 보이긴 했지만 오른쪽 볼과 윗입술에도 타박상을 입은 것 같았다. 울음을 그치지 않았다. 대체 어쩌다가 그렇게 된 거냐고 묻자 잉게보르크가 거칠게 말문을 막았다. 엄청나게 예민한 상태였다. 이런 일은 스페인에서나 있을 수 있다는 말을 되풀이했다. 넌더리가 난 경비원이 구급차를 부르자고 했다. 잉게보르크와 나도 그러자고 했지만 한나가 막무가내로 거부했다. (〈내 몸이야〉, 〈내 상처야〉 같은 말을 했다.) 언쟁이 계속되자 한나가 더 거세게 울부짖었다. 그때까지만 해도 찰리는 생각도 못 했다. 찰리는 어디 있어? 말을 꺼내자마자 잉게보르크가 흥분해서 욕지거리를 쏟아냈다. 순간적으로 나는 찰리가 영원히 사라졌다는 느낌이 들었다. 내가 그를 동정한다는 뜻밖의 느낌을 받았다. 형언할 수 없는 뭔가가 우리를 고통스럽게 묶고 있었다. 경비가 구급상자를 찾으러 간 동안 — 한나와 합의한 부득이한 해결책이었다 — 잉게보르크가 그간의 사정을 얘기했다. 어느 정도 예측했던 일이었다.

　소풍은 최악이었다. 고딕 지구와 람블라스를 돌며 사진도 찍고 기념품도 사면서 평범하고 평온하게, 아주 평온하게 하루를 보내고 있었는데, 그 평온함이 산산조각 나버렸다. 잉게보르크에 따르면 후식을 먹고 난 뒤 그 모든 일이 일어났다고 한다. 찰리가 어찌 손쓸 틈도 없이, 음식에 중독된 것처럼 갑자기 이상해졌다. 처음에는 한나를 완전히 적대적으로 대하면서 악질적인 농담을 했다. 둘 사이에 욕설이 오갔지만 거기서 일단락되는 듯했다. 첫 번째 폭발은 그 후에 일어났다. 한나와 잉게보르크가 기분이 나빠서 그랬는지는 모르지만, 돌아가기 전에 마지막으로 맥주 한잔 마실 생각으로 항구 근처에 있는 바에 들어간 직후였다. 잉게보르크 말로는 찰리가 신경질적이고 화난 상태였지만 공격적이진 않았다고 한다. 둘이 얘기하던 중에 한나가 오버하우젠에서 있었던 일로 그를 힐책하지 않았다면 아마도 사건이 그렇게 커지진 않았을 것이다. 잉게보르크는 당연히 그 일이 뭔지 몰랐다. 한나는 애매하게 속말을 했고 찰리도 처음에는 조용히 그 비난을 듣고 있었다. 「백지장처럼 얼굴이 하얘지는 거야, 흠칫 놀란 것 같더라고.」 잉게보르크가 말했다. 이윽고 찰리가 일어나서 한나의 팔을 잡고 화장실로 데려갔다. 몇 분이 지나자 불안해진 잉게보르크는 무슨 일이 벌어지는지도 모르고 그들을 부르러 갔다. 둘은 여자 화장실에 있었는데 잉게보르크의 목소리를 듣고도 대답하지 않았다. 두 사람은 울면서 나왔다. 한나는 한 마디도 하지 않았다. 찰리가 계산을 하고 난 뒤, 바르셀로나를 떠났다. 30분쯤 지나 해안 도로 가의 어느 마을 외곽에 멈췄다. 그들이 들어간 바의 이름은 마르 살라다였다. 찰리는 말도 섞으려 하지 않았다. 누구도 신경 쓰지 않고 그저 술만 마셨다. 대여섯 병 마실 즈음 울음을 터트렸다. 그러자 나와 저녁을 먹을 생각이던 잉게보르크가 메뉴판을 달라고 하고는 찰리에게 뭘 좀 먹으라고 설득했다. 잠시 모든 게 괜찮아진 듯했다. 셋은 어렵사리 저녁을 먹으며 짐짓 얌전히 대화를 나누는 척했다. 출발할 시간이 되자 다시 말다툼이 시작됐다. 찰리는 계속 거기 있을 거라고 하고 잉게보르크와 한나는 돌아갈 거라며 자동차 열쇠를 달라고 했다. 잉게보르크에 따르면 거기서 한 말들은 정말 〈막장까지 간〉 말이었는데, 찰리가 그걸 즐겼다고 한다. 찰리가 열쇠를 줄 듯이, 아니면 그녀들을 데려다 줄 듯이 자리에서 일어났다. 잉게보르크와 한나는 그를 뒤따랐다. 그런데 문을 나서자마자 찰리가 돌변하더니 한나의 뺨을 때렸다. 한나가 할 수 있는 건 해변으로 도망치는 것뿐이었다. 찰리는 한나를 쏜살같이 쫓아갔고 잉게보르크는 이내 한나가 소녀처럼 꺽꺽거리며 흐느끼는 소리를 들었다. 잉게보르크가 그들에게 다가갔을 때는 찰리가 더 이상 한나를 때리지는 않았지만 가끔씩 발로 톡톡 건드리며 비아냥거리고 있었다. 잉게보르크는 처음에는 그들을 말려 볼 생각이었지만 바닥에 쓰러진 친구의 얼굴이 피범벅이 된 걸 보고 그나마 남아 있던 평정심을 잃고 도와 달라며 비명을 질렀다. 물론 아무도 오지 않았다. 사건은 찰리가 차를 타고 떠나는 걸로 끝났다. 한나는 피투성이가 됐는데도 경찰이나 구급차 부르는 걸 완강히 거부했다. 잉게보르크는 친구를 데려가야 한다는 책임감을 느끼며 어딘지 모를 그곳에 버려져 있었다. 다행히 그들이 있었던 바의 주인이 아무것도 묻지 않고 한나가 씻을 수 있게 도와줬고 돌아올 택시를 불러 줬다. 이제 문제는 한나를 어떡할 거냐는 거다. 어디서 자야 하나? 그녀의 호텔? 아니면 이 호텔? 그녀의 호텔에서 자면 찰리가 또 때릴까? 병원으로 가야 하나? 얼굴에 맞은 상처가 생각보다 심각하면? 경비원이 그런 걱정을 덜어 줬다. 뼈가 손상되지는 않았다고 했다. 세게 맞았을 뿐 그 이상은 아니라는 것이다. 호텔에서 자는 게 문제였다. 내일이면 분명 빈 방이 있겠지만 오늘 밤은 불행히도 남는 방이 없었다. 한나는 다른 방법이 없다는 걸 알고는 한숨 돌린 얼굴이었다. 「내 잘못이야.」 그녀가 중얼거렸다. 「원래 아주 신경질적인 놈인데 내가 자극했어. 어쩌겠어, 원래 개 같은 놈이라 고칠 수도 없는데.」 잉게보르크와 나는 그 말을 듣고 조금 안심이 됐다. 차라리 그게 나았다. 경비원의 도움에 고맙다고 하고 그녀의 호텔로 갔다. 밤은 아름다웠다. 비가 건물뿐만 아니라 공기도 씻어 냈다. 시원한 미풍이 불었고 참으로 고요했다. 우리는 코스타 브라바 입구까지 그녀를 데려다 주고 길 한복판에서 기다렸다. 이내 한나가 발코니에 나와서 찰리가 아직 오지 않았다고 알려 줬다. 「잠 좀 자. 아무 생각 말고.」 델 마르로 향하기 전, 잉게보르크가 소리쳤다. 방에 돌아온 우리는 찰리와 한나 얘기를 하고(비난했다고 하는 게 맞다) 섹스를 했다. 이윽고 잉게보르크는 플로리안 린덴의 책을 펼쳤고 금세 잠들었다. 나는 발코니에 나가 담배를 피우며 혹시라도 찰리의 차가 보이나 살펴봤다.

8월 29일

새벽 해변이 갈매기로 가득하다. 갈매기만 있는 게 아니라 비둘기도 있다. 갈매기와 비둘기는 연안에서 가끔씩 낮게 날 때가 아니면 퍼덕거리며 꼼짝 않고 바다를 바라본다. 갈매기는 큰 놈과 작은 놈, 두 종류가 있다. 멀리서 보니 비둘기도 갈매기 같다. 다른 종류의 갈매기도 있었는데 아주 작다. 항구에서 보트들이 나가기 시작한다. 그것들이 지날 때마다 부드러운 바다 표면에 둔탁한 고랑이 생긴다. 오늘은 잠을 자지 않았다. 하늘은 맑고 투명한 푸른색이다. 수평선 끝이 하얗다. 갈색 해변 모래사장에 자잘한 쓰레기들이 띠를 이뤘다. 테라스를 보니 — 종업원들이 아직 테이블 세팅을 하지 않았다 — 평온하고 맑은 하루일 것 같다. 줄지어 선 갈매기들이 미동도 없이 시야에서 거의 사라질 때까지 멀어지는 보트를 보고 있다. 이 시간에 복도는 따뜻하고 사람도 없다. 식당에서는 잠이 덜 깬 종업원이 거칠게 커튼을 걷고 있다. 넘쳐 들어오는 햇볕이 사랑스러우면서도 차갑다. 햇볕이 약하다. 커피 메이커는 꺼져 있다. 종업원의 표정으로 봐서 한참 후에나 킬 것 같다. 방에 있는 잉게 보르크는 플로리안 린덴의 책을 낀 채 침대보를 말고 잠들어 있다. 나는 책을 들어 부드럽게 협탁에 놓았다. 눈길을 끄는 문장이 없었던 건 아니다. 플로리안 린덴이 (추측건대) 〈당신은 동일 범죄를 여러 번 되풀이했다고 했습니다. 아니요, 당신은 미치지 않았습니다. 그게 바로 악입니다〉라고 말한다. 나는 책장 사이에 조심스럽게 책갈피를 끼우고 책을 덮었다. 밖으로 나서며 나는 델 마르의 누구도 일어날 맘이 없다고 생각했다. 하지만 길거리에는 벌써 사람들이 나와 있었다. 구시가지와 관광 지구 경계에 있는 버스 정류장 신문 가판대 앞에 잡지와 일간지 박스를 내리는 트럭이 와 있었다. 독일 신문 두 부를 사서 항구로 향하는 좁은 길로 들어가 문을 연 바를 찾았다.

문 쪽에 찰리와 로보가 나타났다. 두 사람 다 날 보고도 놀라지 않았다. 찰리는 바로 내 테이블로 왔고 로보는 바 테이블에 아침 식사 2인분을 주문했다. 나는 아무 말도 하지 않았다. 찰리와 스페인 친구의 표정은 침착해 보였다. 보기에는 차분해 보였지만 그 안에는 경계심이 역력했다.

「널 따라왔어.」 찰리가 말했다. 「호텔에서 나오는 거 봤어...... 피곤해 보여서 잠시 걷게 내버려 두는 게 나을 것 같더라.」

내 왼손이 떨려 왔다. 아주 미세한 떨림이었지만 — 그들은 눈치채지 못했다 — 테이블 밑으로 바로 숨겼다. 내심 최악의 상황을 준비하기 시작했다.

「너도 잠을 못 잔 것 같은데.」 찰리가 말했다.

나는 어깨를 으쓱했다.

「난 한숨도 못 잤어.」 찰리가 말했다. 「너도 이미 다 알고 있겠지. 괜찮아, 내 말은 하루쯤 자고 못 자는 건 중요하지 않다는 거야. 로보를 깨운 게 약간 후회되네. 나 때문에 녀석도 잠을 못 잤어. 그렇지, 로보?」

무슨 말인지도 모르고 로보가 웃었다. 나는 순간적으로 찰리가 방금 했던 말을 통역해 주고 싶은 마음이 굴뚝같았으나 입을 다물었다. 어두운 뭔가가 내게 그렇게 하는 게 낫다고 알려 줬다.

「친구란 필요할 때 도와주는 거잖아.」 찰리가 말했다. 「최소한 나한테는 그래. 우도, 넌 로보가 진정한 친구라는 거 알았어? 저 친구한테 우정은 신성한 거야. 그러니까, 지금 일하러 가야 하는데도 내가 호텔로 돌아가거나 아니면 안전한 곳에 가기 전까지는 가지 않을 걸 난 알고 있지. 일자리를 잃을 수도 있는데도 상관없대. 왜 그런지 알아? 왜냐면 저 친구에게 우정이란 신성해야 하니까. 우정 갖고 장난치는 거 아니잖아!」

찰리의 눈이 그토록 번쩍거릴 수 없었다. 울음을 터트릴 것만 같았다. 크루아상을 보더니 인상을 찌푸리며 손으로 뜯어냈다. 먹기 싫으면 자기가 먹겠다고 로보가 말했다. 먹을 거야, 먹는다고. 찰리가 말했다.

「새벽 4시에 저 친구 집에 갔어. 모르는 사람한테 그럴 수 있겠어? 물론 세상 사람 모두가 모르는 사람이지. 그렇지, 그들 속은 다 역겹지. 그렇지만 나한테 문을 열어 준 로보의 어머니는 내가 사고라도 당한 줄 알고 코냐부터 먼저 내주시는 거야. 술통보다 더 취해 있었지만 당연히 받았지. 정말 멋진 분이셔. 로보가 일어나서 날 봤을 때 난 소파에 앉아 코냑을 마시고 있었어. 그것 말고 뭘 할 수 있었겠어!」

「무슨 말인지 모르겠다.」 내가 말했다. 「너 아직 취한 것 같아.」

「아니야, 맹세코……. 간단해. 새벽 4시에 로보를 찾아갔고, 어머니가 날 왕자처럼 대해 주셨고, 로보와 나는 얘기를 했지. 그 뒤로 차를 타고 한 바퀴 돌고 두어 군데 바에 갔고, 술 두 병 사다가 해변으로 갔지. 케마도와 마시려고 말이야…….」

「케마도랑? 해변에서?」

「그 친구 가끔씩 해변에서 자. 그 너저분한 페달보트 지키려고 말이야. 그래서 그 친구랑 술 좀 나눠 마시기로 했지. 그런데 우도, 신기한 게 말이야. 거기서 네 발코니가 보이는데 밤새 불이 안 꺼지더라고. 맞지, 아니야? 맞지, 내가 틀린 게 아니지. 네 방 발코니, 네 방 유리창, 네 방의 그 썩을 불빛이었지. 뭐 한 거야? 게임한 거야, 아니면 잉게보르크랑 뒹군 거야? 에, 에! 그렇게 보지 마, 농담이야, 나랑 뭔 상관이라고. 네 방이었어. 그래. 바로 알았지. 케마도도 알던데. 어쨌거나, 바쁜 밤이었지. 우리 모두 웬만큼 밤을 새운 거잖아, 안 그래?」

창피함은 그렇다 치더라도, 내가 게임을 한다는 걸 찰리가 알고 있다는 것과 그걸 분명 잉게보르크가, 좋게 얘기했든 아니든(나는 셋이서 해변에서 그런 얘기를 하며 웃어 댔을 것이라 상상할 수 있었다. 〈우도가 이기고 있네.〉 〈우도가 지고 있네.〉 〈참모부 장군들은 휴가를 이렇게 보내, 처박혀서.〉〈우도가 폰 만슈타인[29]의 화신이 될 거라 생각해.〉〈생일 선물로 뭘 줄 거야, 물총?〉), 얘기를 했다는 걸 안 순간 부아가 치밀었다. 창피함은 그렇다 치더라도, 찰리, 잉게보르크, 한나에게 화가 났는데, 케마도마저 내 발코니가 어딘지 안다는 걸 듣는 순간 내 안에 스멀스멀 공포가 일었다.

「한나에 대해 물어보는 게 맞을 것 같은데.」 나는 평상시 목소리를 유지하려고 애쓰며 말했다.

「왜? 분명 잘 있을 거야. 한나는 늘 그래.」

「이제 뭐 할 건데?」

「한나랑? 몰라. 좀 이따가 로보 직장에 보내고 호텔로 가야지. 한나가 해변에 나갔으면 좋겠는데. 다리 좀 뻗고 푹 자게 말이야. 정신없는 밤이었어, 우도. 해변에서도 말이야! 믿지 못하겠지만, 여기서는 사람들이 한시도 가만있지 않지, 우도. 한순간도 말이야. 페달보트에 있을 때 무슨 소리가 났어. 그 시간에 해변에서 소리 나는 게 이상하잖아. 그래서 로보와 내가 찾으러 가봤는데 뭘 본 줄 알아? 섹스하는 커플. 독일인 커플이었을 거야. 내가 좋은 시간 보내라고 그러니까 독일어로 대답하더라고. 남자는 잘 못 봤지만 여자는 예쁘더라. 잉게의 옷처럼 흰색 파티복을 입고 해변에 누워 있는데 옷은 구겨져 있고 모든 게 낭만적이었지…….」

「잉게? 잉게보르크 말하는 거야?」 손이 다시 부들거렸다. 말 그대로 폭력의 냄새가 우리를 휘감고 있었다.

---

29 Erich von Manstein(1887~1973). 제2차 세계 대전 당시 독일 육군 장군. 히틀러와 동부 전선에 대한 전략을 둘러싸고 마찰을 빚어 1944년에 해임되었다.

「아이고, 잉게 말고 그 하얀 옷 말이야. 흰옷 있잖아? 그거. 로보가 그때 뭐라고 했는지 알아? 줄을 서래. 그 녀석이 끝날 때까지 기다리게 줄을 서라는 거야. 맙소사, 어찌나 웃기던지! 그 불쌍한 놈이 끝나면 우리가 하자는 거야! 줄 서서 강간이라니! 얼마나 웃겨. 난 술만 먹고 싶었어. 별을 바라보며! 어제 비 왔잖아. 기억나지? 아무튼 하늘에 별 두 개, 아니 세 개가 있었지. 기분이 엄청 좋더라고. 상황이 달랐다면 말이야, 우도, 난 아마 로보의 제안을 받아들였을 거야. 여자도 좋아했을지 모르지. 아닐 수도 있고. 페달보트로 돌아와서는 로보가 케마도한테 같이 가자고 설득했어. 케마도는 안 간다고 했고. 확실한 건 아냐. 알잖아, 그 스페인 친구 나랑 잘 안 맞는 거.」

「전혀 안 맞지.」 내가 말했다.

찰리가 아주 확신하지는 못하겠다는 듯 크게 웃어 재꼈다.

「한번 물어볼까? 그럼 알겠지.」 내가 말했다.

「됐어. 나랑 상관없는 일이야……. 어쨌거나, 내 말 믿어. 난 친구들과 잘 통해. 로보는 내 친구고 서로 이해하지.」

「그렇겠지.」

「그렇지……. 멋진 밤이었어, 우도……. 나쁜 생각은 했지만 나쁜 짓은 하지 않은 평온한 밤이었지……. 평온한 밤. 어떻게 설명하나, 평온하다는 거. 한순간도 쉬지 않고, 한순간도……. 게다가 아침이 밝고 모든 게 끝났다고 생각할 때 네가 호텔에서 나왔어……. 처음에는 발코니에서 우리를 보고 놀러 올 거라 생각했어. 그런데 네가 항구 쪽으로 가기에 로보랑 널 따라온 거야…….

너도 봤잖아. 산책하듯이 천천히.」

「한나가 좋지 않더라. 가서 봐야지.」

「잉게도 좋지 않아, 우도. 나도 그렇고. 나의 대부 로보도 그렇고. 이렇게 말할 수 있을지 모르겠지만 너도 마찬가지야. 로보의 어머니만 괜찮으시지. 오버하우젠에 있는 한나의 아들도 괜찮고. 그들만 괜찮아…… . 아니, 온전히 괜찮은 건 아니야. 하지만 다른 사람에 비한다면 괜찮은 거지. 음, 그렇지.」

잉게보르크를 잉게로 부르는 게 음탕하게 들렸다. 유감스럽게도 그녀의 친구들과 몇몇 남자 직장 동료들도 그렇게 불렀다. 흔한 일인데도 내가 그렇게 부를 생각을 못 한 건 내가 아는 잉게보르크 친구가 한 명도 없기 때문이다. 온몸이 오싹해졌다. 밀크 커피를 한 잔 더 시켰다. 로보는 럼주가 들어간 커피를 마셨다(일하러 간다는 사람이 최소한의 진중함도 없었다). 찰리는 주문하지 않았다. 담배만 당겼는지 연신 줄담배를 피워 댔다. 그러면서 계산은 자기가 한다고 못 박았다.

「바르셀로나에서 무슨 일이 있었던 거야?」〈너 좀 변했어〉라고 말하려 했지만 찰리를 안 지 얼마 안 됐으니 그것도 웃긴 짓 같았다.

「일은 무슨. 돌아다녔지. 기념품도 사고. 아름다운 도시야. 사람도 엄청 많고. 정말 많더라. 한동안 바르셀로나 축구팀 열혈 팬이었지. 라텍이 감독이고 슈스터와 시몬센이 선수로 뛰던 시절 말이야. 이젠 아냐. 축구팀에는 관심 없지만 바르셀로나는 여전히 좋아하지. 사그라

---

30 스페인 건축가 가우디의 미완성 성당으로 1882년부터 짓기 시작하여 지금도 건축 중이다.

다 파밀리아[30] 가봤어? 좋았지? 그래, 아름답지. 그리고 투우사와 집시 포스터가 가득한 아주 오래된 바에서 술도 마셨지. 한나와 잉게가 아주 오리지널이라더군. 게다가 여기 있는 바보다 가격도 훨씬 싸고.」

「한나의 얼굴을 봤다면 이렇게 편안히 있지 못할걸. 잉게보르크가 경찰에 신고하려고 했어. 독일에서라면 분명 그랬을 거다.」

「허풍이 심하네……. 독일이라, 독일…….」 무기력한 표정이었다. 「모르겠다. 지금은 그쪽 세상도 쉼 없이 돌아가겠지. 빌어먹을. 상관없어. 그리고 네 말 안 믿어. 잉게가 경찰을 부르진 않을 거야.」

나는 어깨를 으쓱했다. 화가 났다. 찰리 말이 맞을 수도 있다. 그가 잉게보르크의 속마음을 더 잘 알 수도 있다.

「너라면 어떡할 것 같아?」 악의에 찬 찰리의 눈이 번뜩거렸다.

「내가 너라면?」

「아니, 네가 잉게보르크라면.」

「글쎄. 걷어차고, 등짝을 후려쳤겠지.」

찰리가 눈을 감았다. 내 대답이 놀랍게도 그에게 상처가 됐다.

「나라면 안 그래.」 아주 중요한 뭔가가 달아난다는 듯 허공에 손을 저었다. 「내가 잉게라면 안 그럴 거야.」

「그렇겠지.」

「해변의 그 독일 여자도 겁탈할 생각 없었어. 그럴 수도 있었지만 그러지 않았지. 알겠어? 한나 얼굴을 진짜로 작살낼 수도 있었지만 하지 않았어. 네가 그 쓰레기 같은 신문을 샀을 때 네 유리창에 돌을 던질 수도, 너한테 몽둥이세례를 할 수도 있었어. 하지만 안 했잖아. 그냥 얘기하고 담배 피우고, 그러고 있잖아.」

「뭐 하러 유리창을 깨고 날 패는데? 멍청한 짓이지.」

「글쎄. 그런 생각이 들었어. 빨리, 빨리, 주먹만 한 돌 하나 줘봐.」 갑자기 악몽이라도 생각난 듯 목소리가 갈라졌다. 「케마도가 유리창을 보면서 그랬어. 관심을 끌고 싶었나 보지 뭐……」

「케마도가 너한테 유리창에 돌을 던지라고 했다고?」

「아니. 그게 아냐, 우도. 이해를 못 하는구먼, 이 친구. 케마도는 우리랑 술을 마시고 있었어. 아주 조용히 말이야. 우리 셋 모두. 하지만 눈은 똑바로 뜨고 있었지, 알겠지? 그러다 케마도와 내가 네 창문을 봤어. 무슨 말이냐면, 내가 네 창문을 보고 있을 때 케마도도 이미 창문을 보고 있었단 말이야. 나도 그 친구도 내 장난기가 발동한 걸 안 거지. 하지만 돌을 던지라고는 하지 않았어. 그 생각은 내가 한 거고. 그냥 너한테 일러둬야 할 것 같아서……. 알겠어?」

「아니.」

찰리가 짜증스러운 표정을 지었다. 신문을 집어 들더니 정비공이 되기 전에 은행원이었다는 듯이 읽지도 않고 재빨리 넘겨 댔다. 분명 한 문장도 제대로 읽지 않았다. 그러고는 한숨을 쉬더니 신문을 한쪽으로 치웠다. 그 태도는 신문이 자기가 아니라 날 위한 거라고 말하는 것 같았다. 잠시 둘 다 말이 없었다. 거리는 조금씩 일상의 리듬을 되찾고 있었다. 바에는 이제 우리 말고도 사람들이 있었다.

「실은, 한나를 사랑해.」

「지금 바로 가봐.」

「좋은 여자야, 맞아. 살면서 운도 좋았지. 그녀는 반대로 생각하지만 말이야.」

「호텔로 가봐, 찰리…….」

「먼저 로보를 직장에 데려다 주고. 됐지?」

「좋아, 이제 나가자.」

테이블에서 일어날 때 보니 찰리는 온몸의 피가 빠져나간 것처럼 창백했다. 단 한 번도 비틀거리지 않은 걸 보고 생각보다 많이 취한 건 아니라고 생각했다. 찰리가 바 테이블에 가서 계산하고 모두 바를 나왔다. 찰리의 차는 바닷가에 있었다. 루프랙 위로 서핑 보드가 보였다. 저걸 갖고 바르셀로나에 간 건가? 아니다. 분명 돌아와서 챙겼을 것이다. 이미 호텔에 들렀단 얘기다. 로보가 일하는 슈퍼마켓까지 천천히 달렸다. 로보가 내리기 전 찰리는 로보한테 혹시라도 잘리면 호텔로 오라면서 해결책이 있을 거라고 했다. 내가 통역했다. 로보가 웃으면서 누구도 자기를 함부로 하지 못한다고 말했다. 찰리는 그 말을 전적으로 수긍했다. 슈퍼마켓에서 멀어지자 찰리는 그 말이 진짜라며 로보와 잘못 엮이면 일이 복잡해진다고 했다. 위험해진다는 이야기를 돌려 말한 것이다. 이윽고 개 얘기를 꺼냈다. 여름에는 길거리에서 굶어 죽어 가는 유기견을 흔히 볼 수 있다. 「여기는 특히나 그래.」 그가 말했다.

「어제 로보 집을 찾다가 한 마리 치었어.」

내 말을 기다리다가 말을 이었다.

「작고 까만 개였는데 마리티모 대로에서 봤던 놈이었

어....... 더러운 주인 놈을 찾아다녔거나 먹을 걸 찾고 있었겠지....... 모르지....... 주인 시체 옆에서 굶어 죽은 개 이야기 들어봤어?」

「응.」

「그게 생각나더라고. 그 불쌍한 짐승이 처음에는 어디로 가야 할지 몰라서 마냥 기다리지. 그게 충성심이지. 그렇지, 우도. 그 시기가 지나면 떠돌이가 돼서 쓰레기통을 뒤지고 다니고. 어제 본 작고 까만 개는 여전히 기다리고 있는 느낌이었어. 무슨 말인지 알겠어, 우도?」

「전에 봤던 개인지 유기견인지 어떻게 확신할 수 있지?」

「차에서 내려서 자세히 살펴봤거든. 같은 놈이었어.」

차창으로 들어오는 햇빛에 졸음이 쏟아지기 시작했다. 나는 순간적으로 눈물이 가득 고인 찰리의 눈을 본 것 같았다. 〈우리 둘 다 지쳤어〉라고 생각했다.

호텔 문 앞에서 그에게 샤워하고 먼저 잠부터 자라고 하면서 자고 나서 한나한테 해명하라고 했다. 몇몇 숙박객들이 해변으로 나가기 시작했다. 찰리는 미소를 보이고는 복도로 들어갔다. 편치 않은 마음으로 델 마르에 돌아왔다.

손님이 출입하는 구역과 호텔 관계자만 출입할 수 있는 구역 표시를 깡그리 무시하고 돌아다니다가 옥상에서 프라우 엘제를 만났다. 솔직히 그녀를 찾아다닌 건 아니었다. 잉게보르크는 아직 자고 있었고 바는 숨이 막힐 지경인 데다 다시 밖으로 나가고 싶지도 않았고 잠도 오지 않았다. 프라우 엘제는 하늘색 접의자에 누워 과일 주스를 옆에 두고 책을 읽고 있었다. 내가 나타났는데도 놀라기는커녕 예의 그 청명한 목소리로 옥상 출입구를 찾은 걸 축하했다. 「몽유병자들의 특권이죠.」 그녀 손에 들린 책을 보려고 고개를 기울이며 내가 대답했다. 스페인 남부 여행 가이드북이었다. 내게 뭐 좀 마시겠느냐고 물었다. 내 의문의 시선에 그녀는 옥상에서도 룸서비스를 받을 수 있게 벨을 설치했다고 설명했다. 호기심에 수락했다. 잠시 후, 어제는 뭘 했느냐고 내가 물었다. 호텔을 뒤졌지만 헛수고였다고 덧붙였다. 「비가 오니 사라지시네요.」 내가 말했다.

프라우 엘제의 얼굴이 어두워졌다. 겉으로는 그렇지 않은 표정으로(하지만 나는 그녀가 원래 그렇다는 걸 알고 있으며, 그것 또한 그녀의 에너지이자 자연스러운 모습이다) 선글라스를 벗더니 대답에 앞서 나를 똑바로 쳐다봤다. 어제는 남편과 함께 종일 방에 있었다고 했다. 「어디 안 좋으신가요?」 악천후와 전자기 많은 구름이 악영향을 끼쳐요. 심한 두통 때문에 시야와 신경에 영향을 주지요. 일시적 실명이 온 적도 있어요. 뇌열이 있어요. 그녀가 완벽한 입술을 움직이며 말했다. (내가 아는 한, 그런 질병은 없다.) 뒤이어 미소를 보이며 다시는 자기를 찾지 않겠다고 약속해 달라고 했다. 이렇게 우연히 보는 걸로 하죠. 제가 싫다면요? 약속하도록 만들어야죠. 프라우 엘제가 속삭였다. 그때 여자 종업원이 프라우 엘제가 마시고 있는 것과 똑같은 과일 주스 한 잔을 들고 나타났다. 햇빛에 잠시 눈을 깜빡이더니 가엾게도 어디로 가야 할지 주저하다 탁자에 잔을 놓고 갔다.

「약속하지요.」 등을 돌려 옥상 가장자리로 가며 말

했다.

황색 낮이었고 온통 인육 같은 빛이 반사되어 날 어지럽혔다.

다시 그녀 쪽으로 돌아가며 지난밤 잠을 못 잤다고 털어놨다. 「맹세할 필요는 없어요.」 여전히 손에 든 책에서 눈을 떼지 않고 대답했다. 찰리가 한나를 때렸다는 얘기도 했다. 「그러는 남자들이 있죠.」 그녀의 대답이었다. 웃음이 나왔다. 「당신, 페미니스트는 아니군요!」 프라우 엘제는 대꾸하지 않은 채 책장을 넘겼다. 나는 찰리가 말했던 개 얘기, 휴가철이나 그 전에 버려진 개에 대한 얘기를 꺼냈다. 그녀가 관심을 보이는 것 같았다. 얘기가 끝나자 걱정스러운 그녀의 눈빛이 보였다. 일어나 내게로 오는 상상을 했다. 내게 생각지도 못한 말을 꺼내는 걸 상상했다. 하지만 그녀는 아무 말도 하지 않았고 나는 곧 조용히 자리를 떠야겠다고 생각했다.

오늘 밤엔 모든 게 정상으로 돌아왔다. 캠핑장 디스코텍에서 한나, 찰리, 잉게보르크, 로보, 코르데로와 함께 우정, 포도주, 맥주, 스페인, 독일, 레알 마드리드(로보와 코르데로는 찰리의 추측과 달리 바르셀로나가 아닌 레알 마드리드 팬이었다), 아름다운 여자들, 휴가, 등을 위해 축배를 들었다. 아주 평화로웠다. 물론 한나와 찰리는 화해했다. 찰리는 우리가 8월 21일에 알았던 것과 엇비슷한 거친 찰리로 돌아왔고 한나는 아주 화려한 옷을 입고 있었는데 그녀가 가진 모든 액세서리를 달고 있었다. 게다가 멍들었던 광대뼈 부위는 에로틱함과 천

31 스페인 안달루시아 지방 세비야의 민요 또는 무용.

박함을 오가는 매력을 발산했다. (멍든 부위가 크지 않아서 선글라스로 숨길 수 있었지만 음악이 쿵쿵 울리는 디스코텍에서는 마치 삶의 이유와 자신을 되찾은 듯 감추지 않고 행복하게 드러냈다.) 잉게보르크는 정식으로 찰리를 용서했고, 찰리는 모두가 있는 자리에서 무릎을 꿇고 독일어를 알아들을 수 있고 이해하는 모든 사람들의 기쁨을 위해 그녀의 미덕을 칭찬했다. 로보와 코르데로도 일이 잘 풀리게 도와줬다. 그들 덕분에 여태껏 가보지 못한 가장 훌륭한 식당에 갈 수 있었다. 저렴하게 잘 먹었을 뿐만 아니라 많이 마셨는데도 얼마 나오지 않았다. 플라멩코 여가수의 노래를(혹은 전형적인 노래) 들을 기회도 생겼는데, 남장을 한 안드로메다라는 이름의 여가수는 우리의 스페인 친구들과 잘 아는 사이였다. 식후에는 이야기와 노래와 춤으로 오랜 시간 즐거웠다. 안드로메다가 우리와 어울리며 여자들에게 박수로 음악을 타는 방법을 알려 줬고 나중에는 찰리와 세비야나[31]라는 춤을 췄다. 사람들이 금세 그들을 따라 하기 시작했고 다른 테이블 손님들도 동참했지만 나는 냉랭하고 무뚝뚝하게 거절했다. 웃음거리가 됐을지도 모른다. 그런데 나의 무뚝뚝함이 여가수의 마음에 들었던 것인지 춤이 끝나자 내 손금을 봐줬다. 돈도 권력도 사랑도 얻는단다. 열정이 가득한 생이며 동성애자 아들(혹은 손자)이 있을 거란다……. 안드로메다는 미래를 읽고 해석한다. 처음에는 거의 목소리가 들리지 않을 만큼 속삭이지만 나중에는 소리가 커지고, 결국에는 모든 사람이 그녀의 말을 듣고 미래의 일을 축하해 줄 정도로 큰 소리로 읊는다. 그런 놀이에 주의를 기울이는 사람은 다른 손님들의 농담거리가 되기도 하지만 그녀는 내게 불쾌한 말은 전혀 하지 않았다. 우리가 자리에서 일어날 때쯤 그녀가 모두에게 카네이션을 하나씩 선물하면서 꼭 다시 오라고 했다. 찰리가 1천 페세타를 팁으로 주면서 꼭 그러겠다면서 자기 부모의 이름을 걸고 맹세했다. 모두들 그곳이 〈가볼 만한〉 식당이라는 의견이었고 로보와 코르데로에게 칭찬이 쏟아졌다. 디스코텍의 분위기는 사뭇 달랐다. 젊은이들이 많은 데다 인위적인 환경이었다. 하지만 금세 그 분위기에 빠져들었다. 거기서는 나도 모든 걸 내려놓고 춤을 췄다. 잉게보르크와 한나에게 볼 키스도 하고 화장실에서 토하고도 머리를 빗고 다시 무대로 올라갔다. 찰리의 소매를 끌고 따로 불러서 그에게 물었다. 괜찮지? 비할 데 없이 좋지. 그가 대답했다. 한나가 뒤에서 그를 안고는 내게서 떼어 냈다. 찰리는 나에게 뭔가 할 말이 더 있는 듯했지만 입술이 움직이는 것밖에 보지 못했다. 그는 별 도리가 없자 그냥 웃어 보였다. 잉게보르크도 8월 21일의 그 모습으로 돌아왔다. 예의 그 잉게보르크로 말이다. 내게 키스하고 껴안으며 섹스하자고 했다. 새벽 5시에 호텔로 돌아와 섹스를 했다. 잉게보르크는 금방 오르가슴을 느꼈고 나는 한참 더 그녀를 누렸다. 둘 다 졸렸다. 침대보 위로 벌거벗은 잉게보르크가 모든 건 단순하다고 말했다. 「네 게임말도 그래.」 잠들기 전까지 이 말을 곱씹었다. 〈게임말들도.〉〈모든 건 단순해.〉 나는 한동안 게임판을 보며 생각에 잠겼다.

8월 30일

 오늘 겪은 일들이 어수선하긴 하지만 조리 있게 기록하고자 애쓸 것이다. 그럼으로써 나 또한 여태껏 모르고 지나친 뭔가를 발견할 수 있을 것이다. 이 일이 쉽지 않다는 것도, 쓸모없는 짓일 수도 있다는 것도 알고 있다. 지나 버린 일은 이미 어찌할 수 없을뿐더러 헛된 희망을 품는 데도 도움이 되지 않기 때문이다. 하지만 시간을 때우기 위해서라도 뭔가 해야 한다.
 바다에서 기분 좋은 미풍이 불어오던 맑고 선선한 아침에 수영복 차림으로 호텔 테라스에서 아침 식사를 했던 때부터 시작해 보자. 처음에는 이미 정리가 끝났을 방에 돌아가 게임을 생각하며 시간을 보내려 했는데 잉게보르크가 호텔을 나서지 않고는 배기지 못할 만큼 청명한 아침이라며 나를 설득했다. 해변에서 널찍한 깔개에 누워 자고 있는 한나와 찰리를 만났다. 새로 산 깔개의 모서리에 아직도 가격표가 붙어 있었다. 7백 페세타라고 찍혀 있던 게 확실히 기억난다. 그때 혹은 지금 느끼는 걸 수도 있지만, 그 장면이 낯설지 않았다. 밤을 새우고 나면 사소한 것들이 크게 보이고 기억에 오래 남는다. 다시 말해, 그런 건 내겐 평범한 일이라는 거다. 그런데도 왠지 불안했다. 해가 떨어진 지금 그렇게 느껴지는 것일 수도 있다.

아침엔 늘 그렇듯이 수영하고 얘기하고 잡지를 읽고 크림과 태닝 로션을 바르는 하잘것없는 일을 하며 보냈다. 우리처럼 수영복 차림에 오일 냄새를 풍기는(식사를 하기엔 유쾌하지 않은 냄새) 피서객들이 북적이는 식당에서 일찍 점심을 먹고 나서야 해방될 수 있었다. 잉게보르크, 한나, 찰리는 해변으로 갔고 나는 호텔로 돌아왔다. 내가 뭘 했지? 별로 없다. 게임판을 보고 있었지만 집중할 수가 없어서 오후 6시까지 악몽을 꾸며 낮잠을 잤다. 발코니에서 그 많은 피서객들이 호텔과 캠핑장으로 돌아가는 걸 보고 해변으로 내려갔다. 우울한 시간의 우울한 피서객들. 지겨운 태양에 지친 그들은 죽음을 예감한 군인처럼, 늘어선 건물들에 시선을 돌린다. 해변과 마리티모 대로를 가로지르는 그들의 발걸음은 조심스러우면서도 다가올 위험을 무시하고 허세를 부리는 것 같다. 공허함을 경외하듯 그들은 갓길로 들어서자마자 그늘을 찾아 들어간다.

돌아보면 오늘 낮에는 만난 사람도, 이렇다 할 사건도 없었다. 프라우 엘제도, 로보도, 코르데로도 못 봤고 독일에서 온 편지도 전화도 없었으며 의미 있는 일도 없었다. 한나, 찰리, 잉게보르크, 나, 네 사람 모두 평화로웠다. 그와 달리 케마도는 페달보트 일로 바빴다(손님은 그리 많지 않았다). 무슨 이유에서인지 한나가 그에게 말을 붙이러 갔지만 케마도는 1분도 채 되지 않아 다음에 얘기하자며 정중히 사양했다. 간략히 말해 별일 없이 태닝만 한 조용한 하루였다.

해변에 두 번째 내려갈 때, 구름떼가 갑자기 하늘을 뒤덮었고 작은 구름들이 동쪽 혹은 북동쪽으로 흘러갔다. 수영을 하던 잉게보르크와 한나가 날 보고 물에서 나와 차례로 내게 볼 키스를 했다. 여려진 태양을 향해 누운 찰리는 잠든 것 같았다. 우리 왼편에서는 케마도가 느긋하게 밤의 요새를 만들고 있었다. 그 시간에는 괴물 같은 그의 외모가 숨김없이 드러났다. 검누런 오후, 공허한 이야기(구체적으로 주제를 말하기 어려운), 여자들의 젖은 머리, 자전거 타는 법을 배우는 아이에 대한 어이없는 얘기를 하던 찰리의 목소리가 기억난다. 모든 게 그날 오후가 다른 날처럼 유쾌할 것이며 곧 호텔로 돌아가 샤워를 하고 디스코텍에서 밤을 보낼 것임을 예견하고 있었다.

그때 찰리가 벌떡 일어나더니 서핑 보드를 들고 바다로 들어갔다. 그때까지도 나는 그 보드가 온종일 거기 있었다는 걸 눈치채지 못했다

「빨리 와.」 한나가 소리쳤다.

찰리는 한나의 말을 듣지 못했을 것이다.

보드를 몇 미터 정도 끌고 가더니 이내 올라서서 돛을 올리고는 우리에게 다녀오겠다는 듯 손을 흔들고 순풍을 맞으며 바다로 질주했다. 오후 7시 전이었다. 윈드서핑을 하던 사람들이 더 있었다. 그건 분명히 기억난다.

한 시간쯤 기다리다 지친 우리들은 한잔 마시러 코스타 브라바 테라스로 갔다. 찰리도 분명히 해변 전체가

보이는 그곳으로 올 것이었다. 께저분한 느낌에 갈증도 났다. 찰리의 돛이 보이는지 돌아볼 때마다 케마도가 보였는데 일에 몰두한 골렘처럼 한순간도 페달보트 주변을 떠나지 않다가 불시에 휑하니 그냥 사라졌다(움막으로 들어갔다고 생각했다). 찰리가 사라지자 이제 케마도도 보이지 않았다. 그때 나는 어떤 불상사가 생기지 않을까 걱정했던 것 같다.

저녁 9시, 아직 어둠이 내리지는 않았지만, 코스타 브라바 프런트에 도움을 구하기로 했다. 호텔에서 마리티모 대로를 따라 마을 구시가지 앞에 있는 델 마르 적십자를 알려 줬다. 우리는 그곳에 찾아가 자초지종을 설명했다. 복잡한 이야기가 끝나고 나서야 조디악 구조 팀에 무전을 칠 수 있었다. 30분 후 조디악 구조 팀에서 사건을 항구의 해양 경찰로 이첩하라고 권했다. 밖은 순식간에 어두워지고 있었고 그때 나는 창밖으로 우리와 통화한 구조 팀을 얼핏 봤다. 담당자는 호텔로 돌아가 해군 본부와 경찰, 자경단에 연락하라면서 호텔 지배인이 모든 걸 도와줄 거라 했다. 그러겠다고 하고 호텔로 돌아왔다. 돌아오는 길의 반은 침묵, 반은 언쟁이었다. 잉게보르크는 모두 무능하다고 했고, 한나는 그 점에 전적으로 동의하지는 않으면서도 코스타 브라바의 지배인이 찰리를 싫어한다는 점을 지적했다. 물론 전에도 한번 그랬듯이 찰리가 이웃 마을에 있을 수도 있었다. 우리가 그 일을 기억하고 있었던가? 나는 그녀에게 그들이 일러 준 내용을 정확히 따라야 한다고 말했다. 그러자 한나가 내 말이 맞는다고 말하고는 오열했다.

호텔에서는 프런트 직원에 이어 지배인도 한나에게

윈드서핑을 하다가 조난되는 사람이 많은 시기이고 보통 아무 탈도 없다고 했다. 48시간 표류한 최악의 상황도 있었지만 구조되었다는 이야기도 했다. 이 말을 듣고 한나는 울음을 그쳤고 훨씬 안정돼 보였다. 지배인이 자기 차로 우리를 해군 본부까지 데려다 줬다. 그곳에서 한나의 신고를 접수하고 항구에도 알리고 델 마르 적십자에도 다시 통보했다. 잠시 후 경찰 두 명이 왔다. 그들은 보드 모양을 자세히 설명해 달라고 하면서 헬리콥터 수색을 시작한다고 했다. 보드에 구명 장비가 있느냐고 물어 왔으나 우리는 그런 장비가 존재하는지조차 모르고 있었다. 경찰 중 한 명이 〈스페인의 발명품이죠〉라고 말했다. 그러자 다른 경찰이 〈졸음이 문제입니다. 잠들면 위험해요〉라고 덧붙였다. 내가 스페인어를 하는 걸 알면서도 우리를 앞에다 두고 그런 식으로 말하는 게 맘에 들지 않았다. 물론 한나에게 그들의 말을 통역해 주지는 않았다. 반대로 지배인은 걱정하는 빛이라고는 눈 씻고 찾아 봐도 없는 데다 호텔에 돌아오자 그 일을 두고 농담을 던졌다. 「만족스러운가 보네요?」 내가 말했다. 「예, 잘되고 있잖아요.」 그가 대답했다. 「곧 돌아올 겁니다. 모두가 걱정하고 있잖아요. 결과가 나쁠 리 있겠습니까.」

코스타 브라바에서 저녁을 먹었다. 식사가 즐거울 리 없었다. 감자 퓨레와 계란 프라이를 곁들인 닭고기 요리, 샐러드, 커피, 아이스크림을 먹었고 종업원들은 우리에게 닥친 일 때문에(사실 모든 시선이 우리에게 쏠렸다) 각별히 신경을 썼다. 그렇다고 식욕이 없었던 건 아니다. 우리가 후식을 먹을 때 로보가 테라스와 식당 사이 유리에 얼굴을 들이대고 나타났다. 내게 신호를 보냈다. 로보가 왔다고 하자 한나가 돌연 얼굴을 붉히며 시선을 떨어뜨렸다. 그들을 보내라고, 내일 오라고, 나더러 그 말을 해달라고 가느다란 목소리로 부탁했다. 나는 어깨를 으쓱하고 밖으로 나갔다. 로보와 코르데로가 테라스에서 기다리고 있었다. 무슨 일이 있었는지 간단하게 설명해 줬다. 그들은 그 소식에 충격을 받은 것 같았다(확신할 순 없지만 로보가 눈물을 글썽였다). 그리고 한나가 아주 예민한 상태이며 모두 경찰의 소식을 기다리고 있다고 말했다. 한 시간 안에 돌아오겠다는 말을 뭐라 막을 도리가 없었다. 그들이 돌아갈 때까지 기다렸다. 그들 중 누군가에게서 향수 냄새가 났다. 신경 쓰지 않은 듯하면서도 실은 아주 잘 차려입고 있었다. 둘은 길가로 가면서 입씨름을 시작하더니 길모퉁이를 돌아갈 때까지도 손짓 발짓을 계속했다.

그다음에 일어난 일들은 유사한 사건에서 발생하는 것과 별다를 것 없는 귀찮고 불필요한 일들이었다. 먼저, 경찰이 왔다. 그 뒤로 다른 경찰도 왔는데 이번에는 독일어를 하는 사람과 정복을 입은 해군을 대동하고 조금 다른 소식을 알려 줬다. 다행히 오래 머물지는 않았다(지배인의 말에 따르면, 해군이 탐조등이 있는 보트로 탐색을 시작할 참이라고 했다). 그들은 돌아가면서 언제라도 새로운 소식이 있으면 알려 주겠다고 약속했다. 그들의 표정으로 보아 찰리를 만날 가능성이 갈수록 희박해지는 것 같았다. 마지막으로 윈드서핑 클럽 회원이 와서 — 총무인 것 같았다 — 회원들의 물적, 도의적 지원을 약속했다. 그들 또한 조난 소식을 접한 순간부터 해군 본부 및 자경단과 협조하여 구조선을 띄운 상태였다. 조난. 그렇게 표현했다. 저녁을 먹는 동안 냉정함과 강인함을 굳건히 보여 주던 한나가 그 마지막 협조의 말에 다시 오열하더니 점점 히스테리를 부리기 시작했다.

종업원의 도움으로 그녀를 방으로 옮겨 눕혔다. 잉게보르크가 안정제가 있느냐고 물었다. 한나는 없다고 하면서 의사가 복용을 금지했다고 흐느끼며 대답했다. 결국 잉게보르크가 밤새 함께 있기로 했다.

델 마르로 돌아오기에 앞서 린콘 델 로스 안달루세스에 들렀다. 로보나 코르데로 혹은 케마도를 볼 수 있기를 기대했지만 아무도 만나지 못했다. 텔레비전 바로 옆 테이블에서는 늘 그렇듯 주인이 서부 영화를 보고 있었다. 나는 곧바로 나왔다. 그는 돌아보지도 않았다. 델 마르에서 잉게보르크에게 전화를 했다. 별다른 소식은 없었다. 둘 다 누워 있었지만 잠들지 못하고 있었다. 멍청하게 이렇게 말하고 말았다. 「위로 좀 해줘.」 잉게보르크는 대답하지 않았다. 나는 전화가 끊겼다고 생각했다.

「안 끊었어.」 잉게보르크가 말했다. 「생각 중이야.」

「알았어, 나도 그래.」 내가 말했다.

잘 자라고 인사하고 전화를 끊었다.

불을 끄고 잠시 침대에 누워 찰리에게 일어날 수 있는 일을 생각했다. 그러나 머릿속엔 엉뚱한 이미지들만 떠올랐다. 가격표가 붙은 새로 산 깔개, 혐오스러운 냄새가 나던 점심 식사, 물, 구름, 찰리의 목소리……. 나는 한나의 멍든 볼에 대해 누구도 궁금해하지 않은 게 신기했다. 익사한 사람도 생각했다. 우리의 휴가가 어떤 식으로든 악마를 향하고 있다는 생각도 들었다. 그런 생각이 들자 나는 벌떡 일어나 게임에 몰두했다.
 새벽 4시에 1941년 봄 순서를 마쳤다. 졸음에 눈이 감겼지만 만족스러웠다.

8월 31일

아침 10시에 잉게보르크가 전화를 걸어 해군 본부와 약속을 잡았다고 알려 줬다. 코스타 브라바 앞에 차를 세우고 기다렸다가 그들을 태워서 출발했다. 한나는 어제보다 기운을 차린 것 같았는데 눈과 입에 화장도 하고 나를 보고 웃기도 했다. 반대로 잉게보르크는 전혀 좋아 보이지 않았다. 해군 본부는 스포츠 항구에서 몇 미터 떨어지지 않은 구시가지 좁은 길에 있었다. 사무실로 가려면 안뜰을 지나야 했는데 중앙에 마른 분수가 있고 지저분한 타일이 깔려 있었다. 그런데 그 분수에 찰리의 보드가 기대 놓여 있었다. 아무도 말해 주지 않았지만 알아볼 수 있었다. 그 순간 우리는 말문이 막혀 발이 떨어지지 않았다. 「올라오세요, 올라오세요.」 1층 유리창에서 적십자 소속의 한 청년이 우리를 불렀다. 놀라움을 뒤로하고 올라갔다. 계단참에서 자경단장과 윈드서핑 클럽 총무가 친절하고 정중한 얼굴로 우리를 맞이하며 안으로 안내했다. 사무실엔 자경단원 두 명, 적십자 직원 한 명, 경찰 두 명이 있었다. 자경단원 중 한 사람이 안뜰에 있는 보드를 알아보겠냐고 물었다. 그을린 피부가 창백해진 한나가 어깻짓을 했다. 나에게도 물어봤다. 나는 확신할 수 없다고 말했다. 잉게보르크의 대답도 마찬가지였다. 윈드서핑 클럽 총무가 창밖을 내다봤다. 경찰들은 귀찮은 모양이었다. 아무도 감히 말을 꺼내지 않으려는 것 같았다. 더웠다. 한나가 침묵을 깼다. 「그를 찾았나요?」 모두가 놀랄 만큼 앙칼진 말투였다. 독일어를 하는 누군가 아니라고, 보드와 활대를 찾았는데 그것만으로도 성과가 있다며 서둘러 대답했다. 한나가 다시 한 번 어깨를 으쓱했다. 「분명 잠들 걸 알고 자기를 묶었을 겁니다…… 바다와 난관, 어둠을 버텨 낼 힘이 없다는 걸 알았을 겁니다. 아시겠지요…… 어쨌든 적절한 조치를 했어요, 돛대를 받치고 있는 선단을 뜯어내고 보드에 몸을 묶었을 겁니다…… 물론 가정입니다만, 그랬을 겁니다…… 모든 수단을 동원했습니다. 수색은 아주 위험하고 어렵죠…… 어민 협회가 오늘 새벽에 보드와 활대를 찾았습니다…… 이제 독일 영사관에 연락하셔야 합니다…… 물론 해당 지역을 계속 수색하고 있습니다…….」 한나는 눈을 감았다. 그녀가 울고 있음을 알았다. 우리는 고통스러워하며 서로를 바라봤다. 적십자 직원이 자랑하듯 말했다. 〈어젯밤 한숨도 못 잤습니다.〉 흥분한 것 같았다. 서류를 꺼내더니 한나에게 서명을 부탁했다. 무슨 내용인지는 모른다. 사무실을 나와 음료수를 마시러 중심가에 있는 바에 갔다. 우리는 의지는 있지만 별 대책을 강구하지 못하는 스페인 공무원과 시간에 대해 얘기했다. 바는 땀과 담배에 찌든 냄새가 났고 지저분한 여행객들로 북적였다. 정오가 지나 바를 나왔다. 잉게보르크는 한나와 있기로 하고 나는 방으로 올라왔다. 눈이 절로 감겼고 이내 잠들어 버렸다.

 누군가 문을 두드리는 꿈을 꿨다. 한밤중이었는데 문을 열자 누군가 복도 끝으로 달아나고 있었다. 그를 따라갔다. 우리는 예기치 않게 희미한 불빛이 있는 커다란 방에 이르렀는데, 그 방의 무겁고 낡은 가구들이 또렷이 보였다. 곰팡이와 습기 냄새가 가득했다. 침대 위로 일그러진 그림자가 보였다. 처음에는 짐승이라고 생각했다. 이내 프라우 엘제의 남편이라는 걸 눈치챘다. 마침내 그를 만났다!

 잉게보르크가 나를 깨웠을 때 방에는 불이 켜져 있었고 나는 땀을 흘리고 있었다. 그녀의 얼굴이 돌변한 걸 알았다. 이마와 눈가에 불쾌함이 서려 있었고 우리 둘은 잠에서 막 깬 사람처럼 서로를 알아보지 못한 채 한동안 바라보고만 있었다. 그러다 그녀가 등을 돌려 옷장과 천장을 쳐다봤다. 코스타 브라바에서 반 시간 동안 전화를 했는데 아무도 받지 않아서 내가 사라진 줄 알았단다. 그녀의 목소리에 앙심과 슬픔이 묻어났다. 화해를 하려는 내 시도는 오히려 멸시로 돌아왔다. 그녀는 내가 샤워를 하며 긴 침묵의 시간을 보낸 뒤에야 말을 걸어왔다. 「자고 있는 것도 모르고 네가 떠난 줄 알았잖아.」
 「올라와서 네 눈으로 확인하지 그랬어?」
 잉게보르크가 얼굴을 붉혔다.

「그럴 필요 없었으니까……. 그리고 이 호텔 무섭단 말이야. 이 마을 자체가 무섭다고.」

어떤 위협적인 원인이 있는지는 차치하고, 그녀의 말이 옳다고 생각했다. 하지만 말하지는 않았다.

「바보 같긴…….」

「한나가 옷을 빌려 줬어. 잘 맞아. 사이즈가 거의 비슷해서.」 잉게보르크가 다급히 말을 바꾸며 처음으로 내 눈을 쳐다봤다.

정말로 그녀가 입고 있는 옷은 그녀의 것이 아니었다. 문득 한나의 취향과 그녀의 꿈, 여름을 준비한 그녀의 강한 의지를 보게 되자 곤혹스러웠다.

「찰리 소식은 있어?」

「전혀. 호텔에 신문 기자들도 왔더라.」

「그럼 죽은 거야.」

「그럴 수도 있겠지. 한나한테는 이런 얘기 하지 마.」

「그럼. 당연하지. 멍청한 짓이지.」

샤워를 하고 나왔을 때, 게임판 옆에 앉아 생각에 잠긴 듯한 잉게보르크의 모습이 완벽해 보였다. 섹스를 하자고 했다. 돌아보지도 않고 가볍게 고개를 저으며 거절했다.

「대체 이게 무슨 매력이 있는지 모르겠네.」 지도를 가리키며 말했다.

「명확성.」 옷을 갈아입으며 말했다.

「나하고는 안 맞는 것 같아.」

「게임을 모르니까 그렇지. 알게 되면 좋아할걸.」

「이런 부류의 게임을 좋아하는 여자들도 있나? 그런 여자와 게임해 봤어?」

「아니, 못 했지. 있긴 있어. 얼마 안 되긴 하지만. 여자들이 특별히 혹할 만한 게임이 아니잖아.」

잉게보르크가 슬픈 눈으로 나를 쳐다봤다.

「모두 한나를 건드렸어.」 불쑥 그렇게 말했다.

「뭐?」

「죄다 한나를 건드렸다고.」 얼굴이 일그러졌다. 「그냥 그렇다고. 이해가 안 돼, 우도.」

「무슨 말이야? 모두 한나랑 잤다는 거야? 그 모두가 누군데? 로보와 코르데로?」 내가 왜 떨고 있었는지 나도 모른다. 처음엔 무릎이 그러더니 나중에는 손도 떨렸다. 도무지 감출 수가 없었다.

잉게보르크가 잠시 망설이더니 벌떡 일어나서 밀짚 가방에 비키니와 수건을 넣고 말 그대로 도망치듯 방을 나가 버렸다. 거침없이 문을 닫으며 말했다.

「모두 한나를 건드렸는데 넌 전쟁이나 하며 방에 처박혀 있었어.」

「그게 뭐 어쨌다고?」 소리쳤다. 「그게 무슨 상관인데? 내 탓이야?」

남은 오후 시간에는 엽서를 쓰고 맥주를 마셨다. 찰리의 실종은 보통 이런 사건이 주는 충격과 다르게 내게 별 영향을 주지 않았다. 그를 떠올릴수록 — 자주 생각한다 — 어딘가 허전하긴 하지만 그게 전부다. 7시에 그녀들을 살펴보려고 코스타 브라바에 들렀다. 텔레비전이 있는 응접실에서 잉게보르크와 한나를 만났는데, 녹색 벽에 좁고 긴 방이었다. 유리창 너머로 다 죽어 가는 식물이 가득한 안뜰이 보였다. 정말 휑한 곳이라고 말했다. 가여운 한나가 다정스레 나를 봤다. 선글라스를 낀 그녀는 미소를 보이며 방이 휑해서 아무도 오지 않는다고 했다. 손님들은 주로 호텔 바에서 텔레비전을 봤다. 그곳이 조용하다고 말해 준 사람은 지배인이었다. 괜찮아? 멍청한 질문을 했다. 그것도 더듬거리면서. 응, 괜찮아. 두 사람을 대신해 한나가 대답했다. 잉게보르크는 화면에 시선을 고정한 채 날 쳐다보지도 않았다. 스페인어로 더빙된 미국 시리즈니 한 마디도 이해하지 못할 텐데도 재밌는 척 보고 있었다. 옆에서는 한 노파가 장난감 같은 소파에서 졸고 있었다. 내가 누구냐는 제스처를 했다. 누군가의 어머니겠지. 한나가 웃으며 말했다. 내가 한잔 마시자고 하자 선뜻 나서기는 했으나 호텔 밖으로 나가려고 하지는 않았다. 한나는 언제든 새로운 소식이 올 수도 있다고 했다. 우리는 그렇게 11시까지 종업원들과 어울려 얘기하며 보냈다. 한나가 그 호텔에서 유명 인사가 된 건 당연했다. 모두들 그녀에게 닥친 불행을 알고 있었고 적어도 표면적으로는 탄복의 대상이었다. 그녀의 멍든 볼은 알 수 없는 비극적 이야기가 있음을 드러내고 있었다. 마치 그녀 또한 조난에서 탈출한 사람이라는 듯이 말이다.

 오버하우젠 얘기가 나오지 않을 수 없었다. 한나는 계속해서 중얼거리며 한 남자와 소녀, 한 여자와 한 노파, 두 노파, 한 아이와 한 여자의 대략적인 모습들을 기억해 내고 있었다. 불운한 짝을 이룬 그들과 찰리가 어떤 관계인지는 알 수 없었다. 사실 한나는 그들 중 절반을 그저 들어서 알고 있을 뿐이었다. 그들 속에서 찰리는 고결하게 빛나는 사람으로 마음이 따뜻하고 끊임없이 진실과 모험을 추구했으며(어떤 진실이고 모험인지는 물어보지 않았다) 여자에게 기쁨을 주고 어리석은 편견도 없으며 꽤나 용감하고 아이들을 사랑하는 사람이었다. 어리석은 편견이 없다는 말이 무슨 의미냐고 묻자 한나가 〈용서할 줄 알았다는 거야〉라고 대답했다.

「네가 그를 과거형으로 말하고 있다는 거 알아?」

한나가 고개를 숙이고 한동안 내 말을 곱씹는 듯하더니 눈물을 흘렸다. 다행히 이번에는 히스테리를 부리지 않았다.

「찰리가 죽었을 리 없어.」 마침내 그렇게 말했다. 「물론 다시는 안 볼 거지만.」

우리의 의심에 대해서도 한나는 그 모든 게 찰리의 장난이라고 믿었다. 그녀는 그가 수영을 잘한다는 이유로 익사는 아닐 거라고 생각했다. 그럼 왜 안 나타나는데? 대체 왜 숨은 거야? 한나의 대답은 그의 광기와 잃어버린 사랑에 기대고 있었다. 비슷한 이야기가 나오는 미국 소설에서는 증오가 이유였단다. 찰리는 아무도 증오하지 않는다. 찰리는 미쳤다. 그리고 한나를 더 이상 사랑하지 않는다(이 사실이 한나의 오기를 부추기는 것 같았다).

점심을 먹고 코스타 브라바 호텔 테라스에 나가 얘기를 나눴다. 사실 말을 하는 건 한나뿐이었다. 그녀의 일관성 없는 이야기를 우리는 교대로 환자를 돌보는 사람처럼 들어줬다. 한나의 목소리가 부드러워 줄줄이 이어지는 바보 같은 얘기들을 그나마 편하게 들을 수 있었다. 독일 영사관 직원과의 통화를 낭만적인 만남이라도 되는 듯 묘사했고 〈마음의 소리〉, 〈자연의 목소리〉라는 표현을 썼다. 또 아들 얘기를 꺼내면서 지금은 자기를 빼닮았지만 나중에 크면 누구를 닮을지 궁금하다고 말했다. 한나는 한마디로 두려움 앞에 스스로 무너졌다. 그게 아니면 참으로 교활하게 공포를 단절로 뒤집고 있는 것일 수도 있었다. 우리가 헤어질 때에는 테라스에 아무도 없었고 호텔 식당도 불이 꺼져 있었다.

잉게보르크가 그러는데, 한나가 찰리에 대해 아는 게 거의 없다고 한다.
「영사관 직원과 얘기할 때 보니까 가까운 친척이든 먼 친척이든 연락처 하나를 모르더라고. 둘이서 일하는 회사명을 넘겨준 게 전부야. 찰리의 과거는 정말 하나도 몰라. 침대 옆 탁자에 놓인 찰리 사진이 있는 신분증이 다였어. 신분증 옆에 꽤 돈이 많았는데 한나가 찰리의 돈이라고 잘라 말하더라고.」
잉게보르크는 한나가 찰리의 물건들을 넣어 둔 가방까지 살펴볼 엄두를 내진 못했다.
출발일: 9월 1일까지의 숙박비를 지불했으니, 한나는 내일 12시 이전에 떠날지 남을지 결정해야 한다. 9월 3일에 회사로 복귀해야 하지만 더 머무를 것 같다. 찰리도 9월 3일 출근해야 한다. 잉게보르크와 나는 5일에 일을 시작한다.

9월 1일

12시에 한나가 찰리의 차를 타고 독일로 출발했다. 코스타 브라바의 지배인이 그걸 알고는 용서할 수 없는 바보짓이라고 했다. 한나의 유일한 변명은 더 이상 압박을 견디기 어렵다는 것이었다. 이제 우리는 불가피하게 외로이 남게 됐다. 얼마 전까지 바라던 일이었지만 이런 식으로 완전히 우리만 남는 건 아니었다. 슬픔 때문에 풍경이 예전 같지 않았지만 모든 게 어제와 같았다. 한나는 떠나면서 잉게보르크를 잘 돌봐 주라고 했다. 나는 당연히 그러겠다고 그녀를 안심시키면서 나는 누가 돌봐 주느냐고 말했다. 차 안에 있던 한나는 내가 잉게보르크보다 강하다고 말했다. 나는 그 말에 흠칫했다. 우리 둘을 아는 사람들 대부분은 잉게보르크가 나보다 강인하다고 생각했기 때문이다. 그녀의 검은 선글라스 렌즈 너머로 불안한 시선을 볼 수 있었다. 잉게보르크에게 나쁜 일은 없을 거라고 약속했다. 옆에 있던 잉게보르크가 비아냥거렸다. 넌 그럴 거야. 한나가 내 손을 쥐며 말했다. 잠시 후 코스타 브라바 지배인이 전화를 걸어와 한나가 떠난 게 우리 잘못인 양 귀찮게 했다. 처음 전화가 온 건 우리가 점심을 먹고 있을 때였다. 종업원이 우리 테이블로 왔을 때 나는 오버하우젠에 무사히 도착한 한나의 전화일 거라는 말도 안 되는 생각을 했다. 지배인은 화가 났는지 말을 제대로 잇지도 못하며 한나가 떠난 게 확실하냐고 물었다. 내가 그렇다고 하자 한나가 그렇게 〈도망〉쳤으니 스페인 법을 의도적으로 어긴 거라고 했다. 그녀의 상황이 이제 아주 복잡해졌다고도 했다. 나는 한나가 법을 어겼다고 생각하지는 않을 거라고 대담하게 항의했다. 한 가지만 어긴 게 아니에요, 여러 개란 말입니다! 지배인이 말했다. 여봐요, 젊은이. 모른다고 면제되는 게 아니에요. 아니요, 숙박비는 결재했어요. 문제는 찰리였다. 지배인은 시신이 발견될 거라고 생각했고, 만약 그렇게 되면 신원을 확인해 줄 사람이 필요하다는 것이다. 스페인 경찰은 찰리가 호텔에 제출한 자료를 당연히 독일 경찰에 전송할 것이고, 그러면 뒷일은 독일 경찰이 컴퓨터로 확인하면 될 일이었다. 그건 정말 무책임한 짓이죠. 그가 전화를 끊기 전에 이렇게 말했다. 몇 분 후에 다시 전화가 왔는데 아연실색한 듯 한나가 찰리의 차를 가져갔으니 이 또한 범죄에 해당한다고 했다. 이번에는 잉게보르크와 통화했는데 한나는 도둑이 아니고, 차는 독일로 돌아가는 데 필요하기 때문이며 그게 아닌 다른 목적이 있겠느냐고 대답했다. 그 망할 차는 이제 전적으로 한나가 처리할 문제였다. 지배인은 절도라고 떼를 썼고 대화는 거칠게 끝났다. 세 번째 전화에서는 좀 진정이 됐는지 우리에게 친구의 자격으로 수색과 관련한 〈관계자(불쌍한 찰리의 관계자)〉가 되어 줄 수 있느냐고 물었다. 그렇게 하겠다고 했다. 관계자라. 그의 생각과는 달리 나는 찰리와 별 관계가 없었다. 아무도 찰리가 살아 있다고 기대하지 않았지만 수색은 당연히 계속됐다. 불현듯 한나의 결정을 이해할 수 있었다. 견디기 어려운 일이다.

아무것도 바뀌지 않았다. 그게 더 이상하다. 아침에는 떠나는 사람들 때문에 복도를 다닐 수가 없더니 오후에는 테라스에 이제 막 도착한 하얀 피부의 열의 넘치는 얼굴들이 보였다. 기온이 7월처럼 치솟았고 달궈진 마을 길을 식혀 주던 해 질 녘의 미풍은 사라져 버렸다. 끈적이는 땀에 옷이 들러붙어 외출도 힘들었다. 한나가 떠난 뒤 세 시간쯤 지나 린콘 델 로스 안달루세스에서 로보와 코르데로를 봤다. 처음엔 나를 못 본 척했다. 나중에야 안타까운 표정으로 다가와 하고 싶은 질문을 했다. 나는 새로운 소식은 없으며 한나는 독일로 돌아가는 중이라고 대답했다. 한나 이야기에 그들의 표정이 확 달라졌다. 표정이 풀리면서 서로 더욱 친근해 보였다. 더웠다. 몇 분이 지나 나는 그 돼지 한 쌍이 내게서 떨어지지 않을 거라는 걸 알았다. 늘 하던 대화를 했는데, 찰리와의 관계를 유지하는 데 써먹던 틀에 박힌 얘기였다. 다만 찰리 대신 내가 있었을 뿐이다. 그리고 한나 자리에는 잉게보르크가!

나중에야 나는 잉게보르크에게 모두 한나를 건드렸다는 말이 무슨 뜻이냐고 물었다. 그녀의 대답은 내 예상과 어느 정도 차이가 있었다. 한나가 남자들의 희생양이며 끊임없이 안정과 행복을 찾아다니는 운 없는 여자라는 등의 일반적인 얘기였다. 스페인 친구들이 한나를 욕보였을 가능성을 상상하기는 어려웠으니 잉게보르크도 이 점에 대해 주목하진 않았다. 잉게보르크는 그들을 없는 사람 취급했다. 하는 일을 보면 그다지 부지런하지도 않고 즐기는 걸 좋아하는 평범한 두 남자에 지나지 않는다고 했다. 하지만 자기도 디스코텍에 가는 것을 좋아하고 가끔은 미친 짓도 한다고 인정했다. 어떤 미친 짓? 궁금했다. 밤새우기, 과음하기, 길거리에서 새벽까지 노래하기. 잉게보르크의 미친 짓은 별거 아니었다. 안전한 광기지. 그녀가 말했다. 그러니 스페인 친구들에 대해 지나친 적의도 호의도 없다. 우리가 그러고 있던 밤 10시쯤 로보와 코르데로가 다시 나타나 함께 나가자고 했지만 우린 거절했다. 그들이 하는 말은 천박하기 그지없었다. 우리는 호텔 테라스에 앉아 있었고(손님들이 북적대고 음료와 아이스크림 컵이 넘쳐 났다) 그 녀석들은 그 시간에 더위를 피해 마리티모 대로를 지나는 수많은 사람들과 테라스의 경계인 철제 난간 밖 인도에 서 있었다. 그들이 번갈아 가며 하는 말들은 그저 따분하기만 했다. 코르데로는 말도(표정도) 많았다. 내가 통역을 해주지 않았는데도 잉게보르크는 그의 말에 몇 번 웃었다. 반대로 로보의 말은 조심스럽고 신중했는데, 자기가 알고 있는 것보다 높은 수준의 영어를 쓰면서 우리를 떠봤다. 그의 말은 오직 자기가 직관하는 세계에 들어가려는 욕망과 강철 같은 의지를 드러내는 말이었다. 그 순간만큼은 로보가 하는 짓이 그의 이름과 딱 맞아

32 남성미가 넘치는 지중해나 라틴아메리카 출신의 남자.

떨어졌다. 옛날 공포 영화에서 늑대 인간이 달에 끌리듯이 잉게보르크의 탁월하고 신선하며 태닝이 잘된 얼굴에 그의 시선이 끌렸다. 우리가 나가자는 말이 없자 목소리가 갈라지도록 고집을 피우며 멋진 디스코텍을 여러 곳 갈 거라고, 그중 하나는 들어가기만 해도 피로가 확 풀릴 것이라 확신했다. 쓸모없는 짓이었다. 우리는 결정을 번복하지 않으려고 테라스보다 낮은 길거리에 있는 그들 머리 위로 두 손을 저어 보였다. 스페인 녀석들은 더 이상 고집부리지 않았다. 그들은 헤어지기에 앞서 찰리를 언급하며 속닥거렸다. 진정한 친구라고 했다. 누구든지 그들이 진정으로 찰리를 그리워한다고 생각했을 것이다. 그러고는 우리에게 손을 뻗어 보이고 구시가지 쪽으로 걸어갔다. 이내 행인들 속에 뒤섞인 그들의 모습이 참으로 서글퍼 보였다. 잉게보르크가 그런 나를 잠시 쳐다보더니 이해할 수 없다며 이렇게 말했다.

「좀 전만 해도 한나를 겁탈했다고 생각하더니 이젠 불쌍한가 보네. 솔직히 저 두 멍청이들, 라틴러버[32] 건달들이잖아.」

서로 한참을 웃어 대다가 잉게보르크가 오늘은 좀 일찍 자자고 했고 나도 동의했다.

섹스를 하고 내가 글을 쓰기 시작하자 잉게보르크도 플로리안 린덴의 책에 빠졌다. 그녀는 여태 살인자를 찾지 못했는데 그렇게 책을 읽는 건 살인자를 찾는 데 신경 쓰지 않는다는 것이다. 피곤해 보였다. 요 며칠간 좋은 일이 없었다. 불현듯 떠나려던 순간 차에서 갈라진 목소리로 내게 조언하던 한나가 생각났다.

「한나는 오버하우젠에 도착했을까?」

「글쎄. 내일 전화하겠지.」 잉게보르크가 말했다.

「전화 안 하면?」

「우리를 잊을 거란 말이야?」

물론 그렇지 않다. 잉게보르크를 잊어 먹을 리 없다. 나도 마찬가지다. 덜컥 겁이 났다. 두려움과 흥분이 뒤섞인 기분이었다. 그런데 뭐가 무서운 거지? 콘라트의 말이 생각난다. 〈네 구역에서 경기를 하면 항상 네가 이길 거야.〉 그런데 내 구역은 어디지? 내가 물었다. 콘라트는 맑은 눈으로 내게서 시선을 떼지 않으며 이상한 웃음을 보였다. 네 피가 선택한 군대. 나는 그렇게 해서 어떻게 항상 이기느냐고 했다. 예를 들어, 중앙군 괴멸 게임에서 내가 독일군을 골랐는데 아무리 잘 해봐야 세 번에 한 번 이길까 말까잖아, 내가 바보와 게임하지 않는 한. 이해를 못 하는구먼, 콘라트가 말했다. 대전략을 써야 해. 토끼보다 간사해져야지. 이게 꿈이었을까? 나는 사실 중앙군 괴멸이라는 게임을 들어 본 적이 없다!

그 외에는 지루하고 소모적인 하루였다. 잠시 해변에서 진득하게 햇볕을 쬐며 이성적으로 명확하게 생각해 보려고 했지만 쉽지 않았다. 머릿속이 10년 전의 오랜 기억으로 들어찼다. 호텔 발코니에서 카드를 즐기던 부모님, 연안에서 20미터쯤 거리에서 양팔을 펴고 바다에 떠 있던 형, 방망이를 들고 해변을 달리던 스페인 녀석들(집시들?), 간이침대가 있던 악취 나는 종업원들의 방, 해변과 헷갈릴 정도로 디스코텍이 줄줄이 들어선 거리, 그러다 그 검은 바다와 검은 모래 해변, 그곳에 유일하게 색깔 있는 케마도의 페달보트 요새가 불쑥 떠올랐다. 글도 써야 하고 읽으려고 가져온 책도 있다. 그런데 시간이, 하루하루가 너무 서둘러 가버린다. 마치 시간이 내리막길인 것 같다. 말도 안 되지만.

9월 2일

경찰…… 우리가 내일 떠날 거라고 프라우 엘제에게 말했다. 예상과 달리 그 소식에 놀라는 눈치였다. 그녀의 얼굴에 약간의 애석함이 드러났지만, 사업주로서 명랑하게 서둘러 그 표정을 감췄다. 어쨌든 하루의 시작이 좋지 않았다. 두통과 발한에 아스피린을 세 알이나 먹고 찬물로 샤워를 했다. 프라우 엘제가 결과가 만족스러웠는지 물었다. 무슨 결과를 말하는 거죠? 휴가의 결과 말이에요. 난 어깨를 으쓱했고 그녀는 내 팔을 잡고 프런트 뒤에 숨겨진 작은 사무실로 데려갔다. 찰리의 실종과 관련된 모든 걸 알고 싶어 했다. 나는 단조로운 목소리로 간략하게 사건을 정리했다. 시간순으로 설명했다.

「오늘 코스타 브라바 지배인인 페레 씨와 얘기를 했어요. 당신을 바보로 생각하더군요.」

「제가요? 이 사건과 대체 무슨 상관이 있어서요?」

「없을 수도 있죠. 하지만 준비하는 게 좋겠어요. 경찰이 당신을 조사하러 올 거예요.」

머리가 멍해졌다. 나를! 프라우 엘제가 손으로 내 무릎을 몇 번 쳤다.

「전혀 걱정할 거 없어요. 다만 그 여자가 왜 독일로 갔는지 알고 싶어 해요. 뭔가 석연치 않은 반응이니까요. 안 그런가요?」

「무슨 여자 말이죠?」

「실종자의 여자 친구요.」

「방금 말했듯이 그 엄청난 혼란을 견디지 못했어요. 개인적인 문제에다 일도 많았고.」

「그렇죠, 하지만 남자 친구 사건이에요. 최소한 수색 작업이 끝날 때까지는 기다렸어야죠.」

「그건 나한테 할 얘기가 아니죠……. 그럼 나더러 경찰이 올 때까지 여기 있으라는 건가요?」

「아니에요, 원하는 대로 하세요. 제가 당신이라면 해변에 있을 겁니다. 경찰이 오면 사람을 보내죠.」

「잉게보르크도 있어야 하나요?」

「아니요, 한 명이면 됩니다.」

우리는 프라우 엘제의 조언대로 심부름꾼이 우리를 찾으러 온 오후 6시까지 해변에 있었다. 심부름하던 녀석은 열두 살 소년이었는데 그런 거지꼴로 어떻게 호텔에서 일하는지 물어보지 않고는 배길 수 없을 정도였다. 잉게보르크가 굳이 같이 가겠다고 했다. 어두운 금빛 해변은 시간이 멈춘 것 같았다. 사실 그곳을 떠나고 싶지 않았다. 제복을 입은 경찰들이 바 테이블에서 종업원과 얘기하며 기다리고 있었다. 그럴 필요 없는데도 프라우 엘제가 프런트에서 그들이 있는 곳을 우리에게 일러 줬다. 그곳으로 가면서 나는 경찰들이 절대 우리를 돌아보지 않을 것이며 노크를 하듯 등이라도 건드려야 우리를 쳐다볼 거라고 생각했다. 그런데 종업원의 시선으로 혹은 알 수 없는 다른 이유로 우리가 오는 걸 느꼈는지 우리가 다가서기도 전에 자리에서 일어나 거수경례를 했다. 당혹스러웠다. 우리는 테이블에 앉아 본론으로 들어갔다. 스페인을 떠난 게 무엇을 의미하는지 한나는 알고 있었습니까? (한나가 그걸 알고 있는지 아닌지는 우리도 몰랐다.) 한나와 찰리와 무슨 관계죠? (친구.) 무슨 이유로 떠난 겁니까? (우린 모른다.) 독일 주소를 아십니까? (우리도 모른다 — 거짓말이다. 잉게보르크가 적어 놨다 — 하지만 바르셀로나 독일 영사관에서 찾을 수 있을 것이다. 우리는 한나가 거기에 개인 정보를 모두 제출하고 갔다고 생각한다.) 한나나 당신들은 찰리가 자살한 거라 생각하나요? (우리는 물론 그렇게 생각하지 않는다. 한나가 어떻게 생각하는지는 누가 알겠는가.) 그렇게 쓸데없는 질문을 하고 나서야 인터뷰가 끝났다. 그들은 인터뷰를 정중하게 진행했고 돌아갈 때는 군대식으로 인사를 했다. 웃으며 배웅하던 잉게보르크는 우리만 남게 되자 이 슬프고 곪은 마을을 떠나 슈투트가르트에 돌아갈 수 없을 것 같다고 말했다. 곪았다는 말이 무슨 의미냐고 묻자 식당에 나만 남겨 두고 가 버렸다. 그녀가 나가던 순간, 프라우 엘제가 프런트에서 우리 쪽으로 왔다. 둘 다 걸음을 멈추지는 않았지만 프라우 엘제가 잉게보르크를 지나치며 미소 지어 인사했다. 확신하건대 잉게보르크는 인사하지 않았을 것이다. 어쨌든 프라우 엘제는 그런 것에 마음 쓰지 않았다. 그녀는 내 옆에 와서 인터뷰가 어땠느냐고 물었다. 한나가 떠난 게 상황을 악화시켰다고 했다. 프라우 엘제는 스페인 경찰이 친절하다고 했다. 나도 부인하지 않았다. 잠시 서로 말이 없었지만 의미 있는 침묵이었다. 프라우 엘제가 앞서 그랬던 것처럼 내 팔을 잡고 2층 복도로 데려갔다. 가는 동안 〈낙담할 필요 없어요〉라는 말만 했다. 나도 그 말에 동의했던 것 같다. 우리는 조리실 옆방으로 갔다. 호텔 세탁실인 것 같았다. 밖으로 콘크리트 바닥의 안뜰이 보였는데 나무 광주리가 한가득 놓여 있었고 오후 햇살이 그대로 투과되는 커다란 녹색 방충망이 쳐져 있었다. 에어컨이 없는 조리실에서는 소녀와 노인이 여태 점심때의 접시를 닦고 있었다. 그때 예고도 없이 프라우 엘제가 내게 키스했다. 사실 난 당황하지 않았다. 그러길 바라고 기다렸다. 하지만 솔직히 말하면 그렇게 되리라 생각하지는 못했다. 물론 그녀의 키스를 뜨겁게 맞아 줬다. 그렇지만 특별한 일은 없었다. 조리실에서 설거지하던 사람들이 우리를 봤을 수도 있다. 5분 정도 키스했을 것이다. 둘 다 마음이 요동쳤지만 아무 말도 없이 다시 식당으로 돌아왔다. 프라우 엘제는 악수를 하고 가버렸다. 아직도 믿기지 않는다.

남은 오후는 케마도와 보냈다. 그 전에 방에 가봤는데 잉게보르크가 없었다. 쇼핑하러 갔다고 생각했다. 해변은 반(半)사막 같았고 케마도도 일이 많지 않았다. 바다를 향해 정렬된 페달보트 옆에 앉아서 연안에서 아주 멀리 나간 임대 보트 한 대를 주시하고 있었다. 나는 아주 절친한 사람처럼 그의 옆에 앉아 모래 바닥에 미국인들이 벌지라고 부르는 아르덴 전투(내 특기 중 하나다)

지도를 그리고 세부 전투 계획, 병력 출현 순서, 진출로, 도하, 교량 건설과 파괴, 15사단의 방어 실행, 파이퍼 전투단의 시뮬레이션 침투와 실제 침투 등에 대해 설명했다. 그러고는 발로 지도를 지우고 모래를 평평하게 다진 뒤 스몰렌스크 지역 지도를 그렸다. 나는 1941년 그 지역에서 벌어진 전투에서 구데리안 전차단이 승리했는데, 아주 결정적인 전투였다고 말했다. 나는 늘 그 전투를 이겼다. 독일군으로 말이다. 지도를 다시 지우고 모래를 고른 후 얼굴을 그렸다. 케마도가 처음으로 웃긴 했지만 바다 멀리 있는 페달보트에서 눈을 떼지는 않았다. 약간 소름이 끼쳤다. 두세 군데 일그러진 얼굴의 상흔이 치켜 올라가는 순간 그 시각적 느낌이 ─ 바로 그것이 ─ 나를 마비시키고 영원히 내 생을 파괴할 것 같았다. 케마도의 목소리가 그런 나를 도왔다. 구원할 수 없는 먼 곳에서 얘기하듯 말했다. 「우리가 서로 이해한다고 생각해?」 나는 그의 일그러진 얼굴이 만든 마법에서 해방될 수 있다는 기쁨에 고개를 끄덕거리며 동의했다. 내가 그려 둔 얼굴은 그대로였다. 스케치라고 하기도 어려웠다(내가 그림에 소질이 없는 건 아니지만). 그런데 나는 이내 그 얼굴이 찰리라는 것을 알고 겁이 났다. 그걸 알게 되자 입이 떨어지지 않았다. 누군가 내 손을 이끈 것 같았다. 나는 서둘러 그림을 지우고 바로 유럽, 북아프리카, 중동의 지도를 그리고 수많은 선과 원을 그려 가며 제3제국 게임에서 이기는 결정적 전략을 설명했다. 케마도가 전혀 이해하지 못했다는 게 너무 아쉽다.

오늘 밤 한나에게 소식이 왔다. 두 번이나 전화가 왔지만 잉게보르크도 나도 호텔에 없을 때였다. 프런트 직원으로부터 전갈을 받았는데 그 소식에 맥이 풀렸다. 한나와 통화하고 싶지 않아서 잉게보르크에게 다시 전화가 오기 전에 호텔로 와달라고 했다. 초조한 마음으로 방에서 기다렸다. 잉게보르크가 돌아오자 우리는 항구에 있는 식당에서 식사하려는 계획을 바꿔 전화를 기다리며 델 마르에 있었다. 기다리길 잘했다. 샌드위치와 감자튀김으로 간단하게 저녁 식사를 하려던 순간 한나에게 전화가 왔다. 종업원이 우릴 찾으러 왔고 자리에서 일어나려 하자 잉게보르크가 둘 다 갈 필요는 없다고 했다. 나는 어쨌거나 음식이 식진 않을 테니 상관없다고 했다. 프런트에서 프라우 엘제를 만났다. 오후와 다른 옷을 입었는데 방금 샤워를 마친 것 같았다. 서로 미소를 나눈 후, 잉게보르크를 등지고 가능한 멀리 떨어져 얘기를 나누는 동안 잉게보르크가 〈왜〉, 〈말도 안 돼〉, 〈구역질 나〉, 〈맙소사〉, 〈돼지 같은 새끼들〉, 〈왜 나한테 말 안 했어〉라고 중얼거리는 소리가 들렸고 조금씩 신경이 곤두섰다. 잉게보르크가 감탄사를 내뱉을 때마다 그녀의 어깨가 점점 달팽이처럼 굽었다. 안타까웠다. 적잖이 놀란 눈치였다. 반대로 반짝이는 얼굴의 프라우 엘제는 카운터에 팔꿈치를 기대고 있었는데 우아한 고전적 조각상 같았다. 말을 할 때만 움직이는 그녀의 입술은 몇 시간 전 세탁실에서 있었던 일을 감추지 못했다. (확신할 수는 없지만, 내게 쓸데없는 기대는 하지 말라고 요구하는 것 같았다.) 프라우 엘제를 보며 웃고 있었지만 온 신경이 잉게보르크의 말에 쏠렸다. 전화선이 그녀의 목에 덤벼들 것만 같았다.

　한나와의 통화는 끝이 없었다. 통화가 끝나자 잉게보르크가 말했다.

「그나마 내일 떠나니 다행이네.」

　식당으로 돌아왔지만 둘 다 한입도 먹지 않았다. 잉게보르크가 프라우 엘제의 화장기 없는 얼굴이 마녀 같다고 악의적으로 말했다. 그리고 한나는 제정신이 아니며 아무것도 이해하지 못했다고 했다. 잉게보르크는 내 눈을 슬며시 피하더니 포크로 탁자를 몇 번 때렸는데 누군가 멀리서 그걸 봤다면 그녀가 열여섯 살도 안 된 아이라고 생각했을 것이다. 그녀에 대한 참을 수 없는 애정이 내 안에 끌어 올랐다. 그때 잉게보르크가 화를 냈다. 어떻게 그런 일이. 어떻게 그런 일이. 놀란 나는 아직 식당에 남은 사람들 앞에서 그녀가 엉뚱한 짓을 할까 봐 마음 졸였다. 하지만 잉게보르크는 내 생각을 읽기라도 한 듯 갑자기 웃어 보이더니 다시는 한나를 보지 않겠다고 했다. 대체 무슨 말을 들었느냐고 물었지만, 대답을 듣기도 전에 한나가 멀쩡하지 않은 건 당연하다고 말했다. 잉게보르크가 고개를 저었다. 내가 틀렸다. 한나는 내가 생각했던 것보다 훨씬 용의주도했다. 잉게보르크의 목소리는 차가웠다. 말없이 후식을 끝내고 방으로 올라왔다.

9월 3일

잉게보르크를 역에 데려다 주었다. 반 시간을 벤치에 앉아 세르베르로 가는 기차가 오기를 기다렸다. 말도 거의 없었다. 플랫폼에는 휴가를 마치고 돌아가는 사람들과 아직도 햇빛 좋은 곳으로 가려는 사람들로 북새통이었다. 노인들만 그늘진 벤치에 앉아 있었다. 떠나는 그들 속에 나는 심연의 한복판에 있는 것 같았다. 반대로 잉게보르크는 사람들이 넘쳐 나는 그 기차에 어울려 보였다. 게다가 사람들에게 길을 알려 주느라 우리의 마지막 시간을 허비하고 말았다. 많은 이들이 어느 노선으로 가야 하는지 모르고 있었고 역무원들도 제대로 길을 가르쳐 주지 않았다. 한 무리의 양 떼 같았다. 우리는 독일인과 영국인 두어 명에게 기차를 탈 수 있는 정확한 위치를 알려 줬다. (네 개 노선이 전부였으므로 누구든 어렵지 않게 찾을 수 있었다.) 차창으로 잉게보르크가 곧 슈투트가르트에서 보는 거냐고 물었다. 금방 갈게. 내가 말했다. 그녀는 믿지 못하겠다는 듯 입술과 코끝을 잔뜩 찌푸렸다. 상관없다!

마지막 순간까지 그녀가 머물 거라고 생각했다. 아니, 사실 나는 무엇도 그녀를 붙들지 못하리란 걸 알고 있었다. 한나의 전화를 받은 뒤로 그녀는 돌아갈 생각뿐이었다. 직장에 나가고 생활을 유지해야 했기 때문이다. 이별은 안타까웠다. 그리고 프라우 엘제는 나의 잔류 결정에 놀란 것 같았다. 사실 그 결정에 처음 당황한 사람은 잉게보르크였다.

내가 잉게보르크가 떠날 거라는 걸 언제 알았더라?

어제 한나와 그녀가 얘기하고 있을 때 모든 게 결정됐다. 명확하고 확고하게 말이다. (하지만 둘 다 아무 말도 하지 않았다.)

오늘 아침에 잉게보르크의 호텔비만 결제하고 짐을 내렸다. 극적으로 보일 필요도 없었고 도망치는 것처럼 보이고 싶지도 않았다. 내가 멍청했다. 프런트 직원이 프라우 엘제에게 소식을 전했을 것이다. 아직 이른 시간이었지만 산장에서 점심을 먹었다. 전망대에서 텅 빈 해변이 내려다보였다. 전에 비해 비어 있었다는 얘기다. 이번에도 토끼 스튜에 리오하산 포도주 한 병을 마셨다. 호텔로 돌아가고 싶지 않았다. 중앙에 테이블 두 개를 붙여 놓고 뭔가를 축하하고 있던 사업가들 말고는 거의 손님이 없었다. 헤로나 사람들이었고 카탈루냐어로 농담을 주고받았는데 동석한 부인들은 그다지 유쾌해 보이지 않았다. 콘라트가 말했듯 모임에 여자를 데려가서는 안 된다. 장례식 같은 분위기에 모두들 나처럼 얼빠진 모습이었다. 마을 어귀에 차를 세우고 낮잠을 자다가 부모님과 보냈던 휴가가 어렴풋이 기억났다. 땀을 뻘뻘 흘리며 깼는데 술기운은 사라지고 없었다.

오후에 코스타 브라바 지배인 페레 씨를 만나 델 마르에 있을 테니 일이 있으면 연락하라고 전했다. 서로의 호의를 확인하고 그곳을 나왔다. 해군 본부에도 들렀지만 찰리 소식을 알고 있는 사람은 없었다. 처음에 나를 응대해 준 여자는 내가 무슨 말을 하는지조차 몰랐다. 마침 그 사건을 알고 있는 군무원이 있어 그와 얘기를 나눴다. 새로운 소식은 없었다. 수색은 계속하고 있었다. 인내가 필요한 일이었다. 안뜰로 사람들이 조금씩 모여들었다. 적십자 해양 구조대 청년이 익사자의 가족이라고 나를 소개했다. 잠시 계단에 앉아 있다가 호텔로 돌아왔다. 심한 두통이 왔다. 호텔에서 프라우 엘제를 찾았지만 만나지 못했다. 아무도 그녀가 있는 곳을 몰랐다. 세탁실로 가는 복도 문은 잠겨 있었다. 그곳으로 가는 다른 길이 있었지만 찾을 수 없었다.

방은 완전히 엉망이었다. 침대는 흐트러져 있었고 옷은 바닥에 흩어져 있었다. 제3제국 게임말도 여러 개 떨어져 있었다. 짐을 싸서 나가야 할 것 같았다. 하지만 나는 프런트에 전화를 걸어 방을 치워 달라고 했다. 얼마 지나지 않아 전에 탁자를 갖다 주려고 애쓰던 소녀가 왔다. 좋은 징조였다. 나는 방 한 귀퉁이에 앉아 모두 정리해 달라고 했다. 방은 금세 정리되고 훤해졌다(창문만 열어도 방이 훤해 보였다). 소녀는 일을 마치자 나를 보고 천사 같은 미소를 지었다. 나는 만족감에 그녀에게 1천 페세타를 줬다. 소녀는 영민하게도 떨어져 있던 게임말들을 보드에 정렬해 뒀다. 분실된 건 없었다.

나머지 오후 시간에는 해가 질 때까지 해변에서 케마도와 게임 얘기를 하며 보냈다.

9월 4일

롤리타라는 바에서 보카디요를 사고 슈퍼마켓에서 맥주를 샀다. 케마도가 오자 침대 옆에 앉으라고 하고 나는 게임판이 훤히 보이는 탁자 오른쪽에 앉아 편하게 게임판 가장자리에 손을 기댔다. 옆에 케마도가 있었고 그 뒤로 침대와 협탁이 있었다. 협탁에 아직 플로리안 린덴의 책이 있다니! 그 왼쪽으로 창을 열어 둔 발코니에는 하얀 의자들이 있고 마리티모 대로와 해변, 페달보트 요새가 보였다. 케마도가 먼저 말을 꺼내기를 기대했지만 그는 쉽게 말을 하는 사람이 아니었으니 내가 말을 걸었다. 잉게보르크가 직장 때문에 기차로 산뜻하게 떠났다는 말로 시작했다. 그 뒤로 게임의 특성을 얘기하며 얼마나 멍청한 말을 많이 했는지 모른다. 나는 게임은 노래이며 게이머는 꿈이고 심오함이자 욕망과 다름없는 노래의 무한한 음계를 무한 변화의 영토에서 연주하는 사람이라고 설명했다. 또 게임은 분해된 음식이자 지도이며 그 지도 안에 규칙, 주사위 던지기, 승리 혹은 패배를 담은 단일체라고 했다. 썩은 음식들이라고도 했다. 아마 그때 내가 보카디요와 맥주를 꺼냈고 케마도가 그걸 먹는 사이 그의 다리를 재빨리 건너뛰어 순식간에 연기로 사라질 보물이라도 되는 양 플로리안 린덴의 책을 집었다. 책갈피에는 나를 설레게 할 편지도 쪽지도 아무런 표시도 없었다. 그저 경찰 심문이나 자백 같은 내용만 끄적여 있었다. 밖에서는 밤이 해변을 스멀스멀 집어삼키고 있었고 모래결과 작은 모래언덕이 반짝이며 움직이는 것 같았다. 조금씩 어두워지는 그 자리에서 꼼짝하지 않고 되새김질하듯 천천히 음식을 먹던 케마도는 눈을 바닥 혹은 자신의 큰 손 끝에 고정하고 거의 들리지 않게 규칙적으로 숨을 쉬고 있었다. 나는 솔직히 더위와 역겨움에 숨이 막히는 것 같았다. 그에게 주려고 사왔던 치즈 보카디요와 하몽 보카디요 중 그가 뭘 먹고 있는지 모르지만 케마도가 내는 숨소리에 심장이 터질 것 같았다. 나는 자연스럽게 스위치에 다가가 불을 켰다. 여전히 머리가 지끈거리기는 했으나 바로 기분이 나아졌다. 머리가 윙윙거렸지만 자리로 돌아가지 않고 탁자와 욕실 문을 오가며(욕실 불도 켰다) 군대의 배치, 두 개 혹은 그 이상의 전선이 제한된 군사력의 독일 게이머에게 닥칠 수 있는 딜레마, 서쪽에서 동쪽으로, 유럽 북부에서 아프리카 북부로 거대한 보병과 기갑병을 이동할 때 발생하는 난관, 전 지역 방어가 불가능한 군사력 결핍 같은 일반 게이머들이 이르게 되는 결말에 대해 얘기했다. 케마도가 입에 음식을 문 채 질문을 했지만 난 일부러 대답하지 않았다. 무슨 질문인지도 알아들을 수 없었다. 무시한 것 같아 마음이 편치 않았다. 그래서 대답 대신에 지도를 보면서 눈으로 직접 확인하라고 말했다. 케마도가 순순히 다가가더니 검은 말은 이기지 못할 것이라며 내 말에 동의했다. 여기까지! 내 전략으로 상황을 바꿨다. 얼마 전에 슈투트가르트에서 했던 게임을 예로 들어 설명했다. 그런데 그게 내가 하려던 말이 아니었다는 걸 조금씩 알게 됐다. 뭐야? 모르겠는데. 이게 중요하단 말이야. 그리고 침묵이 흘렀다. 케마도는 약혼반지라도 되는 양 보카디요를 손가락 사이에 들고 다시 침대 옆에 앉았고 나는 슬로 모션처럼 천천히 걸음을 옮겨 발코니로 나가서 하늘의 별과 발코니 아래를 지나다니는 관광객들을 구경했다. 그러지 말았어야 했다. 마리티모 대로변에 앉아 있던 로보와 코르데로가 내 방을 주시하고 있었다. 나를 보자 손을 흔들고 소리를 쳤다. 처음에는 욕인 줄 알았는데 친근함의 표현이었다. 내려와서 함께 술을 마시자고 했는데(케마도가 여기 있는지 어떻게 알았는지 모르겠다) 점점 강압적인 표정을 지었다. 지나가는 행인들도 이내 소란의 원인인 발코니를 올려다봤다. 두 가지 선택권이 있었다. 뒤로 물러서서 아무 대답도 없이 발코니를 닫아 버리거나 나중에 만나자는 말로 그들을 보내거나. 하지만 두 가지 모두 불편했다. 나는 화난 얼굴로(거리가 있어 로보와 코르데로가 알아보지 못했다) 잠시 후에 린콘 델 로스 안달루세스에서 보자고 했다. 그들이 보이지 않을 때까지 발코니에 있었다. 케마도는 방에서 동부 전선에 펼쳐진 말들을 살피고 있었다. 그 전선에 군사력이 배치된 이유와 방법을 이해한 것처럼 생각에 잠겨 있었지만 나로선 알 수 없었다. 나는 의자에 털썩 주저앉으며 피곤하다고 말했다. 케마도는 눈 한번 깜작하지 않았다. 나는 저 멍청이들이 왜 날 가만두지 않는지 궁금했다. 뭐라고 하던? 게임하자고? 케마도가 물었다. 빈정거리는 그의 입술을 눈치챘다. 아니. 내가 대답했다. 술 마시자고, 미라가 아니라는 걸 확인하게 뭐라도 하자는 거지.

「참 단순하게 살지, 그렇지?」 그가 킥킥거렸다.

「그도 모자라 단순한 휴가라니.」

「뭐, 그들은 휴가가 아니지.」

「다를 게 없지, 다른 사람들의 휴가로 사니까. 상관도 없는 남의 휴가와 여가 시간을 빨아먹으면서 관광객들을 쏩쏠하게 하잖아. 여행자의 기생충 같아.」

케마도가 의심의 눈초리로 나를 쏘아봤다. 친하지는 않았지만 어쨌든 로보와 코르데로는 그의 친구였다. 나는 내가 한 말에 신경 쓰지 않았다. 오히려 잉게보르크의 싱그러운 장밋빛 얼굴을 떠올리고 그녀가 나의 행복이라 생각하고 있었다. 순간 모든 게 흩어졌다. 나도 모르게 거대한 힘에 밀려 움직이기 시작했다. 나는 은행원이 돈을 세듯이 천천히 핀셋으로 말을 게임판에 놓고 적절한 위치에 표지를 하고 자연스러운 어조로 한두 수 둬 보라고 케마도에게 말했다. 물론 나는 완전 괴멸에 이를 때까지 게임 한 판을 끝내고 싶었다. 케마도는 어깨를 으쓱하며 몇 번을 웃었다. 결정을 못 하는 것 같았다. 그의 추한 표정을 더 이상 견딜 수 없어, 만난 적도 없는

---

33 1936년 프랑스가 독일과의 국경에 쌓은 긴 요새. 벙커 형태 건물에 포와 사격 공간을 배치하여 독일군이 그 선을 넘지 못하도록 했다. 하지만 1940년 독일이 벨기에로 침입한 다음 우회하여 프랑스에 침공함으로써 마지노선은 쓸모없게 되었다. 〈최후의 방어선〉을 마지노선이라고 한다.

두 게이머가 첫 수가 시작될 때까지 상대가 있다는 것을 잊으려고 지도의 한 지점을 주시하듯 게임판의 한 부분을 쳐다보며 그의 답을 기다렸다. 눈을 들었을 때 그의 무구한 눈과 마주쳤는데 나는 게임을 하겠다는 뜻으로 이해했다. 탁자로 의자를 당기고 진을 펼쳤다. 폴란드, 프랑스, 소련의 군대가 시작부터 좋지 않은 상황에 있었지만 케마도가 초보자임을 고려할 때 아주 나쁜 건 아니었다. 반대로 영국은 해군력이 공정하고 적절한 위치에 배치되어 있었고 — 지중해 프랑스 해군의 지원을 받으며 — 얼마 되지 않는 병력이 중요한 전략적 육각 지점을 차지하고 있었다. 케마도는 명석한 학생 같았다. 지도의 전체적 상황은 역사적 상황과 어느 정도 비슷했는데 이건 베테랑 게이머의 경기에서는 보기 드문 일이었다. 베테랑이라면 절대 폴란드군을 국경선을 따라 배치하지 않으며 프랑스군도 마지노선[33]에 해당하는 모든 육각 지점에 배치하지 않는다. 가장 실전적인 수는 폴란드군을 바르샤바 방어를 위해 원형으로 배치하고 프랑스군의 마지노선 배치를 축소하는 것이다. 나는 설명을 하며 첫 수를 뒀다. 내 전차 부대가 폴란드군의 진지를 파괴하고(공군력의 우위와 기계화 부대의 포격으로), 프랑스, 벨기에, 네덜란드와의 국경에 군사력을 증강했으며, 이탈리아가 선전 포고를 하고, 튀니지를 목표로 리비아에 상당한 부대를 주둔시키고(정석은 1939년 겨울 이전에 이탈리아가 참전하는 것보다는 1940년 봄에 참전할 것을 권고하는데 나는 아직 실험해 보지 않은 전략이다), 두 개 독일 전차 부대를 제노바로 보내고, 도약의 육각 지점에(에센) 공수 부대를 배치하는 등 최소한의 기본 자원 포인트로 전략을 이행했다는 걸 케마도도 이해했다. 케마도는 주저할 수밖에 없었다. 그는 동부 전선에서 폴란드에 접한 발트 해 연안국들을 공격했지만 베사라비아를 점령하지 못했고 프랑스 서부에서 소모전을 하고, 프랑스에 영국군(2개 보병 부대)을 파병하고, 지중해에서 튀니스와 비제르테의 병력을 강화했다. 초반은 내 손아귀에 있었다. 1939년 겨울 내 차례에서 서부를 총공격했다. 네덜란드, 벨기에, 룩셈부르크, 덴마크를 점령하고 프랑스 남부로는 마르세유까지, 북부로는 스당과 N24 육각 지점까지 침투했다. 동부의 군대를 재편성했다. 전략 재편 시에 트리폴리에 독일 전차 부대를 상륙시켰다. 지중해 작전은 소모전이어서 별다른 성과는 없지만 확실한 위협이 됐다. 튀니스와 비제르테를 포위하고 제1기갑 부대로 무방비 상태의 알제리를 침공했다. 이집트 국경의 군사력은 비슷하다. 동맹국과의 문제는 분명 어느 지역에 더 무게를 둘 것인가에 달렸다. 케마도는 상황에 필요한 조치를 다할 수 없었다. 서부 전선과 지중해 전선에서 부딪히는 모든 것과 소모전을 하며 종대로 게임을 했지만 주사위마저 도와주지 않았다. 동부에서는 베사라비아를 점령하고 루마니아 국경에서 동프로이센까지 흐릿한 전선을 구축했다. 다음 순서에서 게임을 판가름 낼 수 있었지만 밤이 늦어서 뒤로 미루고 호텔을 나섰다. 린콘 델 로스 안달루세스에서 네덜란드 아가씨 여섯 명과 함께 있던 로보와 코르데로를 만났다. 그 여자들은 나를 알게 된 것과 내가 독일인이라는 게 맘에 들었던 모양이다. 처음에는 장난인 줄 알았다가 독일인이 이런 칠칠맞지 못한 사람들과 친분이 있다는 사실에 놀란 듯했다. 새벽 3시에 델 마르로 돌아왔는데, 요즘 들어 처음으로 만족스러웠다. 여기 남는 게 좋다고 느꼈던 걸까? 그랬을 수도 있다. 어느 순간엔가 케마도가 패배를 얘기하며(나의 서부 공격에 대해 얘기했던가?) 스페인에 언제까지 머물 거냐고 물었다. 그의 목소리에 겁이 났다.

「찰리의 시체를 찾을 때까지.」 내가 말했다.

9월 5일

아침을 먹고 코스타 브라바로 갔다. 프런트에 지배인이 있었다. 나를 보자 일을 정리하더니 사무실로 따라오라는 손짓을 했다. 어떻게 알았는지 잉게보르크가 떠난 걸 알고 있었다. 그는 예기치 못한 표정을 지으며 내 상황을 이해한다는 뜻을 내비쳤다. 그리고 내가 대꾸할 틈도 주지 않고 현재 수색 상황을 간략히 얘기했다. 아무 성과도 없고 많은 이들이 수색을 중단했으며 조디악 구조 팀 경찰 한두 명의 수색 작업도 느려 터진 행정 절차에 묶여 있다고 했다. 나는 개인적으로 해군 본부에 가서 알아보고 필요하다면 닥치는 대로 휘저을 생각이라고 했다. 페레 씨가 인자한 표정으로 고개를 저으며 그럴 필요 없으니 흥분하지 말라고 했다. 실종 관련 수속은 전적으로 독일 영사가 책임지고 있어요. 그러니 마음이 내키면 언제라도 찾아갈 수 있잖아요. 맞아요. 찰리가 내 친구이고 친구 관계라는 게 뭔지 그들도 알고 있으니까요. 하지만…… 스페인 경찰은 도통 신뢰할 수 없었고 아예 사건을 종결할 참이었다. 다만 시체가 나타나길 기다릴 뿐이었다. 페레 씨는 전에 봤을 때보다 훨씬 차분해 보였다. 어쨌든 이제 그는 그 사건에 대해 그와 내가 유일한 관련자이며 그 알 수 없는 죽음, 자연사라고도 할 수 있는 사건을 떠맡고 있는 것처럼 행동했다. (그런데 죽음은 언제나 자연사인가? 죽음은 늘 필연적으로 질서의 일부인가? 윈드서핑 보드 위에서 죽어도?) 친구분은 여름에 발생하는 다른 사고처럼 분명 사고를 당한 겁니다. 그가 말했다. 나는 자살의 가능성을 내비치긴 했지만 페레 씨는 고개를 저으며 가볍게 미소를 지었다. 그는 평생 호텔에서 일해서 여행자들의 영혼을 안다고 믿는다. 그 불쌍한 찰리는 자살의 전형에 해당되지 않아요. 어쨌든 생각해 보면 휴가 와서 죽는 건 언제나 씁쓸하고 역설적이죠. 페레 씨는 오랜 근무 기간 동안 그와 유사한 경우를 봐왔다. 8월에 심장마비로 사망한 노인, 모두가 보는 앞에서 수영장에 빠져 죽은 아이들, 고속 도로에서 사고로 죽은 가족들. 휴가와 목숨을 바꾼 사람들! 사는 게 그래요. 그가 결론지었다. 당신 친구도 분명 조국과 먼 곳에서 죽을 거라고는 생각지도 못했을 겁니다. 죽음과 조국. 그가 소곤거렸다. 너무도 비참하죠. 오전 11시의 페레 씨는 황혼의 느낌을 풍겼다. 여기에 있는 게 만족스러운 사람도 있죠. 내가 혼잣말을 했다. 거기서 그와 얘기하고 있는 게 다행이었다. 그때 프런트에서는 직원과 손님이 다투고 있는데 악의 없는 손님의 목소리가 그 먼 곳에서 사무실까지 들려왔다. 대화를 나누는 동안 나는 호텔에 편하게 앉아 페레 씨, 복도와 로비에 있는 사람들, 쓸데없는 혹은 진지한 대화를 하거나 그러는 척하는 얼굴들, 손을 잡고 태닝을 하는 커플들, 혼자 일하는 사람들, 다른 사람의 회사에서 일하는 상냥한 사람들을 봤는데 모두들 행복해 보였다. 행여 그렇지 않더라도 최소한 평화로워 보이긴 했다. 찰리가 살아 있든 아니든, 내가 살아 있든 아니든, 그런 건 상관없었다. 모든 게 각자의 죽음을 향해 추락할 테니. 모두가 우주의 중심에! 멍청이 패거리 같으니! 그들의 영역 밖에는 아무것도 없다고! 그들은 꿈속에서조차 모든 걸 통제하지! 무심하게! 그때 케마도가 생각났다. 그가 밖에 있었다. 물속에 있는 것 같은 그를 봤다. 그는 적이다.

이후로 나는 뭔가 생산적인 일을 하고 싶었지만 그럴 수가 없었다. 수영복을 입고 해변에 나갈 수도 없어서 호텔 바에 가서 엽서를 썼다. 부모님께도 보낼 생각이었는데 결국 콘라트에게만 썼다. 오래 앉아 있으면서 여행객과 쟁반에 마실 걸 가득 들고 테이블 사이를 오가는 종업원을 지켜보는 일 말고는 아무것도 하지 않았다. 나는 이유 없이 여름의 마지막 더위가 지나가는 날이라는 생각을 했다. 어떻든 상관없었다. 뭐라도 해야겠다는 생각에 샐러드와 토마토 주스를 먹었다. 몸이 좋지 않은지 땀이 나고 어지러워 방에 올라가 찬물로 샤워를 했다. 그리고 다시 나와 차를 두고 해군 본부로 향했지만 막상 도착해서는 또 변명을 늘어놓는 꼴을 참을 수 없을 것 같아 그냥 발길을 돌렸다.

마을은 유리공 속에 침잠한 것 같았다. 길을 걷는 이도 있고 테라스에 앉아 있는 이도 있었는데 모두들 잠들어 있는 것 같았다(초월적으로!). 오후 5시, 하늘에 구름이 끼더니 6시에 비가 오기 시작했다. 길거리가 순식간에 텅 비었다. 가을이 손톱을 세워 긁어 버린 것 같았다. 모든 게 무너졌다. 여행객들은 비를 피할 곳을 찾아 인도를 뛰어다녔고 장사꾼들은 길에 내놓은 물건에 덮개를 씌웠다. 다음 여름이 올 때까지 닫힌 창문의 수가 늘어 갈 것이다. 그게 안타까웠는지 경멸스러웠는지는 모르겠다. 나는 그 어떤 외적 조건에도 마음껏 나만을 보고 선명하게 느낄 수 있었다. 그 외 모든 것은 어떤 어둠의 폭탄을 맞았다. 영화 세트장 같은 그곳이 먼지가 되고 망각될 것이라는 운명을 돌이킬 수는 없을 것 같았다.

문제는 내가 그 불행의 한복판에서 뭘 하고 있는가였다.

오후 내내 침대에 누워 케마도가 호텔에 올 시간을 기다렸다.

나는 방에 올라가기 전에 독일에서 온 전화가 있는지 물어봤다. 없다고 했다. 내게 온 메시지도 없었다.

발코니에서 케마도가 해변을 뒤로하고 마리티모 대로를 건너 호텔 방향으로 오는 게 보였다. 그가 호텔 문에 다다르기 전에 거기서 기다릴 생각으로 서둘러 내려갔다. 행여 내가 동행하지 않으면 안 들여보내 줄까 걱정됐다. 프런트를 지날 때 프라우 엘제가 별안간 날 멈춰 세웠다. 소곤거림에 지나지 않았는데도 얼떨결에 들은지라 코넷 소리처럼 내 머리를 울렸다.

「우도 씨, 여기 있네요.」 몰랐다는 듯이 말했다.

나는 난감한 자세로 복도에 멈춰 섰다. 반대편 유리

문 뒤에 케마도가 기다리고 있었다. 순간적으로 그가 문에 상영되는 영화의 일부인 듯 보였다. 그 장면에 케마도와 검푸른 지평선, 그 지평선에서 도드라진 건너편 길에 주차된 자동차, 길을 지나는 사람들과 테라스 테이블의 어지러운 이미지들이 비치고 있었다. 카운터 뒤, 홀로 아름다운 프라우 엘제만이 완벽한 현실이었다.

「물론이지. 당연히…… 알고 있었어야지.」 반말을 하자 프라우 엘제가 얼굴을 붉혔다. 그렇게 대놓고 방어하는 모습은 처음이었다. 그게 내 맘에 들었는지 아닌지는 모르겠다.

「널…… 못 봤으니까. 그게 다야. 네가 어디 가는지 어떻게 알아.」 그녀가 평상시 목소리로 말했다.

「친구의 시체를 찾을 때까지 여기 있을 거야. 네가 반대하지 않았으면 좋겠는데.」

그녀가 불쾌하다는 듯 뾰로통하게 시선을 돌렸다. 나는 그녀가 케마도를 볼까 봐, 케마도가 화제를 바꾸는 구실이 될까 봐 신경 쓰였다.

「남편이 아파서 내가 있어야 해. 요즘에는 아무것도 못 하고 계속 같이 있었어. 넌 이해 못 할 거야, 그렇지?」

「미안해.」

「괜찮아. 다 아는데 뭐. 귀찮게 할 생각은 아니었어. 다음에 봐.」

하지만 그녀도 나도 움직이지 않았다.

케마도가 맞은편에서 날 보고 있었다. 나는 호텔 테라스에 앉아 있는 손님들이나 길을 지나는 사람들이 그를 보고 있을 거라고 생각했다. 누군가 불쑥 나타나 그에게 나가라고 할 것 같았다. 그러면 케마도는 오른팔

만으로 그를 제압할 것이고 모든 게 수포로 돌아갈 것이다.

「당신의, 아니 네 남편, 나아지고 있어? 진심으로 좋아지길 바라. 내가 바보같이 굴었지. 미안해.」

프라우 엘제가 고개를 떨구고 말했다.

「그래……. 고마워…….」

「나랑 오늘 밤 얘기 좀 할래? 둘이서만……. 나중에 해가 될 일을 해달라고 하는 건 아니고…….」

프라우 엘제의 입술이 미소 짓기까지 무한한 시간이 흐른 것 같았다. 난 이유 없이 그냥 떨렸다.

「지금은 기다리는 사람이 있어서 안 되지, 그렇지?」

응, 전우를 기다리지. 나는 생각했다, 하지만 아무 말 없이 취소할 수 없는 약속이라는 표정을 지었다. 전우일까? 적군이다!

「호텔 주인의 친구라고 해서 규정을 너무 어기면 안 되는 거 기억해 둬.」

「무슨 규정?」

「많은 게 있지만 누가 객실을 방문하는 건 금지돼 있어.」 예전처럼 반어적이고 권위적인 어조로 돌아왔다. 여기는 분명 프라우 엘제의 왕국이다.

대꾸하려 했지만 그녀가 손을 올리며 말을 막았다.

「뭘 제안하거나 뭘 하라는 게 아니야. 비난하려는 것도 아니고. 저 불쌍한 친구는 — 케마도를 의미했다 — 나도 안타까워. 하지만 호텔과 손님들을 위해 밤을 새워야 해. 이 또한 널 위해서 하는 거고. 좋지 않은 일이 없기를 바라는 거야.」

「별일 있겠어? 그냥 게임하는 건데.」

「무슨 게임인데?」

「너도 잘 알잖아.」

「아, 네가 챔피언이라는 게임.」 그녀가 웃을 때 치아가 위태롭게 반짝였다. 「그건 겨울 스포츠지. 요즘 같은 날엔 수영하고 테니스 치는 게 낫지.」

「비웃고 싶다면 어쩔 수 없지. 그럴 만하니까.」

「좋아, 이따 밤에 봐. 1시에 교회 광장에서. 어딘지 알아?」

「응.」

프라우 엘제의 미소가 흩어졌다. 그녀에게 다가가려 했지만 적절한 때가 아님을 알고 있었다. 그녀와 헤어지고 밖으로 나갔다. 테라스는 모든 게 일상적이었다. 케마도가 있던 곳 두 계단 아래로 두 아가씨가 날씨 얘기를 하며 일행을 기다리고 있었다. 밤이면 늘 그렇듯 사람들은 즐거이 약속을 잡고 있었다.

케마도와 인사를 나누고 함께 호텔에 들어왔다.

프런트를 지나는데 카운터 뒤로 아무도 없었다. 나는 프라우 엘제가 밑에 숨어 있을 거라고 생각했다. 가까이 가서 보고 싶은 충동을 애써 억눌렀다.

내가 그렇게 하지 않은 이유는 케마도에게 모든 걸 설명해야 할 수도 있기 때문이었다.

어쨌든 우리는 전에 하던 게임을 이어 갔다. 1940년 봄, 나는 지중해에 방어 옵션을 세우고 튀니지와 알제리를 점령했다. 서부 전선에선 기본 자원 포인트 25를 들여 프랑스를 점령했다. 전략적 재배치를 하며 보병과 공군 지원을 받는 4개 전차 부대를 스페인 국경에 배치했다. 동부 전선의 군사력을 강화했다.

이에 맞서 케마도는 완전히 방어적으로 나왔다. 기동 가능한 몇 개만 이동하여 몇몇 지역의 방어를 강화했다. 무엇보다 질문을 많이 했다. 그의 움직임은 아직 신병 수준을 벗어나지 못했다. 게임말을 정렬하지도 못했고 무질서하게 게임을 하며 포괄적인 전략도 없었다. 행여 개괄적인 전략이 있다 하더라도 융통성이라곤 없었다. 운을 믿었고 기본 자원 포인트 계산도 제대로 못 했으며 전략 재편 기간과 병력 생산 기간을 헷갈렸다.

그렇지만 게임을 파고들려고 노력했다. 그렇게 판단하는 이유는 그가 게임판에서 눈을 떼지 않았고 후퇴와 비용을 계산할 때 그의 화상 자국이 일그러졌기 때문이다.

애정과 안타까움이 일었다. 말하자면 무거움과 가벼움이 교차하는 안타까움이었다.

교회 광장은 인적이 드물고 어두웠다. 차를 갓길에 세우고 돌 벤치에 앉아 기다렸다. 기분은 좋았다. 프라우 엘제가 나타날 때 — 광장에 있는 한 그루 나무 옆에서 말 그대로 희미한 그림자 덩이로 나타났다 — 나는 놀라 경계하지 않을 수 없었다.

마을을 벗어나 숲으로 가거나 바다를 보러 가자고 했지만 받아들이지 않았다.

그녀는 며칠 동안 말을 못 했다는 듯 쉼 없이 말을 이어 갔다. 결국 남편의 병에 대한 상징적이고 애매한 설명으로 끝냈다. 그 뒤에야 키스를 허락했다. 그러나 손은 처음부터 자연스럽게 붙잡고 있었다.

그렇게 손을 맞잡고 새벽 2시 30분까지 그곳에 있었다. 앉아 있는 게 힘들 때는 광장을 돌며 걷다가 다시 벤치로 돌아가 계속 얘기를 나눴다.

나도 많은 얘기를 했다.

멀리서 들려오는 짧은 탄성과(즐거움의 탄성일까, 절망의 탄성일까) 오토바이 지나는 소리만 광장의 고요를 깨트릴 뿐이었다.

다섯 번 정도 키스했던 것 같다.

돌아오면서 나는 그녀의 평판을 생각해 호텔에서 먼 곳에 주차하자고 했다. 그녀는 웃으며 거절했다. 사람들 말에 신경 쓰지 않았다. (사실 아무것도 걱정하지 않았다.)

교회 광장은 슬퍼 보였다. 작고 어둡고 고요했다. 중앙에는 중세에 지어진 돌 분수가 두 개의 물줄기를 뿜고 있었다. 우리는 자리를 뜨기 전에 술을 마셨다.

「죽을 때가 되면, 우도, 넌 〈내가 왔던 그 무(無)로 돌아간다〉고 말할 수 있을 거야.」

「죽을 때가 되면 어떤 말이든 할 수 있어.」 내가 대답했다.

말을 주고받은 뒤 프라우 엘제의 얼굴이 이제 막 키스한 사람처럼 빛났다. 뒤이어 우리가 한 것도 바로 그것이다. 그녀에게 키스했다. 그러나 그녀의 입술 사이로 혀를 넣으려 하자 고개를 돌렸다.

9월 6일

로보가 직장을 잃은 건지 코르데로가 그런 건지 아니면 둘 다 그런 건지 나는 모른다. 그들이 불평하든 투덜거리든 상관없다. 하지만 그들이 직장 문제를 걱정하고 있으며 약간 약이 올랐다는 건 알고 있다. 린콘 델 로스 안달루세스 주인은 아무렇지 않게 그들과 그들의 불행을 비웃는다. 그들을 〈불쌍하고 불행한 놈들〉, 〈구역질 나는 놈들〉, 〈에이즈 환자들〉, 〈해변의 동성애자〉, 〈게으름뱅이들〉이라고 한다. 그러고는 나를 따로 부르더니 웃으면서 강간 얘길 들려줬는데 무슨 말인지 알아듣지 못했다. 하지만 그들은 어떤 식으로든 연루되어 있다. 로보와 코르데로는 궁금해하지도 않고 — 사실 주인은 모든 사람이 들을 수 있을 정도로 크게 말한다 — 텔레비전 스포츠 중계를 본다. 저놈들이 일을 해야지! 저 좀비 떼거지가 스페인을 키워야 하는데 말이야, 염병할! 주인의 연설은 그렇게 끝났다. 나는 그 말이 옳다고 동의해 주고 스페인 친구들이 있는 테이블에 돌아와 맥주를 하나 더 주문했다. 잠시 후, 반쯤 열린 화장실 문으로 코르데로가 바지를 내리는 게 보였다.

점심을 먹고 코스타 브라바에 갔다. 페레 씨는 우리가 마지막으로 본 게 몇 년 전이었다는 듯 반갑게 맞아 주었다. 이번에는 호텔 바 테이블에서 얘기를 나눴지만 중요한 말은 없었다. 그곳에서 지배인과 친분이 있는 사람들을 알게 됐다. 모두 마흔이 넘은 나이에 기품과 권태를 동시에 풍기는 사람들이었다. 나를 소개하자 하나같이 나를 배려해 줬다. 마치 무엇을 축하하는 자리거나 어떤 서약을 하는 자리 같았다. 물론 페레 씨와 나는 기분 좋게 받아들였다.

그 뒤로 해군 본부에 갔지만(코스타 브라바를 갔으니 지나칠 수 없어 그곳으로 향했다) 찰리에 관한 별다른 소식은 없었다. 문제를 일으키고 싶지 않아 몇 가지만 물었다. 시신이 여태 발견되지 않은 게 이상하지 않나요? 살아 있을 가능성은 없나요? 기억상실로 해변 마을을 방황할 수도 있잖아요? 두 명의 여비서들조차 지루해하며 날 안타깝게 쳐다봤다.

델 마르로 걸어오면서 이미 예상했던 몇 가지 사실을 확인했다. 마을이 한산해지고 갈수록 여행객들이 줄어들고 있다. 이곳 사람들의 얼굴에는 주기적인 피로가 보인다. 하지만 대기와 하늘과 바다는 투명하고 맑게 빛난다. 숨 쉴 맛이 난다. 사람들에게 떠밀리거나 술 취한 사람에게 붙들리지 않고 그 모든 풍경의 변화를 관찰할 수 있다.

린콘 델 로스 안달루세스 주인이 바 뒤쪽으로 사라지자 내가 강간 얘기를 꺼냈다.

로보와 코르데로가 껄껄대며 웃더니 노인이 농담한 거라고 말했다. 날 비웃는 걸 감지했다.

바를 나오면서 내 몫만 계산했다. 그들의 얼굴이 돌처럼 얼어붙었다. 인사를 건네며 묵직하게 내가 떠나는 날을 언급했다. (모든 사람이 내가 떠나길 원할 것이다.) 화해라도 하려는 듯 헤어지기 직전에 해군 본부에 동행하겠다고 했지만 내가 거부했다.

1940년 여름. 게임이 재개됐다. 예상과 달리 케마도가 내 공격의 충격을 줄이기에 충분한 병력을 지중해로 옮겼다. 그는 내 공격이 알렉산드리아가 아니라 몰타로 향하는 걸 알아채고 섬에 육군, 공군, 전투 해병을 배치해 전력을 강화했다. 서부 전선 전황은 답보 상태였다 (프랑스 점령 후 서부군을 재편성하고 보충병을 충원하고 재무장하려면 다음 순번까지 기다려야 한다). 그 위치에 있는 내 부대는 영국과 — 영국을 공격하려면 상당한 병참 지원이 요구되는데, 케마도는 그 사실을 모른다 — 놓칠 수 없는 포로이자 지브롤터 길목을 열어 줄 스페인을 향하고 있다. 영국이 지브롤터를 빼앗긴다면 지중해에 대한 영국의 통제권은 거의 의미가 없다. (이에 대해 『더 제너럴』에서 테리 버처는 이탈리아 함정이 대서양으로 진출해야 한다고 권고한다.) 어쨌든 케마도는 지브롤터에 대한 지상전을 예상하지 못하고 있다. 반면에 나는 동부와 발칸 반도에서 부대를 이동하여 (유고슬라비아와 그리스를 포위하는 고전적 수를 쓴 다음) 케마도에게 소련 공격이 — 케마도가 공산주의자들에 동조하는 것 같다 — 임박했음을 걱정하게 함으로써 다른 전선들을 소홀하게 만들 것이다. 내 전황은 나무랄 데 없이 좋다. 바르바로사 작전[34]에 기만전술이 더해진다면 짜릿한 결과가 나올 것이다. 케마도의 열의는 여전했다. 화려한 게이머는 아니지만 생각 없는 게이머도 아니다. 그의 움직임은 차분하고 조직적이다. 우리는 그렇게 몇 시간을 고요히 보냈다. 최적의 조화 속에서 분명하고 타당한 해답이 있는 규칙에 질문을 하며 엄격하게 필요한 말만 했다. 나는 케마도가 게임을 하는 동안 이 글을 쓰고 있다. 흥미로운 건 게임이 그를 편안하게 한다는 것이다. 그의 팔과 가슴 근육을 보면 알 수 있다. 마치 자기 자신만 볼 뿐 아무것도 보지 않는 것 같다. 아니면 괴롭힘 당하고 있는 유럽 전황과 전술과 대응책만 고심하고 있을 것이다.

게임은 오리무중이었다. 우리가 방을 나설 때 복도에 있던 종업원이 우리를 보더니 질겁하고 도망쳤다. 케마도를 보니 말도 꺼내지 못하고 있었다. 나는 쓸데없이 창피해하며 그와 엘리베이터에 올랐다. 그때 나는 종업원이 놀란 게 케마도의 얼굴 때문이 아닐 수도 있다고 생각했다. 잘못 생각했다는 의심은 더욱 강해졌다.

호텔 테라스에서 헤어졌다. 케마도는 악수를 하며 미소 짓고는 마리티모 대로를 따라 건들거리며 사라졌다.

테라스에는 아무도 없었다. 손님이 아직 많은 식당에 프라우 엘제가 있었다. 정장에 넥타이를 맨 두 남자와

---

34 제2차 세계 대전의 동부 전선에서 나치 독일이 소비에트 연방을 침공한 작전명으로 신성 로마 제국의 프리드리히 1세의 별명 〈바르바로사(붉은 수염)〉에서 유래한다. 이 작전의 실패가 나치 독일 패배의 원인이 되었다.

바 테이블 근처 테이블에 앉아 있었다. 나는 이유 없이 둘 중에 한 남자가 남편이라고 생각했는데, 사실 남편에 대해 들었던 것과는 전혀 닮지 않은 사람이었다. 사업에 관련한 회의인 것 같아서 끼어들고 싶지 않았다. 그렇다고 소심해 보이고 싶지도 않아서 나는 바 테이블에 가서 맥주를 주문했다. 종업원이 맥주를 가져오는 데 5분 넘게 걸렸다. 일이 많아서 늦은 게 아니었다. 사실 일은 많지 않았다. 단지 내 인내심이 바닥날 때까지 꿈쩍도 하지 않았을 뿐이다. 그제야 맥주를 가져온 종업원의 악의가 보였다. 내가 저질스럽게 항의하기를 기다리는 것처럼 결투 신청의 표정을 숨기고 있었다. 하지만 프라우 엘제가 옆에 있는 한 그럴 일은 없을 테니 동전 몇 개를 바 테이블에 던져 놓고 기다렸다. 종업원은 아무 반응도 없었다. 그 불쌍한 놈이 술병 찬장에 부딪히더니 뚫어지게 바닥을 쳐다봤다. 제 잘못인데 다른 사람을 원망하는 것 같았다.

나는 편하게 맥주를 마셨다. 안타깝게도 프라우 엘제는 동행인들과 계속 얘기하면서 나를 못 본 척했다. 나는 그녀가 그래야 할 이유가 있다고 생각하고 자리를 털고 일어났다.

담배 냄새 나는 답답한 방에 흠칫했다. 등이 계속 켜져 있던 것도 모르고 순간적으로 잉게보르크가 돌아왔다고 생각했다. 하지만 방 냄새가 그리 지독한데 여자가 있을 리 만무했다. (이상한 일이다. 나는 그렇게 독한 냄새를 낸 적이 없다.) 심란한 마음에 나는 차를 몰고 바람을 쐬러 나갔다.

천천히 마을의 빈 거리를 달렸다. 미지근한 바람이 길

바닥의 종이 쪼가리와 광고 전단지를 쓸고 다녔다.

때때로 술 취한 여행자들의 검은 그림자가 휘청거리며 자기네 호텔로 향하고 있었다.

내가 왜 마리티모 대로에 차를 세웠는지 모르겠다. 차를 세우고 아주 자연스럽게 해변의 어둠 속으로 들어가 케마도의 움막으로 향했다.

대체 거기서 뭘 찾으려 했던 것일까?

모래 한복판에 솟아오른 페달보트 성채가 보일 때쯤 사람의 목소리가 나를 붙들었다.

케마도를 찾아온 사람이 있었다.

나는 아주 조심스레, 거의 기어가다시피 다가갔다. 누구든지 거기에 있었다면 야외의 대화를 엿듣고 싶었을 것이다. 나는 두 사람이 있다는 걸 바로 알았다. 케마도와 손님은 나를 등지고 모래사장에 앉아 바다를 보고 있었다.

말을 하고 있는 쪽은 손님이었다. 투덜거리는 소리가 순식간에 지나갔는데 내가 들은 말이라곤 〈필요〉와 〈용기〉 정도가 다였다.

더 이상 접근할 수 없었다.

그때 긴 침묵이 이어지더니 바람이 멈추고 어떤 미적지근한 무게감이 해변을 짓눌렀다.

누군지는 모르지만 둘 중 한 명이 모호하고도 부주의하게 〈내기〉와 〈잊힌 사건〉에 대해 얘기했다. 그리고 웃었다……. 그리고 일어나 바다를 향해 걸어갔다……. 그리고 돌아와 뭐라 말했는데 알아들을 수 없다.

나는 순간적으로 — 머리가 쭈뼛 서는 정신 착란의 찰나 — 그가 찰리라고 생각했다. 그의 얼굴선, 목이 부러진 사람처럼 치렁치렁 풀어 둔 그의 머리, 급작스러운 그의 침묵이 생각났다. 예의 그 착한 찰리가 케마도에게 무당처럼 나타나 조언을 하려고…… 더러운 지중해 바닷물에서 나온 것 같았다. 정신을 차리려 애쓰는데 팔부터 시작해 온몸이 뻣뻣해졌다. 정말 그 자리를 뜨고 싶었다. 그들의 대화가 계속되는 한 나의 착란도 멈추지 않을 것 같았다. 그 순간, 손님이 케마도에게 충고하는 말이 들렸다. 「공격을 어떻게 저지할 건데?」 「공격이 아니라 전격전을 걱정해야지.」 「이중 방어선을 유지해서 전차 부대 침투를 저지하고 유효한 예비군을 항상 보유해야 해.」

제3제국 승리를 위한 조언이라니!

더욱이 케마도가 임박한 러시아 공격을 되받아치는 교육을 받고 있다니!

나는 눈을 감고 기도하려 했다. 그럴 수 없었다. 착란 증세가 결코 머리에서 사라지지 않을 것 같았다. 뻘뻘 땀이 나는 얼굴에 모래가 들러붙었다. 온몸이 저리고, 이렇게 말할 수 있을지 모르지만, 케마도의 환한 얼굴이 불쑥 나를 덮쳐 올까 겁났다. 치사한 배신자 새끼. 이런 생각이 들자 몸에서 무거운 것을 내려놓은 듯 눈이 뜨였다. 페달보트 움막 옆에는 아무도 없었다. 나는 두 사람이 움막에 들어갔다고 생각했는데 착각이었다. 그 그림자들은 바닷가에 서 있었고 파도가 그들의 발목을 찰싹거리고 있었다. 나를 등지고 있었다. 하늘에서 구름이 잠시 흩어지면서 달이 희미하게 빛났다. 케마도와 손님은 이제 재미있다는 듯 강간 얘기를 하고 있었다. 나는 애써 무릎을 꿇고 평정을 찾으려고 애썼다. 찰리가 아니라고 두어 번 혼잣말을 했다. 케마도와 방문자는 스페인어를 썼지만 찰리는 스페인어로는 맥주 한잔 주문하지 못했다.

안심이 되는 것 같았지만 여전히 몸이 떨리고 저려 왔다. 나는 자리를 박차고 일어나 해변을 나왔다.

호텔에서는 프라우 엘제가 엘리베이터로 이어지는 복도 끝 버들가지 의자에 앉아 있었다. 식당은 간접 조명 하나만 빼고 모두 꺼져 있었다. 술 진열장과 바 테이블 일부를 비추는 그 조명 아래 한 종업원이 여태 뭔가를 열심히 하고 있었다. 프런트를 지날 때 스포츠 신문을 읽고 있는 야간 경비가 보였다. 호텔이 완전히 잠든 건 아니었다.

프라우 엘제 옆에 앉았다.

그녀가 내 안색을 보고는 물었다. 왜 이리 초췌한 거야!

「잠을 제대로 못 자니까 그렇지. 호텔에 이로운 광고는 아니네. 네 몸이 걱정이다.」

그 말에 수긍했다. 그녀도 그랬다. 누구를 기다리느냐고 물었다. 어깨를 으쓱하며 방긋하더니 〈너〉라고 말했다. 당연히 거짓말이었다. 내가 시간을 물어봤다. 새벽 4시였다.

「독일로 돌아가야 하지 않겠어, 우도?」 그녀가 말했다.

그녀를 방으로 초대했다. 받아들이지 않았다. 안 돼, 그럴 순 없어. 그녀가 말했다. 내 눈을 바라보며 그렇게 말했다. 얼마나 아름답던지!

한참 동안 서로 말이 없었다. 내 걱정하지 마. 정말 걱정하지 않아도 돼. 그렇게 말하고 싶었다. 하지만 분명 웃긴 짓이었다. 복도 끝에서 야간 경비가 머리를 내밀곤

했다. 나는 직원들이 프라우 엘제를 소중히 여긴다는 결론을 내렸다.

피곤한 척하며 일어났다. 프라우 엘제가 기다리는 사람이 나타날 때 거기 있을 순 없는 노릇이었다.

그녀는 의자에 앉은 채로 내게 손을 내밀었고 그렇게 인사를 나누고 헤어졌다.

엘리베이터까지 걸어갔다. 운 좋게도 엘리베이터가 2층에 있어서 기다릴 필요가 없었다. 엘리베이터에 들어서며 다시 인사를 했다. 말없이 입술로만 안녕이라고 말했다. 프라우 엘제는 문이 드르륵거리며 닫힐 때까지 나의 시선과 미소를 보고 있었다. 나는 위로 올라갔다.

뭔가 머릿속을 휘젓고 다니는 느낌이었다.

따뜻한 물로 샤워를 하고 침대에 누웠다. 머리는 젖어 있고 잠은 오지 않았다.

왜 그랬는지 모르지만, 아마 가까이 있어서 그랬는지, 나는 플로리안 린덴의 책을 집어 들고 아무 페이지나 열었다.

〈살인자는 호텔 주인입니다.〉

〈확실한가요?〉

책을 덮었다.

9월 7일

 전화벨 소리에 잠이 깨는 꿈을 꿨다. 페레 씨의 전화였다. 그가 — 동행하겠다며 — 사법 경찰청에 가자고 했다. 그곳에 시체가 한 구 있는데 확인을 바란다는 것이었다. 나는 아침을 거르고 샤워만 하고는 밖으로 나갔다. 호텔 복도는 가슴이 죄어들 만큼 황폐했다. 아침이 밝아 오고 있을 터였다. 페레 씨의 차가 정문에서 기다리고 있었다. 마을 밖에 있는 경찰청에 가는 도중에 페레 씨는 여러 국경을 지시하는 표지판들이 가득한 어느 갈림길에서 여름 혹은 여름 시즌이 끝나 갈 때 그곳 사람들이 겪는 변화에 대해 얘기했다. 전반적으로 우울해요! 우리들은 여행자 없인 살 수가 없어요! 그들에게 익숙해졌거든! 창백한 얼굴의 한 대원이 우리를 주차장으로 안내했는데 거기에는 줄줄이 탁자가 놓여 있었고 벽에는 자동차 액세서리가 주렁주렁 매달려 있었다. 시체를 옮겨 왔을 밴이 서 있는 철문 옆으로 흰 줄무늬가 그어진 검은 바닥이 보였는데 그곳에 부패가 시작된 것 같은 핏기 없는 시체가 놓여 있었다. 내 뒤에 있던 페레 씨가 손을 코로 가져갔다. 찰리가 아니었다. 같은 나이의 독일인일 수도 있었지만 찰리는 아니었다. 나는 모르는 사람이라고 말하고 자리를 떴다. 그를 뒤로하고 나오자 사법 경찰의 표정이 심각해졌다. 우리는 이제 뭘 할 건지 얘기하며 즐거이 마을로 돌아왔다. 델 마르는 여전히 잠들어 있는 모습이었지만 창 너머 프런트로 프라우 엘제가 보였다. 나는 페레 씨에게 프라우 엘제의 남편을 못 본 지 얼마나 됐느냐고 물었다.

「꽤 오랫동안 못 봤죠.」 페레 씨가 말했다.

「아픈 것 같던데요.」

「그런 것 같아요.」 무슨 의미인지 알 수 없는 어두운 표정을 지으며 페레 씨가 말했다.

그때부터 꿈이 빨라졌다(그랬던 것으로 기억한다). 테라스에서 삶은 달걀과 토마토 주스로 아침 식사를 했다. 계단을 오르다가 반대로 내려오는 영국 꼬마들과 부딪힐 뻔했다. 발코니에 나가 페달보트 앞에서 자신의 가난과 끝나 가는 여름을 생각하고 있는 케마도를 살펴봤다. 미리 꼼꼼히 생각해 둔 내용으로 여유롭게 편지도 썼다. 끝으로 침대에 누워 잠들었다. 또다시 들려온 전화벨 소리에 잠이 깼다. 이번에는 진짜였다. 시계를 보니 오후 2시였다. 콘라트였다. 내가 대답하지 않을 줄 알았는지 계속 내 이름을 불러 댔다.

콘라트가 소심해서 그런지 내가 잠이 덜 깬 탓인지 의외로 대화가 냉랭했는데 지금 생각하니 소름이 끼친다. 질문과 대답들, 목소리 변화, 전화를 빨리 끊고 돈을 아끼고 싶은 속마음, 익숙한 반어적 표현들, 그 모든 게 최악의 무관심을 의미했다. 그 편치 않은 통화에서 콘라트의 말을 끈덕지게 밀쳐 내며 딱 한 번 허심탄회하게 말한 게 있는데, 멍청하게도 이 마을과 호텔 그리고 내 방에 대한 인상을 얘기하면서 그것들로 인해 내가 새로운 질서에 귀속됐으며 전화선을 통해 들려오는 그의 말은 그 질서 안에서는 별 가치가 없다는 듯이 말한 것이다. 뭐 해? 왜 안 돌아와? 왜 거기 있어? 네 사무실 사람들이 걱정하잖아. 아무개 씨가 날마다 네 소식을 물어보는데 곧 돌아올 거라고 대답을 해줘도 마음이 불안해서 그런지 안 좋은 일이 있을 거라고 얘기해. 무슨 안 좋은 일? 어쩌라고. 그 뒤로 클럽과 일, 게임, 잡지에 대한 얘기를 쉴 틈 없이 무자비하게 내뱉었다.

「잉게보르크 봤어?」 내가 말했다.

「아니, 아니. 당연히 못 봤지.」

잠깐 말이 끊겼지만 곧바로 엄청난 질문과 부탁이 쏟아졌다. 사무실은 뒤숭숭한 분위기 이상이었고 그룹에서는 내가 12월에 렉스 더글러스를 만나러 파리에 갈 것인지 물어봤다고 한다. 날 해고할까? 경찰하고 문제 생긴 거냐고? 모두들 내가 스페인에 붙들려 있는 그 미스터리를 알고 싶어 했다. 여자야? 죽은 자에 대한 의리야? 어쩌다 죽었는데? 그런데 글은 쓰고 있어? 새로운 전략의 기초를 세워 두었느냐는 것이다. 콘라트가 나를 비웃는 것 같았다. 나는 순간적으로 그가 대화를 녹음하고 있다는 생각이 들었고 그의 악의에 찬 입술이 뒤틀리는 상상을 했다. 유배된 챔피언! 물 밖에 난 물고기!

「얘기 좀 들어봐, 콘라트. 너한테 잉게보르크네 주소를 줄 테니까 가서 만나 보고 나한테 전화 좀 줘.」

「그래, 알았어. 네 말대로 해줄게.」

「좋아. 그럼 오늘 중으로 가보고 전화 줘.」

「알았어, 알았다고. 그런데 뭐가 뭔지 모르겠다. 내가 할 수 있는 범위에서 해볼게. 알겠지? 우도, 내 말 들려?」

「응, 내가 말한 대로 부탁해.」

「그래, 알았어.」

「좋아. 내 편지 받았어? 그 편지에 내가 전부 설명한 것 같은데. 아직 안 갔나 보네.」

「엽서 두 통만 받았어. 하나는 해변을 따라 호텔이 늘어선 사진이고 다른 건 산이고.」

「산이라고?」

「그래.」

「바닷가에 있는 산이야?」

「글쎄. 그냥 산이던데. 무너진 수도원 같은 것도 있고.」

「어쨌든, 편지 갈 거야. 여기 우편 시스템이 개판이잖아.」

그제야 불현듯 콘라트에게 편지를 부치지 않았음을 알았다. 상관없었다.

「거기 날씨는 좋지? 여긴 비 와.」

「게임하고 있어……」

대답 대신에 나는 원고를 읽듯이 말했다.

나는 콘라트가 그걸 알아줬으면 했던 것 같다. 뒷일을 생각하면 그렇게 하는 게 나았다. 건너편에서 한숨소리가 들렸다.

「제3제국?」

「그래……」

「진짜? 어떻게 되고 있어? 정말 대단해, 우도. 이 순간에 게임할 생각을 하는 사람은 너뿐일 거다.」

「그렇지, 무슨 말인지 알아. 잉게보르크도 없는 데다 전화까지 받으면서 말이야.」 하품이 나왔다.

「그 말이 아니라 위험에 대해 말한 거야. 너처럼 밀어붙이는 사람 없어. 너밖에 없어, 인마. 네가 팬들의 왕이지!」

「별거 아닌 걸로 소리치지 마. 그러다 귀머거리 되겠다.」

「상대가 누구야? 독일인? 내가 아는 사람이야?」

불쌍한 콘라트는 이 작은 코스타 브라바 마을에서 두 명의 전쟁 게이머가, 그것도 독일인 게이머들이 만났다고 철석같이 믿고 있었다. 그럴 수밖에 없는 게, 그는 절대 휴가를 떠나지 않았고 지중해든 어디든 그곳의 여름에 대해 그가 어떻게 생각하는지는 아무도 몰랐다.

「뭐, 좀 특이한 사람이야.」 내가 말했다. 그리고 바로 케마도에 대해 대강 설명했다.

잠시 말이 없더니 콘라트가 말했다.

「감이 좋지 않아. 이야기도 불명확하고. 둘이 무슨 말을 쓰는데?」

「스페인어.」

「그럼 어떻게 규칙을 읽을 수 있지?」

「읽을 수 없으니 내가 설명해 줬지. 반나절 동안. 얼마나 기민한지 너도 보면 깜짝 놀랄 거야. 한 번 설명하면 다시 말할 필요가 없어.」

「게임도 잘하나?」

「영국 방어는 괜찮은 편이야. 프랑스 점령을 막진 못했는데, 그걸 누가 막을 수 있겠어? 나쁘진 않아. 물론 네가 최고지. 프란츠도 연습 상대로 꽤 훌륭하고.」

「그 사람 생김새가…… 소름 끼친다. 나는 그런 사람 하곤 절대 게임 못 해. 어디서 불쑥 나오면 정말 놀라겠다……. 여럿이 하는 게임이라면 괜찮지만 둘뿐이라면……. 해변에 산다고 했나?」

「그래.」

「악귀 아니야?」

「진심으로 말하는 거야?」

「응. 악귀, 사탄, 악마, 루스벨, 마왕, 루시퍼, 악령…….」

「악령이라……. 그렇지 않아. 오히려 소 같지……. 강하고 사려 깊고, 전형적인 반추 동물처럼 말이야. 우수에 젖은 듯한. 참, 스페인 사람 아니야.」

「그걸 어떻게 알아?」

「여기 스페인 친구들이 말해 줬어. 처음엔 당연히 스페인 사람이라고 생각했는데 아니더라고.」

「어디 사람인데?」

「모르지.」

슈투트가르트에 있는 콘라트의 가벼운 탄식이 들렸다.

「알고 있어야지. 반드시 말이야. 네 안전을 생각해서…….」

그의 말이 지나쳐 보였지만 물어보겠다는 말로 안심시켰다. 얼마 지나지 않아 전화를 끊었다. 나는 샤워를 하고 점심을 먹으러 호텔로 돌아올 때까지 밖에서 산책을 했다. 기분이 괜찮았다. 시간 가는 것도 몰랐고 가는 곳이 어디든 몸이 편안했다.

1940년 가을. 동부 전선에 방어 작전을 시행했다. 전차 부대로 러시아 중앙 측면을 파괴하고 깊이 파고들어

스몰렌스크 서쪽 육각 지점에 있는 거대한 부대를 틀어막는다. 뒤편으로 브레스트리토프스크와 리가 사이에 10개의 러시아 부대가 붙들려 있다. 손실은 미미하다. 지중해 전선 방어 작전에 기본 자원 포인트를 소모하고 스페인을 침공한다. 케마도가 어찌나 당황하던지 눈썹을 치켜 올리고 목을 빳빳이 세운다. 화상 자국이 부들거린다. 내 기갑 부대가 마리티모 대로를 지나는 소리라도 들은 듯 말이다. 그 혼란 때문에 제대로 방어하지 못하는 것 같다(자기도 모르게 피레네 산맥 공격에 아주 취약한 데이비드 하블라니언의 국경 방어책을 선택한 게 분명하다). 나는 공군 지원을 받아 2개 기갑 부대와 4개 보병 부대만으로 마드리드를 점령하고 스페인의 항복을 받아 낸다. 전략 재편을 하여 3개 보병 부대를 세비야, 카디스, 그라나다에, 1개 기갑 부대를 코르도바에 배치한다. 마드리드에는 2개의 독일 항공단과 1개 이탈리아 항공단을 주둔시킨다. 케마도는 그제야 내 의도를 알고 미소 짓더니 축하해 준다! 그가 말한다. 「나는 생각도 못 했어.」 이토록 훌륭한 패자 앞에서 콘라트의 편견과 걱정은 쓸데없는 것이다. 자기 차례가 되자 케마도는 지도 위로 몸을 숙이고 이미 어쩔 수 없는 전황을 막아 보려고 애쓴다. 거의 충돌이 없던 소련의 남부 군대를 북부와 중앙으로 옮기지만 전력이 얼마 되지 않는다. 지중해에서는 이집트를 유지하고 지브롤터를 강화하지만 그게 성과가 있을지 스스로도 믿지 못하는 듯 아주 자신 있어 보이진 않는다. 검게 그을린 그의 상체가 악몽처럼 유럽 위를 뒤덮는다. 그리고 나는 그를 쳐다보지도 않고 그의 사업과 줄어든 여행객과 변덕스러운 날씨,

특정 호텔에 무더기로 몰려오는 퇴직자들에 대해 얘기하고 있다. 나는 글을 쓰면서 겉으로는 무관심한 척 그에게 질문을 하고 그렇게 하여 그가 프라우 엘제를 안다는 사실과 이곳에서 그녀를 〈독일 여자〉로 부른다는 것도 알아낸다. 그녀를 어떻게 생각하느냐고 물어보자 예쁘다고 한다. 그래서 이번에는 남편에 대해 묻는다. 케마도가 대답한다. 그 사람 아프대.

「어떻게 알아?」 내가 노트를 놓으며 말했다.

「다들 알아. 벌써 몇 해 전부터 그랬어. 아프지만 죽진 않았지.」

「간호를 해주니까!」 내가 웃었다.

「절대 그런 게 아냐.」 파괴된 병참선으로 위태로운 게임에 뛰어들며 케마도가 말했다.

우리는 헤어지면서 늘 하던 제의를 반복했다. 이때를 위해 내가 사다가 차가운 물에 넣어 둔 맥주를 모조리 마시며 경기를 평가하고(케마도는 나의 아낌없는 찬사에 우쭐해 있지만 정작 자기가 패망하고 있음을 모른다) 엘리베이터를 타고 내려가 호텔 입구에서 작별 인사를 했다.

바로 그때, 케마도가 마리티모 대로에서 사라지는 순간, 근처에서 들려온 누군가의 목소리에 소스라치게 놀랐다.

프라우 엘제가 텅 빈 테라스 귀퉁이의 어둠 속에 앉아 있었다. 호텔 실내의 빛도 길거리의 빛도 그녀에게 닿지 않았다.

나를 깜짝 놀라게 한 그녀에게 화를 내며(나한테 더 화가 났다) 다가갔다. 그녀 앞에 앉는 순간 그녀가 울고 있음을 알았다. 다채롭고 활기 넘치던 그녀의 얼굴이 유령처럼 창백했다. 가벼운 밤바람에 하늘거리는 파라솔의 거대한 그림자에 반쯤 가려진 그녀의 얼굴이 도드라져 보였다. 나는 주저 없이 그녀의 손을 잡으며 무엇 때문에 괴로워하느냐고 물었다. 이내 프라우 엘제의 얼굴에 미소가 번졌다. 당신은 늘 친절하군요. 감정에 젖어 서로 반말을 했었다는 사실을 잊었다. 나는 또 한 번 이유를 물었다. 프라우 엘제는 놀라우리만치 순식간에 기분이 바뀌어 있었다. 채 1분도 되지 않아 고통 받는 환영에서 마음 넓은 큰누나로 변해 있었다. 그녀는 내가 케마도와 방에서 뭘 하는지 〈꾸밈없이 솔직하게〉 듣고 싶다고 했다. 그녀는 내가 곧 독일로 돌아간다고 약속해 주길 바라면서 그게 안 된다면 내 직장 책임자와 잉게보르크와 통화라도 하라고 권했다. 밤도 그만 새우고 〈얼마 남지 않은〉 햇볕을 받으며 해변에서 아침을 즐기라고 했다. 얼굴이 희뿌연 걸 보니 몇 달 째 거울도 안 본 것 같네요. 그녀가 소곤거렸다. 어쨌든 나더러 수영도 하고 밥도 잘 먹으라고 했는데 내가 호텔에서 식사를 하고 있으니 그녀의 바람과는 대치되는 셈이었다. 그때쯤 그녀가 다시 눈물을 보였는데 처음보다는 덜했다. 마치 그 모든 충고들이 하나의 욕조이고, 거기에서 자신의 아픔을 씻어 내고 있다는 듯이 울더니 조금씩 진정하며 평온을 찾았다.

그 상황이 더할 나위 없이 이상적이어서 시간 가는 줄 몰랐다. 그녀의 손을 내 손으로 감싸고 보이지 않는 서로의 시선을 어둠에 맡긴 채 마주 앉아 온 밤을 지새울 수 있을 것 같았다. 하지만 모든 건 끝이 있는 법이고 그

끝은 야간 경비와 함께 찾아왔다. 그는 내 앞으로 온 장거리 전화에 나를 찾아 호텔을 뒤지고 다니다가 테라스에 나타났다.

노곤한 얼굴의 프라우 엘제는 빈 복도를 따라 프런트까지 내 뒤를 따랐다. 프라우 엘제의 지시에 경비원이 식당에 남은 쓰레기봉투를 치우러 가자 우리만 남았다. 그때 나는 어떤 섬에 그녀와 나만 남은 것 같은 느낌에 그 암 종양 같은 수화기를 뽑아다가 경비한테 쓰레기통에 처박아 버리라고 하고 싶은 심정이었다.

콘라트였다. 그의 목소리가 들리자 그지없이 실망스러웠지만 내가 전화하라고 했었다는 걸 깨달았다.

프라우 엘제는 카운터 반대편에 앉아서 경비가 두고 간 잡지를 읽으려 했지만 그러지 못했다. 더욱이 사진이 대부분이라 읽을거리도 없었다. 그녀가 능숙한 손놀림으로 잡지를 책상 가장자리에 떨어뜨렸는데 위태로이 책상에 걸쳐 있었다. 그녀는 내게 시선을 고정했다. 그녀의 파란 눈이 어린이들이 쓰는 값싸고 친근한 파버카스텔 연필 색이었다.

전화를 끊고 그 자리에서 그녀와 섹스를 하고 싶은 충동이 일었다. 그걸 상상했다. 아니 지금 상상하는 건지도 모른다. 이게 더 최악이다. 그녀를 개인 사무실로 이끌고 가서 책상에 눕히고, 옷을 벗기고, 키스하고, 그녀의 몸을 덮치고, 키스하고, 불을 끄고, 키스하고…….

「잉게보르크는 괜찮아. 출근한대. 너한테 전화할 생각은 없지만 네가 돌아오면 얘기하고 싶대. 안부 전해 달라고 하더라.」 콘라트가 말했다.

「그래. 고마워. 그 말을 듣고 싶었어.」

프라우 엘제는 다리를 꼬고 발끝을 보고 있었는데 무겁고 복잡한 생각에 잠긴 것 같았다.

「그런데, 네 편지는 안 왔어. 오늘 오후에 잉게보르크가 다 얘기해 줬어. 내가 보기엔 네가 거기 꼭 있어야 할 이유도 없는 것 같은데.」

「알았어, 콘라트. 내 편지가 도착하면 이해할 거야. 지금은 설명하기 어려워.」

「게임은 어때?」

「아주 생고생이지.」 내가 말했다. 물론 이 말 대신에 〈거덜 나고 있지〉 〈똥구멍 찢어진다〉 혹은 〈그 자식 엿 먹이고 있지〉라고 했을 수도 있지만 맹세코 기억나지 않는다.

〈그 자식을 태워 버리고 있지〉라고 말했을지도 모르고.

프라우 엘제가 시선을 올려 내게 부드럽게 미소 지었다. 그 어떤 여자에게서도 느껴 본 적 없는 부드러움이었다.

뭔가 오싹한 느낌이었다.

「내기 안 했어?」

사람들의 목소리가 들렸다. 독일어라고 확신하지는 못하겠지만, 알아들을 수 없는 대화와 컴퓨터 소리가 멀리서, 아주 멀리서 들려왔다.

「안 했어.」

「다행이네. 오후 내내 혹시 네가 내기를 했을까 봐 걱정했어. 전에 했던 말 기억나?」

「그래, 네가 악귀라고 했지. 내 기억력 아직 쓸 만해.」

「흥분하면 안 된다. 난 네가 잘 지내기를 바라니까, 알지?」

「물론이지.」

「내기를 안 했다니 다행이야.」

「그럼, 게임에 뭐라도 건 줄 알았어? 영혼이라도 걸었을까 봐?」

웃음이 나왔다. 허공에 들린 프라우 엘제의 그을린 팔이 완벽해 보였다. 그녀의 기다랗고 얇은 손가락이 야간 경비의 잡지를 다시 들었다. 그제야 나는 그게 포르노 잡지라는 걸 알았다. 그녀가 잡지를 서랍에 넣었다.

「전쟁 게임의 파우스트.」 콘라트의 웃음은 마치 내 웃음이 일그러진 메아리가 되어 슈투트가르트에서 들려오는 것 같았다.

발끝에서 등을 타고 목덜미까지 차가운 분노가 기어올라 프런트 구석구석으로 분출되는 것 같았다.

「재미없어.」 내가 말했다. 하지만 콘라트는 내 말을 듣지 못했다. 일언반구도 하지 못했다.

「뭐? 뭐라고?」

프라우 엘제가 일어나 내게로 왔다. 너무 가까이 다가와서 나는 그녀가 의도치 않게 콘라트의 닭 우는 소리 같은 목소리를 들었을 거라 생각했다. 그녀는 내 머리에 손을 올리더니 그 안에서 끓어오르는 분노를 곧바로 감지했다. 가여운 우도. 그녀가 속삭였다. 그리고 슬로 모션처럼 부드러운 표정을 지으며 가야 할 시간이라는 듯 시계를 가리켰다. 하지만 가지는 않았다. 아마도 내가 실망한 표정을 지어서 그런 것 같았다.

「콘라트, 농담 그만해. 참는 것도 한계가 있어. 늦었으니까 이만 자고 내 걱정은 하지 마.」

「넌 내 친구잖아.」

「조만간 바다가 찰리의 시체를 토해 낼 거니까, 그때가 되면 짐 싸서 갈 거야. 기다리는 동안 기분 좀 풀려고, 그냥 기분 좀 풀고 글 쓰는 데 필요한 사례를 찾으려고 제3제국 하는 거야. 너라도 그럴 거야, 안 그래? 어쨌든 문제가 되는 건 내 직장뿐인데, 너도 알듯이 그 일 지랄 맞잖아. 한 달 안에 더 좋은 일 찾을 수 있어. 그래, 안 그래? 글쓰기에 전념할 수도 있고. 그렇게 돈도 벌 수 있고. 그게 내 운명인지도 모르잖아. 어쩌면 잘리는 게 나을지도 모르지.」

「하지만 널 자르진 않을걸. 게다가 네가 직장에, 아니 적어도 동료들한테 애착이 있다는 걸 내가 아는데. 거기 갔을 때 네가 회사에 보낸 엽서도 보여 주더라.」

「네가 틀렸어. 애착은, 쥐뿔.」

콘라트가 한숨을 쉬었다. 내가 그렇게 들은 건지도 모른다.

「그렇지 않다는 거 알아.」 그가 자신 있게 반박했다.

「대체 어쩌라고? 솔직히, 콘라트, 너 가끔 보면 정말 못 봐주겠어.」

「너나 정신 좀 차려라.」

프라우 엘제가 입술을 내 볼에 대며 말했다. 늦었어, 가봐야 해. 귓가와 목으로 그녀의 따뜻한 숨결이 느껴졌다. 가볍고 조심스레 살짝 나를 안았다. 곁눈질로 본 야간 경비는 복도 끝에서 편안히 기다리고 있었다.

「이제 끊어야겠다.」 내가 말했다.

「내일 전화할까?」

「아니, 쓸데없이 돈 쓰지 마.」

「남편이 기다려.」 프라우 엘제가 말했다.

「괜찮아.」

「그럴 필요 없다니까.」

「남편은 내가 없으면 잠을 못 자.」 프라우 엘제가 말했다.

「게임은 어떻게 되가는데? 벌써 1940년 가을이라고 했던가? 러시아 공격했어?」

「그래! 전 전선에서 번개같이 하고 있다고! 나한텐 상대도 안 돼! 지랄, 내가 왜 챔피언이겠어, 안 그래?」

「맞아, 맞아……. 정말 네가 이겼으면 좋겠다……. 영국군은 어떤데?」

「손 좀 놔 줘.」 프라우 엘제가 말했다.

「그만 끊자, 콘라트. 영국군은 곤란한 상황에 빠졌지. 늘 그렇잖아.」

「글은? 잘 쓰고 있겠지? 렉스 더글러스가 오기 전에 출간해야 하는 거 잊지 마.」

「최소한 써두기라도 할게. 렉스가 좋아할 거다.」

프라우 엘제가 팔을 빼려고 했다.

「애처럼 굴지 마, 우도. 남편이 오면 어쩔 거야?」

콘라트가 듣지 못하게 수화기를 덮으며 말했다.

「남편은 침대에 있잖아. 거기가 남편이 좋아하는 곳 아닐까 싶은데. 혹 침대에 없으면 해변에 있겠지. 거기도 그가 좋아하는 곳 중 하나겠지. 특히나 밤엔 더 좋아하지 않을까. 객실 번호를 얘기할 필요도 없고. 사실 남편이 원하는 대로 객실을 조정할 수 있으니 지금 저 경비 뒤에 숨어서 우릴 훔쳐본다 해도 놀랄 일은 아니지. 어깨가 넓지 않은 걸 보니 마른 체격인가 보네.」

프라우 엘제의 시선이 순간적으로 복도 끝을 향했다.

경비는 어깨를 벽에 기대고 기다리고 있었다. 프라우 엘제의 눈에 안도의 눈빛이 돌았다.

「미쳤어.」 아무도 없다는 걸 알고 그녀가 말할 때 그녀를 끌어당겨 키스했다.

처음은 거칠게, 그러다 곧 부드럽게 키스했다. 우리가 얼마나 오랫동안 키스했는지 모르겠다. 계속할 수도 있었지만 콘라트가 전화를 기다리고 있고 시간이 갈수록 주머니 사정이 나빠질 터였다. 다시 수화기를 들었을 때는 혼선으로 지글거리더니 끊어졌다. 콘라트가 전화를 끊은 것이다.

「끊겼어.」 그렇게 말하고 프라우 엘제를 엘리베이터 쪽으로 데려가려고 했다.

「안 돼. 우도, 잘 자.」 그녀는 애써 웃으며 거부했다.

같이 가자고 했지만 사실 아주 단호하게 말한 건 아니었다. 프라우 엘제가 엄하고 경직된 표정을 지었다. 그 순간 난 그 표정이 무슨 뜻인지 이해하지 못했는데, 알고 보니 경비더러 우리 사이에 개입하라는 지시였다. 뒤이어 또 다른 어조로 내게 잘 자라는 인사를 하고 사라졌다…… 식당 쪽으로!

「대단한 여자죠.」 경비에게 말했다.

경비가 카운터 뒤로 들어가 책상 서랍에서 포르노 잡지를 꺼냈다. 그가 잡지를 손에 들고 프런트에 있는 가죽 소파에 앉는 걸 조용히 지켜봤다. 카운터 위에 턱을 괸 채 한숨을 내쉬고 호텔에 손님이 많이 남았느냐고 물었다. 많지요. 쳐다보지도 않고 대답했다. 열쇠함 위로 골동품점에서 가져온 것 같은 두꺼운 금색 테두리의 길고 커다란 거울이 보였다. 거울에 복도의 불빛들이 빛나고 있었고 거울 아래쪽에는 경비의 뒤통수가 비치고 있었다. 그런데 내 모습이 보이지 않는다는 것을 깨닫고 속이 뒤집히는 것 같았다. 나는 마음을 졸이며 카운터에 붙어 천천히 왼쪽으로 움직였다. 경비가 나를 보더니 주저하다가 왜 프라우 엘제에게 〈그런 얘기〉를 했느냐고 물었다.

「당신이 상관할 바 아닙니다.」 내가 말했다.

「그건 그렇지만.」 그가 웃었다. 「그녀가 상처받지 않길 바라니까요. 우리한테 얼마나 잘 해주는데.」

「뭐가 상처가 된다는 거죠?」 나는 왼쪽으로 계속 움직이면서 말했다. 손에 식은땀이 났다.

「글쎄요……. 당신이 그녀를 대하는 태도가…….」

「나는 언제나 다정하게 대해요. 그녀를 존중하고요.」 내 모습을 거울에 천천히 비춰 보며 말했다. 행색이 그다지 좋지는 않았지만(구겨진 옷에 붉어진 얼굴과 헝클어진 머리) 나는 유형의 살아 있는 존재였다. 내가 어리석게 겁을 냈던 것이다.

경비가 어깨를 으쓱하더니 다시 잡지에 집중했다. 안도와 동시에 피로가 무겁게 눌러 왔다.

「저 거울……. 무슨 속임수가 있는 겁니까?」

「예?」

「거울 말입니다. 좀 전에 그 앞에 있었는데 내가 보이지 않더군요. 그런데 내가 옆으로 옮겨 가니 보이네요. 한데 당신은 거울 아래 있는데도 보여요.」

경비가 소파에 앉은 채 고개를 돌려 거울을 봤다. 거울에 비친 일그러진 모습이 마음에 들진 않아도 재미있어하는 것 같았다.

「조금 기울어지긴 했는데 이상한 거울은 아니에요. 보세요. 여기가 벽이잖아요. 보이죠?」 그가 미소를 지으며 거울을 들더니 사람의 몸을 만지작거리듯 벽을 만졌다.

나는 잠시 조용히 지켜보며 주저하다 말했다.

「어디 봅시다. 여기로 와보세요.」 내가 보이지 않던 바로 그 자리를 가리키며 말했다.

경비가 와서 내가 말한 자리에 섰다.

「안 보이네요.」 그도 인정했다. 「그런데 여기가 정면이 아니라서 그런 거죠.」

「정면 맞잖아요.」 그의 뒤로 가서 거울과 정면으로 마주서며 말했다.

그의 어깨 너머로 보이는 장면에 맥박이 빨라졌다. 우리의 목소리는 들렸지만 몸은 보이지 않았다. 거울에 비친 복도의 의자, 꽃병, 천정과 벽 모서리에서 나오는 불빛들이 내 등 뒤의 실제보다 훨씬 강하게 빛나고 있었다. 경비는 허탈하게 웃었다.

「잠깐만요, 잠깐만요. 제가 보여드리죠.」

나는 의도치 않게 그를 옴짝달싹 못 하게 꼭 붙들었다. 약해 보이는 몸이었다. 놀란 그를 놓아 줬더니 황급히 카운터 뒤로 들어가 벽을 가리켰다.

「벽이 뒤틀렸네. 뒤-틀-렸-어. 반듯하지 않아요. 이리 와서 한번 보세요.」

카운터로 이어지는 통로로 들어갈 때 나의 평정심과 신중함은 풍차 날개처럼 미친 듯이 휘돌았다. 그의 목을 꺾어 버릴 수도 있었던 것 같다. 그 순간, 나는 갑자기 또 다른 현실에 눈을 뜨듯 프라우 엘제의 향기에 감싸였다. 모든 게 달라 보였다. 물리적 법칙을 벗어난 것 같았다.

그 직사각형 프런트는 폐쇄된 공간이 아닌 데다 주간에는 이동 통로로 쓰이는 곳인데도 그녀의 향기가 났다.

대충 훑어보는 것만으로도 경비의 말이 맞는다는 걸 알 수 있었다. 거울이 걸린 벽이 프런트와 평행이 아니었다.

나는 큰 숨을 몰아쉬고 가죽 소파에 주저앉았다.

「얼굴이 하야네요.」 경비가 말했다. 분명 내 낯빛이 창백해서 하는 말이었다. 그리고 내게 포르노 잡지로 가볍게 부채질을 해줬다.

「고마워요.」 내가 말했다.

몇 분 뒤, 자리에서 일어나 방으로 올라왔다.

추워서 스웨터를 입고 창을 열었다. 발코니에서 항구의 불빛을 봤다. 그 광경에 마음이 진정됐다. 그 항구와 나, 둘 다 떨고 있었다. 별은 보이지 않았다. 해변은 늑대의 입 같았다. 몸은 피곤한데 언제 잠들 수 있을지 모르겠다.

9월 8일

　1940년 겨울. 〈첫 번째 러시아의 겨울〉 규칙은 소련에 깊숙이 침투한 독일군이 악천후 속에 놓이고 결정적 반격을 하기에 유리할 때, 전선의 균형을 깨고 양동 작전으로 적을 포위할 수 있을 때 실행돼야 한다. 한마디로, 독일군을 후퇴하게 만드는 반격이다. 그렇지만 그런 반격을 현실화하려면 소련군이 충분한 군사력(반드시 기계화 전력일 필요는 없다)을 보유해야 한다. 다시 말해, 소련군의 입장에서 〈첫 번째 러시아의 겨울〉이 성공하려면 가을 병력 생성 시에 최소한 12개 부대를 전선을 따라 배치할 수 있도록 준비해야 한다는 것이다. 반대로 독일군이 〈첫 번째 러시아의 겨울〉에서 높은 안전성을 유지하면 동부 전선에서 결정적 순간을 맞을 것이며 러시아의 그 어떤 경계도 제거할 수 있으므로 소련군 분쇄를 극대화할 수 있다. 그럼으로써 〈첫 번째 러시아의 겨울〉은 독일군에게 위해가 되지 않을 것이며 최악의 경우라도 러시아 내부 침투가 어려워지는 정도에 그칠 것이다. 그리 되면 소련이 우선순위를 정하는 데 있어 일시적인 변화를 모색할 수밖에 없을 것이고, 충돌하기보다는 광대한 지역을 적군에게 내주고라도 뒤로 물러나 절망적으로 전선을 재정비해야 할 것이다.

어쨌든 케마도는 그 규칙을 모른다(내가 설명해 주지 않는 한 알 수 없다). 부대 이동에 있어서도 어수선하기 짝이 없다. 그는 북쪽에서는 반격했고(내 병력은 거의 손상을 입지 않았다) 남쪽에서는 후퇴했다. 마지막 순서에서 나는 가장 유리한 라인인 육각 지점 E42, F41, H42, 비텝스크, 스몰렌스크, K43, 브리안스크, 오룔, 쿠르스크, M45, N45, O45, P44, Q44, 로스토프, 그리고 크림 반도에 접근할 수 있는 위치에 전선을 형성할 수 있었다.

지중해 전선에서 영국군은 완전히 괴멸됐다. 지브롤터를 함락함으로써(군사력 손실이 아주 크진 않았다) 이집트의 영국군은 쥐덫에 걸린 격이었다. 공격을 할 필요조차 없었다. 보급의 결핍, 더 정확히 말해 보급선(線)이 지나치게 확장됐기 때문인데 영국에서 남아프리카를 거쳐 수에즈 만에 이르는 경로는 비효율적일 수밖에 없었다. 사실 이집트군과 몰타 수비군 1개 보병 부대를 제외하면 지중해는 내 차지였다. 이제 이탈리아 해군이 자유롭게 대서양으로 진출하게 되었고 그곳에서 독일 함대와 연합할 것이다. 나는 그 해군과 프랑스에 주둔하고 있는 소수 보병 부대로 영국 상륙 작전을 실행할 수 있게 됐다.

최고 사령부에는 계획이 넘쳐 난다. 터키를 공격하고 캅카스 남부를 침공하며(아직 점령하지 못했다면) 러시아 후방을 공략하여 마이코프와 그로즈니를 확보한다. 단기 계획: 전략적 이동 시에 영국 상륙 작전 지원을 위해 러시아에 있는 공군 전력을 최대한 이동한다. 장기 계획: 예를 들어, 독일군이 1942년 봄에 러시아에서 점령할 전선을 예측한다.

이것이 전멸 계획이며 내 군대는 승리할 것이다. 그 순간까지는 말을 아꼈다. 다음 차례에 무너질 수 있어. 내가 말했다.

「그럴지도.」 케마도가 대답한다.

그의 미소가 반대로 될 거라는 의미로 느껴진다. 조명이 밝은 곳을 오가며 탁자 주위를 맴도는 케마도는 고릴라 같다. 차분하고 자신만만해 보인다. 누군가 패배에서 구해 줄 거라 생각하는 건가? 미군을 기대하는 건가? 미군이 전쟁에 개입할 시기라면 유럽 전체가 독일의 통제 아래 놓여 있을 가능성이 클 때다. 그때라면 아마도 동부 전선에선 잔류한 소련의 적군(赤軍)이 우랄에서 여전히 저항하고 있겠지만 전혀 문제될 게 없다.

케마도가 끝장을 보려는 것인가? 유감스럽게도 그럴 것 같다. 우리는 이런 사람을 암노새 게이머라고 부른다. 언젠가 이런 부류의 표본이 될 만한 상대를 만난 적이 있다. 나토: 유럽의 다음 전쟁이라는 게임에서 상대가 바르샤바 조약 기구의 군대를 이끌고 나왔다. 처음에는 그가 이겼지만 루르 지방에 이르기도 전에 그를 제지했다. 그때부터 내가 공군과 연방군으로 그를 쓸어버렸고 그가 게임을 이길 가능성은 없어 보였다. 주변에 몰려든 친구들이 그에게 포기하라고 했지만 그는 계속했다. 게임은 싱거웠다. 게임이 끝난 후, 패배할 게 뻔한데 왜 포기하지 않았느냐고 그(머저리)에게 물어봤다. 그는 집요하게 물고 늘어져 내가 핵 공격을 해오길 기다렸으며 그렇게 되면 핵 공격으로 대학살을 한 사람이 게임에서 패배할 가능성이 50퍼센트로 올라가기 때문이라고 차갑게 대답했다.

말도 안 되는 기대다. 내가 괜히 챔피언인가. 나는 기다릴 줄 알고 인내심도 있다.

케마도도 항복하기에 앞서 그걸 기대하는 걸까? 그런데 제3제국에는 핵폭탄이 없다. 그럼 뭘 기대하는 걸까? 그의 비밀 병기가 뭘까?

9월 9일

프라우 엘제와 식당에 있었다.
「어제 뭐 했어?」
「아무것도 안 했어.」
「말이 돼? 내가 미친 듯이 찾았는데도 하루 종일 안 보이던데. 어디 있었던 거야?」
「방에.」
「거기도 갔었어.」
「몇 시에?」
「글쎄, 오후 5시쯤. 그리고 저녁 8신가 9시에.」
「이상하네. 그땐 있었는데.」
「거짓말 마.」
「뭐, 사실 좀 늦게 왔어. 드라이브 나가서 이웃 동네 시골 식당에서 점심을 먹었어. 혼자 생각할 게 있어서. 이곳엔 좋은 식당이 많아.」
「그다음엔?」
「차 타고 돌아왔지. 천천히.」

「그게 다야?」

「무슨 말을 하고 싶은데?」

「그냥 묻는 거야. 드라이브하고 밖에서 점심 먹은 것 말고 다른 일은 없었느냐고.」

「없었어. 호텔에 와서는 방에 있었어.」

「프런트 직원이 널 못 봤다고 하더라고. 네가 걱정됐어. 책임감도 느껴지고. 너한테 무슨 일이 생길까 봐 무서워.」

「혼자서도 잘 해. 그리고 나한테 무슨 일이 생기겠어?」

「그냥 안 좋은 일이 있을까 봐⋯⋯. 가끔 그런 직감이 들어서⋯⋯. 악몽처럼⋯⋯.」

「찰리처럼 될까 봐? 그러려면 윈드서핑을 할 줄 알아야 하는데, 그건 정신 나간 사람이나 하는 스포츠야. 찰리만 불쌍하지. 사실 그 녀석이 고맙기도 해. 그렇게 멍청하게 죽지 않았으면 내가 여기 없었을 테니.」

「내가 너라면 슈투트가르트로 돌아가서 편하게 지낼 거야⋯⋯. 너의 그 깜찍한 애인이랑. 지금 당장, 바로 가겠다!」

「그런데 넌 내가 여기 있길 바라잖아. 뻔히 보여.」

「장난치지 마. 대책 없는 어린애처럼 굴지 좀 말라고. 네가 천리안인지 아니면 눈뜬 봉사인지는 모르는 거지. 신경 쓰지 마. 내가 민감해서 그래. 여름이 끝나 가잖아. 그래도 나 꽤 분별 있는 여자야.」

「나도 알아. 예쁘기도 하고.」

「그만 좀 해.」

「어젠 너랑 같이 있고 싶었는데 네가 안 보이더라고. 퇴직자들이 북적대는 호텔이 답답하기도 하고 생각할 것도 있고.」

「그러고는 케마도랑 있었겠지.」

「어제. 그랬지.」

「네 방으로 올라가더라고. 나도 그 게임 봤어. 준비돼 있던데.」

「나랑 같이 올라갔어. 날마다 내가 호텔 입구에서 기다려. 혹시나 해서.」

「그게 다였어? 너랑 올라가서 자정이 넘도록 나오지 않은 거야?」

「대충 그때쯤. 좀 더 늦었던 것 같기도 하고.」

「그동안 뭘 했는데? 게임했다고는 하지 마.」

「정말인데.」

「말도 안 돼.」

「진짜 내 방에 가봤으면 너도 게임판을 봤을 거 아냐. 쫙 펼쳐진 게임판 말이야.」

「봤어. 이상한 지도. 난 그런 거 싫어. 역겨운 냄새 나.」

「지도가? 아니면 방이?」

「지도 말이야. 그리고 그 게임말들. 사실 네 방 모든 게 악취가 나. 들어가서 청소하는 사람 없어? 아니지, 네 친구가 문제일 수도 있으니. 그 화상 자국이 악취를 풍기나 보네.」

「말도 안 되는 소리. 길거리 악취가 들어오는 거지. 여기 하수 시설이 여름에 취약하니까. 잉게보르크가 그러는데 오후 7시가 넘으면 길거리가 썩는대. 그러니까 그 악취는 꽉 막힌 하수구 냄새야!」

「시청 환경과가 문제라는 거군. 그럴 수도 있지. 어쨌거나 케마도가 네 방에 가는 건 싫어. 네가 그 냄새 나는 놈과 복도를 다니는 걸 다른 손님이 보면 호텔에 대해 뭐라 그러겠어? 직원들이 수군대는 건 상관없어. 문제는 손님들이야. 우린 그들한테 신경 써야 한다고. 네가 지루하다는 이유로 호텔의 평판을 내맡길 순 없어.」

「난 전혀 지루하지 않은데. 네가 원하면 게임판 들고 내려가서 식당에서 할 수도 있어. 거기라면 사람들이 케마도를 볼 텐데 그게 좋아 보이진 않을 거 아냐. 게다가 집중력도 떨어질 테고. 너무 많은 사람들이 있는 데서 게임하는 걸 좋아하지 않아서 말이야.」

「사람들이 널 미쳤다고 생각할 것 같아서?」

「뭐, 그들도 오후에 카드놀이 하잖아. 물론 내 게임이 훨씬 복잡해. 아주 냉정하고 이성적이고 과감한 판단이 필요하거든. 게임을 지배하기가 얼마나 어려운데. 몇 달마다 새로운 규칙에 다양한 방법들이 더해지지. 그것에 대한 글도 써. 넌 이해하지 못할 거야. 그러니까 그런 열정이 뭔지 이해하지 못할 거라는 말이야.」

「케마도가 그걸 할 능력이 돼?」

「내 생각엔 그런 것 같아. 냉정하고 과감하거든. 판단력이 아주 좋은 것 같진 않지만.」

「그럴 줄 알았어. 알고 보면 케마도가 꼭 너를 닮았을 거야.」

「그렇지 않을걸. 내가 훨씬 유쾌한 사람이지.」

「디스코텍에 가거나 테라스에서 책을 읽거나 텔레비전을 볼 수도 있는데 그 시간에 방에 처박혀 있는 사람이 뭐가 더 유쾌하다는 거야. 너와 케마도가 호텔을 돌아다닌다는 생각에 신경이 곤두선단 말이야. 너희들이 방에서 꼼짝 않고 있는 게 상상이 안 돼. 너희들 항상 싸

돌아다니잖아!」

「게임말이 싸돌아다니지. 수학적 계산에 따라…….」

「너희들이 그러는 사이 내 호텔에 대한 평판은 네 친구 몸처럼 썩어 가지.」

「썩어 가다니, 누구 얘기하는 거야?」

「익사한 찰리 말이야.」

「아, 찰리. 네 남편은 뭐라 그래?」

「내 남편은 아프잖아. 만약 알게 된다면 인정사정없이 널 쫓아내겠지.」

「내 생각엔 벌써 알고 있을 것 같은데. 네 남편은 분명 좋은 사람일 거야.」

「그 사람 죽어 가고 있어.」

「구체적으로 무슨 병이야? 너보다 나이가 상당히 많지, 그렇지? 큰 키에 마른 체구일 테고. 머리도 많이 빠지고, 그렇지?」

「그런 식으로 얘기하지 마.」

「네 남편을 본 것 같아.」

「네 부모님께서 무척 좋아하셨지.」

「아니, 이번에 말이야. 얼마 전에. 전에 열이 나서 누워 있을 거라고 생각했던 때 말이야.」

「밤에?」

「응.」

「잠옷 입고 있었어?」

「가운 같은 것을 입고 있었지.」

「그럴 리 없어. 무슨 색인데?」

「검은색. 흑적색이었을 수도 있고.」

「가끔 일어나서 호텔을 둘러보곤 해. 주방이나 편의

시설 같은 데. 늘 양질의 서비스와 청결에 신경 쓰지.」

「호텔에서 본 게 아냐.」

「그럼 남편을 본 게 아니네.」

「남편도 알아? 너랑 내가……」

「물론이지. 우린 모든 얘기를 하니까……. 너랑 내 얘기는 그냥 장난 같은 거야, 우도. 조만간 끝날 때가 오겠지. 너랑 케마도가 게임하는 것만큼이나 강박적일 수도 있고. 그건 그렇고 이름이 뭐야?」

「케마도 이름?」

「아니, 게임 말이야.」

「제3제국.」

「무시무시한 이름이네.」

「생각하기 나름이지…….」

「어느 편이 이기는데? 네 편?」

「독일이.」

「넌 어디 편인데? 그래, 독일 편이겠지.」

「그래 독일 편이다, 바보야.」

1941년 봄. 나는 케마도의 이름을 모른다. 상관없다. 이젠 그가 어느 나라 사람인지도 중요치 않듯이 말이다. 국적이 어디든 상관없다. 중요한 건 그가 프라우 엘제의 남편을 알고 있다는 것이다. 그러니 케마도가 예상 외로 편하게 다니면서 로보와 코르데로와 어울리고 프라우 엘제의 남편에 대해 (추측이지만) 자세히 알고 있는 것 아닌가. 그런데 왜 두 사람은 음모자처럼 한밤중에 호텔이 아니라 해변에서 얘기하는 거지?

편한 대화라기보다 음모가 있으니 그런 것 아닌가.

무슨 얘길 할까? 그들이 만나면 분명 내 얘기를 하겠지. 그렇게 프라우 엘제의 남편은 날 알고 있겠지. 한편으로는 케마도에게서 게임 얘기를 듣고 다른 한편으로는 프라우 엘제에게서 내가 찝쩍댄다는 얘기를 들으며 말이다. 그에 비해 나는 그가 아프다는 사실밖에 모르니 내가 불리한 입장이다. 그는 내가 게임에서 지기를, 여기를 떠나기를, 자기 부인과 자지 않기를 바랄 것이다. 동부에서 공격이 계속된다. 전차(4개 부대)가 모스크바 침공을 목적으로 스몰렌스크에서 러시아 전선을 침투, 파괴하고 착취전에 들어간다. 남부에서는 피 튀기는 전투 끝에 세바스토폴을 점령하고 로스토프-하리코프 전선에서 엘리스타-돈 강 전선까지 진격한다. 적군(赤軍)이 칼리닌-모스크바-툴라 전선을 따라 반격하지만 막아낸다. 모스크바를 무너뜨림으로써 독일이 기본 자원 포인트 10점을 수중에 넣는다 — 이건 베이마의 변칙에 따른 것인데 예전 규칙에서는 15점을 얻었다. 이로써 케마도는 붕괴 직전이 아니라 붕괴 상황에 처한다. 어쨌든 러시아의 손실은 엄청나다. 모스크바를 수복하려면 공격 옵션 기본 자원 포인트에 저당 잡힐 군대를 추가해야 하는데 그로 인한 보충병 충원을 보장해 줄 기본 자원 포인트가 거의 남아 있지 않다. 케마도는 핵심 전선에서만 총 50에 달하는 기본 자원 포인트를 날렸다. 레닌그라드 쪽으로는 상황 변화가 거의 없다. 탈린에 형성된 전선은 육각 지점 G42, G43, G44에 머물러 있다. (케마도에게 묻고 싶었지만 묻지 않은 말이 있었다. 프라우 엘제의 남편이 밤마다 찾아와? 그 사람도 이 전쟁 게임에 대해 알아? 그가 내 방에 들어오려고 마스터키를 쓴

적 있어? 조심할 게 있는데, 들어오면서 그 어떤 침입 흔적도 남기지 — 그런 흔적은 보이지 않는다 — 않아야 할 거야. 혹시 프라우 엘제의 남편이 게임 마니아인가? 대체 무슨 병에 걸린 거야? 에이즈야?) 서부 전선에선 바다사자 작전이 성과를 거둔다. 두 번째 국면으로 영국 침공과 점령이 여름에 실행될 것이다. 현재로선 가장 어려운 일을 이뤄 냈으니 그건 바로 노르망디에 주둔 중인 강력한 공군 지원을 받으며 영국 해변에 머리를 집어넣은 것이다. 예상처럼 영국 해군이 영국 해협에서 차단을 시도하는 통에 독일 해군 전부를 쏟아부어 전투를 했다. 그로 인해 이탈리아 해군 일부와 절반 이상의 공군력을 상실했지만 L21 육각 지점에 상륙하는 데 성공했다. 지나치게 경계하는 것일 수도 있겠지만 나는 공수부대를 쓰지 않았고, 그로 인해 해안 거점의 유동성은 저해됐지만(해안으로 전략적 재편을 실행하기는 불가능하다) 여전히 유리한 위치. 내 차례가 끝났을 때 영국군이 점령하고 있던 육각 지점은 런던에 제5육군, 제12육군, 사우샘프턴-포츠머스에 제13전차대, 버밍엄에 제2육군, 맨체스터-셰필드에 5개 공군 기지, 로지스, J25, L23, 플리머스의 보충병 부대. 불쌍한 영국군은 모래 언덕 — 육각 지점과 참호 — 육각 지점에서 꼼짝하지 않고 내 육군(제4육군, 제10육군)과 마주하고 있다. 그토록 기다리던 일이 벌어졌다. 케마도 차례가 끝날 때까지 게임말 전선의 마비 현상이 확장됐다. 제7부대가 영국에 상륙했다! 웃음을 참으려 했지만 어쩔 수 없었다. 케마도 기분이 상해 보이지는 않았다. 아주 좋은 작전이야! 그렇게 인정은 했지만 살짝 빈정거리는 투다. 사실 그는 냉정을 잃지 않는 상대다. 그는 실제 전쟁의 슬픔을 느낀다는 듯이 게임을 하고 있다. 케마도가 가기 전에 맑은 공기를 마시러 발코니에 나갔다가 참으로 흥미로운 장면을 목격했다. 마리티모 대로에서 한 사람이 호텔 경비의 호위를 받으며 로보와 코르데로와 얘기를 나누고 있었다. 프라우 엘제였다.

9월 10일

오늘 아침 10시, 전화벨 소리에 잠에서 깨어 소식을 들었다. 찰리의 시신을 찾았으니 경찰 지소에 와서 확인해 달라는 것이었다. 잠시 후, 아침 식사를 할 때 코스타 브라바의 지배인이 흥분을 감추지 못하고 나타났다.

「마침내 찾았다네! 근무 시간에 가야 해요. 시신은 오늘 바로 독일로 후송한다더군요. 방금 독일 영사와 얘기했어요. 아주 유능한 사람이에요.」

12시에 마을 밖에 있는 건물에 도착했는데 며칠 전 꿈에서 봤던 것과는 사뭇 달랐다. 적십자 소속 청년과 전에 봤던 수척한 해군 본부 사람이 기다리고 있었다. 악취가 나는 대기실에 가니 독일 공무원이 스페인 잡지를 읽고 있었다.

「우도 베르거 씨입니다. 사망자의 친구지요.」 코스타 브라바 지배인이 나를 소개했다.

공무원이 일어나더니 내게 손을 내밀며 신원 확인을 해줄 수 있느냐고 물었다.

「경찰을 기다려야 합니다.」 페레 씨가 설명했다.
「여기가 파출소 아닌가요?」 공무원이 말했다.
페레 씨가 맞는다는 의사 표시를 하며 어깨를 으쓱했다. 공무원이 자리로 돌아갔다. 곧바로 나머지 사람들도 — 모여서 수군대고 있던 우리들 — 자리로 돌아갔다.
30분쯤 지나자 경찰이 왔다. 세 명이 왔는데 우리가 왜 거기서 기다리고 있는지 모르는 것 같았다. 코스타 브라바 지배인이 다시 한 번 설명을 해주고 나서야 그들을 따라 복도와 계단을 거쳐 지하에 있는 직사각형의 하얀 방에 도착했다. 찰리의 시신은 거기 있었다.
「그가 맞나요?」
「예, 맞아요.」 나와 페레 씨, 그리고 모두가 그렇게 대답했다.

옥상에서 프라우 엘제와 얘기를 나눴다.
「여기가 너의 은신처구나? 풍경 좋네. 이 마을의 왕비 같은 느낌이겠어.」
「아무 느낌 없어.」
「사실 8월보다 지금이 낫지. 요즘 날씨가 더 좋아. 여기가 내 자리면 화분을 올려놓고 초록빛으로 꾸몄을 거야. 그러면 분위기가 훨씬 좋겠지.」
「기분 내려고 그러고 싶진 않아. 난 있는 그대로가 좋아. 그리고 여기가 내 은신처는 아니야.」
「나도 알아. 그래도 네가 혼자 있을 수 있는 유일한 곳이잖아.」
「그렇지도 않아.」
「사실 너랑 얘기하려고 널 따라왔어.」

「난 싫어, 우도. 지금은 안 되겠어. 나중에 네 방으로 갈게.」

「그럼 섹스하는 건가?」

「그건 모르는 일이지.」

「너와 나는 결코 그러지 않았어. 키스는 했지만 침대에 들어가진 않았잖아. 애들처럼 말이야!」

「그런 생각하지 마. 그럴 때가 오겠지.」

「그때가 언젠데?」

「잊지 못할 일을 하고 싶은 마음, 우정, 끌림이 있을 때겠지. 아주 자연스럽게.」

「나라면 곧장 침대로 갈 거야. 시간은 바람 같거든. 너도 알잖아?」

「지금은 혼자 있고 싶어, 우도. 게다가 너 같은 사람에게 감정적으로 기대는 것이 조금 두렵기도 하고. 가끔 보면 넌 무책임해 보이기도 하고 때로는 정반대인 것 같기도 해. 비극적인 사람 같아. 감정이 정말 혼란스러운 사람.」

「날 아직도 어린애로 보는군……」

「멍청한 소리. 네 소년 시절은 기억도 안나. 소년인 적이 있기나 했어?」

「정말 내가 기억나지 않는다고?」

「물론이지. 네 부모님만 어렴풋이 기억날 뿐이야. 네가 여행자를 기억하는 방식은 보통 사람을 기억하는 방식과 달라. 그건 영화의 파편 같아. 아니, 영화가 아니라 사진이나 초상화 같아. 수천 개의 빈 초상화 말이야.」

「네 말에 안심해야 할지 겁을 내야 할지 모르겠네……. 어젯밤 케마도랑 게임하던 중에 널 봤어. 로보와 코르데로랑 있던데. 그 친구들은 너한테 뭔가가 그려진, 정상적인 기억을 남기는 보통 사람이야?」

「너에 대해 묻더라고. 그냥 가라고 했어.」

「잘했네. 그런데 왜 그렇게 오래 걸렸어?」

「다른 얘기도 했으니까.」

「무슨 얘기? 내 얘기? 내가 하고 있는 일?」

「너랑 상관없는 얘기야. 네 얘기도 아니고.」

「믿어야 할진 모르겠지만, 어쨌든 고마워. 귀찮게 하는 거 싫거든.」

「너 대체 뭐야? 그냥 전쟁 게임 게이머야?」

「당연히 아니지. 난 놀고 싶은 청년이야……. 건전하게 말이야. 그리고 독일인이고.」

「독일인이라는 게 뭔데?」

「글쎄, 정확히는 모르겠어. 그건 말하기 어려운 문제지. 독일인이 뭔지 우리도 어느새 잊어 가고 있으니.」

「나도 그럴까?」

「모두가 그렇지. 넌 덜하겠지만.」

「다행이라고 생각해야 하나.」

오후에는 린콘 델 로스 안달루세스에 있었다. 피서객들이 떠나면서 바는 조금씩 원래의 지저분한 모습을 드러내고 있었다. 바닥은 더럽고 끈적였으며 담배꽁초와 냅킨이 수북했고 바 테이블 위에 놓인 접시, 술잔, 술병, 먹다 만 보카디요는 폐허와 평화의 독특한 분위기를 연출하고 있었다. 스페인 녀석들은 비디오를 보고 있었고 주인은 그들 옆에 앉아 스포츠 신문을 읽고 있었다. 물론 모두 찰리의 시신이 발견됐다는 걸 알고 있었다. 그래서인지 처음에는 어려워하며 거리를 뒀지만 이내 주인이 다짜고짜 다가와 동정의 말을 건넸다. 〈인생은 짧은 거라네〉라면서 밀크 커피를 내밀고 내 옆에 앉았다. 나는 놀라서 얼렁뚱땅 대답했다. 「이제 집에 돌아가서 모든 걸 다시 시작해야지.」 나는 고개를 끄덕였다. 스페인 녀석들은 비디오를 보는 척하고 있었지만 사실 내가 하는 말을 엿듣고 있었다. 바 테이블 뒤에서 어떤 나이 많은 여자가 손으로 이마를 받친 채 내게서 눈을 떼지 않고 있었다. 「애인이 기다리지 않나. 인생은 계속되는 거고 최대한 잘 살아야지.」 나는 저 여자가 누구냐고 물었다. 주인이 웃으면서 〈내 어머니시네. 아무것도 못 들으셔. 여름이 끝나는 게 아쉬우신가 봐〉라고 말했다. 젊어 보이신다고 말했다. 「그렇지, 날 열다섯에 낳으셨으니. 내가 10남매 맏이네. 몸이 많이 망가지셨어.」 아주 정정하시다고 말했다. 「주방에서 일하셔. 날마다 보카디요, 소시지 넣은 콩 요리, 파에야, 계란 프라이에 감자 튀김, 피자를 만드시지.」 파에야 한번 먹으러 와야겠다고 말했다. 주인이 울먹이며 눈을 껌뻑거렸다. 「내년 여름에 오시게.」 그가 말했다. 「예전 같지 않으셔.」 쓸쓸한 목소리였다. 「예전엔 정말 맛있었지. 꿈에도 그런 맛은 없을 거야.」 예전이라니요. 「세월이 흘렀으니.」 다들 그렇잖아요. 내가 말했다. 너무 익숙해지면 미각을 잃죠. 「그럴지도 모르지.」 여전히 같은 자세로 있던 여자의 주름진 얼굴이 마치 내게 세월과 인생을 얘기하는 듯한 느낌이었다. 그 주름과 쓸쓸한 미소 속에서 나는 강한 열정을 본 것 같았다. 주인은 잠시 생각에 잠기더니 자리를 털고 일어나 내게 〈내가 내는 걸세〉라며 술잔을 내밀였지만 아직 커피가 남아 있어서 사양했다. 주인은 바 테이블을 지나다가 몸을 돌려 나를 보고는 어머니의 이마에 입맞춤했다. 기운을 차린 표정으로 코냑 한 잔을 손에 들고 돌아왔다. 로보와 코르데로는 어떻게 됐느냐고 물어봤다. 일자리를 찾고 있다고 했다. 그들이 하는 일에 대해서 그도 알지 못했다. 막노동일 수도 다른 일일 수도 있었다. 거기에 대해서 말하고 싶지 않은 것 같았다. 하고 싶은 일을 찾으면 좋겠네요. 내가 말했다. 그렇게 되지 않을 거라고 했다. 두 해 전에 로보를 쓴 적이 있는데 최악의 종업원이었다고 했다. 겨우 한 달 일했단다. 「일자리를 주는 사람이 없어도 돼지처럼 빈둥거리기보다는 일자리를 찾는 게 낫지.」 그 편이 낫다며 나도 동의했다. 적어도 그건 긍정적인 태도였다. 「자네가 떠나면 이제 따분한 개가 될 사람은 케마도겠구먼.」 (왜 돼지가 아니라 개라고 했을까? 주인은 그 차이를 알겠지.) 우린 좋은 친구예요. 내가 말했다. 사실 그다지 그렇게 생각한 건 아니지만 말이다. 「내 말은 그게 아니야.」 주인의 눈이 번뜩였다. 「게임 말이네.」 나는 말없이 그를 살폈다. 탁자 아래 내려진 주인의 손이 자위하듯이 움직이고 있었다. 어쨌든 그는 그 상황을 즐기고 있었다. 「자네 게임 말인데, 케마도가 아주 열성이더라고. 그렇게 관심을 보인 일이 없었거든.」 나는 밝은 목소리로 그러냐고 말했다. 케마도가 그곳에서 게임 얘기를 하고 다녔다는 사실에 놀랐다. 비디오를 보고 있던 녀석들이 곁눈질을 해댔는데 갈수록 내가 앉은 테이블을 대놓고 쳐다봤다. 무슨 일이 벌어지길 기다리고 있는 느낌이었다. 「화상 때문에 천해 보이긴 하지만 케마도는 똑똑한 친구야.」 주인이 거의 들리지 않을 정도로 중얼거렸다. 한쪽 귀퉁이에 있던 그의 어머니가 나를 보고 활짝 웃어 보였다. 당연합니다. 내가 말했다. 「자네 게임은 일종의 체스 같은 거라던데, 아닌가?」 비슷하죠. 「전쟁 게임, 제2차 세계 대전 맞지?」 예, 맞아요. 「케마도가 지고 있겠지. 적어도 자넨 그렇게 생각하겠지, 그렇지? 모든 게 복잡하니 말이네.」 그렇지요. 「그럼 게임이 끝나지 않을 수도 있겠군, 그게 낫겠어.」 나는 왜 게임이 끝나지 않는 편이 낫다고 하는지 물었다. 「인간성을 위해서지!」 주인은 못마땅한 표정을 짓더니 이내 차분한 미소를 보였다. 「내가 자네라면 그 친구랑 게임 안 할 거야.」 나는 다음 말을 기다리며 침묵을 지켰다. 「독일인을 싫어하는 것 같아.」 찰리가 케마도를 좋아했다는 걸 상기하며 서로 공감하는 사이였다고 했다. 한나가 그렇게 말한 걸 들었던 것 같다. 나는 갑자기 맥이 풀렸고 델 마르로 돌아가 짐을 싸서 곧장 돌아가고 싶어졌다. 「아는지 모르겠네만, 그 화상 자국은 사고가 아니라 사람들한테 당한 거라네.」 독일인들이 그랬나요? 그래서 독일인을 싫어하는 건가요? 그는 빨간 플라스틱 탁자에 턱수염이 거의 닿을 정도로 움츠리며 말했다. 「독일군 말이야.」 나는 그의 말이 제3제국 게임을 말하는 것임을 알았다. 나는 케마도가 미쳤다고 소리쳤다. 그 말에 대한 화답으로 나는 비디오를 보고 있던 모든 사람들의 증오의 눈빛을 온몸으로 느껴야 했다. 그건 단지 게임에 지나지 않은데 그는 게슈타포의 게임말들이 (하하하) 게이머의 얼굴로 뛰쳐나오기라도 한다는 듯이 말하고 있었다. 「그가 상처받지 않았으면 하네.」 상처라니요. 내가 말했다. 그냥 즐기는 건데요. 게다가 그건 생각하는 거라고요!「그게 최악이네, 그 친구는 너무 생각이 많아.」바 테이블에 있던 그의 어머니가 고개를 가로젓더니 손가락으로 귀를 후벼 댔다. 잉게보르크가 생각났다. 우리가 이 지저분하고 고약한 냄새가 나는 데서 술을 마시고 사랑을 얘기했단 말인가? 나라는 사람이 질릴 만도 했겠다. 먼 곳에 홀로 있는 가엾은 잉게보르크. 어찌할 수 없는 불행이 바 구석구석 스며 있었다. 주인이 왼쪽 얼굴을 찡그리며 눈이 덮일 정도로 볼을 치켰다. 그의 표정에 대꾸하지 않았다. 주인은 화가 난 게 아니라 최상의 기분이었다.「나치들.」그가 말했다.「세계를 마음대로 쏘다니는 진정한 나치 군인들.」아하. 내가 말했다. 나는 담배에 불을 붙였다. 그 모든 게 조금씩 초자연적인 분위기에 휩싸이고 있었다. 그러니까 케마도를 화상 입힌 자들이 나치라는 이야기가 나돌았다는 건가요? 한데, 어디서, 언제, 왜 그런 일이 일어난 거죠? 주인은 위엄 있는 얼굴로 나를 보더니 케마도가 오래전에 군인이었다고 대답했다.「필사적으로 싸우는 군인이었을 거야.」육군이겠죠. 내가 말했다. 나는 입가에 미소를 띠며 케마도가 유대인인지 아니면 러시아인인지 물었지만 주인도 자세한 건 몰랐다. 그가 말했다.「아무도 그를 건드리지 않아. 그를 떠올리는 것만으로도 녀석들의 영혼이 쪼그라들지 (린콘 델 로스 안달루세스에 있는 불량배들을 의미했다). 자네는 케마도의 팔을 만져 본 적 있나?」아니요. 그런 적 없어요.「난 만져 봤다네.」그가 쥐 죽은 듯이 말했다. 그리고 덧붙여 말했다.「지난해 여기서 일했어. 손님을 놓칠 순 없었으니 일도 배울 겸 주방에서 일했지.

알잖나. 피서객들이 그런 얼굴을 싫어하는 거. 술이 들어가면 안 그렇지만.」 나는 그 점에 대해 할 말이 있다면서 공통의 취향이 있는 거고 그건 다들 잘 아는 사실 아니냐고 말했다. 주인은 고개를 저었다. 그의 눈이 적의의 눈빛을 띠었다. 다시는 여기에 오지 말아야겠다고 생각했다. 「계속 여기서 일했으면 좋았을 것을. 그 친구에게 정말 고맙게 생각한다네. 테이블에서 게임이 끝난다니 마음이 놓이네. 그가 문제에 휘말리는 걸 보고 싶진 않아.」 문제에 휘말릴 게 뭐가 있느냐고 물었다. 주인은 풍경을 감상하듯 자기 어머니와 바 테이블과 먼지 낀 병이 가득한 찬장과 축구 클럽 브로마이드를 오래도록 바라봤다. 주인의 눈빛이 갑자기 꺼져 버렸다. 나는 순간적으로 그가 눈물을 쏟을 것 같다는 생각이 들었다. 내가 틀렸다. 그 과묵하기 그지없는 주인은 늙고 뚱뚱하고 사악한 고양이처럼 웃으며 기다렸다. 죽은 친구와 무슨 관련이 있는 겁니까? 나는 조심스레 물어봤다. 그럼 죽은 친구의 애인과는? 주인은 배로 손을 가져가더니 소리쳤다. 「아이, 나는 모르네. 난 정말 몰라. 그런데 내가 아작 날 판이네.」 그의 말이 무슨 의미인지 이해할 수 없어서 입을 다물었다. 곧 호텔 입구에서 케마도를 만나야 하는데 처음으로 불안한 마음이 들었다. 천장에 걸린 노란 전구의 희미한 불빛이 내리비치는 바 테이블에는 더 이상 그의 어머니가 보이지 않았다. 케마도를 아시잖아요. 어떤 사람인지 얘기해 주세요. 「불가능해, 불가능해.」 주인이 중얼거렸다. 반쯤 열린 문으로 어둠과 습기가 밀려들고 있었다. 테라스에는 마리티모 대로에서 마을로 들어가는 자동차들의 불빛에 이따금씩 그림자가 드리워졌다. 서글퍼진 나는 휴가를 정리하고 마을을 떠나 프랑스로 가는 비밀 고속 도로를 찾고 있는 나를 상상했다. 「불가능해, 불가능해.」 주인은 갑자기 한기를 느낀 듯이 몸을 잔뜩 웅크리고 슬프게 중얼거렸다. 그럼 그 친구가 어디에서 왔는지만 말해 주시겠어요? 비디오를 보고 있던 녀석들 중 한 명이 우리 테이블 쪽으로 목을 내밀더니 그가 유령이라고 말했다. 주인이 안타까운 듯 그를 쳐다봤다. 「그 친구, 허무할 거야. 하지만 평화롭겠지.」 어디에서 왔는데요? 다시 물었다. 비디오를 보던 그 녀석이 음흉하게 웃으며 나를 쳐다봤다. 이 마을 사람이지.

1941년 여름. 영국에 침투한 독일군의 상황은 만족스럽다. 부대 상황은 이렇다. 전략 재편 시에 포츠머스에 있는 제4보병 부대에 제48기갑 부대를 투입해 강화했다. 제10보병이 주둔하고 있는 상륙 거점에는 제20보병과 제29보병을 투입했다. 영국군은 런던에 군사력을 집중하고 공군전을 대비해 공군을 뒤로 후퇴시켰다. (곧바로 런던으로 진격해야 했을까? 그건 아닌 것 같다.) 러시아에서의 독일군 상황은 최상이다. 레닌그라드를 포위했다. 핀란드군과 독일군이 육각 지점 C46에 집결하여 야로슬라블에서 볼로그다 방향으로, 모스크바에서 고리키 쪽으로 압박해 가기 시작했다. I49와 L48 사이 육각 지점에 있는 전선은 안정적으로 유지되고 있고 남쪽으로 스탈린그라드까지 진격했다. 케마도는 볼가강 건너편과 아스트라한과 마이코프 사이를 보강했다. 위태로운 부대도 있다. 러시아 북쪽 지역에 5개 보병 부대, 2개 전차 부대, 4개 핀란드 보병 부대. 중앙 지역에 7개 보병 부대와 2개 전차 부대. 남부에 6개 보병 부대, 3개 전차 부대, 1개 이탈리아 보병 부대, 4개 루마니아 보병 부대, 3개 헝가리 보병 부대가 있다. 지중해 전선 상황은 새로울 게 없다. 소모전이 계속됐다.

9월 11일

뜻밖이었다. 정오가 되기 전에 일어나 발코니를 열자 바로 케마도가 보였다. 모래사장에서 뭔가를 찾는 듯 뒷짐을 지고 시선을 떨어뜨린 채 걸어가고 있었는데 태양에 그을린 피부와 번질거리는 화상 자국이 황금빛 해변에 궤적을 남기는 것 같았다.

오늘은 공휴일이다. 마지막 남은 퇴직자들과 수리남인들이 점심을 먹고 떠나자 호텔은 4분의 1만 남고 텅 비었다. 그리고 종업원 절반이 쉬었다. 아침을 먹으러 가며 지나간 복도에는 작은 소음이 고요하고 쓸쓸하게 울리고 있었다. (깨진 배관에서 나는 소리, 아니면 그런 종류의 소리가 계단에 퍼졌는데 아무도 알아채지 못했다.)

하늘에선 세스나 비행기가 허공에 글을 쓰려 애썼지만 글자를 알아보기도 전에 거센 바람에 지워져 버렸다.

35 1714년 9월 11일은 스페인 왕위 계승 전쟁(1701~1714)이 종결된 날로, 1980년 카탈루냐 의회는 이 날을 기려 카탈루냐 주의 공휴일로 정했다.

배와 척추와 갈비뼈, 온몸을 파고드는 견딜 수 없는 침울함에 나는 파라솔 아래 몸을 웅크리고 말았다!

나는 9월 11일 오전이 호텔 위를 날아다닌 세스나 비행기의 날개 높이로 흘러가고 있으며 그 오전 아래에 있는 우리들, 호텔을 떠나는 퇴직자들, 테라스에 앉아 비행을 바라보는 종업원들, 분주히 일하는 프라우 엘제와 해변에서 거드름 피우고 있는 케마도, 모두가 어떤 식으로든 어둠 속으로 치닫고 있다는 것을 꿈을 꾸듯 막연히 알게 됐다.

합리적인 도시와 합리적인 직장의 질서로 보호받는 잉게보르크도 그 아래 있을까? 서로 이해하고 의심하고 기대하던 내 사무실 동료들과 상사들도 그럴까? 진실하고 솔직하며 그 누구보다 좋은 친구인 콘라트도? 모두 그 아래 있는 것일까?

아침을 먹고 있을 때 거대한 태양의 촉수가 마리티모 대로와 테라스를 비추고 있었지만 그 어떤 것도 달구지 못했다. 심지어 플라스틱 의자조차도. 프런트에 있던 프라우 엘제를 잠깐 봤다. 대화를 하지는 못했지만 그녀의 시선에서 애정 어린 표정이 느껴졌다. 내 테이블을 맡은 종업원에게 비행기가 대체 뭘 쓰려는 것이냐고 물었다. 9월 11일을 기리고 있네요, 그가 말했다. 「뭘 기리는 건데요?」 오늘이 카탈루냐의 날[35]이거든요. 그가 말했다. 케마도는 해변을 이리저리 걷고 있었다. 손을 들어 인사했지만 날 보지 못했다.

여행자들이 머무는 캠핑장이나 호텔 주변에서는 눈치채기 어려운 것들이 마을의 구시가지에서는 명확히 보였다. 거리는 잘 꾸며져 있고 창과 발코니에는 깃발이 걸려 있었다. 상점은 대부분 문을 닫았고 손님이 가득한 바들도 영업 종료를 알리고 있었다. 극장 앞에서 몇 사람이 두어 개 탁자에 좌판을 벌이고 책과 소책자, 조그마한 깃발을 팔고 있었다. 어떤 종류의 작품이냐고 물어보자 열다섯 살도 안 돼 보이는 말라깽이 소년이 〈애국적인 책〉이라고 대답했다. 그게 대체 무슨 말이지? 그들 중 한 명이 웃으면서 큰 소리로 뭐라 했지만 알아듣지 못했다. 카탈루냐 책이에요! 말라깽이 소년이 말했다. 나는 한 권을 사 들고 자리를 떴다. 교회 광장에서 ─ 노파 두어 명이 벤치에 앉아 얘기를 나누고 있었다 ─ 책을 한번 훑어보고 근처 휴지통에 버렸다.

마을을 빙 둘러보고 호텔로 돌아왔다.

오후에 잉게보르크한테 전화를 걸었다. 그 전에 나는 방을 정리했다. 종이 뭉치는 침대 옆 탁자에, 더러워진 옷은 침대 아래에 내려놓고 하늘과 바다가 보이게 모든 창을 열고 해변과 항구가 보이게 발코니도 열어 뒀다. 그녀와의 통화는 생각보다 냉랭했다. 해변에는 해수욕하는 사람들이 보였다. 하늘에 비행기는 보이지 않았다. 찰리를 찾았다고 말했다. 한참 동안 말이 없던 잉게보르크가 결국 그렇게 될 줄 알았다고 대답했다. 한나한테 전화해서 알려 줘. 내가 말했다. 잉게보르크는 그럴 필요 없다고 했다. 독일 영사관에서 찰리의 부모님께 소식을 알릴 테니 그들을 통해 한나도 알게 될 것이었다. 나는 이내 우리가 더 이상 할 말이 없다는 걸 깨달았다. 어쨌거나 전화를 끊은 쪽은 내가 아니었다. 나는 날씨는 어떻고 호텔과 해변이 어떤지 얘기했다. 그리고 그녀가 떠난 후로 가지 않은 디스코텍이 어떤지도 얘기했다.

물론 디스코텍에 가지 않았다는 건 말하지 않았다. 그러다 우리는 바로 옆에서 자고 있는 사람을 깨우지 않으려고 애를 쓰듯 전화를 끊었다. 뒤이어 나는 콘라트에게 전화를 걸어 같은 말을 되풀이했다. 그리고 더 이상 전화하지 않겠다고 마음먹었다.

8월 31일을 회상한다. 생각을 그대로 말로 내뱉는 잉게보르크는 내가 떠났다고 믿었다. 내가 어디로 갔을 것 같으냐고 그녀에게 묻지 말았어야 했는데 정말 어리석었다. 슈투트가르트라고? 내가 슈투트가르트로 가버렸을 거라고 생각한 이유라도 있었던 것인가? 심지어 잠에서 깼을 때 우리는 서로를 알아보지 못했다. 나처럼 그녀 또한 그 사실을 알고는 등을 돌려 버렸다. 마주 보는 것조차 싫어하다니! 막 잠에서 깬 내가 그녀를 알아보지 못하는 것이 당연하게 느껴졌다. 이해할 수 없는 건 서로 낯설어했다는 것이다. 그때가 우리의 사랑이 깨진 순간이었을까? 그럴지도 모른다. 어쨌거나 그 순간 뭔가 깨진 건 사실이다. 그게 무엇인지 중요하다는 직감은 했지만 신경 쓰지 않았다. 그녀가 말했다. 무서워. 델마르가 무서워. 이 마을도 무섭고. 나도 모르게 지나친 그 두려움을 그녀는 느끼고 있었던 것일까?

오후 7시. 프라우 엘제와 테라스에 있었다.
「남편은 어디 있어?」
「방에.」
「방은 어디 있는데?」
「2층 조리실 위에. 손님들은 갈 수 없는 곳이지. 출입

금지 구역이야.」

「오늘은 좀 괜찮아?」

「아니, 그다지. 한번 가볼래? 아니지, 분명 안 가고 싶겠지.」

「난 만나 보고 싶은데.」

「됐어, 시간도 없잖아. 나도 두 사람이 아는 사이가 됐으면 좋겠지만 지금 남편의 상태로는 안 되겠어. 너도 알잖아? 그렇지? 건강하게 일어나서 너와 동등한 조건에서 만났으면 좋겠어.」

「왜 시간이 없다는 거야? 내가 슈투트가르트로 가서 그래?」

「응, 넌 돌아갈 거니까.」

「틀렸어. 난 아직 떠날 생각이 없어. 그러니 네 남편이 좋아지면 네가 식당으로 데리고 나올 수도 있잖아. 저녁 식사 후에라도 말이야. 나야 인사도 하고 말도 나누면 좋지. 정말 얘기해 보고 싶어. 동일한 조건에서 말이야.」

「안 가는구나……」

「왜? 내가 찰리의 시체만 기다리면서 네 호텔에 머물렀다고 생각하진 않잖아. 그것도 끔찍한 상태의 시체를. 너도 거기 가서 시체를 보고 싶진 않았을 거야.」

「나 때문에 남은 거야? 아직 안 자봐서?」

「얼굴이 엉망이었어. 귀에서 광대뼈까지 죄다 물고기가 뜯어 놨더라고. 눈도 없는 데다 얼굴과 목 피부는 허옇게 떠버렸고. 잠시 그 주검이 찰리라고는 생각지도 못했어. 아닐 수도 있잖아. 그 즈음에 익사한 영국인 시체도 못 찾았다고 하더라고. 누가 알겠어. 날 미친놈처럼 볼까 봐 영사관에서 나온 사람한테는 말도 안 꺼냈어.

하지만 내 생각은 그래. 그런데 네 부부는 어떻게 식당 위에서 잔다는 거야?」

「호텔에서 제일 큰 방이야. 아주 예뻐. 모든 여자가 원하는 그런 방이지. 거긴 전통적으로 호텔 주인이 자는 방이기도 해. 우리가 들어오기 전엔 시부모님께서 지내셨는데 그게 다야. 시부모님께서 호텔을 세우셨으니 전통이 짧지. 그런데 네가 떠나지 않으면 모두들 실망할 거라는 거 알아?」

「모두가 누군데?」

「그러니까, 서너 명 되지. 놀라진 마.」

「네 남편은?」

「아냐, 남편은 분명 아니야.」

「그럼 누군데?」

「코스타 브라바 지배인, 최근 들어 예민해진 야간 경비원, 종업원 클라리타……」

「종업원? 그 어리고 깡마른 아가씨?」

「응.」

「내가 무서운가 보네. 내가 언제고 자기를 덮칠 줄 아나 보지.」

「몰라, 몰라. 넌 여자를 몰라.」

「내가 떠나길 바라는 사람이 더 있어?」

「그게 전부야.」

「페레 씨는 왜 내가 떠나길 바라는 건데?」

「모르지. 아마 그 사람한텐 사건의 종결이지 않을까.」

「찰리 사건?」

「그렇지.」

「멍청하기는. 그럼 야간 경비원은? 무슨 상관인데?」

「네가 지겨운 거지. 밤마다 몽유병자 같은 사람을 보는 게 지겹다나. 네가 그를 예민하게 만든 것 같아.」

「몽유병자라고?」

「그가 한 말이야.」

「말을 해본 것도 겨우 두어 번밖에 안 된다고!」

「그건 상관없어. 그는 별의별 사람들을 상대하니까. 취객 전문이지. 얘기하기 좋아하는 사람이야. 그런데 넌 밤에 들락거릴 때만 보이잖아……. 케마도랑. 길거리에서 보면 가장 늦게까지 불 켜진 데가 네 방인 거 알아?」

「좋은 인상을 줬다고 생각했더니.」

「그 경비한테 좋은 인상의 손님 같은 건 없어. 게다가 자기가 모시는 사장과 키스하는 걸 봤으니 말 다했지.」

「별난 사람이군. 지금 어디 있는데?」

「그 친구한테 말 걸지 마. 일이 커지는 거 싫으니까. 알겠지? 지금쯤 자고 있을 거야.」

「내가 너한테 하는 모든 이야기들 말이야, 믿어?」

「음, 믿어.」

「내가 네 남편이 밤중에 케마도와 해변에 있는 걸 봤다면, 믿겠어?」

「내 남편을 그 사람과 엮는 건 불공평한 데다 내 입장에서 그건 날 속이는 거야.」

「그렇지만 만약 혼자서 그랬다면!」

「……」

「경찰이 찰리라고 보여 준 시체가 찰리가 아니라고 하면, 믿겠어?」

「응.」

「그들이 그걸 알고 있다는 말이 아니라 우리 모두 착

각하고 있다고 말하는 거야.」

「맞아. 이번이 처음은 아니겠지.」

「내 말, 믿는 거지?」

「그래.」

「그럼 내가 무언가 잡히지도 않는 이상한 게 위협적으로 내 주위를 맴돈다고 한다면 믿겠어? 나를 관찰하는 거대한 힘. 물론 야간 경비원은 빼고. 그 사람 또한 무의식적으로 알고 있지만, 그래서 내가 달갑지 않겠지. 밤에 일하면 경계심이 살아나니까.」

「그 점에 대해선 못 믿겠어. 네 말놀이에 장단을 맞춰 달라고는 하지 마.」

「날 도와주는 사람이, 내가 믿을 수 있는 사람이 너뿐이라는 게 안타까워.」

「독일로 돌아가야지.」

「꼬리 내리고 말이지.」

「아니. 네가 느끼던 걸 되돌아볼 준비를 하고 차분한 마음으로.」

「아무도 모르게 사라지라는 거네. 케마도가 스스로에게 바라는 것처럼.」

「불쌍한 친구. 영원한 감옥에 살잖아.」

「어느 순간엔가 모든 게, 음악적으로 말해서, 지옥의 가락이었다는 걸 잊어버리라는 거지.」

「뭐가 그렇게 걱정스러운데?」

「난 걱정 같은 거 안 해. 네 눈으로 보게 될 날이 있겠지.」

우리는 천천히 언덕 꼭대기로 올라갔다. 전망대에는 백여 명에 이르는 어른과 아이들이 호흡을 가다듬고 하늘과 바다 사이 지평선 어느 지점을 가리키며 때 아닌 태양이 기적처럼 떠오르기를 바라는 듯, 반짝이는 마을을 바라보고 있었다. 이게 카탈루냐의 축제지. 사람들이

36 Walter von Reichenau(1884~1942). 제2차 세계 대전에서 활약한 독일군 원수. 전쟁 중 심장 마비로 사망하였다.

37 Hans von Salmuth(1888~1962). 독일군 장군으로 제2차 세계 대전 당시 군 사령관이었다.

38 Hermann 〈Papa〉 Hoth(1885~1971). 제2차 세계 대전 중 독일군의 장군. 〈파파〉는 부하들이 붙여 준 애칭이다. 1939년 기계화 군단 군단장으로 폴란드 침공을 지휘, 참전했다.

39 Heinz Wilhelm Guderian(1888~1954). 독일의 장군. 제1차 세계 대전 때는 통신 장교로 활약했고 전후 전차 부대의 확충을 주장했으며 기갑 부대를 중심으로 한 전격전 계획 수립에 큰 공을 세웠다.

40 Paul Ludwig Ewald von Kleist(1881~1954). 제1차 세계 대전과 제2차 세계 대전에서 활약한 독일의 군인이다. 원수까지 승진했으며 기갑 부대의 활용에 능했다.

41 Ernst Busch(1885~1945). 제2차 세계 대전 당시 독일의 원수. 1943~1944년에 중앙군 집단을 이끌었으나 1944년 6월의 참담한 패배 이후 히틀러에 의해 파면되었다.

42 Günther von Kluge(1882~1944). 제2차 세계 대전 당시 독일군 원수. 히틀러 암살 기도에 연루되었다고 의심받아 해임당하고 베를린으로 가는 도중 자살했다.

43 Maximilian von Weichs zu Glon(1881~1954). 제2차 세계 대전 당시 독일군 원수. 폴란드 및 소련 침공의 핵심 인물이다.

44 Georg von Küchler(1881~1968). 제2차 세계 대전 당시 독일군 원수.

45 Otto Moritz Walter Model(1891~1945). 제2차 세계 대전에서 활약한 독일군 원수. 독일 장군 중 방어전에 가장 뛰어난 인물로 알려져 있다.

46 Johannes Erwin Eugen Rommel(1891~1944). 제2차 세계 대전에서 활약한 가장 유명한 독일 원수.

47 Gotthard Heinrici(1886~1971). 제2차 세계 대전 당시 독일군 상급대장.

48 Leo Geyr von Schweppenburg(1886~1974). 제2차 세계 대전 당시 독일군 대장, 서부 기갑 사령관.

49 Georg-Hans Reinhardt(1887~1963). 제2차 세계 대전의 독일 장군. 뉘른베르크 재판에서 전쟁 범죄로 15년형을 선고받았다.

50 Ernst Wilhelm von Hoeppner(1860~1922). 제1차 세계 대전 당시 독일의 공군 사령관.

수군거리는 소리가 들렸다. 나도 알아. 내가 말했다. 이제 무슨 일이 일어날까? 프라우 엘제가 미소를 지으며 길고 투명한 검지로 모두가 바라보는 그곳을 가리켰다. 사람이 타지 않은, 적어도 내 눈에는 아무도 보이지 않는 어선이 한 척, 두 척 나타나더니 칠판에 분필을 긁을 때 나는 것과 비슷한 소리를 내며 각양각색의 불꽃놀이 화관을 터트리자 프라우 엘제가 그것이 카탈루냐의 깃발이라고 말했다. 이내 연기만이 촉수처럼 남았고 사람들은 차로 돌아가 마을로 내려가기 시작했다. 여름 끝자락의 더딘 밤이 그들을 기다리고 있었다.

1941년 가을. 영국에서의 전투. 독일군도 런던을 점령하지 못하고 영국군도 나를 해안으로 몰아내지 못한다. 손실이 막대하다. 영국군의 회복이 빠르다. 소련에서는 소모전이 진행된다. 케마도는 1942년을 기다린다. 그러면서 버티고 있다.

나의 장군들.

영국: 라이헤나우,[36] 잘무트,[37] 호트.[38]

소련: 구데리안,[39] 클라이스트,[40] 부슈,[41] 클루게,[42] 폰 바이흐스,[43] 퀴흘러,[44] 만슈타인, 모델,[45] 로멜,[46] 하인리치,[47] 가이어.[48]

아프리카: 라인하르트,[49] 회프너.[50]

나의 기본 자원 포인트: 포인트 하락으로 동부, 서부 혹은 지중해에서 방어전을 선택할 수 없다. 전력을 재구축하기에는 충분하다. (케마도가 이걸 모르나? 어쩌려는 거지?)

9월 12일

날이 흐리다. 새벽 4시부터 비가 왔는데 예보에 따르면 더 악화될 거란다. 하지만 춥지는 않아서 수영복을 입고 잠깐 동안 해변에서 파도를 넘는 아이들을 발코니에서 볼 수 있다. 카드놀이를 하거나 희뿌연 유리창 밖을 우수에 젖어 내다보는 손님들이 있던 식당엔 긴장감과 경계심이 감돌았다. 사람들은 내가 자리에 앉아 아침을 주문하자 정오가 넘어서 일어나는 사람이 있다는 걸 이해하지 못하겠다는 듯 비난의 얼굴로 나를 쳐다봤다. 호텔 입구에는 관광버스 한 대가(운전기사는 보이지 않았다) 바르셀로나에 갈 단체 관광객을 몇 시간째 기다리고 있었다. 버스는 진줏빛 회색이었는데 그 색은 폭풍 치는 하늘을 뚫고 내려온 야곱의 다리나 섬광처럼, 우윳빛 회오리가 구불구불 희미하게 나타나는 (하지만 분명 시각적 착각일 것이다) 지평선의 색이었다. 아침 식사를 마치고 테라스로 나갔다. 차가운 빗방울이 얼굴을 때려 뒤로 물러섰다. 날씨가 개판이야. 텔레비전 시청실에 있던 반바지 차림의 독일 노인이 여송연을 피우며 말했다. 그 또한 버스를 타야 할 사람이지만 여유를 부리고 있었다. 나는 발코니에서 해변에 마지막 남은 페달보트들이 케마도의 보트라는 걸 볼 수 있었다. 그 보트를 타는 사람을 제외하면 여름은 이미 끝난 것이었다. 발코니를 닫고 다시 방을 나갔다. 프런트에 갔다가 프라우 엘제가 일찍 호텔을 나갔고 저녁에나 돌아온다는 말을 들었다. 혼자 나갔느냐고 물었다. 아니었다. 남편과 함께 나갔다. 나는 델 마르에서 코스타 브라바로 차를 몰았다. 차에서 내리자 땀이 났다. 코스타 브라바에서 신문을 읽고 있는 페레 씨를 만났다. 「이 친구, 우도 아닌가! 만나서 반갑네!」 나는 그가 정말로 반가워한다고 생각하고 안도했다. 우리는 잠시 시간에 대해 잡담했다. 뒤이어 페레 씨가 자신의 주치의한테 날 봐달라고 했다고 말했다. 나는 펄쩍 뛰며 사양했다. 약이라도 먹게나! 나는 코냑을 시켜 단숨에 넘겼다. 그리고 한 잔 더 주문했다. 내가 계산을 하려 하자 페레 씨가 호텔에서 처리할 거라고 말했다. 「초조하게 기다렸으니 오죽하겠는가!」 나는 고맙다고 인사하고 잠시 후 일어났다. 페레 씨가 입구까지 배웅을 나왔다. 헤어지기 전, 그에게 일기를 쓰고 있노라 말했다. 일기를? 휴가에 대한 일기인데, 사는 얘기죠, 뭐. 아, 이해했네. 페레 씨가 말했다. 내 세대에선 소녀들이나 시인들이 그러곤 했지. 나는 그의 부드럽고 피곤하며 아주 악의적인 비웃음을 눈치챘다. 우리 앞에 펼쳐진 바다는 언제라도 마리티모 대로를 넘어올 기세였다. 저는 시인이 아니에요. 내가 웃으며 말했다. 전 일상적인 일에 관심이 많은데 불쾌한 일도 개의치 않죠. 예컨대 강간에 대한 것도 일기에 쓰려고 하죠. 페레 씨의 얼굴이 창백해졌다. 무슨 강간 말인가? 제 친구가 익사하기 전에 있었던 강간 말입니다. (그 순간 내가 찰리를 친구라고 말해서 그랬는지 갑작스레 현기증이 나더니 척추가 곤추섰다.) 뭔가 오해한 모양이구먼. 페레 씨가 말을 더듬었다. 여기서 강간이 있었던 적은 없네. 물론 예전엔 그런 수치스러운 일을 피할 순 없었네만 그건 보통 이곳에 사는 사람들과는 거리가 먼 사람들이 그랬던 거고. 자네도 알잖은가, 요즘 들어 문제가 되는 건 이곳 관광 산업의 질이 떨어진다거나, 뭐 그런 것들이지. 그럼 제가 잘못 알고 있었나 보네요. 내가 말했다. 그럼, 물론 그렇지. 나는 악수를 하고 소나기를 피해 재빨리 차로 뛰어갔다.

1941년 겨울. 프라우 엘제와 얘기를 나누든 뭘 하든 잠깐이라도 만나고 싶었는데 그녀보다 케마도가 먼저 나타난다. 나는 발코니에서 그를 들이지 않을 방법을 잠시 생각해 본다. 내가 할 수 있는 거라고는 호텔 현관에 나가지 않는 것이고, 내가 그를 맞으러 나가지 않으면 케마도도 들어오지 않을 것이다. 하지만 그는 분명 해변에서 발코니에 있는 나를 봤을 테고 나는 이제야 케마도더러 날 보라고 바로 그 자리에 있었는지, 내가 남에 눈에 띄는 것에 신경 쓰지 않는 다는 걸 보여 주려 한 건지 자문하고 있다. 나는 손쉬운 표적이다. 나는 케마도와 로보, 코르데로가 나를 볼 수 있게 젖은 유리창 뒤에 서 있다.
비가 계속 내리고 있다. 호텔은 오후 내내 네덜란드

버스가 와서 여행객들을 데려가는 통에 비어 가고 있다. 프라우 엘제는 뭘 하고 있을까? 호텔이 비어 가는 지금 그녀는 병원에서 진료를 기다리고 있을까? 팔짱을 껴서 남편을 부축하며 바르셀로나의 중심가를 걷고 있을까? 나무에 가려 찾기도 어려운 어느 소극장에 갔을까? 예상과 달리 케마도가 영국에서 공격을 감행한다. 실패한다. 나는 기본 자원 포인트가 부족해 제대로 응전하지 못한다. 소련 전선이 강화되기는 했지만 그 외의 전선에는 변화가 없다. 사실 게임에 집중하지 못하고 있다. (나와 달리 케마도는 밤새 탁자 주위를 맴돌며, 오늘 가져온 수첩에 계산까지 하고 있다!) 비와 프라우 엘제에 대한 강철 같은 기억과 막연하고 가녀린 향수에 나는 침대에 누워 담배를 물고 슈투트가르트에서 가져온 복사본을 훑어보면서 그것들이 이곳 쓰레기통에 버려질 거라 생각한다. 이 기고가들 중 몇 명이나 자기의 글을 진정으로 생각하고 있을까? 몇 명이나 체화하고 있을까? 내가 『더 제너럴』에서 일한다면 잠든 채로도 — 프라우 엘제의 경비가 말하듯 몽유병자처럼 — 그 글들에 반론을 제기할 수 있다. 몇이나 심연에 눈을 돌려 봤겠는가? 이런 것에 대해 아는 사람이라고는 렉스 더글러스뿐! (역사적으로 엄격한 베이마와 독창적이며 열의가 넘치는 미국판 콘라트 마이클 앵커스라면 모를까.) 그들 외에는 지루하고 물러 터진 작자들이다. 내가 읽는 것들이 이기기 위한 계략으로써 모든 이동과 사전 저지, 모든 예산과 완벽하게 추려진 전략을 담고 있다고 케마도에게 말하자 그의 얼굴에 끔찍한 미소가 퍼졌는데 (본의 아니게 그렇게 추측했다) 그게 그의 대답이었다. 그 대답을 마무리하듯 몇 걸음 걸어가더니 허리를 굽혀 집게로 부대를 움직였다. 나는 그를 감시하지 않는다. 그가 함정을 파리라고 생각지 않는다. 그의 전투 자원 또한 군대를 겨우 움직일 수 있을 만큼 바닥 수준으로 떨어져 있다. 비가 와서 장사가 안 되겠네? 놀랍게도 케마도는 그렇지 않다고 대답한다. 다시 해가 뜨겠지. 그때까지 어쩔 건데? 계속 페달보트에서 살 거야? 등을 보인 채 말을 옮기며 문제될 것 없다고 기계적으로 대답한다. 젖은 모래사장에서 자는 게 아무렇지도 않다고? 케마도가 노래를 흥얼거린다.

1942년 봄

 평상시보다 케마도가 일찍 왔다. 내가 데리러 가기도 전에 혼자서 올라왔다. 문을 열고 들어설 때 그는 마치 지우개로 지워진 사람 같다. (애인이라도 되는 양, 꽃 대신에 복사본을 가슴에 꼭 안고 나타난다.) 나는 그런 변화의 이유를 알고 있다. 이번에는 그가 먼저 시작했다. 소련군이 형성한 방어선이 오네가 호(湖)와 야로슬라블 지역으로 전개되었고 그의 전차 부대가 E48 지점에 있던 내 전선을 파괴했으며 승기를 잡고 카렐리야를 향해 북으로 나아가면서 볼로그다 진입로에서 독일 전차 부대 1개와 보병 4개 부대를 포위했다. 그로 인해 쿠이비셰프와 카잔을 압박하던 부대들의 좌측면이 완전히 노출됐다. 이에 대한 유일한 긴급 조치는 바툼과 아스트라한을 향한 압박을 경감하면서 볼가와 캅카스 전선에 펼쳐진 남부 군단의 부대를 전략 재편 때 그쪽으로 이동하는 것이다. 케마도도 그걸 알고 기회를 노렸다. 여전히 표정에 변화가 없으며, 신에게 빠진 자만이 지옥이 뭔지 알듯이, 나는 — 그의 푹 팬 볼에서! — 그가 갈수록 융통성 있는 이동을 즐기고 있음을 느낄 수 있다. 조금씩 앞서 세밀하게 계산된 방어를 구축했다. (예를 들어, 방어 지역에서 비행장으로 사용할 수 있는 도시는 오직 볼로그다뿐, 인근 도시 키로프는 너무 멀었다. 공군 지원을 하려면 넓은 집결지가 필요하기 때문에 그러한 조건을 조정해야 했고 1941년 겨울 순서에서 케마도는 공군 기지 게임말 하나를 C51 육각 지점에 배치했다.) 전혀 즉흥적으로 한 게 아니었다. 서부에서는 중요한 상황 변화가 있었는데 바로 미국의 참전이다. 초기 배치 제한 때문에 진입이 더뎠으며 영국군은 보급 조건이 될 때까지 막연히 기다릴 수밖에 없었다(서부 연합군의 기본 자원 포인트가 상당 부분 소련을 지원하는 데 쓰였다). 영국에 주둔하게 된 미군의 최종 병력은 다음과 같다. 제5보병, 제10보병 부대가 로사이스에, 5개 공군 부대가 리버풀에, 9대의 군함이 벨파스트에 배치됐다. 케마도는 서부 전선에서 소모전을 선택했으나 주사위가 도와주지 않았다. 나 또한 소모전을 택하여 영국 남동부의 육각 지점 하나를 점령했는데 다음 차례에 전략을 실행하기 좋은 곳이었다. 1942년 여름에 런던을 점령하여 영국군의 항복을 받아 내면 미군은 됭케르크(철수 작전)를 실행해야 할 것이다. 그러던 중 케마도의 복사본이 눈에 들어왔다. 내게 주려고 가져온 것이라고 했다. 선물이었다. 독특한 읽을거리였다. 하지만 감상에 빠지지 않으려고 그림 부분만 보고 케마도에게 어디서 난 거냐고 물었다. 케마도는 이제 막 일어나 걷는 사람처럼 허둥대며 더디게 대답했다 — 나도 그 속도에 맞취 그에게 물었다 — 너한테 주려고. 그가 말했다. 어떤 책을 복사한 거야. 자기 책일까? 페달보트 밑에 책이 있었나? 아니었다. 카탈루냐 연금 기금 도서관에서 빌린 책이었다. 내게 회원증을 보여 줬다. 믿기지 않았다. 은행 도서관을 뒤져서 정확히 내 얼굴에다 비벼 대려고 이 쓰레기를 찾은 것이다. 케마도는 곁눈질을 하며 방에 공포가 일기를 기대하고 있었다. 문이 있는 벽에 드리워진 설명하기 어려운 그의 그림자가 떨리고 있었다. 그런 즐거움을 그에게 주고 싶지 않았다. 무관심하게, 하지만 조심스럽게 침대 탁자에 복사본을 놔뒀다. 나중에 그를 호텔 입구에 데려다 주며 프런트에 잠깐 들르자고 했다. 경비는 잡지를 읽고 있었다. 일을 방해해서 화가 났겠지만 겁먹을 우리가 아니다. 압정 좀 주세요. 압정 말인가요? 그는 저질 농담이 나오기를, 그 농담이 예상 밖의 것이 아니길 바란다는 듯이 의아해하며 케마도에게서 내게로 시선을 돌렸다. 그래요, 멍청하기는. 서랍에서 몇 개 꺼내 달란 말입니다. 내가 소리쳤다. (나는 경비가 소심한 성격이며 엄하게 다뤄야 하는 기개 없는 사람이라는 걸 알고 있었다.) 책상 서랍을 뒤적거리는 사이 그 안에 있던 포르노 잡지 두어 권이 보였다. 마침내 확신이 서지 않는 듯 망설이며 압정이 가득한 작은 투명 상자를 꺼냈다. 전부 쓰실 건가요? 악몽을 끝내려는 듯 낮은 소리로 물었다. 나는 어깨를 으쓱해 보이며 케마도에게 복사본이 몇 장이냐고 물었다. 4장이야. 케마도는 불편한 듯 바닥을 내려다보며 말했다. 나의 강압적인 태도를 불편해했다. 압정 4개만 주시죠. 초록색 압정 2개와 빨간색 압정 2개를 조심스레 들고 있는 경비를 향해 손

바닥을 펼쳤다. 그러고는 뒤도 돌아보지 않고 케마도를 현관까지 배웅하고 헤어졌다. 텅 빈 마리티모 대로는 어두웠지만(가로등이 깨져 있었다) 나는 현관 유리창 뒤에 서서 케마도가 해변의 페달보트를 향해 사라지는 걸 확인하고 나서야 방으로 돌아왔다. 나는 차분히 한쪽 벽을 골라(침대 머리맡) 압정으로 복사본을 고정했다. 그러고 나서 손을 씻고 게임을 주의 깊게 다시 살펴봤다. 케마도가 빠르게 게임에 적응하고 있기는 하지만 다음 판은 내 차지가 될 것이다.

9월 14일

오후 2시에 일어났다. 몸 상태가 좋지 않아서인지 가능한 한 호텔에서 보내는 시간을 줄여야겠다고 생각했다. 샤워도 하지 않고 밖으로 나갔다. 근처 바에서 밀크커피 한 잔에 독일 일간지를 읽고 델 마르로 돌아와 프라우 엘제의 행방을 물었다. 바르셀로나에서 돌아오지 않았단다. 당연히 그녀의 남편도 마찬가지였다. 프런트 직원의 태도가 적대적이었다. 바에서도 그랬다. 종업원들의 눈초리가 곱지 않았지만 우려할 필요는 없었다. 비를 한가득 머금은 먹구름이 수평선 위에 깔려 있었지만 햇볕이 내리쬐고 있어서 수영복을 입고 케마도를 만나러 갔다. 페달보트는 흩어져 있는데 케마도는 어디에도 보이지 않았다. 기다리기로 마음먹고 모래사장에 누웠다. 가져온 책이 없어서 할 수 있는 일이라고는 시간 가는 줄 모르고 짙푸른 하늘을 바라보며 즐거웠던 일들을 추억하는 것뿐이었다. 나는 자연스레 어느 순간 잠들어버렸다. 백사장이 미지근한 데다 해수욕을 하는 사람도 많지 않았고 가을의 소란이 아직 오지 않았으니 그럴 법도 했다. 꿈에서 플로리안 린덴을 봤다. 잉게보르크와 나는 우리가 머문 방과 비슷한 호텔방에 있었고 누군가 문을 두드렸다. 잉게보르크가 문을 열지 말라고 했다. 열지 마. 그녀가 말했다. 날 사랑한다면 열지 말아 줘. 그녀의 입술이 떨리고 있었다. 급한 일일 수도 있잖아. 내가 차갑게 대꾸했다. 내가 문 쪽으로 가려 하자 잉게보르크가 두 손으로 나를 붙잡아 세웠다. 이거 놔. 내가 소리쳤다. 놓으라고. 거세게 팔을 뿌리칠수록 나는 잉게보르크가 옳을지도 모르며 가만있는 게 나을 거라는 생각이 들었다. 발버둥 치던 잉게보르크가 바닥에 쓰러졌다. 나는 그녀를 내려다봤다. 다리를 벌린 채 쓰러진 그녀는 지쳐 있었다. 지금이라면 누구라도 널 범할 수 있어. 내가 말하자 그녀는 한쪽 눈을 뜨고는, 커다랗고 짙푸른 왼쪽 눈이었던 것 같은데, 나의 움직임에서 눈을 떼지 않았다. 뭔가 말하는 것 같았지만 알 수 없었다. 그 눈은 감사나 원망의 눈이 아니라 앞으로 일어날 일을 주시하는 눈이자 겁먹은 눈이었다. 난 더 이상 어쩔 도리가 없어 문에 귀를 대봤다. 한데 문을 두드리는 게 아니라 긁고 있는 게 아닌가! 누구야? 내가 물었다. 플로리안 린덴입니다, 사설탐정. 가는 목소리가 들려왔다. 들어올 겁니까? 내가 물었다. 아닙니다. 무슨 일이 있어도 절대 문을 열지 마세요! 목소리가 크지는 않았지만 힘이 들어가 있었다. 그의 목소리로 보아 어딘가 다쳤다는 것을 알았다. 우리는 잠시 말이 없었고 뭐라도 들어보려 애썼지만 사실 아무 소리도 들리지 않았다. 호텔이 바다 깊이 가라앉은 것 같았다. 게다가 기온이 떨어져 추웠는데 여름옷을 입고 있던 터라 더 춥게 느껴졌다. 머지않아 견디기 힘들 만큼 추워지자 나는 일어나 옷장에서 담요를 꺼내 잉게보르크와 내 몸을 감쌌다. 하지만 아무 소용 없었다. 잉게보르크가 흐느끼기 시작했다. 발에 감각이 없다고 하면서 우리가 곧 얼어 죽을 거라고 말했다. 그녀의 눈을 피하며 나는 잠들지만 않으면 죽지 않는다고 안심시켰다. 마침내 문 건너편에서 어떤 소리가 들렸다. 발소리였다. 누군가 까치발로 접근했다가 돌아갔다. 그렇게 세 번을 반복했다. 플로리안, 당신 거기 있는 거요? 예, 여기 있습니다. 하지만 이제 가야 합니다. 플로리안 린덴이 대답했다. 대체 무슨 일이지요? 확실치 않은 일인데, 설명할 시간이 없습니다. 지금은 안전하지만 당신들이 영리하고 현실적인 사람이라면 내일 아침 집으로 돌아가겠죠. 집으로요? 째지고 갈라지는 탐정의 목소리가 들렸다. 그를 찢어발기다니! 나는 생각했다. 문을 열어 보려 했지만 일어날 수도 없었다. 손발에 감각이 없었다. 동상에 걸린 것이다. 나는 공포에 휩싸여 그곳을 벗어나지 못하고 호텔에서 죽을 것 같은 예감이 들었다. 잉게보르크는 더 이상 움직이지 않았다. 그녀는 내 발밑에 쓰러져 있었다. 담요 밖으로 흘러나온 긴 금발이 검은 타일 바닥에 흩어져 있었다. 의지할 곳이 없다는 생각에 그녀를 품에 안고 울고 싶었지만 바로 그 순간 알아차릴 틈도 없이 문이 열렸다. 플로리안 린덴이 있어야 할 곳에는 아무도 없었고 복도 안쪽으로 거대한 그림자만 보였다. 나는 부들부들 떨면서 눈을 떴고 엄청난 먹구름이 육중한 항공모함처럼 마을을 뒤덮으며 구릉을 향해 떠가는 것을 보았다. 추웠다. 사람들은 이미 백사장을 떠났고 케마도는 오지 않았다. 얼마나 그곳에 누워 꼼짝 않고 하늘을 보고 있었는지 모르겠다. 급한 일은 없었다. 몇 시간이고 그 자리에 있을 수 있었다. 나는 마음을 다잡고 일어났지만 호텔이 아니라 바다로 향했다. 바닷물은 미지근하고 더러웠다. 잠시 헤엄을 쳤다. 먹구름이 계속해서 머리 위로 흘러갔다. 그때 나는 팔 동작을 멈추고 바닥까지 내려갔다. 바닥을 봤는지 모르겠다. 눈을 뜨고 잠수를 했지만 아무것도 보이지 않았다. 바닷물이 나를 안으로 끌고 들어갔다. 물 밖으로 나왔을 때 생각보다 백사장에서 멀리 오지 않았음을 알았다. 페달보트로 돌아가 수건으로 조심스레 물기를 닦아 냈다. 케마도가 일하러 오지 않은 건 처음이었다. 갑자기 온몸에 한기가 느껴졌다. 몸을 움직였다. 스트레칭도 하고 복부 운동과 달리기도 좀 했다. 물기가 마르자 허리에 수건을 감고 린콘 델 로스 안달루세스를 향해 걸음을 옮겼다. 그곳에서 코냑 한 잔을 주문하고 주인에게 나중에 계산하겠다고 말했다. 그리고 케마도의 행방을 물었다. 본 사람이 없었다.

지루한 오후였다. 프라우 엘제는 호텔에 없었고 케마도도 해변에 나타나지 않았다. 6시쯤 해가 나자 캠핑장 끝으로 페달보트와 펼쳐진 파라솔, 파도를 즐기는 사람이 보이는데도 말이다. 우리 쪽 해변은 훨씬 한산했다. 호텔 손님들은 무리 지어 투어를 준비하고 있었는데 아마도 포도주 창고나 유명한 수도원에 갈 계획일 것이다. 테라스에는 몇 명의 노인과 종업원이 전부였다. 날이 저물 때쯤 나는 작심하고 프런트에 가서 독일에 전화를 걸어 달라고 했다. 그 전에 통장 잔고를 확인했더니 숙박비를 계산할 정도밖에 남아 있지 않았다. 델 마르에서 하룻밤 더 묵고 차에 약간의 기름을 넣을 정도였다. 대여섯 번의 시도 끝에 콘라트와 통화할 수 있었다. 잠결에 받은 듯한 목소리였다. 다른 목소리도 들렸다. 나는 본론으로 들어갔다. 돈이 필요하다고 했다. 며칠 더 머물 생각이라고 했다.

「며칠이나 있을 건데?」

「글쎄, 지내 봐야 알겠지.」

「무슨 이유로?」

「그건 내 사정이고. 돈은 돌아가자마자 갚을게.」

「너 하는 거 보면 누구도 네가 돌아올 거라 생각하지 않을 거야.」

「말도 안 되는 소리. 여기서 평생 뭘 하겠어?」

「없지. 그건 나도 아는데, 너도 알긴 아는 거야?」

「뭐, 아무것도 없는 건 아냐. 관광 가이드를 할 수도 있지. 개인 업체를 차려서. 관광객이 넘쳐 나니 세 개 언어 이상 할 줄 알면 할 만해.」

「네가 있을 곳은 여기야. 네 일이 여기 있잖아.」

「무슨 일? 회사?」

「글 쓰는 거. 렉스 더글러스한테 글도 쓰고 소설도 쓰고. 맞아, 내 말은 네가 그렇게 정신 놓고 다니지 않으면 소설도 쓸 수 있다는 말이야. 우리가 계획한 일도 있고……. 성당도 있고……. 기억나?」

「고마워, 콘라트. 맞아, 그럴 수도 있지…….」

「그러니까 되도록이면 빨리 와. 내일 바로 돈 보내 줄게. 그 친구 유해는 벌써 독일에 왔을 거니까. 다 된 거잖아. 거기서 할 게 뭐가 더 있다고?」

「찰리를 찾았다고 누가 그랬어? 잉게보르크?」

「물론이지. 네 걱정 많이 하더라. 거의 매일 만나. 얘기도 하고. 네 얘기도 전해 주고. 너희들이 만나기 전 얘기도 들려주고. 엊그제 네 집에도 데려갔어. 가보고 싶어 하더라고.」

「우리 집에? 빌어먹을! 그래서 들어갔어?」

「어쩔 수 없잖아. 열쇠가 있는데 혼자 가기는 싫다고 하더라고. 둘이서 청소도 했다. 청소 좀 해야겠더라. 자기 물건도 몇 가지 들여놨어. 스웨터랑 음반이랑……. 네가 거기 더 있으려고 나한테 돈 빌려 달라고 했다는 걸 알면 기분 좋겠냐. 좋은 여자지만 인내심도 한계가 있잖아.」

「집에서 다른 건 안 했어?」

「전혀. 말했잖아. 청소했다고. 냉장고에 썩은 음식도 버리고…….」

「내가 쓴 글도 봤어?」

「못 봤을걸.」

「넌 뭐 했는데?」

「아이고, 우도. 같이 청소했다니까.」

「그래……. 고마워……. 그러니까 자주 만난다는 거지?」

「매일 만나지. 그녀가 나 말고는 네 얘기 할 수 있는 사람이 없어서 그런 것 같아. 네 부모님한테 전화하려는 걸 내가 말렸다. 걱정 끼쳐 드려서 좋을 건 없잖아.」

「부모님은 걱정 안 하셔. 이 마을도 알고……. 호텔도 아시니까…….」

「모르겠다. 네 부모님 안 지도 얼마 안 됐으니, 어떻게 생각하실지.」

「잉게보르크를 안 것도 얼마 안 되고.」

「그래. 네가 연결 고리지. 너와 난 우정을 쌓긴 했지만 말이야. 최근에 그녀를 더 잘 알게 됐는데 호감형에 영리하고 현실적인 데다 예쁘기까지.」

「나도 알아. 늘 그렇지. 너를……」

「유혹했냐고?」

「아니, 그런 거 아냐. 그녀는 얼음 같아. 널 안심시키지. 너뿐만 아니라 누구든 그럴 거야. 네가 차분히 일에만 전념하며 혼자 있는 것 같은 느낌 말이야.」

「그렇게 말하지 마. 잉게보르크는 널 사랑해. 내일 꼭 돈 보내 줄게. 올 거지?」

「아직은 아냐.」

「뭐가 널 붙잡는지 이해가 안 된다. 어떻게 된 건지 나한테 얘기도 안 하고. 그래도 너하고 가장 친한 친군데……」

「며칠 더 있을 거야. 그거면 돼. 비밀 같은 거 없어. 생각도 하고 글도 쓰고 사람도 많지 않으니 여기서 좀 즐기고 싶어.」

「그게 다야? 잉게보르크와 관계된 게 아니라?」

「미련하기는, 당연히 아니지.」

「그렇게 말하니 다행이네. 게임은 어때?」

「1942년 여름이야. 이기고 있지.」

「그럴 줄 알았어. 마티아스 뮐러랑 했던 경기 기억나? 1년 전에 체스 클럽에서 했던 게임?」

「무슨 게임?」

「제3제국. 프란츠, 너, 나, 이렇게 한 팀으로 강행군

팀과 싸웠잖아.」

「그랬지, 그런데 어떻게 됐지?」

「기억 안 나? 우리가 이겼잖아. 도무지 지는 꼴을 못 보는 마티아스가 엄청나게 화가 나서 그 꼬맹이 베른트 란한테 의자를 던져 박살 냈잖아.」

「의자를?」

「응. 체스 클럽 회원들이 그 자식 끌어내 버리니까 다시는 안 왔잖아. 그날 밤 얼마나 재미있었는지 기억 안 나?」

「기억나, 그래. 내 기억력 아직 쓸 만해. 이제 더 이상 재미있다고 생각되지 않는 일들이 있어서 그렇지. 하지만 그건 다 기억나.」

「알아, 알아······.」

「하나만 물어봐 봐. 네가 원하는 걸로. 그럼 알 거야······.」

「안다니까, 알아요······.」

「해보라니까. 내가 안치오에 있던 공수 사단들 기억하는지 못하는지 물어봐.」

「당연히 알겠지······.」

「물어보라니까······.」

「좋아, 어떤 부대들이 있었지?」

「1, 3, 4 연대로 구성된 제1사단, 2, 5, 6 연대로 구성된 제2사단, 10, 11, 12 연대로 구성된 제4사단.」

「아주 잘 아네······.」

51 Dietrich Kraiss(1889~1944). 제1차 세계 대전과 제2차 세계 대전에 참전한 독일 육군 장교.
52 독일 육군 소속 352 보병 사단은 제2차 세계 대전에서 노르망디 상륙 작전 당시 오마하 해변에 상륙한 미군을 상대로 치열한 방어전을 전개한 것으로 유명하다. 디트리히 크라이스 중장이 당시 사단장이었다.

「그럼 포트리스 유럽의 친위대 기갑 사단들도 물어봐.」

「좋아, 얘기해 봐.」

「제1히틀러 친위대, 제2제국, 제9호엔슈타우펜 사단, 제10프룬츠베르크 사단, 제12히틀러 청소년단.」

「완벽하네. 네 기억력 완벽해.」

「넌 어때? 하이미토 게르하르트가 있던 352 보병 사단을 누가 지휘했는지 기억해?」

「이제 그만하자.」

「말해 봐. 기억나, 안 나?」

「안 나……」

「아주 쉬워. 오늘 밤에 오마하 비치헤드나 전쟁사 책을 봐봐. 디트리히 크라이스[51] 장군이 사단장이었고 마이어 중령이 하이미토가 있던 915 연대의 연대장이었어.」[52]

「알았어. 볼게. 그럼 됐지?」

「하이미토가 생각나네. 그가 이런 걸 잘 아는데. 지상 최대의 작전 구성을 대대까지 완벽하게 기억해서 낭송할 정도지.」

「그렇지, 거기서 포로가 됐으니.」

「장난치지 마, 하이미토는 경우가 다르다고. 지금은 어떻게 지낼까?」

「잘 지내겠지. 못 지낼 것도 없잖아?」

「늙은 데다 모든 게 변하지, 혼자 남게 되니까. 콘라트, 네가 그걸 모른다면 거짓말이야.」

「강인하고 행복한 노인이지. 그리고 혼자인 것도 아냐. 휴가 보내러 7월에 부인과 스페인에 갔어. 세비야에서 엽서도 보냈더라.」

「맞아, 나한테도 왔어. 실은 글을 알아볼 수가 없더

라. 내가 7월에 휴가를 냈어야 했는데.」

「하이미토랑 같이 가게?」

「그랬을지도.」

「12월도 있잖아. 파리 회의 말이야. 얼마 전에 프로그램 받았는데 소문 좀 나겠더라.」

「그게 아니라. 그 얘기가 아니야……」

「우리가 발표할 기회도 생기잖아. 너도 개인적으로 렉스 더글러스를 알게 될 테고. 본토인과 불꽃세계 게임도 하고. 기운 좀 내, 환상적일 거니까……」

「본토인과 불꽃세계 게임이라니?」

「그러니까 독일인 팀은 독일로, 영국인 팀은 영국으로, 프랑스인 팀은 프랑스로, 각 그룹이 자기 부대로 게임한다고.」

「그건 전혀 몰랐어. 소련은 누가 하지?」

「그게 좀 문제가 될 것 같아. 프랑스인들이 할 것 같은데, 누가 알겠어. 엉뚱한 사람이 하게 될지.」

「그럼 일본은? 일본인도 오나?」

「모르지, 올 수도 있고. 렉스 더글러스가 오는데 일본인도 오지 않을까……. 우리 쪽에서 그를 데려오던가 아니면 벨기에 측에서 하던가. 프랑스 조직 위원회가 이미 결정했겠지.」

「일본인처럼 벨기에인도 웃음거리가 될 거야.」

「난 앞서 나가고 싶진 않네.」

「전부 사기극 같아. 진지하지도 않고. 어쨌든 대회의 핵심 게임이 불꽃세계가 될 거라는 거지? 누가 그런 생각을 한 거야?」

「정확히 핵심 게임은 아니지만 프로그램에 있고 사람

들이 좋아하니까.」

「난 제3제국에 우선적으로 공간을 할애할 줄 알았는데.」

「그럴 거야, 우도. 발표장에 말이야.」

「그렇겠지, 내가 수많은 전략에 대해 장광설을 늘어놓는 사이 사람들은 불꽃세계 경기를 보겠군.」

「틀렸어. 우리 발표는 21일 오후고 경기는 20일에 시작해서 23일에 끝나는데, 경기는 발표 뒤에 할 거야. 그리고 그 게임이 선택된 건 별다른 이유가 있어서가 아니라 여러 팀이 참여할 수 있어서야.」

「갈 맘이 싹 사라지는군……. 프랑스인들은 당연히 소련을 맡고 싶겠지. 게임 시작하면 첫 전투에서 그들이 제외된다는 걸 아니까……. 일본이나 맡지, 왜? 옛날 연합군의 의리를 지킨다는 거겠지 당연히……. 렉스 더글러스가 도착하자마자 자기네들이 독차지할 거야…….」

「그런 식으로 억측할 필요 없잖아. 걔네들 척박하잖아.」

「그리고 쾰른 회원들은 물론 참석하겠지…….」

「응.」

「좋아. 정리됐네. 잉게보르크한테 안부 전해 줘.」

「빨리 오기나 해.」

「알았어, 빨리 갈게.」

「처져 있지 말고.」

「안 그래. 잘 지내고 있어. 즐겁게.」

「전화해. 콘라트가 너의 최고의 친구라는 거 잊지 말고.」

「알았어. 콘라트가 최고의 친구다. 안녕…….」

1942년 여름. 밤 11시에 케마도가 왔다. 침대에 누워 플로리안 린덴의 소설을 읽다가 그가 소리치는 걸 들었다. 우도, 우도 베르거, 텅 빈 마리티모 대로에 그의 목소리가 울렸다. 처음에는 그대로 잠자코 있으면서 시간이 가기만을 바랐다. 목구멍 속까지 불에 덴 것처럼 걸걸하고 갈라진 목소리였다. 발코니 문을 열자 세상의 모든 시간이 자기 것인 양 발밑에 큰 비닐봉지를 놓아두고 마리티모 대로 건너편 길 옹벽에 앉아 있는 그가 보였다. 우리의 인사, 우리가 서로를 알아보는 방식은 공포에 가까운 분위기를 연출하는데, 본질적으로 그 공포는 서로 말없이 단호하게 손을 올려 보이는 데 기인한 것이었다. 서로를 찌릿하게 하는 묵언의 강한 인사다. 그러나 이런 인상은 방에 들어온 케마도가 봉지에서 맥주와 보카디요를 한가득 꺼내면서 사그라진다. 보잘 것 없지만 마음을 담은 코르누코피아[53] 아닌가! (그에 앞서 프런트를 지나며 프라우 엘제가 돌아왔는지 되물었다. 아직 오지 않았습니다. 경비원은 눈도 마주치지 않았다. 옆에 있던 크고 하얀 소파에 앉아 독일 신문을 무릎에 얹은 노인이 마른 입술 새로 흐르는 미소를 감추지 못하며 나를 쳐다봤다. 외모로 보건대 1년을 넘기지 못할 것 같았다. 깡마른 얼굴의 그는 — 광대뼈와 관자놀이가 특히 그랬다 — 나를 안다는 듯 예사롭지 않은 강렬한 눈으로 날 보고 있었다. 전쟁은 어떻게 되가나요? 경비원이 물었다. 그 순간 노인의 미소가 눈에 띄게 커졌다. 카운터 위로 손을 뻗어 경비원의 멱살을 잡고 뒤흔들고 싶었는데 경비원이 뭔가 예감했는지 약간 뒤로

[53] 풍요의 뿔이라는 뜻으로 음식과 풍요의 상징이다.

물러섰다. 저는 로멜 숭배자라고요. 그가 말했다. 노인이 동의하는 듯 고개를 끄덕거렸다. 아니, 넌 불쌍한 악마야. 내가 반박했다. 노인은 입술을 한 번 살짝 움직이더니 다시 동의의 표시를 했다. 그럴지도. 경비원이 말했다. 우리는 서로 증오의 시선을 던졌고 그건 위협이었다. 게다가 넌 천박해. 내가 덧붙였다. 나는 그가 더 이상 참지 않기를, 아니면 적어도 카운터에 몇 센티미터만 더 가까이 오기를 기대했다. 자, 이만하면 됐네. 독일 노인이 중얼거리며 일어났다. 아주 큰 키에 팔이 박쥐처럼 길어서 무릎에 닿을 정도로 늘어져 있었다. 사실 그런 인상은 노인의 등이 굽어서 생긴 착각이었다. 어쨌든 아주 키가 컸다. 족히 2미터는 됐을 것이다. 그러나 그의 위엄은 그의 목소리, 완고하고 전투적인 목소리에 있었다. 그런데 자기가 얼마나 큰지 보여 줄 따름이었다는 듯 다시 소파에 주저앉더니 이렇게 물었다. 아직도 무슨 문제가 있는 겐가? 아닙니다. 없습니다. 경비원이 서둘러 말했다. 아니요. 없습니다. 내가 말했다. 잘됐군. 노인이 말했다. 영악함과 악의가 묻어나는 말이었다(잘-됐-군. 그리고 눈을 감았다).

케마도와 나는 침대에 앉아 복사본을 붙여 둔 벽을 보며 식사를 했다. 케마도는 굳이 말하지 않아도 내 행동에 결투의 의지가 있다는 걸 이해한다. 포용력이 얼마나 큰지도 말이다. 어쨌거나 우리는 말없이 식사를 하면서 별 의미 없는 눈길을 보냈는데, 이것도 침묵이니 몇 시간 전부터 우리는 거대한 침묵에 침묵을 더하는 꼴이었고 호텔과 마을도 그런 분위기에 휩싸여 있었다.

마침내 우리는 게임말에 기름을 묻히지 않으려고 손

을 썼고 게임을 시작했다.
 나는 런던을 점령하자마자 바로 뺏길 것이다. 동부에서 반격을 하고 뒤로 물러서야 할 것이다.

안치오. 포트리스 유럽. 오마하 해변. 1942년 여름.

해가 뜰 때까지 서류 더미 속에 묻힌, 그 잊힌 이들을 호명하며, 어둠에 묻힌 해변을 걸었다. 한데 그들의 이름은 잊힌 이름일까 도래할 이름일까? 나는 게이머를 생각했다. 누군가가 높은 곳에서 그의 머리, 어깨, 손등을 내려다보고 있다. 그가 내려다보는 게임판과 게임말은 수천 번의 시종이 영원히 전개되는 무대이자 만화경 같은 연극이며 게이머와 그의 기억, 욕망이자 시선인 그 기억을 잇는 유일한 다리이다. 서부 전선을 지키다 소모된, 훈련되지 않은 보병 사단이 몇 개였나? 어느 사단들이 배신에도 불구하고 이탈리아에서 진격을 막아 냈는가? 어느 기갑 사단들이 프랑스 방어선 40과 러시아 방어선 41, 42를 뚫었는가? 만슈타인 원수가 어떤 결정적 공격으로 하리코프를 재탈환하고 재앙을 몰아냈는가? 1944년 아르덴에서 전차 진격로를 열기 위해 싸운 보병 사단이 어디였는가? 얼마나 많은 전투단이 전선에서 적을 물리치려고 자신을 희생했는가? 누구도 알지 못한다. 기억만이 알고 있다. 해변을 걷거나 방에 쭈그리고 앉아 그 이름들을 부르면 내게로 몰려나와 날 편안하게 한다. 내가 총애하는 게임말은 다음과 같다. 안치오 게임의 제1공수 부대, 포트리스 유럽의 전차 교도 사단과 제1SS기갑 사단, 오마하 비치헤드의 제3공수 부대 11개 게임말, 프랑스 40의 제7기갑 사단, 전차전의 제3기갑 사단, 러시아 군사 작전의 제1SS기갑 군단, 러시아 전선의 제40기갑 군단, 벌지 전투의 제1SS기갑 사단, 코브라 작전의 전차 교도 사단과 제1SS기갑 사단, 제3제국의 전독일주의 기갑 군단, 지상 최대 작전의 제21전차 사단, 아프리카 전차전의 보병 연대……. 스벤 하셀[54]의 작품을 소리쳐 읽지 않아도 기운이 난다……. (참, 스벤 하셀의 작품만 읽던 사람이 누구더라? 모두들 M. M.이라고, 그 사람 성격에 어울린다고 하겠지만 그가 아니라 다른 사람이다. 그는 자신의 그림자를 닮은 사람이었고, 그런 그에 대해 콘라트와 나는 맘껏 비웃어 버렸다. 그자가 1985년 슈투트가르트에서 롤플레이 페스티벌을 조직했다. 저지 드레드 게임의 규칙을 수정하여 온 도시를 무대로 한 베를린 최후의 날을 다룬 거대한 게임을 만들었다. 케마도에게 이 얘기를 들려주자 관심을 보이는 눈치였는데, 그건 내가 게임에 집중할 수 없게 그러는 척하는 건지도 모른다. 정당한 책략이긴 하지만 눈을 감고도 부대를 다룰 줄 아는 내게는 쓸모없는 짓이다. 그 게임을 — 베를린 벙커라고 불리는 — 어떻게 하는 건가, 목표물이 뭐였나, 어떻게 이겼는가, 누가 이겼는가

---

54 Sven Hassel(1917~2012). 덴마크 태생의 작가로 제2차 세계 대전을 배경으로 한 작품을 썼다.

에 대해선 아직 명확히 밝혀지지 않았다. 군인들로 베를린을 포위하고 있는 게이머는 열두 명이었다. 국민과 당의 편에 있는 게이머는 여섯 명이고 그들은 원형 방어선 안에서만 게임할 수 있었다. 지도부를 맡은 세 명의 게이머는 나머지 게이머 열여덟 명을 통제할 능력이 있어야 했는데, 그건 게이머들이 줄어드는 경계선 밖에 남겨지지 않도록 하고 — 그런 일이 허다했다 — 무엇보다 경계선이 무너지는 걸 막기 위한 것이었지만, 그걸 피할 순 없었다. 그리고 은밀하게 숨어서 활동하는 마지막 게이머가 있었는데 그는 도시 경계선 안에서 움직이면서도 유일하게 원형 방어선의 경계가 어딘지 몰랐고, 도시를 휘젓고 다니면서도 다른 게이머가 누군지 몰랐다. 그에겐 지도부 게이머를 해임하고 국가 측의 누군가를 승진시킬 권한이 있었다. 그는 이 권한을 분별없이 행사하며 안전한 곳에서 명령을 하달하고 보고를 받았다. 그의 권력은 그의 우둔함만큼이나 — 스벤 하셀은 순진함이라고 했다 — 거대했고, 지속적으로 위험에 노출될 만큼 엄청난 자유를 누렸다. 그는 비밀스럽고 정성 어린 보호를 받았는데 그건 모든 이의 궁극적 운명이 그의 운명에 좌지우지됐기 때문이다. 게임은 예견했듯이 참담한 최후를 맞았고 교외로 사라진 게이머들, 함정, 음모, 항의, 밤이 오자 버려진 원형 구역, 경기 내내 심판만 쳐다본 게이머 등등만 남았다. 물론 콘라트도 나도 그 게임에 참여하지 않았지만 콘라트는 페스티벌이 열린 기술 산업 학교 체육관에서 그 사건을 지켜보는 불편을 감수하고는 나중에 내게 패배의 끝을 마주한 스벤 하셀의 경악과 도덕적 추락에 대해 말해 줬다. 몇 달 후, 하셀은 슈투트가르트를 떠났고, 모르는 게 없는 콘라트에 따르면, 지금은 파리에 살면서 그림을 그린다고 한다. 파리 대회에서 만나더라도 놀랄 일은 아니리라…….)

 자정이 지나자 벽에 붙여 둔 복사본이 공허함으로 들어가는 문처럼 불길한 분위기를 연출하고 있다.
「시원해지네.」 내가 말한다.
 케마도는 꽉 끼는 벨벳 재킷을 입고 있는데 너그러운 누군가의 선물일 것이다. 낡았지만 질 좋은 재킷이다. 식사를 마치고 탁자로 향하며 재킷을 벗어 조심스레 침대 위에 개어 놓았다. 그의 사려 깊고 적절한 행동이 마음에 든다. 그는 동맹의 경제적, 전략적 변화를 기록한 메모장(혹시 나처럼 일기를 쓰나?)을 절대 내려놓지 않는다…… 제3제국에서 만족스러운 소통 방식을 찾았다는 듯이 말이다. 이곳에서 지도와 전쟁판을 마주하고 있는 그는 괴물이 아니라 생각하는 사람, 수백의 게임말을 움직이는 사람이다…… 독재자이자 창조자이다……. 게다가 즐기기까지……. 복사본만 아니라면 내가 그에게 은혜를 베푼 것 아닌가. 그렇지만 그 복사본은 명확한 경고로서 내가 주의해야 할 첫 번째 신호다.
「케마도.」 내가 말한다. 「너 게임 좋아하지?」
「응, 좋아.」
「내 발목을 잡았으니 이길 거라 생각하는 거야?」
「글쎄, 두고 봐야지.」
 방에 찬 연기를 빼려고 가끔씩 발코니 문을 열면 케마도는 개처럼 숙인 얼굴을 어렵사리 돌리며 말한다.
「좋아하는 다른 게임말도 얘기해 줘. 어느 사단이 가

장 아름다운지(그래, 말 그대로!), 가장 힘든 전투가 어떤 건지. 게임 얘기 좀 해줘……」

로보와 코르데로

로보와 코르데로가 방에 찾아왔다. 프라우 엘제가 없으니 그나마 엄격해 보이던 기강도 해이해져 이제는 아무나 호텔을 들락거린다. 무더운 시절이 끝나 가자 호텔은 어수선해졌고 모든 면에서 서비스가 서서히 무질서해지고 있었다. 그들은 할 일이 생겼을 때나, 우리 같은 여행자가 땀을 흘리며 뭔가를 하고 있을 때만 일하는 것 같다. 숙박비를 계산하지 않고 떠날 수 있는 절호의 기회였지만 그런 천박한 일은 악마가 나타나 놀라움과 충격에 휩싸인 프라우 엘제의 얼굴을 다시 볼 수 있다고 보장해 줄 때나 가능한 일이다. 아마도 여름이 지나면서 많은 임시직 직원들의 계약이 종료될 테니, 기강이 무너지고 도둑이 생기고 서비스 질이 떨어지고 불결해져도 어쩔 수 없다. 오늘만 하더라도 아무도 침대를 정리하러 오지 않는다. 프런트에 전화를 했지만 누구도 납득할 만한 해명을 하지 못한다. 로보와 코르데로가 왔을 때, 나는 세탁실에서 새 침대보가 도착하기를 기다리던 참이었다.

「그냥 잠깐 시간이 나서 보러 온 거야. 네가 작별 인사도 안 하고 떠나는 꼴은 못 봐.」

나는 녀석들을 안심시켰다. 아직 떠날 날도 잡지 않았다.

「그럼 술이라도 한잔하면서 축하해야지.」

「그러다 너 이 마을에 사는 수가 있어.」 코르데로가 말했다.

「그럴 만한 뭔가 중요한 게 여기 있나 보지.」 로보가 윙크를 날리며 대꾸했다. 프라우 엘제를 말하는 것일까? 아니면 다른 걸까?

「케마도한텐 그럴 만한 게 뭐였는데?」

「일이지.」 둘이 동시에 말했다. 아주 당연하다는 듯이. 일용직으로 일하는 그들은 페인트와 시멘트 얼룩이 묻은 데님 작업복을 입고 있었다.

「좋은 날 다 갔어.」 코르데로가 말했다.

그 사이 로보는 긴장한 걸음으로 방 반대편으로 가더니 게임판과 전쟁 게임을 유심히 쳐다봤다. 그즈음 전쟁은 신출내기가 이해하기 어려울 만큼 게임말이 뒤죽박죽이었다.

「이게 그 유명한 게임이구먼?」

나는 고개를 끄덕였다. 나는 대체 누가 이 게임을 유명하게 했는지 알고 싶었다. 물론 모두 내 탓이겠지만.

「이거 어려워?」

「케마도는 배웠어.」 내가 대답했다.

「케마도는 케마도고.」 게임판은 보지도 않은 코르데로가 말했다. 사실 그는 범죄 현장에 자기의 지문이라도 남을까 걱정하는 사람처럼 게임판엔 곁눈질 한번 하지 않았다. 자기가 플로리안 린덴이라도 되는 줄 아나?

「케마도가 배웠으면 나도 하겠네.」 로보가 말했다.

「영어 할 줄 알아? 영어로 된 규칙을 읽겠냐고.」 코르데로가 내게 공모자로 동조해 달라는 미소를 보이며 로보에게 갔다.

「뭐, 조금. 식당 종업원 할 때. 읽을 줄은 모르지만 그래도……..」

「전혀 모르겠지. 스페인어로 된 〈스포츠 세계〉도 못 읽는 놈이 영어로 된 규칙을 이해할 능력이 되겠어? 말도 안 되는 소리.」

적어도 내 앞에서는 처음으로 그 조그만 코르데로가 로보를 누르는 분위기를 끌어냈다. 로보는 여전히 게임판에 빠져 영국을 차지하려는 전투가 전개된 육각 지점을 가리키며(단 한 번도 지도나 수북한 게임말을 건드리지 않다니!) 자기가 이해한 바를 얘기했는데, 런던 남서부를 가리키며 〈예를 들어, 전투가 있었거나 전투가 벌어질 거야〉라고 했다. 그 말이 맞는다고 하자 로보가 코르데로에게 손을 들어 여태 본 적도 없는 음탕한 손짓을 하며 〈거봐, 별로 어렵지 않잖아〉라고 말했다.

「웃기지 마, 인마.」 탁자에 눈을 돌리지 않으려고 애쓰며 코르데로가 말했다.

「그래, 봉사 문고리 잡았다. 됐냐?」

로보의 관심이 슬며시 지도에서 복사본으로 옮겨 갔다. 두 손을 모아 복사본을 보는데, 읽을 틈도 없이 페이지를 넘겼다. 마치 그림 보듯 했다.

규칙의 일부야? 아니, 아니야.

「1938년 11월 12일 장관 위원회 회의록.」 로보가 읽었다. 「이건 전쟁 시작이네, 젠장!」

「아냐, 전쟁은 더 나중이야. 이듬해 가을에. 복사본은 다만 게임 연출에…… 도움이 되지. 이런 종류의 게임은 제법 흥미로운 자료를 찾게 하거든. 잘못된 걸 바꾸려고 지난 과거를 죄다 알고 싶어지는 거랄까.」

「이제 알겠다.」 로보가 말했다. 이해할 리 만무했다.

「그걸 전부 다시 한다면 재미없겠네. 그럼 게임이 아니지.」 코르데로가 중얼거리며 화장실 앞 양탄자에 주저앉았다.

「뭐 그렇지……. 동기나…… 관점에 따라 다르긴 하지만.」

「게임을 잘하려면 몇 권이나 읽어야 하는데?」

「다 읽어도 되고 아예 안 읽어도 돼. 아주 큰 욕심 없이 게임을 한다면 규칙만 알아도 되지.」

「규칙이라, 규칙이라, 규칙은 어디 있는데?」 로보가 내 침대에 앉아 바닥에 있는 제3제국 게임 상자를 들어 올리더니 영어 설명서를 꺼냈다. 한 손으로 설명서를 들어 보더니 감탄하듯 고개를 끄덕였다. 「이해가 안 된단 말이야…….」

「뭐가?」

「이 두꺼운 걸 케마도가 읽었다니 말이야. 할 일도 많은데.」

「허풍 떨지 마. 요샌 페달보트도 돈 안 돼.」 코르데로가 말했다.

「돈은 안 되지만 일은 일이잖아. 그 친구 도와주며 햇볕 아래 같이 있어 봐서 나도 알아.」

「넌 외국 여자 꼬이려고 그랬던 거잖아, 말 같지 않은 소리는……」

「임마, 게다가 난……」

로보에 대한 코르데로의 지배력. 그 우월감이 훤히 보였다. 나는 로보가 역전당한 특이한 사건이라고 생각했다. 물론 두 사람의 위계가 일시적으로 바뀐 것일 수도 있지만.

「읽은 거 없어. 내가 케마도한테 조금씩 규칙을 가르쳐 줬지. 아주 끈기 있게!」 내가 말했다.

「그래도 나중엔 읽었잖아. 설명서를 복사해서 밤마다 바에서 줄까지 그으며 다시 보던데. 나는 운전면허증이라도 따려고 공부하는 줄 알았어. 그런데 그게 아니라 게임 규칙이라고 하더라고.」

「복사해서?」 로보와 코르데로가 그렇다고 답했다.

당황하지 않을 수 없었다. 누구에게도 설명서를 빌려준 적이 없기 때문이다. 두 가지 가능성이 있었다. 그들이 착각하여 케마도의 말을 잘못 이해했거나 케마도가 그들을 떨어내려고 아무렇게나 말한 것일 수도 있지만, 녀석들의 말이 옳다면, 케마도는 나한테 말도 하지 않고 설명서를 가져다 복사하고 다음 날 제자리에 갖다 뒀을 것이다. 로보와 코르데로가 다른 데 신경 쓰고 있을 때 (방의 설비와 질, 가격, 이런 방에서 〈퍼즐〉로 시간 낭비하는 대신 그들이 할 수 있는 일 등에 대해), 나는 케마도가 설명서를 가져가 복사하고 다음 날 다시 상자에 넣어 뒀을 현실적 가능성을 생각해 봤다. 그럴 가능성은 전혀 없었다. 마지막으로 왔던 밤만 빼면 케마도는 늘 아주 헤진 셔츠에 반바지나 긴 바지를 입고 다녔는데 그

바지엔 제3제국 설명서처럼 두꺼운 책의 절반도 들어가지 않는다. 그 외에도 보통 그가 드나들 땐 내가 같이 있었으니 당연히 케마도에게 다른 꿍꿍이가 있었다고는 상상하기 어려울뿐더러, 케마도가 드나들 때 그의 얼굴에서 어떤 변화를, — 밀고의 흔적을! — 그게 아주 사소한 것이라도 내가 모르고 지나쳤다는 건 인정하기 어려웠다. 논리적으로는 그가 무죄라는 결론이 났다. 사실상 불가능했다. 그런 확신에서 나는 단순하면서도 놀랄 만한 세 번째 가능성을 생각했다. 그건 다른 사람이, 호텔의 누군가가 마스터키를 이용해서 내 방에 들어왔다는 것이다. 그럴 사람이 딱 한 명 떠올랐는데, 바로 프라우 엘제의 남편이었다.

(그가 내 물건들 사이에 있었다고 생각하는 것만으로도 속이 뒤집혔다. 큰 키에 뼈만 앙상한 그가, 얼굴 없는 그가, 아니면 변화무쌍한 검은 구름에 휘감긴 얼굴의 그가, 그 개새끼가, 화상 입은 개를 풀어 나를 작살낼 순간이 올 때를 기다리며 10년을 버텼다는 듯이, 복도의 발소리와 엘리베이터 소리에 주의를 기울이며 내 문서와 옷을 조사하는 모습을 그려 봤다……)

어떤 소리가 들렸다. 처음엔 환청같이 들리다가 이내 실제로 들려오는 그 소리에 나는 현실로 돌아왔다.

누군가 노크를 했다.

내가 문을 열었다. 침대보를 갈아 주러 온 종업원이었다. 적절치 않은 타이밍에 나타난 그녀를 약간 거칠게 대하며 들어오라고 했다. 그 순간 나는 그녀가 재빨리 일을 마치면 팁을 줘서 보내고 스페인 녀석들과 잠시 더 있으면서 뒤로 미룰 수 없는 질문 세례를 퍼붓고 싶은 심정이었다.

「바로 바꿔 줘요.」 내가 말했다. 쓰던 건 아침에 이미 건네줬다.

「아이고. 클라리타, 잘 지내?」 로보가 자신이 손님이라는 걸 확인하는 듯 침대에 드러누워 친근하고 태만한 표정으로 인사를 건넸다.

그 종업원은, 프라우 엘제의 말에 따르면 내가 호텔을 떠나기를 바라는 바로 그 종업원이었는데, 방을 잘못 찾아온 것처럼 잠시 머뭇거리다가 양탄자에 앉아 거슴츠레 뜬 눈으로 인사를 건네는 코르데로를 마주치고는 금세 내 방문턱을 넘을 때의 소심함 혹은 불신(혹은 공포!)을 털어 버렸다. 그녀는 웃으며 그들에게 인사를 건네고 침대보를 깔기에 좋은 위치에 섰다.

「거기서 내려와.」 로보한테 지시했다. 로보는 벽에 기대어 젠체하며 우스꽝스러운 짓을 했다. 나는 흥미롭게 그를 쳐다봤다. 처음엔 그냥 바보처럼 보이던 그의 익살맞은 표정이 어떤 색조를 띠더니 갈수록 어두워져 마침내 얼굴이 검은 가면으로 변했는데 몇 개의 붉고 노란 팬 자국 때문에 거칠어 보였다.

클라리타가 무뚝뚝한 표정으로 침대보를 펼쳤다. 겉으로 드러나진 않았지만 그녀가 불안해한다는 걸 눈치챘다.

「조심해, 게임말 날아가겠어.」 내가 말했다.

「게임말이라뇨?」

「탁자 위에 있는 것 말이야, 게임에 쓰는 거.」 코르데로가 말했다. 「네가 지진을 낼 수도 있다고, 클라리타.」

그녀는 나가야 할지 계속 일을 해야 할지 주저하며

그 자리에서 꼼짝도 하지 않았다. 나는 이 종업원이 나에 대해 그렇게 악평을 한 여자가 맞는지, 불평 한번 하지 않고 내가 준 팁을 몇 번쯤 받은 여자가 맞는지, 내가 있을 때는 입도 뻥긋하지 않던 여자가 맞는지 믿기 어려웠다. 그런데 이젠 웃고 농담을 던지며 이 방이 내가 아니라 로보와 코르데로의 방인 양 〈너희들은 결코 못 배울 거야〉, 〈너희들이 이걸 어떻게 해냈는지 봐봐〉, 〈지저분하기는〉 같은 말을 뱉었다.

「난 절대 이런 방에선 못 살아.」 클라리타가 말했다.

「난 여기 사는 게 아냐. 그저 잠시 머물 뿐이지.」 내가 말했다.

「마찬가지죠.」 클라리타가 말했다. 「이건 밑 빠진 독이에요.」

나는 나중에야 그 말이 자기 일을 의미한다는 걸 알았는데 호텔방 청소가 끝이 없다는 뜻이었다. 그러나 그 순간에 나는 그게 개인적인 평가라는 생각이 들었고 소녀까지도 나서서 내 상황에 대해 비판적인 말을 하는구나 싶어 서글퍼졌다.

「너랑 얘기 좀 해야겠어. 중요한 일이야.」 로보가 침대를 돌더니 주저하지 않고 종업원의 팔을 붙잡았다. 그녀는 독사에 물리기라도 한 것처럼 몸을 뒤틀었다.

「나중에.」 그녀가 말했다. 로보가 아니라 나를 보고 말했는데, 일그러진 입술로 미소를 보이며 내게 동의를 구했다. 한데, 그건 뭐에 대한 동의일까?

「지금. 클라리타, 지금 말해야 돼.」

「그래, 지금 해야지.」 코르데로가 바닥에서 일어나 동의한다는 표정으로 종업원의 팔을 틀어쥔 손가락을 쳐다봤다.

  나는 소(小)사디스트가, 함부로 그녀를 흔들어 대진 않지만, 그걸 구경하며 불난 데 부채질하고 있다고 생각했다. 그리고 클라리타의 시선이 다시 내 주의를 끌었다. 그녀의 시선이 예전의 엉뚱한 탁자 사건을 떠올리게 했지만 그때는 내가 다른 시선, 바로 프라우 엘제의 시선과 마주하고 있었기 때문에, 그녀는 다른 층위에, 시선 밖에 있었다. 지금 생각해 보니 그녀의 시선은 풍경처럼 짙고 고요했다. 지중해 풍경일까? 아프리카 풍경일까?

「아이고, 클라리타. 화난 것 같아. 재미있는데.」
「적어도 우리한테 설명은 해야 하지 않겠어?」
「네가 한 일이 잘 안 됐나 보네, 아냐?」
「하비는 녹초가 됐는데 넌 정말 평온하네.」
「너에 대해선 더 이상 아무것도 알고 싶지 않대.」
「정말 아무것도.」

  종업원이 사납게 몸을 틀며 로보에게서 빠져나갔다. 일 좀 하게 놔둬! 그러더니 침대보를 매트리스 아래로 집어넣어 정리하고, 베갯잇을 바꾸고, 가벼운 크림색 이불을 펼쳐 판판히 손질했다. 모든 정리가 끝났지만 그녀는 나가지 않았다. 대신 앞서 있었던 일 때문에 로보와 코르데로와 계속 엮일 마음도 말하고 싶은 마음도 없이, 죄 없는 침대를 사이에 두고 반대편 벽으로 가서 팔짱을 끼더니 무슨 말을 더 들어야 하느냐고 물었다. 나는 순간적으로 나한테 하는 질문이라고 생각했다. 작은 몸집에 비해 극단적으로 대조적인 그녀의 도전적 태도는 오직 나만 읽어 낼 수 있는 상징으로 가득해 보였다.

「너한텐 감정 없어. 하비 그놈이 개새끼지.」 로보가 침대 모퉁이에 앉아 대마초 한 대를 말기 시작하자 이불에 생긴 선명한 주름 하나가 침대 끝 벼랑까지 이어졌다.

「얼간이 새끼.」 코르데로가 말했다.

나는 이 상황을 책임져 달라고 한 클라리타를 이해하겠다는 듯 웃으면서 여러 번 고개를 끄덕였다. 아무 말도 하고 싶지 않았지만 내심 내 허락도 없이 내 방에서 대마를 피워도 된다고 생각하는 게 짜증났다. 프라우 엘제가 예고도 없이 나타나면 어떻게 생각하겠는가? 이 일이 손님과 호텔 종업원 귀에 들어가면 나에 대해 대체 뭐라 그러겠는가? 클라리타가 소문내지 않을 거라고 그 누가 장담할 수 있겠는가?

「피울래?」 로보가 대마를 두어 번 빨더니 내게 넘겼다. 소심해 보이고 싶지 않아서 나는 필터가 젖지 않았음을 다행으로 생각하고 깊숙이 한 모금 빨고 클라리타에게 건넸다. 별 수 없이 서로 손이 스쳤는데 필요 이상으로 오래 걸려서인지 그녀의 볼이 발그레해졌다. 그녀는 체념한 표정이었다. 그 표정엔 스페인 녀석들과의 그 수수께끼 같은 문제를 매듭짓겠다는 의도가 내포되어 있었다. 그녀는 발코니를 등지고 탁자 옆에 앉아 지도가 뒤덮이도록 연기를 뿜어냈다. 참 복잡한 게임이네! 그녀가 큰 소리로 말하고는 뒤이어 머리 좀 굴리겠네! 라고 중얼거렸다.

로보와 코르데로가 서로 쳐다봤다. 나로선 그들이 망연자실한 것인지 결단을 내리지 못한 것인지 알 수 없었는데, 이내 내게 동의를 구했다. 난 그저 클라리타만, 아니 그녀보다는 그 연기를, 그녀의 어두운 입술에서 나온 연기를, 유럽 위로 펼쳐진 투명한 푸른빛의 거대한 연기 구름만을 지켜보고 있었다. 그녀가 정교하게 뿜어낸 엷고 긴 연기가 프랑스, 독일, 동부의 광활한 공간에 닿을 듯 가라앉았다.

「이봐, 클라리타, 이리 넘겨.」코르데로가 투덜댔다.

우리가 그녀의 아름답고 영웅적인 꿈을 깨운 듯, 그녀가 우릴 보더니 앉은 자리에서 손가락 끝에 궐련을 끼워 팔을 뻗었다. 깡마른 팔에는 원래의 피부색보다 하얀 반점이 보였다. 나는 그녀가 대마에 익숙하지 않은 것 같아 안색이 안 좋아 보인다며 로보와 코르데로를 포함해 모두 자기 일로 돌아가는 게 낫겠다고 제안했다.

「말도 안 돼. 쟤 이거 좋아해.」내게 궐련을 건네며 로보가 말했다. 이번엔 젖어 있어서 입술을 안쪽으로 말아 넣고 피웠다.

「내가 뭘 좋아한다는 거야?」

「대마 말이야, 이년아.」코르데로가 비웃었다.

「안 그래.」클라리타가 자연스럽기보다는 연출된 표정으로 벌떡 일어나 말했다.

「진정해, 클라리타, 진정해.」로보가 돌연 감미롭고 부드럽다 못해 여성스러운 어조로 말하며 한 손으로 그녀의 어깨를 감싸고 다른 손으로 그녀의 갈빗대를 툭툭 쳤다.「게임말 조심해야지. 우리 독일 친구가 뭐라고 생각하겠어. 멍청이라고 하겠지, 그렇지? 그런데 넌 전혀 멍청한 애가 아니잖아.」

코르데로가 내게 윙크하며 종업원을 앞에 두고 침대에 앉더니 아주 조용하게 성행위를 흉내를 냈다. 귀에 걸린 입가의 미소는 나나 클라리타의 등 쪽이 아니라……

방 한가운데 내밀하게 배치된, 견고한 왕국 같은…… 말하자면 무언의 공간을(눈을 까뒤집고) 향하고 있었는데, 침대에서 복사본이 걸려 있는 벽까지의 공간이었다.

로보는 손을 펴서 종업원의 한쪽 가슴을 움켜쥐었다. 나는 그제야 로보가 주먹을 쥐고 있었고 그녀가 다칠 수도 있었다는 걸 깨달았다. 로보가 그녀를 옴짝달싹 못 하게 붙들어서인지 클라리타도 그에 굴복하고 부드러워진 것 같았다. 침대에 앉아 있던 코르데로는 허리를 곧추세우고 관절 인형처럼 팔을 움직여 그녀의 엉덩이를 만지면서 음담패설을 늘어놓았다. 창녀, 여우 같은 년, 더러운 년이라고 했다. 그가 강간을 할 것 같다는 생각이 들자 코스타 브라바에서 페레 씨가 이 마을의 강간 사건을 언급한 사실이 기억났다. 코르데로의 의도가 뭐든 그는 서두르지 않았다. 그 순간 세 사람은 생생한 그림을 그려 내고 있었지만 하지 말라고 말하는 클라리타의 목소리만은 거기에 어울리지 않았다. 그녀의 목소리는 거부를 표명할 가장 적절한 어조를 몰라서 그걸 찾고 있기라도 한 듯 매번 단호한 거절의 표현이 달랐다.

「이 여자를 좀 더 편안하게 해줄까?」 나한테 묻는 것이었다.

「아, 물론이지. 그게 더 낫겠네.」 코르데로가 말했다.

나도 고개를 끄덕였지만 누구도 움직이지 않았다. 로보는 선 채로 뼈와 근육이 아니라 털이 무성할 것 같은 클라리타의 허리를 감고 있었고 코르데로는 침대 가장자리에 앉아 도미노 게임의 칩을 섞는 것처럼 규칙적으로 원을 그리며 그녀의 엉덩이를 애무했다. 꼼짝 않고 있는 게 지겨워진 나는 분별없는 행동을 하고 말았다.

이 모든 게 짜 맞춰진 건 아닌지, 나를 갖고 놀려는 함정은 아닌지, 자기네들만 즐기려는 호기심 어린 장난은 아닌지 생각했다. 만약 그렇다면 그 순간 복도에 사람이 없을 리 없었다. 문에 가장 가까이 있던 나는 손을 뻗어 문을 열고 내 의심을 확인했다. 아주 잽싸게 문을 열었다. 아무도 없었다. 그리고 나는 문을 열어 뒀다. 로보와 코르데로는 찬물을 뒤집어 쓴 듯 재빨리 손을 뺐고, 반대로 종업원은 내가 사람을 존중하고 이해할 줄 안다는 공감의 시선을 보냈다. 그녀에게 나가라고 말했다. 당장 나가요. 입조심하고! 클라리타는 내 말에 따라 스페인 녀석들로부터 벗어나 복도로 나가더니 다른 종업원들이 그러듯 지친 듯 걸어갔다. 그 뒷모습이 무기력하고 볼품없어 보였다. 아마도 그럴 것이다.

우리만 남게 되자 나는 아직 어안이 벙벙해 있는 스페인 녀석들에게 반론이나 변명의 여지도 주지 않는 어조로 찰리가 누군가를 겁탈했느냐고 물었다. 그 순간 나는 신이 내 말을 계시하고 있다는 확신이 들었다. 로보와 코르데로는 똑같이 무슨 말인지 모르겠다는 의구심 섞인 표정으로 서로를 쳐다봤다.

내 말을 의심조차 하지 않았다!

「여자를 겁탈했어? 고이 잠든 그 불쌍한 찰리가?」

「그래, 찰리 그 자식.」 내가 확인했다.

나는 그들을 두들겨 패서라도 진실을 파헤칠 준비가 되어 있다고 믿었다. 강하게 대항할 만한 사람은 로보밖에 없었다. 코르데로는 160정도의 키에 한방에 나자빠질 허약한 체질이었다. 그래도 만만하게 봐선 안 되니 아주 신중하게 처신해야 했다. 내 위치는 싸우기에 전략적으로 최적이었다. 하나뿐인 출구를 지키고 있으니 필요하다면 방을 폐쇄하거나 일이 잘 안 풀릴 경우 도망칠 수도 있었다. 나는 예상 밖의 경우도 생각해 봤다. 뜻밖의 고백을 할지도 모른다는 두려움도, 빤히 보이는 로보와 코르데로의 기민하지 못한 지능도 고려했다. 어쨌거나 솔직히 이 모든 게 계획적이진 않았다. 이건 미스터리 영화에서 그렇듯 어떤 이미지가 반복적으로 나타나다가 그게 범죄의 열쇠였음을 깨닫게 되는 것처럼 그냥 일어난 일이다.

「이봐, 죽은 사람에 대한 예의가 있지. 친구라면 더욱 그렇고.」 코르데로가 말했다.

「빌어먹을.」 내가 소리쳤다.

둘의 얼굴이 창백해졌고 나는 그들이 싸울 의사가 없으며, 다만 빨리 이 방을 나가려 한다는 걸 알았다.

「누굴 겁탈한 것 같은데?」

「내가 알고 싶은 게 그거야. 한나야?」 내가 말했다.

로보가 나를 미친놈 혹은 어린애 보듯 했다.

「한나는 걔 여자잖아. 어떻게 그녀를 겁탈했을 거라 생각할 수가 있어?」

「그랬어, 안 그랬어?」

「안 그랬어, 인마. 당연히 아니지. 머릿속에 뭐가 든 거야?」 코르데로가 말했다.

「찰리는 겁탈한 적 없어.」 로보가 말했다. 「걔가 성격이 얼마나 좋은데.」

「찰리가 성격이 좋다고?」

「걔 친구면서 모른다는 게 말이 되냐.」

「친구 아니야.」

로보가 뼛속에서 나오는 웃음을 깊고 짧게 거침없이 내뱉더니, 믿지 못하겠지만 찰리가 그렇게 멍청하지 않다는 걸 이미 알고 있었다고 말했다. 그리고 찰리는 좋은 놈이라서 누구한테 함부로 할 사람이 아니며 사람들한테 엿 먹은 건 바로 찰리였다고 재차 확인했다. 잉게보르크와 한나를 도로에 버려 둔 그날 밤도 그랬단다. 마을에 돌아온 찰리가 낯선 놈들과 어울리다가 취했다. 로보의 말에 따르면, 그들은 독일인이었다. 얼마나 되는지는 모르지만 전부 남자였고 모두들 바에서 해변으로 향했다. 찰리는 욕설과, 물론 모든 욕이 그를 향한 건 아니지만, 참을 수 없는 농담을 들었고, 그들은 찰리의 바지를 벗기려 했다.

「그럼 찰리를 겁탈한 거야?」

「아니. 덮친 놈을 발로 걷어차고 와버렸지. 몇 놈 안 되는 데다 찰리는 세잖아. 그래도 상당히 괴롭힘을 당했으니 복수하려고 했지. 나를 데리러 우리 집에 왔더라고. 해변에 갔을 땐 아무도 없었어.」

녀석들 말을 믿었다. 방은 정적만 가득했고 마리티모 대로도 조용했으며 태양도 숨어 버렸고 바다도 발코니 커튼에 가려 보이지 않았다. 모든 게 두 녀석 편을 들고 있었다.

「그럼 찰리가 자살했다고 생각하겠네. 그렇지? 그래도 그건 아니야. 찰리는 자살하지 않았어. 사고였지.」

우리 셋은 방어적이고 심문조의 자세를 풀고 금세 슬픔에 잠긴 채(이런 표현은 과도하고 불명확하지만) 침대와 바닥에 주저앉았다. 미온적인 연대의 망토가 우리를 덮고 있었다. 우리가 진정한 친구 사이인 양, 아니면 방금 종업원을 겁탈하기라도 한 듯, 우리는 서로 짤막한 대화를 나누며 서로의 말에 얕은 한숨을 쉬었고, 방 맞은편 끝에서 우리를 등지고 있는 또 다른 존재를 견뎌 내야 했다.

때마침 코르데로가 다시 대마에 불을 붙였고 다 피울 때까지 서로 돌려 가며 피웠다. 마지막 대마였다. 양탄자 위로 흩어진 재를 로보가 입바람으로 흩었다.

우리는 린콘 델 로스 안달루세스로 가서 맥주를 마셨다.

텅 빈 바에서 노래도 불렀다.

한 시간 후, 더 이상 녀석들을 견딜 수 없어 헤어졌다.

내가 총애하는 장군들

나는 그들에게서 완벽함을 찾는 게 아니다. 게임판에서 완벽함이란 죽음, 공허함이 아니고 뭐겠는가? 이름에서, 눈부신 업적에서, 기념비로 남을 것에서, 나는 그

55 Karl Rudolf Gerd von Rundstedt(1875~1953), Fedor von Bock(1880~1945), Wilhelm Ritter von Leeb(1876~1956). 모두 당시 독일의 육군 원수를 역임한 인물이다.

56 Günter Grass(1927~). 독일의 소설가이자 극작가. 무장 친위대에 복무한 과거를 2006년에 고백했다.

57 Paul Celan(1920~1970). 독일의 시인으로 루마니아 출생의 유대인. 스물한 살때 강제 수용소에 끌려가 가까스로 살아남지만 끔찍한 기억에 고통스러워하다가 자살했다.

58 Friedrich Wilhelm Ernst Paulus(1890~1957). 제2차 세계 대전에 활약한 독일 장군. 참모 본부에서 참모 차장으로 일하면서 독일군의 각종 작전을 입안했고, 바르바로사 작전 이후 발터 폰 라이헤나우 지휘 아래 참모장으로 일했다.

59 Georg Trakl(1887~1914). 표현주의 시로 유명한 오스트리아 시인. 제1차 세계 대전 때 육군 병원 정신 병동에 입원한 뒤 갑자기 사망했다.

60 Heinrich Mann(1871~1950). 독일 소설가로 주로 사회 문제에 천착하였으며 1933년 나치에 의해 국적을 박탈당한 후 프랑스와 미국에서 망명 생활을 하였다.

61 Heinrich Böll(1917~1985). 독일의 소설가로 1972년 노벨 문학상을 수상했으며 국내외 정치 문제에 깊이 관여했다.

안개 속에서 하얗고 확신에 찬 그들의 손을 찾는다. 전투를 관찰하는 불완전하고, 뛰어나며, 섬세하고, 먼 곳을 응시하며, 무뚝뚝하고, 대담하면서도 신중한 그들의 눈을 찾는다(그런 자세가 보이는 사진은 몇 장 되지 않지만). 그 모든 것에서 용기와 사랑을 찾을 수 있다. 만슈타인, 구데리안, 로멜에게서. 내가 총애하는 장군들. 룬트슈테트, 폰 보크, 폰 레프에게서.[55] 나는 그들뿐 아니라 다른 누구에게도 완벽함을 바라지 않는다. 나는 그들의 얼굴, 당당하고 침범할 수 없는 그들의 얼굴, 그들의 직함, 때로는 그들의 이름과 사소한 행위만으로도 족하다. 게다가 난 사단이나 여단을 보내 전쟁을 시작한 장군이 누구인지, 그가 기갑 부대나 보병 부대에 대해 효율적 전략을 보여 줬는지도 잊어버리는 데다 전황과 작전을 혼동한다. 그렇다고 해서 그들의 빛이 퇴색하는 건 아니다. 총체화는 관점에 따라 그들을 흐리게 만들기도 하지만 늘 그들을 포함하고 있다. 그 어떤 무공도, 그 어떤 결점도, 그 어떤 장단기 저항도 사라지지 않는다. 혹여 케마도가 금세기 독일 문학을 알거나 그 진가를 인정할 줄 안다면(아마 알고 있고 인정할 것이다!), 만슈타인을 귄터 그라스[56]에, 로멜을…… 첼란[57]에 견줄 만하다고 그에게 얘기해 줄 것이다. 마찬가지로 파울루스[58]는 트라클[59]과, 그의 선임자 라이헤나우는 하인리히 만[60]에 비길 만하다. 구데리안은 윙거와 하인리히 뵐[61] 문학상을 받은 클루게,[62] 두 사람에 필적한다. 그는 이해하지 못할 것이다. 적어도 지금으로선 모를 것이다. 반대로 나는 쉽게 그들의 일, 별명, 취미, 집 모양, 계절 등을 찾아낸다. 또는 몇 시간이 걸리더라도 그들의 근무 서류를 비교하고 통계를 낼 수 있다. 게임, 훈장, 승전, 패전, 생애, 출판물로 그들을 분류, 재정리할 수 있다. 그들은 성인(聖人)도 아니고 그렇게 보이지도 않지만 영화에서 그렇듯 가끔 하늘에 있는 그들을 볼 때가

62 Alexander Kluge(1932~). 독일의 법률가, 작가, 영화감독, 문화이론가로 다양한 활동을 보여 주는 박학다식한 인물.
63 Friedrich II(1712~1786). 프로이센의 국왕으로 강력한 대외 정책을 추진했다.
64 Ferdinand Schörner(1892~1973). 두 차례 세계 대전에서 활약한 독일 군인이다. 그는 주로 독일이 패색이 짙던 전쟁 말기에 활약했으며, 히틀러의 신임을 잃지 않은 몇 안 되는 장교 중 하나이다.
65 Lothar Rendulic(1887~1971). 크로아티아 출신의 오스트리아군 장교였으며 제2차 세계 대전에서 독일군 장군으로 활동했다.
66 Hans-Jürgen von Arnim(1889~1962). 두 차례 세계 대전에 참전한 독일군 상급 대장이다.
67 Job Wilhelm Georg Erwin von Witzleben(1881~1944). 제2차 세계 대전 독일군 사령관으로, 히틀러 암살 미수 사건의 공모자이다.
68 Johannes Albrecht Blaskowitz(1883~1948). 제2차 세계 대전에서 성공적 리더십을 보인 독일군 장군으로 기사 철십자 훈장을 받았다.
69 Heinrich Otto Ernst von Knobelsdorff(1886~1966). 제2차 세계 대전에 참전한 독일군 기갑 부대 장군으로 기사 철십자 훈장을 받았다.
70 Hermann Balck(1893~1982). 제2차 세계 대전 당시 독일군 기갑 대장으로, 아버지 빌리암 발크William Balck는 육군 중장이다.
71 Hasso von Manteuffel(1897~1978). 독일 군인으로 두 차례 세계 대전에 참전하였고 이후 서독 자유민주당 소속 정치가로 활동했다. 기사 철십자 훈장과 다이아몬드 훈장을 받았다.
72 Kurt Student(1890~1978). 독일 공수 부대 창설의 주도적인 인물. 1946년 영국 군사 법원에 의해 기소됐으나 형은 집행되지 않았다.
73 Hermann Albert Breith(1892~1964). 제2차 세계 대전 중 독일 기갑 부대 장군이었다.
74 Heinrich von Vietinghoff(1887~1952). 제2차 세계 대전 중 독일 국방군 육군 상급 대장이었다.
75 Fritz Bayerlein(1899~1970). 제2차 세계 대전 중 독일 기갑 부대 장군이다. 제1차 세계 대전 시에는 바이에른 보병 연대에 입대하여 서부 전선에서 싸웠다.
76 Wilhelm List(1880~1971). 제2차 세계 대전 독일군 원수. 뉘른베르크 재판에서 종신형을 받았으나 5년 만에 출소했다.

있다. 구름에 새겨진 그 얼굴은 웃기도 하고, 지평선을 바라보기도 하고, 인사를 하기도 하고, 몇몇은 고개를 끄덕이기도 하는데, 그런 그들은 말하지 못한 의심들을 말끔히 씻어 주는 것 같다. 그들은 프리드리히 대왕[63] 휘하의 장군들과 하늘과 구름을 공유하는데, 마치 두 시대와 모든 게임이 하나의 증기 분출로에 용해된 것 같다. (나는 때때로 아파서 병원에 입원한 콘라트를 상상한다. 아마 문 옆에 서 있을 나를 빼면 방문객은 없을 것이다. 극심한 고통 속에서 그는 벽에 투영된, 다시는 만질 수 없는 지도와 게임말을 찾는다! 저승의 법칙에서 벗어난 모든 장군들과 프리드리히의 시대! 공허함에 주먹을 내리치는 가련한 콘라트!) 어쨌거나 그들은 호감 가는 인물들이다. 타이탄 모델, 식인귀 쇠르너,[64] 사생아 렌둘리치,[65] 순종자 아르님,[66] 다람쥐 비츨레벤,[67] 대쪽 같은 블라스코비츠,[68] 조커 오토 폰 크노벨스도르프,[69] 주먹 발크,[70] 강심장 만토이펠,[71] 송곳니 슈트덴트,[72] 바위 하인리히, 신경질 부슈, 말라깽이 호트, 천문학자 클라이스트, 우울 파울루스, 침묵 브라이트,[73] 고집쟁이 피팅호프,[74] 학구파 바이에를라인,[75] 장님 회프너, 학자 잘무트, 변덕쟁이 가이어, 광채 리스트,[76] 벙어리 라인하르트, 멧돼지 마인들, 스케이터 디틀,[77] 고집불통 뵐러,[78] 주의 산만 셰발레리,[79] 악몽 비트리히, 도약자 팔켄호르스트,[80] 목수 뱅크,[81] 열광자 네링,[82] 꾀돌이 바이흐스, 낙담자 에버바흐, 심장병 돌만,[83] 집사 할더,[84] 신속 소덴슈테른,[85] 산악 케셀링,[86] 사색 퀴흘러, 무궁무진 후베,[87] 어둠 창겐,[88] 투명 바이스,[89] 절름발이 프리스너,[90] 잿더미 슈투메,[91] 투명인간 마켄젠,[92] 기술자 린데만,[93] 명필 베스트

팔,[94] 양심 마르크스,[95] 우아 슈튈프나겔,[96] 험한 입 폰 토마[97]······. 하늘나라에 견고히 자리 잡은 장군들······. 프리드리히 2세의 장군 페르디난트, 브라운슈바이크, 슈베린, 레발트, 자이텐, 도나, 클라이스트, 베델과 같은 구름 속에······. 워털루 전투를 승리로 이끈 블뤼허[98]

77 Eduard Dietl(1890~1944). 제2차 세계 대전 당시 독일군 상급 대장으로 산악 사단을 지휘했으며 노르웨이를 점령한 바 있다.

78 Otto Wöhler(1894~1987). 제2차 세계 대전 당시 독일군 육군 대장이다. 제2차 세계 대전 후, 뉘른베르크 재판의 국방군 최고 본부 재판에서 징역 8년 판결을 받았다.

79 Kurt von der Chevallerie(1891~1945). 제2차 세계 대전 당시 독일군 육군 중장이다.

80 Nikolaus von Falkenhorst(1885~1968). 제2차 세계 대전 당시 상급 대장으로 1940년 덴마크 침공과 1944년 노르웨이 침공을 지휘했다.

81 Walther Wenck(1900~1982). 제2차 세계 대전 당시 가장 젊은 장군으로 기갑 부대 대장으로 복무했다.

82 Walther Nehring(1892~1983). 제2차 세계 대전 중 독일군 기갑 대장으로, 독일 아프리카 군단에서 활약했다.

83 Friedrich Dollmann(1882~1944). 제2차 세계 대전 당시 독일군 상급대장으로 연합군의 노르망디 상륙 작전 시 로멜 휘하 7군 사령관으로 방어전을 지휘했다.

84 Franz Halder(1884~1972). 제2차 세계 대전 당시 상급대장으로 독일군 육군 총참모장을 맡아 각종 작전을 입안하고 조정했다. 후에 히틀러와의 불화로 해임된 이후 반히틀러 음모에 가담했다가 체포되지만, 연합국에 의해 석방되었다.

85 Georg von Sodenstern(1889~1955). 독일군 육군 장군으로 두 차례 세계 대전에 참전하였으며 기사 철십자 훈장을 받았다.

86 Albert Kesselring(1885~1960). 독일군 공군 원수로 제1차 세계 대전에는 육군으로 참전했지만, 나치당 집권 이후 공군으로 전속되었다.

87 Hans-Valentin Hube(1890~1944). 두 차례 세계 대전에 참전했고 독일 육군 상급 대장이었다. 시칠리아에서 미국을 상대로 방어전을 지휘했다.

88 Gustav-Adolf von Zangen(1892~1964). 제2차 세계 대전 당시 독일군 육군 장군으로 마켓 가든 작전 시 미군의 발을 묶었으며 아르덴 공세에도 참여했다.

89 Walter-Otto Weiss(1890~1967). 독일군 육군 상급대장으로 폴란드 침공과 바르바로사 작전을 수행했다.

군대의 뷜로, 자이텐, 피르히, 틸만, 힐러, 로스틴, 슈베린, 슐렌부르크, 바츠도르프, 야고프, 티펠스키르헨 등과 같은 구름 속에……. 그들은 상징적 인물로서 모든 꿈에 침범하여 유레카! 유레카! 깨어나라! 라고 절규함으로써, 그대가 두려움 없이 그들의 부름을 들었다면, 눈을 뜨고 침대 끝에서 유리했던 상황과 유리할 수도 있었던 상황을 찾도록 할 것이다. 유리했던 상황 중에선 다음을 주목할 만하다. 1940년 제7기갑 부대를 이끈 로멜의 질주, 크레타에 낙하하는 슈트덴트, 제1기갑 부대를 이끌고 캅카스로 전진하는 클라이스트, 제5기갑 부대로 아르덴을 공격하는 만토이펠, 제11군으로 크림 반도 전투를 이끈 만슈타인, 슈베러 구스타프,[99] 엘브루스 산의 깃발,[100] 러시아와 시칠리아에서 방어전을 전개한 후베, 제10군을 이끌고 폴란드의 목을 꺾은 라이헤나우. 유리하지 않았던 상황 중에 내가 유독 좋아하는 건 클루게 부대의 모스크바 점령, 파울루스 부대 말고 라이헤나우 부대의 스탈린그라드 점령, 공수 부대 투입을 포함한 제9군, 제16군의 영국 상륙, 러시아의 아스트라한-아르한겔스크 전선 획득, 쿠르스크와 모르탱에서의 성과, 센 강 건너편으로의 질서정연한 퇴각, 부다페스트 재점령, 안트베르펜 재점령, 쿠를란트와 쾨니히스베르크에서의 끈질긴 방어전, 오데르 강 전선의 견고함, 최후 방어선, 러시아 황후의 죽음, 동맹의 변화…… 등이다. 콘라트는 이걸 장군들과의 마지막 이별을 거부하려는 멍청하고 바보 같고 쓸데없는 일이라고 한다. 그들은 승리에 만족했고 패배에 있어서도 훌륭한 패자였다. 완전한 패전에서도 그랬다. 그들이 내게 윙크하며 거수경례를 하고 지평선을 바라보거나 고개를 끄덕인다. 대체 그들과 이 무너져 가는 호텔이 무슨 상관이란 말인가? 아무 상관도 없다. 하지만 그들은 날 도와주고 기운을 북돋아 준다. 이별을 영원히 뒤로 미루고 나로 하여금 지난 경기들을, 그 낮과 밤을 기억하게 한다. 그 경기들

90 Johannes Friessner(1892~1971). 제2차 세계 대전 당시 독일군 육군 상급대장으로 주로 동부 전선에서 지휘했다.

91 Georg Stumme(1886~1942). 제2차 세계 대전 당시 독일군 기갑대장으로 동부 전선과 아프리카에서 활약했다. 히틀러로부터 반역 행위를 의심받아 재판에 회부됐으나 폰 보크 원수의 도움으로 방면됐다.

92 Eberhard von Mackensen(1889~1969). 제2차 세계 대전 당시 독일군 육군 상급 대장으로 폴란드, 프랑스 침공에서 활약했고 1947년에 21년형을 선고받았으나 1952년 석방됐다.

93 Fritz Lindemann(1894~1944). 제2차 세계 대전 당시 육군 중장으로 폴란드, 프랑스 침공 및 동부 전선에서 활약했다. 반나치 세력에 동조했으며 1944년 7월 20일 히틀러 암살 미수 사건 실패 이후 게슈타포에 의해 체포당한 뒤 사망하였다.

94 Siegfried Westphal(1902~1982). 제2차 세계 대전 당시 독일군 육군 중장으로 서부 전선에서 참모장으로 활약했다.

95 Erich Marcks(1891~1944). 제2차 세계 대전 당시 독일군 육군 중장으로 바르바로사 작전에 참여했으며 노르망디 상륙 작전에 대한 방어전을 지휘했다.

96 Carl-Heinrich von Stülpnagel(1886~1944). 제2차 세계 대전 당시 독일군 육군 대장으로 프랑스 주둔 독일군 사령관이었으며 히틀러 암살 미수 사건에 협조한 혐의로 처형됐다.

97 Wilhelm von Thoma(1891~1948). 독일군 기갑 대장으로 세계 대전 및 스페인 내전에 참전했다.

98 Gebhard Leberecht von Blücher(1742~1819). 프로이센의 육군 원수. 그가 이끄는 프로이센군은 1813년 라이프치히 전투와 1815년 워털루 전투에서 나폴레옹 1세에 대항해 싸웠다.

99 나치 독일의 열차포. 약 1,344톤이며, 7톤이 넘는 포탄을 37km 이상까지 쏘아 보낼 수 있다. 제2차 세계 대전 준비 중, 마지노선을 돌파하기 위해 제작되었으나, 독일군의 우회로 사용되지 못하고 세바스토폴을 공격하는 데 사용되었다. 인류 역사상 최대 구경이자, 최고 중량의 포탄을 사용하는 포이다.

100 러시아의 남서쪽 끝, 캅카스 산맥에 속한 높이 5,642m의 산. 나치는 1942년 8월 이 산 정상에 나치 깃발을 세웠다.

에서 중요한 건 승리나 패배가 아니라 움직임, 위협, 충돌, 그리고 내 등을 두드려 주는 친구들의 격려이다.

1942년 가을. 1942년 겨울

「떠난 줄 알았어.」 케마도가 말한다.
「어디로?」
「너 사는 데. 독일로.」
「내가 왜, 케마도? 겁이 나서?」
 케마도가 거의 입을 다문 채 아주 천천히 아니, 아니, 아니, 아니라고 말하며 내 시선을 피한다. 게임판만 쳐다볼 뿐 다른 것엔 한눈팔지 않는다. 긴장했는지 수감자처럼 이 벽 저 벽을 오가고 있지만 거리에서 보일까 봐 그러는지 발코니 쪽은 가지 않는다. 반팔 티를 입고 있는데, 팔에 난 화상 자국에 녹태 같은 게 보인다. 아주 가느다란 게 크림의 흔적일 것이다. 한데, 오늘은 해가 나지 않은 데다 내 기억으로 그는 찌는 듯한 더위에도 크림을 바르지 않는다. 피부를 재생하려는 것으로 봐야 하나? 그럼 녹태로 보이는 게 새 피부인가? 그게 피부를 재생시키는 방법인가? 뭐가 됐든 역겹긴 마찬가지다. 표정으로 보아 걱정거리가 있는 모양인데 이런 친구는 어떻게 대해야 할지 아무도 모른다. 어쨌든 주사위 운이 잘 따라 준다. 모든 게 잘 풀리며 가장 불리한 공격에서도 운이 따른다. 그의 움직임이 전체적인 전략에 따른 것이든 여기저기 공격하면서 우연히 그렇게 된 것이든 개의치 않지만 이 초보자에게 운이 따른다는 것은 분명하다. 러시아에선 계속된 공방전 끝에 내가 레닌그라드-칼리닌-툴라-스탈린그라드-옐리스타 전선까지 후퇴하고 동시에 최남단 지역 캅카스엔 옐리스타와 방어선이 거의 없는 마이코프 양방향으로 새로이 적화 위협이 들어온다. 영국에서 대규모 영미 연합군의 공격을 받긴 했지만 최소한 포츠머스 육각 지점을 지켜 냄으로써, 그는 섬에서 나를 몰아내려는 목적은 달성하지 못한다. 모로코에서 케마도는 미 육군 2개 연대를 상륙시켰는데, 그건 아주 단조로운 전략으로 다른 전선에 있는 독일군을 귀찮게 하여 끌어내려는 의도 외에 다른 목적은 없어 보인다. 내 주력군은 러시아에 있으며 현재로선 단 하나의 교체 게임말도 끌어내지 못할 것이다.

「내가 없을 거라고 생각했는데 왜 온 거야?」

「약속한 게 있으니까.」

「약속? 너랑 내가, 케마도?」

「응. 밤에 게임하기로 했잖아. 그게 약속이지. 네가 없어도 와야지. 게임이 끝날 때까진.」

「언제든 출입을 막을 수도 있고 걷어차서 쫓아낼 수도 있잖아.」

「그럴지도.」

「게다가 나는 언젠가 떠나야 하고 널 만나는 게 쉽지는 않으니 작별 인사도 못 할지 몰라. 페달보트에 쪽지를 남길 수도 있고. 물론 그게 해변에 있다면 말이야. 내가 어느 날 갑자기 떠날 수도 있지만 게임은 1945년이 오기 전에 끝날 거야.」

케마도는 그악하게 웃으며(그 그악함에서 또렷하고 광기 어린 기하학적 흔적이 엿보인다) 마을의 모든 페달보트가 동계 지역으로 옮겨지더라도 자기 건 해변에 있을 거라 확신한다. 성채는 계속 해변에 있을 것이고 그는 손님이 없어도, 비가 와도 나를, 아니면 그림자를 기다리고 있을 것이다. 그의 고집은 감옥과도 같다.

「사실 아무것도 아니잖아, 케마도. 넌 약속을 의무라고 생각하는 거야?」

「아니, 난 협약이라고 생각해.」

「그런데 우린 어떤 협약을 한 게 아니잖아. 우린 그저 게임을 하고 있고, 그뿐이지.」

케마도가 웃으며 그렇다고, 그렇게 생각한다고, 그뿐이라고 말하며 주사위 운이 따르는 전투 상황에서 바지 주머니에 있던 두 번 접은 복사본을 꺼내 내게 건넨다. 밑줄을 그은 단락도 있는데 바 테이블에서 읽었는지 맥주와 기름 자국이 묻어 있었다. 처음 복사본을 줄 때처럼 나는 속말을 했다. 나는 나에 대한 모욕과 도발을 숨기고 있을지도 모르는 선물에 대해 그를 비난하지 않는다. 물론 그 선물은 나의 배려에 대해 그가 기계적이고 순진하게 동참하고 있다는 의미일 수도 있다. 이건 정치이지 전쟁사가 아니다! 나는 차분히 처음 받은 복사본 옆에 그 복사본을 걸어 뒀는데, 그렇게 하고 나자 머리맡에 있는 벽이 평소와는 완전히 다른 분위기를 자아낸다. 일순간 다른 방에 있는 느낌이다. 뜨겁고 폭력적인 나라에 있는 외국인 특파원이랄까? 게다가 방도 더 작아 보인다. 어디서 난 거야, 복사본? 두 권이다. 하나는 X의 책이고 다른 하나는 Y의 책이다. 들어 본 적도 없다. 그 책에서 어떤 종류의 전략을 구할 수 있는데? 케마도는 눈을 피한 채 활짝 웃으며 자기의 계획을 털어놓을 때가 아니라고, 자기는 예의를 갖춰 나를 기쁘게 해 줄 거라고 한다.

다음 날 케마도는, 이게 말이 되는진 모르겠지만, 훨씬 기운이 넘쳐 보인다. 그는 동부를 공격하여 나를 다시 물리치고 영국에 병력을 증강하고 모로코에서 이집트로 이동을 시작했는데 현재로선 이동이 더디다. 팔에 있던 얼룩은 보이지 않는다. 반들반들한 화상 자국만 보인다. 방 안을 오가는 것도 안정적이다 못해 섬세해졌고 이젠 어제의 긴장감도 보이지 않는다. 확실히 말수도 줄었다. 자주 꺼내는 주제도 게임과 게임 세계, 클럽, 잡지, 챔피언, 우편 경기, 대회 같은 것이고 다른 화제로 말을 바꾸려는 내 모든 시도, 예를 들어 제3제국 설명서 복사본을 누구한테 받았느냐 같은 건 말도 꺼내지 못한다. 듣고 싶지 않은 말이면 돌이나 소처럼 행동한다. 단순히 나한테 암시를 주는 게 아니다. 이 점에 있어 내가 과민한 걸 수도 있다. 나는 신중한 사람이며 기본적으로 그의 감정을 상하지 않게 하려 애쓴다. 케마도가 나의 적일 수도 있다. 하지만 그는 훌륭한 적이며 선택의 여지도 별로 없다. 내가 그에게 터놓고 말하면, 로보와 코르데로의 얘기를 전하고 해명을 요구하면 어떻게 될까? 아마도 결국엔 그의 대답과 스페인 녀석들 중 하나를 선택해야겠지만, 그럴 순 없는 노릇이다. 그러니 케마도가 끝없이 흥미를 느끼는 주제, 게임과 게이머에 대한 얘기를 할 따름이다. 그를 슈투트가르트, 아니 파리에 데려간다면 그는 게임 스타가 될 것이다. 가끔 클럽에서 남들이 보기엔 패배가 분명한데 전쟁을 해결해 보려고 애쓰는 어른들을 먼발치에서 지켜보며 느꼈던 조롱거리가 되는 기분, — 이게 멍청한 짓인 줄 알지만 실제로 그렇다 — 그 기분을 케마도가 있다는 이유만으로 떨칠 수 있을 것이다. 그의 화상 입은 얼굴이 게임에서 주도권을 잡게 해줄 것이다. 내가 파리에 같이 가겠느냐고 묻자 케마도는 눈을 번뜩이더니 이내 가지 않겠다며 고개를 젓는다. 케마도, 파리 가봤어? 한 번도 가본 적이 없단다. 가보고 싶지 않아? 그러고 싶지만 그럴 수 없단다. 다른 사람들과 〈한 경기, 한 경기〉 많은 경기를 하고 싶지만, 그럴 수 없단다. 나만 있으면 그걸로 됐다고 한다. 게임을 구매할 생각도 없는 데다(이 점에 대해선 적어도 말이 없다), 그의 이야기를 듣다 보니 우리가 서로 다른 얘기를 하고 있다는 인상을 받았지만, 어쨌든 다른 사람과 게임을 해보고 싶을 것이다. 자료를 모으고 있어. 그가 말한다. 생각해 보니 그건 복사본을 말하는 것이다. 웃음이 나온다.

「도서관에 계속 가는 거야, 케마도?」

「응.」

「전쟁에 대한 책만 봐?」

「지금은 그래. 예전엔 안 그랬는데.」

「예전이라니?」

「너랑 게임하기 전 말이야.」

「전엔 어떤 종류의 책을 봤는데, 케마도?」

「시.」

「시집? 멋지네. 어떤 시집이었어?」

케마도가 나를 촌뜨기 보듯 한다.

「바예호, 네루다, 로르카……. 알아?」

「아니. 외워 둔 시 있어?」

「기억력이 나빠서.」

「그래도 기억나는 게 있을 거 아냐? 음미 좀 해보게 뭔가 읊어 줄 수 있잖아?」

「못 해. 그냥 인상만 기억나.」

「어떤 인상인데? 하나만 말해 봐.」

「절망…….」

「끝이야? 그게 다야?」

「절망, 고도, 바다, 닫혀 있지 않고 활짝 열린 것들, 가슴이 터질 것 같은.」

「그래, 알겠어. 그런데 언제부터 시를 그만둔 거야, 케마도? 제3제국을 시작한 뒤로? 진짜 그런 거면 나 게임 안 한다. 나도 시를 아주 좋아하거든.」

「시인 중에 누가 좋은데?」

「난 괴테가 좋아, 케마도.」

그가 돌아갈 때까지 그런 얘기를 나눴다.

9월 17일

 오후 5시에 호텔을 나섰다. 콘라트와 통화를 하고 케마도 꿈을 꾸고 클라리타와 섹스를 하고 난 뒤였다. 머리가 지끈거렸다. 식사가 부실해서 그런 거라 생각하고 전에 봐둔 식당에 갈 생각으로 구시가지로 걸음을 옮겼다. 아쉽게도 문을 열지 않았다. 나는 곧 가본 적 없는 동네의 좁지만 깨끗한 골목길에 접어들었다. 시장과 어부들이 있는 항구를 등지고 있었다. 생각에 잠길수록 주위를 있는 그대로 즐기게 됐고 허기도 잊은 채 해가 질 때까지 산책을 하고 싶은 마음이 들었다. 그러고 있을 때 누군가 내 이름을 불렀다. 베르거 씨. 고개를 돌리자 한 남자가 보였는데 어딘지 낯익은 얼굴인데도 누군지 알 수 없었다. 그가 정중히 인사했다. 나는 10년 전 우리 형제와 놀던 친구일지도 모른다는 생각에 미리부터 기뻤다. 한 줄기 햇빛이 그의 얼굴을 비추자 사내가 눈을 깜박였다. 그가 줄줄 말을 늘어놨지만 나는 그가 하는 말의 4분의 1도 채 알아듣지 못했다. 그가 손을 뻗어 내 팔꿈치를 잡았는데 나를 놓지 않겠다고 선언하는 것 같았다. 상황이 끝도 없이 늘어질 게 뻔했다. 결국 화가 난 나는 그를 못 알아보겠다고 털어놨다. 나, 적십자 직원. 네 친구 서류 정리하는 거 도와줬잖아. 그 슬픈 상황에서 만난 사람이라니! 그는 뭔가 결심한 표정으로 주머니에서 해양 적십자 직원임을 증명하는 구겨진 신분증을 꺼냈다. 모든 게 분명해지자 우리는 한숨을 쉬며 웃었다. 뒤이어 그가 맥주 한잔 사겠다고 했다. 나로선 사양할 이유가 없었다. 하지만 바가 아니라 몇 발자국 떨어진 그의 집으로 간다는 사실에 적잖이 놀랐다. 집은 바로 그 길에 있었고 4층이었는데 어둡고 먼지가 수북했다.

델 마르의 내 방보다 작은 집이었지만 초대한 사람의 호의가 물질적 결핍을 메웠다. 이름은 알폰스고 야간학교에서 공부하고 있으며 그걸 기반으로 나중에 바르셀로나로 거처를 옮길 거라 했다. 그의 목표는 디자이너나 화가가 되는 것인데 옷, 한 귀퉁이도 남기지 않고 벽에 붙여 둔 포스터, 어수선한 가구들, 그 모든 게 역겨운 악취미로 보이니 어딜 봐도 불가능할 것 같았다. 구조 요원의 성격에는 뭔가 특이한 점이 있었다. 나는 인디오 문양의 모포가 덮인 낡은 안락의자에, 그는 손수 만든 것 같은 의자에 앉아 겨우 두 마디 말을 나눴다. 그때 갑자기 나〈도〉 예술가냐고 물어봤다. 나는 기사를 쓴다고 얼버무렸다. 어디서? 슈투트가르트와 쾰른에서, 가끔은 밀라노나 뉴욕에서……. 그럴 줄 알았어. 구조 요원이 말했다. 그걸 어떻게 알아? 얼굴을 보면 알지. 얼굴을 책 읽듯 보거든. 그가 쓰는 어조에 담긴, 아니면 단어에 담긴 뭔가가 나로 하여금 그를 경계하게 만들었다. 나는 화제를 바꾸려 했지만 그가 예술에 대한 얘기만 하는 통에 그냥 내버려 뒀다.

알폰스는 골치 아픈 사람이었다. 하지만 거기 사는 것도 나쁘진 않아 보였다. 말없이 술을 들이켜는 그는 마을에서 벌어진 일들, 케마도, 로보, 코르데로, 프라우 엘제의 남편이 생각하는 일에 얽일 일도 없었다. 나는 그가 친근한 우정의 분위기를 은근히 퍼트리고 있음을 알았다. 우리는 본질적으로 동료였으며, 시인이 말하듯, 어둠 속에서 서로를 알아보고 — 이건 그의 특이한 천성이 나를 알아봤기 때문에 — 서로를 안아 주고 있었다.

그는 자기 얘기를 하느라 여념이 없었지만 나는 신경 쓰지 않았다. 하지만 이날 있었던 중요한 일은 기억하고 있다. 시간순으로 보면, 첫째, 콘라트와 통화를 했다. 그가 전화를 걸어온 터라 짧게 끝냈다. 내가 48시간 내로 회사에 돌아가지 않으면 규정상 징계 절차가 있을 거라는 얘기였다. 둘째, 방 청소를 끝낸 클라리타와 스스럼없이 섹스를 했다. 그녀는 너무도 작아서 공중 촬영으로 천장에서 침대를 내려다본다면 분명히 내 등과 그녀의 발끝 정도만 보일 것이다. 마지막으로, 악몽을 꿨다. 조금은 그녀 탓이기도 하다. 섹스가 끝나고 그녀가 옷을 입고 일을 시작하기도 전에 내가 마약을 한 것처럼 이상한 반수면 상태에 빠졌기 때문이다. 꿈은 이랬다. 밤 12시에 마리티모 대로를 걷고 있었다. 잉게보르크가 방에서 날 기다리고 있다는 걸 알고 있었다. 거리가, 건물이, 해변이, 그럴 수 있을지 모르지만, 바다까지 실제보다 훨씬 컸다. 마치 마을이 거인을 맞이하려고 변한 것 같았다. 반대로 별은 평상시 여름밤처럼 수없이 많았지만 아주 작은 데다 바늘 끝 같은 별들의 뾰족함에 밤하늘이 병든 것 같은 분위기를 자아냈다. 걸음을 재촉했지만 델 마르의 윤곽이 보이지 않았다. 절망적이던 그때 케마도가 해변에서 마분지 상자 하나를 팔에 끼고 지친 듯 걸어왔다. 인사도 없이 제방에 앉아 바다를, 그 어둠을 가리켰다. 나는 조심스럽게 그와 10미터 정도 떨어져 있었는데 오렌지색 상자에 쓰인 글자가 뚜렷이 보였다. 제3제국, 내 제3제국이었다. 케마도가 이 시간에 내 게임으로 뭐 하는 거지? 호텔에 들른 그에게 잉게보르크가 선물로 줘버렸나? 훔친 건가? 아무것도 묻지 않고 기다리기로 했다. 어둠 속 바다와 대로 사이에 누군가 있다는 걸 직감했기 때문이었다. 그리고 케마도와 이 문제를 개인적으로 해결할 시간이 충분하리라 생각했다. 그래서 난 말없이 기다렸다. 케마도가 상자를 열어 제방 위에 게임을 펼치기 시작했다. 저러다 게임말이 부서지겠다고 생각했지만 말없이 지켜봤다. 밤바람에 게임판이 두어 번 흔들렸다. 본 적도 없는 위치에 케마도가 부대를 배치한 순간이 언제였는지 기억나진 않는다. 독일 입장에선 어려운 국면이었다. 네가 독일 해. 케마도가 말했다. 제방에 자리를 잡고 그의 맞은편에서 전황을 파악했다. 그랬다. 난국이었다. 모든 전선이 무너지기 일보 직전이고 바닥난 재정에 공군도 해군도 없으니 육군만으로 막강한 적을 상대하긴 어려웠다. 머릿속에 빨간불이 켜졌다. 무슨 내기야? 내가 물었다. 독일 챔피언십이야, 스페인 챔피언십이야? 케마도는 고개를 가로젓더니 다시금 파도가 부서지는 곳, 거대하고 음울한 페달보트 성채가 세워진 곳을 가리켰다. 무슨 내기냐고. 눈물을 그렁거리며 되물었다. 나는 바다가 대로를 향해 더디지만 쉼 없이, 영원히 밀려오는 공포를 느꼈다. 가장 중요한 것. 케마도가 시선을 피하며 대답했다. 내 군대 상황이 그다지 희망적이진 않지만 최대한 정밀하게 게임에 임하여 전선을 회복했다. 싸워 보지도 않고 항복할 순 없었다.

「가장 중요한 게 뭔데?」 바다의 움직임을 주시하며 물었다.

「목숨.」 케마도의 군대가 조직적으로 내 전선을 짓밟기 시작했다.

지는 사람이 목숨을 잃는다고? 미친 게 틀림없다고 생각했다. 그사이 파도는 스페인에서도 그 어떤 곳에서도 본 적이 없을 정도로 거대하게 밀려오고 있었다.

「승자가 패자의 목숨을 취하는 거지.」 케마도가 네 방향에서 내 전선을 깨고 부다페스트를 통해 독일로 침입했다.

「난 네 목숨 원치 않아, 케마도. 허풍 떨지 말자.」 마지막 남은 지역인 비엔나로 이동하며 말했다.

파도가 벌써 제방까지 밀려왔다. 온몸이 떨리기 시작했다. 건물 그림자가 대로를 밝히는 희미한 불빛까지 삼키고 있었다.

「게다가 이 전황은 노골적으로 독일이 패하게 만들어졌잖아!」

바닷물이 해변 계단을 기어올라 인도 위로 넓게 흩어졌다. 다음 순서엔 생각 잘 해. 케마도가 말하더니 첨벙거리며 델 마르 쪽으로 멀어지기 시작했다. 들리는 거라곤 첨벙거리는 소리밖에 없었다. 홀로 방에 있는 잉게보르크, 세탁실과 조리실 사이 복도에 혼자 있는 프라우 엘제, 빗자루처럼 깡마른 몸으로 피곤하게 종업원 방을 나서며 퇴근하는 불쌍한 클라리타의 이미지가 광풍처럼 머리에 스쳤다. 시커먼 바닷물이 이제 발목까지 차올랐다. 몸에 마비가 오듯 사지가 말을 듣지 않아 게임말을 정리하지도 케마도의 뒤를 쫓아 달려가지도 못했다. 달처럼 하얀 주사위는 1을 표시하고 있었다. 고개를 돌려 말을 할 순 있었지만(적어도 중얼거릴 순 있었다) 그 이상은 안 됐다. 이내 바닷물이 제방에 있는 게임판을 쓸어버리자 통합 기지와 게임말이 함께 휩쓸려 떠내려갔다. 어디로 흘러갈까? 호텔 쪽일까, 마을 구시가지 쪽일까? 어느 날 누군가 그걸 발견할까? 그렇게 되면 그 지도가 제3제국 전투 지도이며 그 말들이 제3제국의 기계화군, 육군, 공군, 해군이라는 걸 알 수 있을까? 당연히 모를 것이다. 5백 개가 넘는 게임말이 처음엔 뭉텅이로 떠다니겠지만 금세 흩어져 바다 깊이 사라질 게 뻔했다. 지도와 통합 기지는 크기 때문에 오래 떠다닐 수도 있지만 파도에 떠밀려 잡동사니 속에서 고요히 썩어 갈 수도 있다. 바닷물이 목까지 차오르자 그것들이 마분지 조각에 지나지 않는다는 생각이 들었다. 괴로워하지는 않았던 것 같다. 구원의 희망을 버리고 바닷물이 나를 삼키길 차분히 기다렸다. 그때 가로등이 비치는 곳에 케마도의 페달보트가 나타났다. 그것들은 쐐기 모양으로 (보트 하나가 선두에, 둘씩 묶인 보트 여섯 개가 가운데, 끝에는 보트 세 개가 매달려 있었다) 조용히 한 몸이 되더니 위세를 부리듯 미끄러졌다. 마치 대홍수가 군대 사열을 하기에 가장 적절한 순간이라는 듯이 말이다. 그것들이 조금 전까지 해변이던 곳을 연이어 휘돌았다. 나는 놀라 한순간도 눈을 떼지 못했다. 누군가 페달질을 하거나 조종하는 거라면 분명 귀신일 터였다. 아무도 없었기 때문이다. 결국엔 멀어져 갔지만 그다지 멀지 않은 바다에 머무르며 형태를 바꿨다. 이번엔 일렬로 정렬됐는데 신기하게도 나아가지도 떠밀리지도 않은 채 번쩍이며 번개가 쏟아지는 먼 바다에서 미동도 하지 않았다. 내 위치에선 맨 앞에 있는 보트의 머리만 보였다. 그 새로운 형태는 너무나도 완벽했다. 나는 아무것도 예상하지 못한 채 보트들이 물을 가르고 다시 이동하는 모양을 살폈다. 한데 곧장 내 쪽으로 오고 있는 게 아닌가! 아주 빠르진 않지만 오래전 유틀란트[101]의 전함처럼 강하고 육중하게 다가오고 있었다. 첫 번째 페달보트가, 뒤로 아홉 개의 보트를 끌고, 내 머리를 깨버리는 순간 잠에서 깼다.

콘라트가 옳았다. 나더러 돌아오라고 한 게 옳았다는 게 아니라 내가 신경성 불안 상태라고 본 게 옳았다는 말이다. 하지만 호들갑 떨지 말자. 나는 악몽에서 벗어나 본 적이 없다. 잘못이 있는 사람은 나뿐이며 어쨌든 그 바보 같은 찰리는 물에 빠져 죽어 버렸다. 비록 콘라트는 내 불안 상태가 제3제국 게임에서 처음으로 지고 있다는 사실 때문이라고 하지만 말이다. 나는 지고 있다. 사실 그렇긴 하지만 페어플레이를 포기하진 않았다.

---

101 독일 제국과 영국의 함대가 덴마크의 유틀란트 부근에서 해전을 벌였다. 제1차 세계 대전 중의 가장 큰 해전이었고, 전함 간의 유일한 전면전이었다.

예를 들어, 난 몇 번이고 크게 웃어넘겼다. (콘라트는 독일이 페어플레이를 해서 패했으며 독가스를 쓰지 않은 게, 심지어 러시아와 싸울 때조차 쓰지 않은 게 그 증거라고 한다. 하하하.)

집을 나서기 전, 구조 요원이 찰리는 어디에 묻혔느냐고 물었다. 모른다고 했다. 조만간 오늘처럼 시간이 되면 묘지에 가볼 수 있을 텐데. 그가 제안했다. 내가 해군 본부에 가서 알아볼 수도 있는데. 찰리가 이곳에 묻혔을지도 모른다는 생각이 시한폭탄처럼 내 머릿속에 자리 잡았다. 그러지 마. 내가 말했다. 그 순간 나는 구조 요원이 취기가 올랐다는 걸 알았다. 그 친구에게 마지막 경의를 표해야 해. 그가 힘주어 말했다. 네 친구 아니잖아. 내가 우물거렸다. 상관없어. 친구라고 믿으면 되지. 우리 같은 예술가들은 어디서 만나든 형제니까. 살았든, 죽었든, 나이도 시간도 중요치 않아. 독일로 보냈을 가능성이 높지. 내가 말했다. 구조 요원의 얼굴이 붉어지더니 등이 바닥에 닿도록 크게 웃어 재꼈다. 빌어먹을 거짓말! 감자를 보내지 시체는 안 보내. 여름엔 더 그렇고. 그 친구 여기 있어. 그는 검지로 바닥을 가리키며 재론의 여지가 없다는 표정을 지었다. 나는 그의 어깨를 떠받치며 좀 누우라고 말했다. 그는 정문이 잠겨 있을 거라며 밖에까지 바래다주겠다고 고집했다. 우리 친구를 어디다 묻었는지 내일 알아볼 거야. 우리 친구가 아니라니까. 내가 짜증을 냈다. 나는 바로 그 순간, 이런 기형적 편견이 뭔지 누가 알겠는가마는, 그의 세계에는 전적으로 우리 세 사람, 미지의 광활한 바다에 남겨진 우리 세 사람만 있다는 걸 이해할 수 있었다. 구조 요원의 그런 인식에는 영웅과 광인의 성격이 섞여 있었다. 계단참 복판에 서서 그의 얼굴을 쳐다보자 그는 내 시선의 의미를 전혀 이해하지 못한 채 천진난만한 눈빛으로 고마워했다. 우리는 두 그루 나무 같았다. 구조 요원이 손으로 나를 토닥거리기 시작했다. 찰리처럼. 그러자 나는 어떻게 될지 상관 않고 그를 밀어냈다. 구조 요원은 바닥에 쓰러져 더 이상 일어나지 못했다. 다리는 접혀 있었고 얼굴의 반이 팔에 덮여 있었다. 그의 팔도 내 팔처럼 햇볕에 타지 않아 하얬다.

1943년 봄. 케마도가 평소보다 약간 늦게 왔다. 사실 날이 갈수록 도착 시간이 조금씩 늦어지고 있다. 이런 추세라면 마지막 게임을 아침 6시에 할 판이다. 이게 무슨 의미일까? 서부에서 영국의 내 육각 지점을 뺏겼다. 그에게 계속 주사위 운이 따랐다. 동부에서는 탈린-비테브스크-스몰렌스크-브랸스크-하르코프-로스토프로 전선이 형성됐다. 지중해에서 오랑의 미군 공격을 준비했으나 실현되지 않았다. 이집트는 답보 상태로 카타라 저지대와 육각 지점 LL26과 MM26에 전선이 유지되었다.

9월 18일

프라우 엘제가 복도 끝에서 한줄기 빛처럼 나타났다. 이제 막 일어나 아침을 먹으러 가던 나는 놀라서 돌처럼 굳어 버렸다.

「찾고 있었는데.」 내 쪽으로 오면서 말했다.

「넌 어디 처박혀 있었는데?」

「바르셀로나에, 가족들이랑. 남편이 안 좋아. 알잖아. 그런데 안 좋기는 너도 마찬가지네. 얘기 좀 해.」

내 방으로 데려왔다. 담배 냄새와 쾨쾨한 냄새가 났다. 커튼을 걷으며 햇빛에 고통스레 눈을 깜빡였다. 프라우 엘제가 벽에 붙인 케마도의 복사본을 살펴봤다. 호텔 규정에 어긋난다며 한마디 할 것 같았다.

「난잡하네.」 그녀가 말했다. 복사본의 내용이 그렇다는 건지 그걸 붙여 둔 모양새가 그렇다는 것인지 알 수 없었다.

「케마도의 벽보야.」

프라우 엘제가 몸을 돌렸다. 말이 되는지 모르지만,

그녀는 일주일 전보다 더 아름다웠다.

「걔가 붙인 거야?」

「아니, 내가. 그건 케마도가 준 거고. 그리고…… 숨기지 않는 게 낫겠다 싶었어. 걔한테 복사본은 우리 게임에서 장식 같은 거니까.」

「그 터무니없는 게임이 뭔데? 속죄의 게임? 감도 안 오네.」

그사이 광대뼈 살이 살짝 빠진 것 같았다.

「맞아, 감도 안 잡히지. 뭐 내 잘못이지. 먼저 복사본을 사용한 사람이 나니까. 물론 내 것들은 게임에 대한 글이지만. 어쨌거나 케마도도 그럴 줄 알았어. 각자 방향을 잡는 거지.」

「1938년 11월 12일 각료 회의 회의록.」 그녀가 감미롭고 낭랑한 소리로 읽었다. 「우도, 넌 역겹지도 않아?」

「가끔은.」 나도 모르게 대답했다. 프라우 엘제는 갈수록 불안해 보였다. 「역사는 보통 피로 물들어 있지. 인정할 수밖에 없어.」

「역사에 대해서가 아니라 너의 왕래에 대해 말하고 있었잖아. 난 역사 같은 거 상관없어. 나한테 중요한 건 호텔이고 너고 이곳이야. 넌 사람 속을 뒤집어 놔.」 그녀가 아주 조심스럽게 복사본을 떼어 냈다.

그녀에게 일러바친 사람이 경비만이 아니라고 추측했다. 그러면 클라리타도?

「이거 가져갈게.」 등을 돌린 채 복사본을 들어 올리며 말했다. 「기분 상하지 마.」

할 말이 그게 다냐고 물었다. 대답이 늦었다. 고개를 젓더니 다가와 내 이마에 입맞춤했다.

「엄마 생각나게 하네.」 내가 말했다.

프라우 엘제가 눈을 뜬 채 내게 거칠게 키스했다. 이제 됐어? 그녀의 행동을 이해하지 못한 나는 그녀의 팔을 잡고 침대에 앉혔다. 그녀가 웃음을 터트렸다. 넌 악몽을 꾼 거야. 그녀가 말했다. 분명 이 방을 통째로 지배하는 무질서에서 나온 악몽. 그녀의 웃음이 히스테리일 수도 있지만 내겐 소녀의 웃음으로 느껴졌다. 그녀가 한 손으로 내 머리를 쓰다듬으며 뭔지 모를 말을 중얼거렸다. 그녀가 날 눕히자 내 볼에 리넨 블라우스의 차가움과 부드럽고 온화한 피부가 대조적으로 느껴졌다. 일순간 그녀가 나를 허락할 거라 생각했지만 그녀의 팬티를 내리려고 치마 밑으로 손을 넣자 모든 게 끝나 버렸다.

「이른 시간이야.」 그녀가 예측할 수 없는 힘을 지닌 용수철에 튕기듯 침대에서 일어나며 말했다.

「그렇지.」 인정했다. 「이제 일어났으니까. 그런데 그게 무슨 상관이야?」

그녀는 일어나서 완벽하고 날렵한 손으로, 그 손이 몸에서 완전히 분리된 조직인 것처럼, 옷을 추스르며 말을 바꿨다. 그녀는 교활하게 내 말의 모순을 집어냈다. 이제 일어났다고? 몇 신 줄 알아? 그렇게 늦게 일어나는 게 맞는 거야? 그게 객실 서비스를 혼란스럽게 하는 거 몰랐어? 그녀는 바닥에 떨어진 옷을 한 번씩 걷어차며 핸드백에 복사본을 집어넣었다.

결국 섹스를 할 수 없다는 건 분명해졌고 나로선 클라리타와 얽힌 일이 불거지지 않은 걸 유일한 위안으로 삼을 뿐이었다.

엘리베이터에서 헤어지면서 오후에 교회 광장에서 만

나기로 약속했다.

밤 9시, 바다에서 5킬로미터 정도 떨어진 고속 도로의 플라야마르 식당에 프라우 엘제와 함께 있었다.
「남편이 암이야.」
「심각해?」 멍청한 질문이라는 걸 알면서도 물었다.
「죽을 거래.」 그녀가 나를 쳐다보는데 우리 사이에 방탄유리가 가로놓인 것 같다.
「얼마나 남았는데?」
「얼마 안 남았대. 이 여름이 끝나기 전일 수도 있고.」
「얼마 안 남았잖아……. 좋은 날씨가 10월까지 계속되긴 하겠지만.」 얼밋얼밋 말했다.

그녀가 탁자 아래로 내 손을 꽉 쥐었다. 반대로 그녀의 눈은 먼 곳을 향했다. 이제야 그 소식이 머릿속에 떠오른다. 남편이 죽어 가고 있다는 사실. 호텔 안팎에서 벌어지는 사건의 상당 부분이 거기에 원인이 있거나 그것으로 설명된다. 프라우 엘제의 밀고 당기는 이상한 행동. 케마도의 비밀 조언자. 내 방을 침입한 일과 호텔 안에서 감지한 감시의 느낌. 그런 관점에서 봤을 때, 플로리안 린덴의 꿈은 프라우 엘제의 남편을 조심하라는 내 잠재의식의 충고였을까? 사실 이 모든 게 순전히 질투의 문제로 귀결된다면 실망스럽기 그지없다.

「남편과 케마도는 무슨 관계야?」 남몰래 맞잡고 있던 손을 풀어야 할 순간이 오자 내가 물었다. 플라야마르 식당엔 손님이 많아서 프라우 엘제는 짧은 시간에도 여러 사람과 인사를 나눠야 했다.
「그런 거 없어.」

나는 당신이 잘못 알고 있다고, 둘이서 날 무너뜨릴 계획이며, 케마도가 게임을 잘 할 수 있도록 남편이 내 방에서 설명서를 훔쳐 갔다고, 두 공모자의 전략은 절대 한 사람 머리에서 나올 수 없는 것이고 남편이 게임을 연구하며 몇 시간이고 내 방에 있었다고 말하고 싶었다. 하지만 그럴 수 없었다. 대신 그녀의 상황이 명확해질 때까지(다시 말해 남편이 사라질 때까지) 떠나지 않고 곁에 머물 것이라고, 원하는 게 있으면 내게 얘기하고, 섹스를 원하지 않는 것도 이해하며 이겨 낼 수 있도록 돕겠다고 약속했다.

프라우 엘제는 내 손을 뭉개지도록 꼭 쥐는 것으로 고마움을 표했다.

「왜 그래?」 최대한 은밀하게 손을 놓으며 내가 말했다.

「넌 독일로 가야 해. 내가 아니라 널 돌봐야지.」

그 말을 꺼내던 그녀의 눈이 눈물로 가득했다.

「네가 독일이야.」 내가 말했다.

프라우 엘제가 맑고 큰 웃음을 터트리자 식당의 모든 시선이 우리를 향했다. 나도 실컷 웃으며 말했다. 난 불치의 낭만주의자야. 불치의 개폼쟁이겠지. 그녀가 정정했다. 그래, 맞아.

돌아오는 길에 국영 호텔에 들러 차를 세웠다. 자갈길을 따라 소나무 숲에 다다랐는데 돌 탁자, 의자, 쓰레기통이 아무렇게나 흩어져 있었다. 창문을 내리자 멀리서 음악이 들렸는데 프라우 엘제가 마을 디스코텍에서 나는 소리라고 했다. 어떻게 마을이 이리도 다를까? 우리는 차에서 내렸다. 그녀가 내 손을 잡고 시멘트 난간으로 이끌었다. 호텔이 언덕 높은 곳에 있어서 호텔 조명과 시장 거리의 네온사인 광고가 내려다보였다. 그녀에게 키스하려 했지만 거부했다. 차에 돌아와선 그녀가 먼저 시작했다. 키스를 하고 라디오를 들으며 한 시간을 보냈다. 반쯤 열린 창으로 들어온 시원한 바람에서 꽃과 풀의 향기로운 냄새가 났다. 섹스를 하기에 최적의 장소였지만 그러고 싶지 않았다.

12시가 넘었다는 걸 알았지만 너무 오랜 키스에 볼이 달아오른 프라우 엘제는 서둘러 돌아가려 하지 않았다.

호텔 입구 계단에서 케마도를 만났다. 마리티모 대로에 차를 세우고 함께 내렸다. 우리가 거의 옆에 다가갈 때까지 그는 우리를 보지 못했다. 어깨 사이로 고개를 묻고 바닥을 보며 생각에 잠겨 있었다. 등판이 넓은데도 멀리서 봤을 땐 방치해선 안 될 길 잃은 아이의 뒷모습 같았다. 안녕. 애써 반가운 척했다. 물론 프라우 엘제와 차에서 내리는 순간부터 내 마음속에 막연한 슬픔이 맴돌았지만 말이다. 케마도는 양 같은 눈으로 우리에게 인사했다. 잠시였지만 처음으로 프라우 엘제가 내 곁에 있었다. 서로에게 관심을 갖게 되는 보통의 연인처럼 우리는 함께 서 있었다. 오래 기다렸어? 케마도는 우리를 보고는 어깨를 으쓱했다. 장사는 잘되나요? 프라우 엘제가 물었다. 그저 그렇죠. 그녀가 최고의 미소, 투명한 미소, 밤을 달콤하게 하는 미소를 지었다.

「휴가철 마지막까지 남았네요. 겨울 일도 잡으셨나요?」

「아직 못 했습니다.」

「바에 도색을 하게 되면 연락드리죠.」

「좋습니다.」

약간 질투가 났다. 그녀는 케마도에게 어떻게 말해야 하는지 알고 있었다. 그 점은 의심의 여지가 없었다.

「늦었네요. 내일은 일찍 일어나야 해요. 안녕히 가세요.」 계단에서 우리는 프라우 엘제가 프런트에 잠시 들러서 누군가와 얘기를 나누고, 희미한 복도를 지나 엘리베이터를 기다리다 사라지는 걸 지켜봤다…….

「이제 뭐 하지.」 케마도의 목소리에 흠칫했다.

「뭐 하긴, 자야지. 게임은 다음에 하자.」 매몰차게 말했다.

케마도가 내 말을 받아들이는 데 시간이 걸렸다. 내일 올게. 언짢은 목소리였다. 그가 체조 선수처럼 벌떡 일어났다. 우리는 잠시 원수처럼 서로를 쳐다봤다.

「내일쯤.」 갑작스레 떨리는 다리와 그의 목을 향해 덤벼들고 싶은 마음을 잠재우려 애쓰며 내가 말했다.

맨손 싸움이라면 힘은 비등할 것이다. 그가 몸무게는 더 나가지만 키는 나보다 작다. 나는 민첩하고 크다. 둘 다 팔은 길다. 그가 힘을 쓰는 데 익숙하다면 내 최고의 무기는 오기다. 아마 결정적 요소는 싸우는 공간일 것이다. 해변? 밤중이라면 가장 적절한 장소겠지만 그곳은 케마도에게 유리할 것 같아 걱정이다. 그럼 어디가 좋을까?

「바쁘지 않으면.」 나는 무시하듯 덧붙였다.

케마도는 침묵으로 답하고 가버렸다. 마리티모 대로를 건너다가 내가 아직 계단에 있는지 확인하려는 듯 고개를 돌렸다. 만약 그 순간에 어둠 속에서 150킬로미터로 달리는 차가 나타났더라면!

발코니에서 바라본 페달보트 성채에서는 아주 희미

한 불빛 하나도 새어 나오지 않았다. 나 또한 욕실을 빼고 모든 불을 꺼뒀다. 거울 위의 백열등 불빛은 수중 밝기에 불과해서 반쯤 열린 문 밖의 한 조각 양탄자도 제대로 비추지 못했다.

커튼을 닫고 다시 불을 켠 후, 내가 처한 상황을 하나씩 짚어 봤다. 전쟁에서 지고 있다. 실직도 확실하다. 하루하루 지날수록 잉게보르크와 화해할 수 있는 가능성은 더 멀어지고 있다. 고통에 빠진 프라우 엘제의 남편은 죽음에 임박한 환자의 명석함으로 나에 대한 증오와 추적을 즐기고 있다. 콘라트가 약간의 돈을 보내 줬다. 애초에 델 마르에서 쓰려고 한 글은 잊어버린 지 오래다....... 이 연이은 사건들이 희망적이진 않다.

옷도 갈아입지 않고 새벽 3시에 침대에 누워 플로리안 린덴의 책을 다시 들었다.

5시가 되기 전, 가슴이 답답해 잠에서 깼다. 내가 어디에 있는지 종잡을 수 없었다. 아직 마을에 머물고 있다는 걸 아는 데 잠깐의 시간이 걸렸다.

여름이 사라질수록(여름의 증표들이 사라질수록) 델 마르에선 생각지도 못했던 소음이 들려왔다. 배관도 텅 비고 더 커진 것 같다. 엘리베이터의 규칙적이면서도 잘 들리지 않던 소음 대신 회칠된 벽 사이로 할퀴는 소리가 났다. 밤마다 창틀과 돌쩌귀를 흔드는 바람은 더욱 거세졌다. 세면대 수도꼭지를 틀면 물이 나올 때까지 직직거리고 부들거린다. 복도에서 나던 인공 라벤더 향은 갈수록 빨리 사라지고 깊은 새벽이면 끔찍한 기침을 유발하는 고약한 악취를 풍긴다.

그 기침 소리가 거슬려! 양탄자가 제대로 흡수하지

못하는 밤중의 발소리가 궁금해!
 그런데 그 호기심을 이기지 못하고 복도에 나가 보면, 뭐가 보이느냐고? 아무것도.

9월 19일

잠에서 깨니 클라리타가 방에 있다. 종업원 유니폼을 입고 침대 끝자락에서 날 보고 있다. 이유 없이 그녀가 내 방에 있는 게 기쁘다. 미소 지으며 침대로 들어오라고 하는데 나도 모르게 독일어로 말한다. 클라리타가 대체 어떻게 알아먹었는지 모르지만 조심스럽게 먼저 방문을 잠그고 옷을 입은 채 신발만 벗고 내 옆에 몸을 웅크린다. 우리가 전에 만났을 때처럼 입에서 독한 담배 냄새를 풍기는데 그녀처럼 작은 여인에겐 아주 매력적이다. 보통 그런 입술에선 초리소와 마늘 냄새나 민트향 껌 냄새가 나는데 그렇지 않아서 기분이 좋다. 그녀를 덮치자 치마가 허리까지 말려 올라간다. 그녀의 무릎이 내 허리를 조이지 않았다면 그녀가 전혀 느끼지 못한다고 절망할 뻔했다. 클라리타는 신음도 속삭임도 없이 세상에서 가장 비밀스럽게 섹스를 한다. 나는 섹스가 끝나자 처음에도 그랬듯이 좋았냐고 묻는다. 고개를 끄덕이고는 바로 침대를 빠져나가 치마를 펴고 팬티를 입고 신발을 신는다. 내가 씻으러 욕실에 들어가자 유능한 그녀는 게임말이 떨어지지 않게 조심하면서 방을 정리한다.

「너 나치야?」 화장지로 성기를 닦고 있는데 그녀의 목소리가 들린다.

「뭐라고?」

「나치냐고.」

「아냐. 나치 아니야. 오히려 반(反)나치지. 왜 그렇게 생각하는데, 게임 때문에?」 제3제국 상자에는 나치 문양이 몇 개 그려져 있다.

「로보가 너보고 나치래.」

「로보가 잘못 알고 있는 거야.」 샤워하면서 그녀와 계속 얘기를 나누려고 욕실로 들어오라고 했다. 클라리타는 너무 순진해서 나치가 스위스를 통치한다고 해도 믿을 것이다.

「방 청소가 오래 걸리는 걸 이상하게 생각하는 사람 없어? 네가 없는 걸 눈치챌 만한 사람.」

그녀는 침대에서 일어나 숨겨 오던 병이 도졌다는 듯 허리를 구부린 채 변기에 앉아 있다. 전염병일까? 방 청소는 보통 오전에 해. 그녀가 얘기한다. (나는 특별한 경우다.) 그녀를 신경 쓰거나 통제할 사람은 없다. 벌써 오랫동안 이 일을 한 데다 시키는 일을 버티기엔 급여가 너무 적다. 프라우 엘제도 그래?

「프라우 엘제는 달라.」 클라리타가 말한다.

「뭐가 다르다는 거지? 네가 하고 싶은 대로 내버려 둬? 네 일은 모른 척해? 널 감싸 줘?」

「내 일은 내 일이야, 안 그래? 프라우 엘제가 나랑 뭔 상관인데?」

「그러니까 연애사 같은 일들도 모른 척하냐고.」

「그녀는 사람을 이해해 줘.」 샤워 물소리 너머 그녀의 소심한 목소리가 겨우 들려온다.

「그게 다르다는 거야?」

대답이 없다. 방을 나가려 하지도 않는다. 흰 바탕에 노란 땡땡이가 그려진 형편없는 비닐 커튼을 사이에 두고 말없이 서로의 말을 기다리다가 나는 그녀의 깊은 상처를 느끼고 돕고 싶은 마음이 생겼다. 그렇지만 자기 자신도 돕지 못하는 자가 어찌 남을 도울 수 있겠는가?

「귀찮게 해서 미안해.」 샤워를 마치고 나가며 말했다.

내 몸 일부와 소녀라기보다는(몇 살이지? 열여섯?) 갈수록 식어 가는 노파의 몸처럼 욕실 변기에 미동도 없이 앉아 있는 클라리타의 몸이 거울에 겹쳐 보이자 눈물겹게 마음이 아팠다.

「울고 있네.」 클라리타가 맹하게 웃었다. 나는 수건으로 얼굴과 머리를 감싸고 옷을 입으러 욕실을 나왔다. 뒤에 남은 클라리타는 젖은 바닥 타일을 걸레로 닦아 냈다.

청바지 호주머니 어딘가 5천 페세타짜리 지폐를 넣어 뒀는데 보이지 않았다. 동전을 모아 3천 페세타를 클라리타에게 줬다. 아무 말 없이 돈을 받았다.

「넌 모든 걸 알고 있어, 클라리타.」 다시 섹스를 시작할 것처럼 그녀의 허리를 끌어안았다. 「프라우 엘제의 남편이 어디서 자는지 알아?」

「호텔에서 가장 큰 방. 어둠의 방이지.」

「어둠? 왜? 해가 안 들어서?」

「늘 커튼이 쳐 있어. 병이 심각해.」

「죽을까? 클라리타?」

「그렇겠지……. 그 전에 네가 죽이지 않으면…….」

무슨 이유에선지 모르지만 클라리타가 내 안에 숨겨진 잔인한 본능을 깨운다. 여태 그녀와 잘 지냈고 결코 상처 준 일도 없다. 그런데 그녀는 있는 그 자체로 내 영혼에 잠들어 있는 이미지들을 휘젓는 희한한 능력이 있다. 그 이미지들은 섬광처럼 순간적이고 무서워서 나는 겁을 먹고 그것들로부터 도망친다. 예고 없이 내 내면을 흩뜨릴 수 있는 그 힘을 어떻게 피할 수 있을까? 힘으로 무릎 꿇리고 내 성기와 엉덩이를 빨게 할까?

「농담도, 참.」

「맞아, 농담이야.」 바닥을 보고 얘기할 때 땀방울이 완벽한 균형을 잡고 코끝까지 흘러내린다.

「그럼 그 양반이 어디서 자는지 얘기해 줘.」

「2층 복도 안쪽 조리실 위에……. 금방 찾을 거야…….」

점심을 먹고 콘라트에게 전화했다. 오늘은 호텔을 나가지 않았다. 우연이라도(어느 정도의 우연이어야 할까?) 로보와 코르데로, 구조 요원, 페레 씨와 마주치고 싶지 않다. 전에도 그랬듯이 콘라트는 내 전화에 놀라는 기색도 없다. 내가 부탁할 말을 이미 알고 있기라도 한 듯 그의 목소리에서 피곤함이 느껴진다. 물론 어떤 거절도 하지 않는다. 돈을 보내 달라고 하자 그러겠다고 한다. 슈투트가르트와 쾰른의 소식과 준비 상황을 물었다. 그는 내가 좋아하는 자극적이고 영악한 이야기는 빼고 피상적인 말만 한다. 무엇 때문인지 난 잉게보르크에 대해선 꾹 참고 묻지 않는다. 용기를 내서 물어보지만 맥 빠지는 대답뿐이다. 나는 콘라트가 거짓말을 한다고 의심한다. 그가 호기심을 보이지 않는 것도 이상하다. 돌아오라고 하지도, 게임이 어떠냐고도 묻지 않는다. 그러던 중 그가 이렇게 말한다. 진정해. 내 생각엔 웬만한 말은 한 것 같으니까 내일 돈 보내 줄게. 그에게 고맙다고 한다. 서로 중얼거리듯 작별 인사를 한다.

호텔 복도에서 프라우 엘제를 다시 만난다. 그녀는 5미터쯤 앞에서 당황하며 멈춰 선다. 정말 당황했건 그런 척했건 다를 건 없다. 창백하고 슬픈 얼굴로 각자 허리춤에 손을 올린 채 우리의 만남 깊은 곳의 절망을 눈빛으로 얘기한다. 남편은 어때? 프라우 엘제는 문 아래로 흘러나온 빛줄기인지 엘리베이터인지 모를 곳을 손으로 가리킨다. 나는 멈추지 않는 고통스러운 충동에 이끌려(갈가리 찢긴 내장에서 일어난 충동) 사람들이 볼지도 모른다는 두려움도 잊은 채 그녀를 껴안았다. 날 받아들이는 것 같은 그녀와 한순간이든 평생이든 하나가 되기만을 바랐다. 우도, 미쳤어? 갈비뼈 부러지겠어. 나는 고개를 떨어뜨리고 미안하다고 했다. 입술은 어떻게 된 거야? 모르겠어. 내 입술에 닿은 프라우 엘제의 손이 얼음처럼 차가워 흠칫했다. 피가 나잖아. 그녀가 말한다. 방에 가서 약을 바르고 10분 뒤에 호텔 식당에서 만나기로 한다. 내가 살게. 프라우 엘제가 내 주머니 사정이 좋지 않다는 걸 알고 말한다. 10분 안에 안 내려오면 너 데려오라고 가장 고약한 종업원들을 보낼 거야. 난 저기 있을게.

1943년 여름. 나는 디에프와 칼레에 영미 연합군을 상륙시킨다. 케마도가 그토록 서둘러 공세를 취하리라고는 생각지 못했다. 그가 해안에 획득한 거점은 그다지 견고하지 않다. 프랑스에 한쪽 발을 넣긴 했지만 확실하게 침투하기에는 아직 이르다. 동부의 상황은 악화되고 있다. 전략적 후퇴 후, 리가, 민스크, 키예프와 Q39, R39, S39 사이에 전선이 형성됐다. 드네프로페트로프스크가 적색군의 손아귀에 떨어졌다. 케마도의 공군력이 러시아뿐만 아니라 서유럽에서도 우세하다. 아프리카와 지중해의 전황은 변화가 없다. 그러나 난 다음 차례에서 상황이 완전히 뒤집힐 거라 예상한다. 묘한 일이 있었는데, 내가 게임을 하다가 잠들어 버렸다. 얼마나 잤을까? 모르겠다. 케마도가 내 어깨를 두어 번 토닥이며 깨웠다. 깨어난 뒤로는 잠을 이루지 못했다.

9월 20일

아침 7시에 방을 나섰다. 아침이 오길 기다리며 몇 시간 동안 발코니에 앉아 있었다. 해가 뜨자 발코니를 닫고 커튼을 치고 어둠 속에 서서 시간 죽일 일을 필사적으로 찾고 있었다. 샤워하고 옷 입기. 그런 게 하루를 시작하기엔 최선일 테지만 난 거친 숨을 쉬며 꼼짝 않고 그 자리에 있었다. 커튼 사이로 밝은 아침이 비치기 시작했다. 나는 다시 발코니를 열고 한동안 해변과 아직 희미한 페달보트 성채 주위를 바라봤다. 가진 게 없는 사람은 행복하다. 그렇게 살다가 류머티즘에 걸린 사람은 행복하다. 그들은 주사위 운이 좋으며 여자를 포기한 사람들이다. 해변에는 아무도 없었지만 어느 발코니에서 프랑스어로 얘기하는 소리가 들렸다. 아침 7시가 되기 전에 큰 소리로 떠들 수 있는 사람은 프랑스인밖에 없다! 나는 다시 커튼을 치고 샤워를 하려 옷을 벗을까 생각했다. 그러지 못했다. 욕실 조명이 고문실 같았다. 애써 수도꼭지를 틀고 손을 씻었다. 세안을 하려 했지만 팔이 말을 듣지 않아 나중에 씻어야겠다고 생각했다. 불을 끄고 나왔다. 복도엔 아무도 없었고 복도 양끝으로 반쯤 가려진 전등이 희미하게 노란 불빛을 내고 있었다. 조용히 1층 층계참까지 내려갔다. 로비에 있는 큰 거울에 프런트 위로 드러난 야간 경비의 목덜미가 비쳤다. 졸고 있는 게 분명했다. 나는 다시 2층으로 올라가 요리사들이 왔을 거라고 생각하고, 물론 의심스럽긴 했지만, 식당에서 나는 전형적인 소리를 들으려 귀를 쫑긋 세우고 복도 안쪽으로(북동쪽) 나아갔다. 복도 초입에선 어떤 소리도 들리지 않았지만 안으로 들어갈수록 문과 벽의 단조로움을 깨는 거친 코골이 소리가 간헐적으로 들리기 시작했다. 복도 끝에 다다른 나는 나무 문 앞에 섰는데 그 중앙에 대리석 현판이 있었다. 현판에는 카탈루냐어 4행시 한 편이(그렇게 생각했다) 검은 글씨로 쓰여 있었는데 무슨 말인지 알 수 없었다. 지친 나는 문설주에 손을 대고 안쪽으로 문을 밀었다. 수월하게 문이 열렸다. 그 방이 클라리타가 얘기한 크고 어두운 방이었다. 보이는 거라곤 유리창 실루엣이 전부였고 약 냄새는 나지 않았지만 공기는 무거웠다. 너무 무모하게 열었다는 생각에 문을 닫으려 할 때 도무지 어디서 나는지 모를 목소리가 들렸다. 차가우면서 뜨거운, 위협적이면서 애정이 담긴 모순된 목소리였다.

「들어오시게.」 독일어였다.

문을 확 닫아 버리고 도망칠까 하는 망설임을 이겨 내고 아무 생각 없이 벽지를 손으로 가늠하며 몇 걸음 다가갔다.

「누구신가? 들어오게. 괜찮은가?」 녹음기에서 나오는

것 같은 목소리였지만 나는 그게 보이지 않는 큰 침대에 누워 있는 프라우 엘제 남편의 목소리라는 걸 알았다.

「우도 베르거입니다.」 어둠 속에 서서 말했다. 그대로 나아가다 침대나 다른 가구에 부딪힐까 겁이 났다.

「아, 젊은 독일 친구. 우도 베르거, 우도 베르거, 괜찮은가?」

「예, 괜찮습니다.」

도무지 상상할 수 없는 방 내부에서 알겠다는 중얼거림이 들렸다. 그가 이렇게 말했다.

「내가 보이는가? 뭘 바라는 겐가? 영광스러운 방문의 이유가 뭐지?」

「서로 얘기를 해야 한다고 생각했습니다. 최소한 만나서 예의를 갖춰 생각을 나누고 싶었죠.」 속삭이듯 말했다.

「좋은 생각이네!」

「그런데 당신을 볼 수가 없네요. 아무것도 보이지 않는데……. 이렇게는 대화하기가 어렵잖습니까…….」

그러자 신음과 욕설, 바스락거리는 이불 속을 기어가는 소리가 들리더니 마침내 나와 3미터 정도 떨어진 곳에 취침등이 켜졌다. 목까지 단추가 채워진 파란 잠옷을 입은 프라우 엘제의 남편이 한쪽으로 몸을 기울인 채 미소 지었다. 일찍 일어난 거요, 아니면 아직 잠을 청하지 않은 거요? 두어 시간 잤습니다. 내가 말했다. 그의 얼굴에서 10년 전 옛 모습은 찾을 수 없었다. 너무도 순식간에 늙어 버렸다.

「게임 얘기를 하러 온 건가?」

「아니요. 부인 얘기를 하러 왔습니다.」

「내 아내라, 아내는 보다시피 여기 없는데.」

불현듯 프라우 엘제가 정말로 없다는 걸 깨달았다. 그가 이불 속으로 들어가 턱 끝까지 이불을 끌어 덮는 동안 나는 그게 악취미에서 나온 농담이거나 아니면 함정일 거라 생각하며 눈을 돌려 방 안을 살폈다.

「어디 있습니까?」

「그건 말이네, 젊은 친구. 자네도 나도 신경 쓸 일이 아니네. 내 아내가 뭘 하건 말건 그건 오직 그녀의 일 아닌가.」

프라우 엘제가 다른 놈 품에 있는 건가? 한 번도 얘기한 적 없는 숨겨 둔 애인이 있나? 마을 사람들 중에 있을 텐데, 호텔업자일까? 해물 요리 식당 주인일까? 남편보다 어리지만 나보다는 나이 든 사람일까? 아니면 치료라도 하듯이 고민거리를 털어 내려고 이 시간에 지방도를 달리고 있을까?

「자네, 실수를 많이 했더군.」 프라우 엘제의 남편이 말했다. 「소련을 너무 일찍 공격한 게 가장 큰 실수지.」

나는 순간적으로 그를 아작 내버릴 것 같은 증오의 눈빛으로 쏘아봤지만 바로 평정을 찾았다.

「이 게임에서 소련과의 전쟁을 피할 수 있다면…….」 그가 말을 이어갔다. 「나라면 그 전쟁을 시작하지 않았을 거네. 물론 독일의 입장에서 말이네. 영국의 저항을 과소평가한 것 또한 큰 실수지. 자네는 영국에서 시간과 돈을 잃었어. 적어도 전력의 50퍼센트를 거기에 쏟아야 했는데 동부에 손이 묶여 있어 그럴 수 없었지.」

「내가 없는 방에 몇 번이나 왔습니까?」

「자주 가진 않았네…….」

「그러고도 부끄럽지 않나요? 호텔 주인이 손님의 방

을 캐고 다니는 게 도덕적인가요?」

「상황에 따라 다르지. 모든 건 어느 정도 상대적이니까. 자네가 내 아내를 꼬이려고 한 건 도덕적인가?」 이불 밖으로 내민 그의 볼에 악의에 찬 미소가 번졌다. 「게다가 여러 번 그랬지. 아무 성과도 없이.」

「그건 달라요. 난 그 어떤 것도 숨기려 하지 않습니다. 당신 아내가 걱정돼서 그런 겁니다. 당신 건강도 그렇고. 그녀를 사랑합니다. 난 어떤 것과도 맞설 준비가 돼 있다고요……」 그는 화가 난 것 같았다.

「말을 아끼시게. 나 또한 자네와 게임하는 친구가 걱정스럽다네.」

「케마도 말인가요?」

「케마도. 그래, 케마도. 케마도. 자네가 어디에 휘말렸는지 모르는군. 쇠뿔처럼 위험한 녀석인데!」

「케마도가요? 소련 공격 때문에 그렇게 말하던가요? 내 생각엔 공적의 상당 부분이 당신에게 있다고 보는데요. 알고 보면, 그의 전략을 구상한 사람이 누구겠습니까? 어딜 방어하고 어딜 공격해야 하는지 조언해 준 사람이 누구죠?」

「날세, 나야. 나라고. 하지만 전부는 아니네. 그 녀석, 영리한 친구야. 조심하게! 터키를 감시해! 아프리카에서 손을 떼고! 전선을 줄여야 하지 않은가!」

---

102 Rita Hayworth(1918~1987). 미국의 영화 배우이자 무용가로 1940년대 최고의 스타였다.
103 Henry Liddell Hart(1895~1970). 영국의 군인이자 군사 전략가로 『전략론』의 저자이다.
104 Alexander Werth(1901~1969). 러시아 태생의 영국 작가로 종군 기자로도 활동했다.

「그렇게 하고 있어요. 그가 터키를 침공할 거라 생각하는 겁니까?」

「소련이 갈수록 강해지고 있으니 그런 사치도 누릴 수 있겠지. 다중 압박으로! 개인적으론 그럴 필요가 없다고 보지만 터키가 주는 이점은 분명하지. 해협은 물론이고 흑해 함대가 지중해로 나가는 걸 통제할 수 있으니 말이네. 영미 연합군이 이탈리아와 스페인에 상륙하고 뒤이어 소련군이 그리스에 상륙하면 자네는 경계선 뒤에 갇힐 수밖에 없을 테니까. 항복해야겠지.」

그는 침대 탁자에서 프라우 엘제가 내 방에서 가져간 복사본을 집더니 허공에 흔들어 보였다. 그의 볼이 붉어졌다. 나를 위협하는 인상이었다.

「저도 공격할 수 있다는 건 잊으신 모양이네요.」

「자네 참 재미있군! 결코 항복할 수 없다는 건가?」

「절대요.」

「그럴 줄 알았네. 내 아내한테도 집요하게 구는 걸 보고 하는 말이네. 난 그 시절엔 누구한테 딱지를 맞으면 리타 헤이워스[102]라도 버렸으니까. 이게 무슨 종이인지 아는가? 그래, 그저 그런 전쟁 도서 사본이지. 하지만 난 케마도한테 이걸 말해 준 적이 없다네. 나라면 리들 하트[103]의 간략하고도 정확한 『제2차 세계 대전사』나 알렉산더 워스[104]의 『러시아 전쟁』을 추천했을 걸세. 이건 자기 스스로 찾은 거네. 그게 의미하는 바는 분명하지. 내 아내처럼 나도 바로 눈치챘는데. 자네는 모르는가? 그 생각을 못 했구먼. 그러면 말일세, 내가 늘 청년들에게 큰 영향력이 있었다는 건 알아 두시게. 케마도는 그들 중에 아주 특별한 녀석이지. 그래서인지 내 아내가 자네한테 일어날지도 모르는 일에 대해 내게도 약간의 책임이 있다고 하더군. 내가 이리 아픈데!」

「무슨 말인지 모르겠군요. 제3제국 얘기라면, 제가 이 스포츠의 독일 전국 챔피언이라는 걸 알려드리죠.」

「스포츠라! 요즘엔 온갖 것에 스포츠라는 말을 붙이는군. 그건 절대 스포츠가 아니네. 그리고 난 제3제국을 말하는 게 아니라 그 불쌍한 녀석이 자네를 위해 준비하고 있는 계획에 대해 말하는 걸세. 게임에서가 아니라, 게임은 그저 게임일 뿐, 현실의 삶에서 말일세!」

난 어깨를 으쓱했다. 환자에 맞설 생각은 없었다. 그의 말을 믿지 못하겠다는 말을 대신해 우호적인 미소를 지어 보였다. 그러자 마음이 편해졌다.

「물론 나도 손댈 수 있는 게 별로 없다고 아내한테 말했지. 지금 녀석은 듣고 싶은 것만 듣는 데다 포화 상태에 이르렀으니 물러서리라고 생각지 않네.」

「프라우 엘제가 지나치게 제 걱정을 하는군요. 아무튼 좋은 사람이죠.」

그의 얼굴이 몽환적이고 투명한 분위기를 자아냈다.

「그렇지, 그럼, 아주 좋은 사람이지. 너무나도……. 자식도 두엇 정도 됐어야 했는데, 안타까울 뿐이지.」

그의 말이 저속해 보였다. 나는 그 불행한 작자가 불임일 거라는 추측을 하며 하늘에 감사했다. 프라우 엘제가 임신을 했다면 아마 몸의 균형이 깨졌을지도 모르는 일이다. 그녀가 없는데도 방을 지배하는 건 그녀였다.

「속으로는 다른 여자들처럼 엄마가 되고 싶어 한다네. 아무튼 다음 남자와는 운이 좋길 바랄밖에.」 그가 내게 윙크를 했다. 분명히 이불 안에서 손으로 음탕한 짓을 했을 거다. 「정신 차리게, 자네가 아닐 걸세. 일찍 알면 알수록 좋을 거야. 그래야 자네도 내 아내도 상처 받지 않을 테니. 자네한테 고마워한다는 건 분명하네만 말이네. 몇 해 전에 부모님과 델 마르에 왔다고 하더군. 부친 성함이 어떻게 되는가?」

「하인츠 베르거입니다. 부모님과 형과 왔죠. 여름마다.」

「기억나지 않는군.」

내가 신경 쓸 것 없다고 말했다. 프라우 엘제의 남편은 기억해 내려고 몰두하는 것 같았다. 어디가 불편한가 싶어 마음 졸였다.

「그럼 자네는 날 기억하나?」

「예.」

「어땠는가? 어떤 이미지였어?」

「키가 크고 아주 야위었죠. 흰 셔츠를 입고 있었고 당신 곁에선 프라우 엘제도 행복해 보였어요. 기억나는 게 많진 않아요.」

「그걸로 충분하네.」

크게 숨을 몰아쉬더니 얼굴이 편안해 보였다. 나는 너무 오래 서 있던 탓에 다리가 아파 왔다. 돌아가 잠을 좀 자거나 차를 몰고 어느 쓸쓸한 하구를 찾아 물에 몸을 담그고 깨끗한 모래에서 쉬고 싶었다.

「기다리게, 아직 할 얘기가 더 있네. 케마도를 멀리하게. 당장!」

「그러지요.」 피곤해하며 말했다. 「여기서 나가면요.」

「그리고 왜 자네 나라로 돌아가지 않는 겐가? 모르겠는가……. 이 호텔에 맴도는 불운과 불행을?」

찰리의 죽음을 두고 그렇게 얘기하나 보다 했다. 그

렇지만 악운의 호텔이라면 그건 델 마르가 아니라 찰리가 머문 코스타 브라바이지 않은가. 내 다정한 미소가 프라우 엘제의 남편 심기를 건드렸다.

「베를린이 무너지는 날 밤에 무슨 일이 벌어질지 생각이나 해봤나?」

나는 그가 말한 불행이 전쟁을 언급한 것임을 바로 이해했다.

「절 과소평가 마시죠.」 그렇게 말하며 나는 분명 커튼 뒤로 이어져 있을 안뜰의 풍경을 보려 했다. 왜 바다가 보이는 방을 택하지 않은 걸까?

그가 유충처럼 목을 늘였다. 창백한 얼굴에 피부는 열이 나서 반들거렸다.

「망상이네. 아직도 이길 거라 생각하는가?」

「노력은 해봐야죠. 회복할 능력은 됩니다. 소련군의 확장을 막을 공격을 준비할 수 있어요. 여전히 쓸 만한 전투력도 유지하고 있고……」 내가 이탈리아, 루마니아, 내 기계화 부대, 공군 재편, 프랑스 해변의 전진 기지를 어떻게 제거할 생각인지, 또 스페인 방어는 어찌할 건지 주절주절 늘어놓을수록 조금씩 머릿속이 얼어붙고 그 한기가 입천장으로, 혀로, 목으로 내려와 입에서 나오는 말들이 환자의 침대를 향해 김을 내고 있었다. 그가 웃으면서 말을 뱉었다. 짐 싸고 계산하고, 어? 그리고 여길 떠나게. 나는 그가 단지 날 도우려 한다는 게 섬뜩하게 느껴졌다. 그는 자기 방식대로, 그럴 필요가 있었기 때문에, 날 위해 밤을 새웠던 것이다.

「부인은 언제 돌아오나요?」 나도 모르게 실망한 어조로 말했다. 밖에선 새소리와 자동차 엔진 소리, 문소리가 들렸다. 프라우 엘제의 남편은 짐짓 모른 체하며 눕고 싶다고 말했다. 그 말이 사실이라는 듯 무겁게 눈을 감았다.

그가 정말로 잠들어 버릴까 봐 걱정스러웠다.

「베를린이 함락되면 무슨 일이 벌어질까요?」

「상황을 보니…….」 그가 눈을 감은 채 말을 이어갔다. 「케마도는 축하를 받는 것으로 족하지 않을 걸세.」

「그가 무슨 짓을 할까요?」

「가장 논리적인 일이겠지, 우도 베르거. 가장 논리적인 일. 생각해 보게. 승자가 뭘 하겠는가? 그의 상징이 뭐겠는가?」

나는 모르겠다고 털어놨다. 그가 침대 한쪽으로 몸을 돌린 탓에 마르고 앙상한 옆모습밖에 보이지 않았다. 나는 그 모습이 돈키호테를 닮았다고 생각했다. 운명처럼 일상적이고 잔혹하며 녹초가 된 돈키호테. 그런 생각이 날 혼란스럽게 했다. 아마도 그 모습에 프라우 엘제가 매료된 건 아닐까.

「모든 역사책에 나오잖은가.」 약하고 지친 목소리였다. 「독일에서도 그렇고. 전범에 대한 판결을 시작하지.」

나는 면전에서 대놓고 웃어 버렸다.

「게임은 결정적 승리, 전략적 승리, 근소한 승리나 비기는 것으로 끝나지, 판결이나 뭐 그런 식으로 말도 안 되게 끝나진 않죠.」 내가 큰 소리로 말했다.

「어이, 이보게. 그 불행한 녀석의 악몽에선 판결이 그 게임의 가장 중요한 일이네. 그 많은 시간을 가치 있게 하는 유일한 것이니. 나치를 교수형에 처하는 것 말일세!」

나는 뼈마디 하나하나의 소리가 들리도록 오른손 손

가락을 쫙 폈다.

「이건 전략 게임인데.」 내가 소곤거렸다. 「고도의 전략 게임. 당신이 말하는 광기가 대체 뭡니까?」

「난 단지 자네한테 짐을 챙겨서 사라지라고 충고할 따름이네. 베를린은 완전히, 단 하나의 진정한 베를린은, 오래전에 함락되지 않았던가, 그렇지?」

서로 쓸쓸하게 고개를 끄덕였다. 그런데 우리가 서로 다른 주제에 대해, 어쩌면 반대되는 주제에 대해 얘기하고 있다는 느낌이 갈수록 명확해졌다.

「누굴 심판하려 하는 겁니까? SS사단의 게임말들입니까?」 내 말이 우습게 들린 모양인지 그는 침대에서 몸을 들썩이며 비열하게 웃었다.

「케마도가 증오하는 사람이 자네일까 걱정이네.」 환자의 몸이 별안간 불규칙적으로 크고 분명하게 뛰는 맥박처럼 들썩거렸다.

「피고석에 앉힐 사람이 나라는 겁니까?」 평정을 유지하려 했지만 분노한 내 목소리는 떨리고 있었다.

「그렇네.」

「어떻게 할 것 같습니까?」

「해변이겠지. 불알 달린 사내니까.」 비열한 웃음이 더욱 길어지고 커졌다.

「날 계간할 작정이란 말입니까?」

「바보 같은 소리. 그런 걸 기대하는 거라면 잘못 짚었네.」

솔직히 난 혼란스러웠다.

105 독일 레겐스부르크에 있는 건축물로 독일의 역사를 빛낸 유명인들을 기리기 위한 장소이다.
106 Atahualpa(1502?~1533). 잉카 제국 최후의 황제. 이복형을 죽이고 황제가 되었으나 에스파냐의 침략자 피사로에게 체포되어 처형당했다.

「그럼 어쩐다는 겁니까?」

「보통 나치 돼지 새끼들은 터질 때까지 두들겨 패지. 그놈들이 바다에 피를 쏟게 말이야! 윈드서핑 하는 자네 친구와 함께 발할라[105]로 보낼 거야!」

「찰리는 나치가 아니에요, 내가 아는 한.」

「자네도 아니지. 하지만 전쟁이 이만큼 온 이상 케마도한테 그게 뭔 상관이겠어. 자네가 영국의 바닷가와 우크라이나의 밀밭을 밀어 버렸지. 시적으로 말해서 말이네. 이제 그가 우아하게 나올 거라고는 기대하지 말게.」

「당신이 이런 악마 같은 계획을 얘기해 준 겁니까?」

「아니네, 절대로. 그런데 재밌잖은가!」

「당신도 잘못이 있잖아요. 당신의 충고가 아니었다면 케마도는 그 어떤 기회도 없었을 겁니다.」

「틀렸네! 케마도는 내 충고를 간파하고 있었어. 어찌 보면 잉카의 아타우알파[106]를 생각나게 해. 스페인인들의 포로로 잡혀 그자들이 게임말을 움직이는 걸 보고 반나절 만에 체스를 배운 아타우알파 말이네.」

「케마도가 남미인입니까?」

「뜨겁지, 뜨거워…….」

「그럼 몸에 있는 화상 자국은……?」

「포상이지!」

내가 작별 인사를 할 때쯤 환자의 얼굴은 땀에 젖어 있었다. 프라우 엘제의 품에 안겨 하루 종일 위로받고 싶었다. 하지만 한참 뒤 그녀를 만났을 때, 훨씬 맥이 빠져 있던 나는 비방과 비난을 구시렁대는 데 그쳤다. 어디서 밤을 보낸 거야? 누구랑? 등등. 프라우 엘제는 눈빛으로 날 누르려 했지만(한편, 남편과 얘기를 했다는

데도 전혀 놀라지 않았다) 난 어떤 것에도 무감각했다.

1943년 가을. 케마도가 다시 공격했다. 나는 바르샤바와 베사라비아를 잃었다. 프랑스 서부와 남부가 영미 연합군 수중에 넘어갔다. 피곤해서인지 반격하지 못했다.

「네가 이기겠어, 케마도.」 낮은 목소리로 말했다.

「그래, 그런 것 같네.」

「그 뒤엔 뭘 할까?」 하지만 겁먹은 나는 대답을 듣지 않으려고 질문을 늘어뜨렸다. 「너의 전쟁 게이머 데뷔를 어디서 축하할까? 조만간 독일에서 돈이 오면 디스코텍에서 한바탕 놀자고, 여자들이랑. 샴페인도 터트리고! 뭐, 그런 식으로……」

케마도는 두 개의 거대한 부대를 움직이는 일에만 몰두한 채 한 마디 대답을 던졌고 나는 그 말의 상징적 의미를 눈치챘다. 「스페인에 갖고 있는 거 잘 감시해.」

연합군이 지금 프랑스 남부를 통제하고 있으니, 겉보기에 스페인과 포르투갈에 포위된 이탈리아 보병 1개 부대와 독일 보병 3개 부대를 의미하는 것인가? 사실 내가 원하기만 한다면 전략 재편 시에 지중해 항구를 통해 그들을 구출할 수 있지만, 난 그렇게 하지 않고 반대로 그들을 강화하여 위협을 하거나 측면으로 양동 작전을 벌일 것이다. 그렇게 하면 최소한 영미 연합군이 라인 강으로 진격하는 것은 지체시킬 수 있다. 케마도가 실제로 훌륭한 게이머라면 이런 전략적 가능성을 알고 있을 것이다. 아니면 다른 걸 말하는 거였나? 뭔가 개인적인 걸? 내가 스페인에 갖고 있는 게 뭐지? 나잖아!

9월 21일

「우도, 너 졸고 있잖아.」
「바닷바람 좀 쐬면 괜찮아.」
「과음에 잠도 모자라고, 그러면 안 되지.」
「그래도 내가 취한 걸 본 적은 없잖아.」
「가관이네. 그러니까 넌 혼자 있을 때만 취한다는 거네. 네 안의 악마를 대책 없이 계속해서 먹고 토하고 있는 거야.」
「걱정 마, 내 위는 무지무지 크니까.」
「눈 밑이 아주 새까마네. 날이 갈수록 창백해지고. 그러다가 투명 인간 되겠다.」
「내 피부가 원래 그래.」
「환자 얼굴이야. 귀도 막고 눈도 가리고 살잖아. 다 때려치우고 여기서 영원히 살 것처럼.」
「매일 내 돈을 내면서 사는 거잖아. 도와주는 사람 같은 거 없어.」
「돈 얘기가 아니라 건강 얘기잖아. 나한테 부모님 전

화번호라도 줬으면 너 좀 데려가라고 전화했을 거 아냐.」
「나 혼자도 잘 해.」
「그렇지 않으니까 그렇지. 넌 열을 내다가도 아주 고요하게 소극적으로 변하잖아. 어제는 나한테 소리를 지르더니 오늘은 오전 내내 테이블에서 일어나지도 않고 정신병자처럼 웃고 말이야.」
「낮과 밤이 헷갈려. 여기가 숨쉬기 편해. 날씨가 변했나 봐, 이젠 눅눅하고 답답하네……. 난 그냥 이 자리가 좋아…….」
「침대가 더 낫지.」
「내가 졸면서 꾸벅거려도 걱정할 거 없어. 햇빛 때문에 그런 거니까. 비추다 말겠지. 내 의지는 변치 않을 거야.」
「너 졸면서 말하고 있잖아!」
「자는 거 아냐, 그냥 그렇게 보일 뿐이지.」
「아무래도 의사 불러다 너 좀 봐달라고 해야겠다.」
「의사라고?」
「괜찮은 독일 의사가 있어.」
「아무도 안 왔으면 좋겠어. 솔직히 얌전히 앉아 바닷바람을 쐬고 있는데 네가 초대도 없이 와서 네 맘대로 설교를 늘어놓고 있는 거잖아.」
「네 상태가 안 좋으니까, 우도.」
「반면에 넌 유혹해 놓고 섹스 거부하는 여자 같지. 키스도 애무도 잘 하지만 그게 전부지. 있으나 마나에 공허한 약속만 하지.」
「목소리 줄여.」
「이제 큰 소리로 말해야겠네. 봐, 나 안 자고 있잖아.」
「좋은 친구로 얘기할 수도 있잖아.」

「계속해 봐, 알잖아. 내 인내심, 호기심은 끝이 없는 거. 사랑도 그렇고.」

「종업원들이 너한테 뭐라 그러는지 알아? 미친놈이래. 괜히 그러는 게 아니야. 하루 종일 테라스에서 관절염 걸린 노인네처럼 모포 하나 덮고 꾸벅꾸벅 졸다가 밤이 되면 천한 일을 하는 노동자를 불러다가 전쟁하는 사람으로 변하는 아주 추악한 병에 걸린 거지. 너한테 미친 동성애자라고 하는 사람도 있고 미친 괴짜라고 하는 사람도 있는 거 알아?」

「미친 괴짜라고! 멍청하기는. 미친놈은 전부 괴짜야. 그 얘긴 들은 거야, 아니면 네가 꾸며 낸 거야? 종업원들은 이해가 안 되면 사람을 멸시하지.」

「종업원들은 널 싫어해. 네가 호텔에 불행을 가져왔다고 생각하거든. 그들이 얘기하는 걸 들으면 네가 찰리처럼 물에 빠져 죽어도 안타까워하지 않을 것 같아.」

「다행이네, 수영할 일이 거의 없으니. 갈수록 날씨도 안 좋고. 어쨌거나 기분은 좋네.」

「여름마다 그렇지. 언제나 열 받게 만드는 손님이 꼭 있어. 근데 왜 하필 너냐고!」

「내가 게임을 지고 있는 데다 아무도 패자를 동정하지 않으니까.」

「네가 호텔 사람들을 정중히 대하지 않아서일지도 모르지……. 자지 마, 우도.」

「동부의 부대가 무너지는군.」 케마도에게 말했다. 「역사적으로 그랬듯이 루마니아의 측면이 깨지면 카르파티아 산맥, 발칸 산맥, 헝가리 평원, 오스트리아로 진격해 오는 러시아군의 물결을 막을 방도가 없지……. 제17군,

제1기갑군, 제6군, 제8군의 종말이 닥치는 거야……」

「다음 차례에서……」 피가 끓는 횃불처럼 타오르며 케마도가 중얼거린다.

「다음 차례에서 내가 진다는 건가?」

「마음속으론, 정말 마음 깊이는, 널 사랑해.」 프라우 엘제가 말한다.

「이번이 전쟁에서 가장 추운 겨울이야. 이보다 최악은 없을 거야. 깊은 웅덩이에 빠져서 나갈 수 없을 것 같아. 자신감이란 아주 엿 같은 조언자지.」 나는 객관적으로 말한다.

「복사본은 어디 있어?」 케마도가 묻는다.

「프라우 엘제가 네 선생한테 줬어.」 케마도에게 선생이나 그럴 만한 사람이 없다는 걸 알고도 그렇게 대답했다. 나라면 모를까. 게임을 가르친 사람이 나니까! 하지만 그렇지도 않다.

「난 선생이 없어.」 케마도가 말한다. 예상대로.

오후에 나는 게임을 시작하기에 앞서 너무 지친 나머지 침대에 누웠다. 꿈을 꿨는데 꿈속에서 나는 탐정이었고(플로리안 린덴인가?) 어떤 흔적을 따라가다가 「인디아나 존스: 미궁의 사원」에서 본 듯한 사원에 들어갔다. 거기서 뭘 했지? 모르겠다. 기억나는 거라곤 아무 생각 없이 복도와 회랑을 즐기듯 돌아다녔다는 것과 그 안의 추위가 어린 시절 느꼈던 추위와, 한순간이긴 했지만, 모든 걸 하얗게 얼어붙게 만든 어느 혹한의 겨울을 떠올리게 했다는 것뿐이다. 나는 마을의 구릉 속 지하 깊은 곳에 세워진 사원 중심부에 들어섰고 원뿔 모양 조명이 비추는 그곳에서 체스를 두고 있던 사내를 만났다. 아무도 말해 주지 않았지만 난 그가 아타우알파라는 걸 알았다. 가까이 가보니 그의 어깨너머로 그을린 검은 게임 말들이 보였다. 무슨 일이 벌어진 걸까? 인디오 황제가 고개를 돌려 무심코 날 쳐다보더니 누군가 검은 게임말들을 불에 던져 버렸다고 말했다. 무슨 이유로? 불순하다는 이유로? 아타우알파는 대답 대신 백색 여왕을 검은 말의 방어 지역 안으로 옮겼다. 잡아먹으라는 거군! 그런 생각이 들었다. 그리고 아타우알파 혼자 하는 게임이니 그래도 상관없겠다고 혼잣말을 했다. 뒤이은 순서에서 백색 여왕이 비숍에 제거됐다. 혼자 경기하면 함정을 판들 무슨 소용입니까? 내가 물었다. 이번엔 고개도 돌리지 않고 팔을 뻗어 둥근 천정과 화강암 바닥으로 이어진 사원 안쪽의 어두운 곳을 가리켰다. 그가 가리킨 곳으로 몇 발자국 다가갔더니 붉은 벽돌과 버린 쇠로 된 보호막이 있는 거대한 벽난로가 보였다. 거기엔 수백 개의 장작이 타고 남은 재가 있었다. 재 여기저기로 여러 종류의 체스 말들이 삐죽삐죽 나와 있었다. 이게 무슨 의미? 머리끝까지 분노와 화가 치밀어 오른 나는 몸을 돌려 아타우알파에게 체스를 하자고 소리쳤다. 그는 체스판에서 고개도 들지 않았다. 그런데 자세히 살펴보니 처음 봤을 때 생각했던 것과 다르게 그가 그리 늙지 않았다는 걸 알았다. 가늘고 긴 손가락과 얼굴을 거의 뒤덮다시피 한 지저분한 장발 때문에 잘못 봤던 것이다. 나는 꿈에서 깨어나길 바라며 사내라면 나랑 게임을 하자고 외쳤다. 등 뒤에 있던 벽난로가 내게도, 체스에 몰두한 인디오에게도 낯선 존재, 차갑고도 뜨거운 어떤 살아 있는 존재 같은 느낌이 들었다. 어찌 공예가의 아름다운 작품을 파괴하는 거요? 내가 물었다. 인디오가 웃었다. 그 웃음은 목에서 나오는 게 아니었다. 경기가 끝나자 자리에서 일어나 쟁반에 체스판과 게임말을 담더니 벽난로 쪽으로 갔다. 나는 그가 그걸 태워 버릴 거라고 생각했지만 그저 지켜보는 게 현명한 처신이었다. 장작에 다시 불꽃이 타올랐고, 얼마 되지 않는 나뭇조각들을 삼킨 불길은 이내 사그라졌다. 아타우알파의 시선이 사원의 둥근 천장에 박혔다. 너 누구야? 그가 말했다. 내 입에서 환상적인 말이 나왔다. 난 플로리안 린덴이고 카를 슈나이더의 살인자를 찾고 있어. 찰리라고도 하는데 이 마을로 여행을 왔지. 인디오가 나를 경멸적으로 쳐다보더니 불빛이 있는 중앙으로 돌아갔는데, 그곳에는 마술처럼 새 체스판과 게임말이 그를 기다리고 있었다. 뭐라고 투덜거렸는데 무슨 말인지 알 수 없어서 다시 한 번 말해 달라고 했다. 바다가 그를 죽였어. 그의 애정과 우둔함이 그를 죽인 거야. 동굴 안에 그의 건조한 스페인어가 울려 퍼졌다. 나는 꿈이 더 이상 의미가 없음을, 아니면 그 끝에 다다랐음을 알고 서둘러 마지막 질문을 던졌다. 체스 말을 신에게 바친 건가? 게임을 혼자 하게 된 이유가 뭐지? 이 모든 건 언제 끝나는 거야? (아직도 이 질문의 의미를 모르겠다.) 사원의 존재를 아는 사람이 더 있어? 어떻게 나가지? 인디오가 첫 수를 두더니 큰 숨을 내쉬었다. 우리가 어디에 있다고 생각해? 그가 물었다. 마을 구릉 아래 있는 것 같은데 확실히는 모르겠다고 솔직히 말했다. 틀렸어. 그가 말했다. 어딘데? 내 목소리가 점점 신경질적으로 변해

갔다. 솔직히 무서워서 나가고 싶었다. 아타우알파의 번뜩이는 눈이 얼굴을 가린 폐수 폭포 같은 머리카락 틈으로 나를 주시하고 있었다. 모르겠다고? 어떻게 여기에 온 거야? 모르겠어. 내가 말했다. 해변을 따라 걷다가……. 아타우알파가 키득거렸다. 우린 페달보트 밑에 있어. 그가 말했다. 운이 좋아서 케마도가 조금씩 대여를 하면, 날씨가 나쁘면 확신할 수 없지만, 나갈 수 있을 거야. 내가 마지막으로 기억하는 건 인디오에게 소리를 지르며 덤벼들었다는 것이다……. 샤워할 시간도 없이 케마도를 데리러 내려갈 바로 그 시간에 잠에서 깼다. 사타구니와 허벅지 안쪽이 후끈거렸다. 폴란드와 서부 전선에서 심각한 실수를 했다. 지중해에선 케마도가 리비아와 튀니지 서부에 유인책으로 남겨 둔 소수의 군단을 쓸어버렸다. 다음 순번이면 이탈리아도 빼앗길 것이다. 1944년 여름이면 게임에서 패할지도 모른다. 그럼 어떻게 될까?

9월 22일

아침인지 낮인지도 모르고 일어나 식사를 하러 갈 때였다. 식당의 별실 테이블에 앉아 케이크에 차를 마시고 있던 프라우 엘제와 그의 남편, 그리고 모르는 사람이 보였다. 큰 키에 금발, 제대로 태닝한 그 남자가 대화를 주도하고 있었고 프라우 엘제와 남편은 때때로 그의 기지나 농담에 서로 머리가 부딪칠 정도로 몸을 흔들고 그만하라는 듯 손을 저어 가며 웃어 댔다. 그 테이블에 끼어도 될지 생각해 봤지만 나는 바 테이블에 앉아 밀크커피를 주문했다. 종업원은 평소와 다르게 놀라우리만치 신속하게 내 주문에 정성을 들였지만 결과는 엉망이었다. 커피를 쏟아 버렸고 우유는 너무 뜨거웠다. 나는 손으로 얼굴을 가리고 종업원이 치우기를 기다리며 그 악몽에서 도망치고 싶었다. 어쩔 수 없이 계산을 하자마자 달려 나와 방으로 돌아왔다.

잠깐 눈을 붙이고 일어났는데 어지럽고 구역질이 났다. 슈투트가르트에 통화를 요청했다. 누군가와 말을 해야 했는데 콘라트가 최적이었다. 조금씩 진정되는 느낌이었지만 콘라트 집엔 아무도 없었다. 전화를 취소하고 한동안 방을 돌아다니며 탁자를 지날 때마다 독일군 방어 배치를 살펴봤다. 발코니에도 나가 보고 벽과 문을 때리고, 아니, 가볍게 툭툭 쳐보고 내 배 속에서 기지개를 켜는 신경줄을 잠재워야 했다.

잠시 후, 전화벨이 울렸다. 누군가 찾아왔다는 전화였다. 아무도 만나고 싶지 않다고 했지만 프런트 직원은 끈질겼다. 나를 만나지 않고는 돌아가지 않겠다고 했단다. 알폰스라고 했다. 알폰스? 전혀 기억나지 않는 이름이었다. 옥신각신하는 소리가 들렸다. 나와 취하도록 술 마신 디자이너! 나는 만나고 싶지 않다며 방문을 허락하지 말라고 했다. 수화기로 방문자의 목소리가 아주 똑똑히 들렸다. 교양이 없다느니, 예의가 없다느니, 우정이 없다느니 같은 말을 했다. 나는 전화를 끊었다.

1~2분쯤 지났을까, 길에서 비통하게 절규하는 소리가 들려 발코니로 나갔다. 대로 한복판에서 디자이너가 호텔 문에 대고 고래고래 소리를 지르고 있었다. 근시였는지 나를 보지 못했다. 잠시 후, 나는 그가 계속 후레자식이라고 욕하고 있음을 알았다. 머리는 헝클어져 있었고 어깨에 큰 심을 넣은 겨자색 재킷을 입고 있었다. 차에 치일까 걱정했지만 그 시간 마리티모 대로는 운 좋게 텅 비어 있었다.

맥이 풀려 침대에 누웠지만 이제 잠이 오지 않았다. 욕설은 멎었지만 머릿속에선 모욕적이고 불가해한 말들이 윙윙거렸다. 프라우 엘제와 있던 그 이름 모를 수다쟁이 자식은 누굴까. 애인? 가족의 친구? 의사? 의사는 아니다. 의사는 말수가 적고 훨씬 비밀스럽다. 콘라트는 잉게보르크를 다시 만났을까. 두 사람이 손을 잡고 가을 길을 따라 산책하는 모습을 상상했다. 콘라트가 덜 소심하다면! 수많은 상상을 그려 보자니 내 눈에 고통과 기쁨의 눈물이 맺혔다. 그 두 사람을 얼마나 마음 깊이 사랑하는데.

생각에 잠겨 있던 나는 돌연 이 호텔이 고요한 겨울 속에 침잠한 것 같았다. 나는 불안에 휩싸여 다시 방을 돌아다녔다. 하지만 생각을 정리하지도 못한 상태로 전략적 전황을 연구했다. 기껏해야 세 차례, 운이 좋으면 네 차례 정도 버틸 수 있었다. 헛기침을 하고 큰 소리로 말했다. 노트 사이에 끼워 둔 엽서를 찾아 마분지 같은 표면 위로 볼펜이 미끄러지는 소리를 들으며 글을 썼다. 괴테의 시를 낭송했다.

> 그리하여 죽어서 이루어지리라!
> 이를 갖지 못하는 한
> 너는 그저 어두운 땅의
> 아둔한 객(客)일 뿐.[107]

아무것도 소용없었다. 고독을, 존재의 나약함을 달래보려고 콘라트와 잉게보르크, 프란츠 그라뵵스키에게 전화를 걸었지만 아무도 받지 않았다. 순간적으로 난 슈투트가르트에 아예 사람이 없다고 생각했다. 수첩을 부채처럼 펴놓고 되는 대로 전화를 걸었다. 그러다 우연히 마티아스 뮐러에게 걸었다. 그는 강행군의 멤버로 나

---

[107] 괴테의 시 「복된 동경Selige Sehnsucht」의 마지막 연이다.

와는 공공연한 적이었다. 집에 있었다. 우리는 서로 당황했던 것 같다.

뮐러는 짐짓 남자다운 목소리로 흥분을 드러내지 않으려고 애썼다. 그러니 귀국을 축하한다는 말도 냉랭할 수밖에. 그는 당연히 내가 돌아왔다고 생각했다. 게다가 내가 파리에서 할 발표 준비에 그를 초대하리라 기대하고 있었다. 나는 그게 아니라고 했다. 나 아직 스페인이야. 나도 들은 게 있어. 그가 거짓말을 했다. 그는 내가 스페인에서 전화를 한 것이 함정이나 모욕이라도 되는 양 바로 방어적으로 나왔다. 그냥 걸어 본 거야. 내가 말했다. 대답이 없었다. 방에 틀어박혀 닥치는 대로 전화를 했는데 네가 당첨된 거야. 내가 크게 웃어 재끼자 뮐러도 따라 웃으려 했지만 될 리가 없었다. 그저 귀에 거슬리는 난잡한 소리만 들렸다.

「내가 당첨자구나.」 그가 내 말을 따라 했다.

「그렇지. 그 많은 슈투트가르트 사람들 중에 네가 당첨된 거야.」

「내가 당첨되다니. 그런데 전화번호부에서 고른 거야? 아니면 네 수첩에서 고른 거야?」

「내 수첩에서.」

「그럼 아주 운이 좋았던 건 아니네.」

뮐러의 목소리가 갑자기 눈에 띄게 바뀌었다. 잡생각에 빠진 열 살배기 어린애와 대화하는 것 같았다. 어제 클럽에서 콘라트 봤는데. 그가 말했다. 못 알아보게 변했더라. 알고 있었어? 콘라트? 스페인에 온 지가 얼만데 어떻게 알겠어? 마침내 올여름엔 누군가 녀석을 사냥한 모양이야. 사냥? 응, 쓰러지고, 반쯤 미치고, 추락하고,

잿더미가 되고, 총알을 맞았지. 사랑에 빠진 거지. 그가 결론지었다. 콘라트가 사랑에 빠졌다고? 수화기 건너편에서 〈아하〉라고 수긍하는 소리가 들렸고 우리는 얘기할 선을 넘었다는 듯이 곤혹스레 침묵을 이어 갔다. 마침내 뮐러가 입을 열었다. 코끼리가 죽었어. 코끼리가 대체 뭔데? 내 강아지. 그렇게 말하더니 갑자기 무슨 흉내를 내는지 꿀, 꿀, 꿀 하는 소리가 들렸다. 그거 돼지였어! 개가 돼지처럼 짖었다는 건가? 나중에 보자. 나는 서둘러 말하고 전화를 끊었다.

날이 어두워질 때쯤 프런트에 전화해서 클라리타를 찾았다. 프런트 직원이 없다고 말했다. 역겹다는 투의 대답 같았다. 누구시죠? 프라우 엘제가 목소리를 연기하며 나를 속이고 있다는 의심이 피가 넘치는 수영장이 나오는 공포 영화처럼 가슴을 파고들었다. 프런트 직원 누리아입니다. 대답이 들렸다. 잘 지내요, 누리아? 독일어로 인사를 건넸다. 잘 지냅니다. 감사합니다. 당신은요? 그녀가 독일어로 대답했다. 아주 잘 지내죠. 프라우 엘제가 아니었다. 나는 기쁨에 몸을 떨며 침대에서 뒹굴다 떨어졌다. 양탄자에 얼굴을 박고 오후 내내 참아 왔던 눈물을 펑펑 쏟았다. 이윽고 목욕을 하고, 면도를 하고 기다렸다.

1944년 봄. 스페인과 포르투갈, 이탈리아(트리에스테만 빼고)를 뺏겼다. 라인 서부의 마지막 교두보, 헝가리, 쾨니히스베르크, 단치히, 크라쿠프, 브레슬라우, 포젠, 우지(오데르 동부로는 콜베르크만 남았다), 베오그라드, 사라예보, 라구사(유고슬라비아엔 자그레브만 남았다), 4개 전차 군단과, 10개 보병 군단, 14개 공군 기지를 잃었다······.

9월 23일

 길거리에서 소음이 들리자 바로 잠에서 깼다. 하지만 몸을 일으켰을 땐 아무 소리도 들리지 않았다. 누군가 날 불렀다는 느낌이 강하게 들었지만 확신할 수 없었다. 속옷 차림으로 발코니에 나갔다. 아직 해가 뜨지 않았다. 아니면 벌써 떴는지도 모른다. 호텔 현관에 사이렌을 켜놓은 구급차가 서 있었다. 구급차 후미와 호텔 계단 중간에 세 사람이 있었는데 큰 손짓을 하며 낮은 목소리로 얘기하고 있었다. 말소리가 너무 작아 발코니에선 알아들을 수 없었다. 수평선은 폭풍의 전조처럼 군청색으로 물들어 있고 그 틈새로 밝은 빛이 쏟아지고 있었다. 텅 빈 마리티모 대로에는 캠핑장을 향해 바다와 맞닿은 인도를 걸어가는 그림자 하나가 보였다. 그 시간에(그런데 몇 시였지?) 캠핑장은 회백색 돔, 해안선에 세워진 양파 모양의 원형 지붕 같았다. 반대편 끝에 보이는 항구는 불빛이 희미했다. 아니면 그제야 불을 켰는지도 모른다. 대로가 젖은 것으로 보아 비가 왔음을 쉽게 알 수 있었다. 갑자기 대기하고 있던 사람들이 지시에 따라 움직이기 시작했다. 호텔 문과 구급차 문이 동시에 열렸고 한 쌍의 남녀 간호사가 들것을 들고 계단을 내려왔다. 그들과 약간 거리를 두고 환자의 머리맡 뒤로 빨간색 긴 코트를 입은 프라우 엘제와 그 구릿빛 피부의 수다쟁이 사내가 나타났고 프런트 직원, 경비, 종업원, 식당의 뚱보 아줌마가 뒤를 따랐다. 들것에는 목까지 모포를 덮은 프라우 엘제의 남편이 누워 있었다. 내 눈엔 그들이 극도로 조심스럽게 계단을 내려가는 것 같았다. 모두가 환자를 주시하고 있었다. 들것에 누운 환자는 괴로운 표정으로 계단을 내려가는 방법을 중얼거리듯 일러 주고 있었다. 하지만 누구도 그의 말에 신경 쓰지 않았다. 바로 그 순간 그와 나의 시선이 발코니와 길 사이의 투명한(그리고 떨리는) 허공에서 마주쳤다.

이렇게.

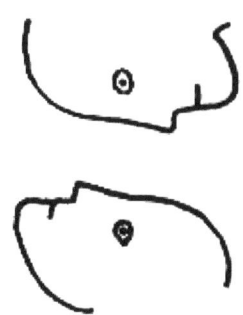

이후 문이 닫히고 구급차는 차 한 대 없는 텅 빈 대로를 사이렌을 울리며 달려갔다. 1층 창밖으로 새어 나오던 불빛도 약해졌다. 델 마르가 다시 고요해졌다.

1944년 여름. 크레프스,[108] 프라이타크-로링호펜,[109] 게르하르트 볼트.[110] 나는 그들처럼 패전을 알면서도 전쟁 보고서를 썼다. 머지않아 폭풍이 몰아치기 시작하더니 이제 열어 둔 발코니로 비가 들이치고 있다. 아주 길고 앙상한 어머니의 손 같은 그 비는 내게 교만의 위험을 알려 주는 것 같았다. 호텔 입구에 경비가 없어서 케마도는 아무 문제 없이 내 방에 올 수 있었다. 만조야. 나한테 떠밀려 들어간 욕실에서 수건으로 머리를 닦으면서 중얼거렸다. 그를 두들겨 팰 수 있는 최적의 순간이었지만 손끝 하나 까딱하지 않았다. 수건이 덮인 케마도의 머리가 냉혹하고도 눈부신 매력을 발산했다. 발아래로 물이 고였다. 게임 시작 전에 젖은 셔츠를 벗고 내 것을 입으라고 했다. 약간 작긴 했지만 그래도 마른 셔츠였다. 이제 와서 뭔가 선물하는 게 이상하다는 듯, 케마도는 말없이 셔츠를 입었다. 여름의 끝이자 게임의 끝이었다. 오데르 강과 라인 강 전선이 첫 공격에 무너졌다. 케마도가 춤을 추듯 탁자 주위를 돌았다. 어쩌면 진짜 춤을 춘 건지도 모른다. 내 마지막 원형 방어선은 베를린-슈체친-브레멘-베를린이었고 바이에른 군단과 이탈리아 북부를 포함한 나머지 부대는 보급이 끊긴 상태였다. 오늘은 어디서 잘 거야, 케마도? 내가 물었다.

108 Hans Krebs(1898~1945). 독일군 육군 장군으로 제2차 세계 대전에서 활약했다. 1945년 전황이 불리해지자 뜻을 같이하는 장군들과 자살했다.
109 Bernd Freytag von Loringhoven(1914~2007). 독일 연방군 소장. 제2차 세계 대전에 참전했으며 히틀러 암살 미수 사건에 연루된 혐의를 받았으나 구데리안의 도움으로 체포를 면했다.
110 Gerhard Boldt(1918~1981). 독일군 장교로 제2차 세계 대전에 참전했다. 로링호펜과 친구였으며 전범 책임을 면했다.

내 집에서. 케마도가 대답했다. 하고 싶은 질문이 많았는데 목구멍 밖으로 나오지 않았다. 그와 헤어진 후 발코니에 나가 비 오는 밤을 바라봤다. 우리 모두를 충분히 집어삼킬 만큼 거대한 밤이었다. 내일이면 필시 내가 패할 것이다.

9월 24일

늦잠을 잤다. 입맛도 없었다. 돈도 거의 바닥났다. 차라리 잘된 일이다. 여전히 비가 내리고 있었다. 프런트에서 프라우 엘제를 찾으니 남편과 함께 바르셀로나나 헤로나의 〈종합 병원〉에 있다고 했다. 남편의 상태가 위중한 게 확실했다. 밀크 커피와 크루아상으로 아침을 때웠다. 식당에는 홀로 남은 종업원이 수리남 노인 다섯과 나를 시중들고 있었다. 델 마르가 순식간에 텅 비어 버렸다.

한낮에 발코니에 앉아 있다가 시계가 죽었다는 걸 알았다. 태엽도 감아 보고 때려 보기도 했지만 소용없었다. 언제 멈췄을까? 이게 무슨 의미일까? 그 의미를 알고 싶다. 발코니 난간 사이로 마리티모 대로를 서둘러 지나가는 몇 안 되는 행인들을 보던 중에 항구 쪽으로 걸어가는 로보와 코르데로가 보였다. 둘 다 청재킷을 입고 있었다. 인사를 하려고 손을 들었지만 날 보지 못했다. 수캉아지처럼 물웅덩이를 뛰어넘으며 서로 밀치고 웃어 댔다.

얼마 뒤에 식당으로 내려갔다. 수리남 노인들을 다시 만났다. 노란 쌀에 해산물이 가득한 파에야에 둘러앉아 있었다. 옆 테이블에 앉아 햄버거와 물 한 잔을 주문했다. 수리남인들은 말이 빨랐다. 네덜란드어인지 모국어인지 알 수 없었다. 그들의 웅성거림에 난 잠시 안정을 찾았다. 햄버거를 들고 온 종업원에게 그들이 호텔에 남은 전부냐고 물어봤다. 아닙니다. 낮에 버스로 관광 나간 손님들이 있습니다. 제3연령대 분들이죠. 제3연령대요? 재미있네요. 늦게 돌아오나요? 늦게 오죠. 여흥을 즐기면서. 종업원이 말했다. 식사를 하고 방으로 돌아가 뜨거운 물로 샤워를 하고 누웠다.

일어났을 땐 짐을 꾸리고 수취인 부담으로 독일에 전화 통화를 요청하기에 충분한 시간이 남아 있었다. 해변에서 읽으려고 가져온 소설들은(한 장도 넘기지 못했다) 프라우 엘제가 돌아오면 볼 수 있도록 침대 탁자에 놔두고 플로리안 린덴의 책만 챙겼다. 잠시 후, 프런트 직원이 통화가 연결됐다고 알려 줬다. 콘라트가 전화를 받은 것이다. 나는 통화가 돼서 기쁘다며 운이 좋으면 곧 볼 거라고 짧게 말했다. 처음엔 무뚝뚝하고 서먹해하던 콘라트가 내 말의 진지함을 이해하는 데는 그리 오래 걸리지 않았다. 이제 못 본다는 건가? 같잖은 질문이었다. 그렇지 않다고 했지만 내 목소리는 갈수록 확신이 없었다. 전화를 끊기 전에 우리는 클럽의 야회와 잊지 못할 영웅적 경기들에 대해 얘기하고 마티아스 밀러와의 통화를 들려주며 배꼽 잡고 웃었다. 잉게보르크 좀 부탁해. 이 말로 전화를 끊었다. 그렇게. 콘라트의 대답이 무거웠다.

    문을 반쯤 열어 두고 기다렸다. 케마도의 도착을 알리는 엘리베이터 소리가 났다. 겉보기에도 방이 전날 밤과 달라 보였다. 여행 가방을 침대 옆에 잘 보이게 놔뒀는데 케마도는 눈길 한번 주지 않았다. 우리는 자리에 앉았다. 나는 침대에, 그는 탁자에. 우리는 빙하 속을 드나드는 능력이 있기라도 한 듯 잠시 서로 말이 없었다. (지금 생각해 보면 케마도의 얼굴은 밀가루나 달처럼 완전히 하얬다. 물론 그 엷은 화장 밑으로 화상 자국이 보였다.) 시작은 그의 몫이었다. 계산할 필요도 없으니 수첩도 가져오지 않았다. 어쨌든 게임의 모든 기본 자원 포인트가 그의 것이었다. 그는 러시아군으로 베를린을 무너뜨렸다. 영미 연합군으로는 혹시라도 내가 베를린을 수복하려고 보낼 수 있는 부대들을 박살 냈다. 그렇게 손쉽게 승리를 차지했다. 내 차례가 오자 나는 브레멘 지역의 전차 부대를 움직여 연합군 장벽에 처박았다. 사실 그건 상징적인 이동이었다. 나는 바로 패배를 인정하고 항복했다. 이제 어쩔 거야? 내가 말했다. 케마도는 크게 한숨을 내쉬더니 발코니로 나갔다. 내게 오라는 손짓을 했다. 비바람에 대로에 있는 야자수들이 거세게 흔들렸다. 케마도가 손으로 전방의 방벽 위쪽을 가리켰다. 페달보트 성채가 있는 해변에 세인트 엘모의 불[111]처럼 비현실적인 빛이 흔들리고 있었다. 페달보트 안에 불이 있는 건가? 케마도가 비처럼 포효했다. 그때 나는 저

---

   111 비가 내리거나 번개가 칠 때 피뢰침, 배의 돛대 탑 꼭대기 등에서 나타나는 방전 현상.

승에서 나의 패배를 위로하러 찰리의 유령이 오고 있다고 생각했으며 이 사실을 털어놓더라도 수치스럽지 않을 것 같았다. 나는 넋이 나갈 지경이었다. 케마도가 말했다. 「가자, 돌이킬 수 없어.」 그를 따랐다. 호텔 계단을 따라 아무도 없는 밝은 프런트를 지나 대로 한복판까지 내려갔다. 뺨을 때리는 비에 기운이 빠졌다. 그 자리에 멈춰 소리쳤다. 거기 누가 있는데? 케마도는 대꾸도 없이 해변으로 들어갔다. 아무 생각 없이 뒤따라 달렸다. 이내 내 앞에 페달보트 무더기가 나타났다. 비 때문인지 거세지는 파도 때문인지는 모르지만 페달보트들이 모래 속에 빠진 것 같았다. 모두 침잠하는 것인가? 나는 나도 모르게 이곳에 이끌려 와 낯선 사람들이 전쟁을 논하던 광경을 훔쳐본 그 밤이 떠올랐다. 나중에 난 그 사람을 프라우 엘제의 남편으로 간주했다. 그때의 더위를 떠올리며 내 몸이 느끼는 더위와 비교해 봤다. 발코니에서 봤던 불빛은 페달보트 움막 안에서 거칠게 흔들리고 있었다. 결의와 피로가 한데 뒤섞인 얼굴로, 페달보트의 앞부분을 양손으로 지탱하고 보트의 틈바구니로 그 불빛과 함께 있는 자가 누구인지 찾으려 했지만 허사였다. 온 힘을 다해 구조물을 뜯어내려 했지만 낡은 철판과 나무 바닥에 손바닥만 긁힐 따름이었다. 그 성채는 화강암처럼 단단했다. 내가 잠시 한눈을 판 사이, 케마도는 페달보트에 등을 기대고 멍하니 폭풍을 바라보고 있었다. 저기 누가 있는 거야? 제발, 대답 좀 해. 내가 소리쳤다. 나오지도 않을 대답을 기다릴 수 없어 움막을 뜯어내려다 발을 헛디뎌 모래 위에 넘어졌다. 엉거주춤 몸을 일으키고 있을 때 케마도가 내 옆에 와 있었다. 이제 어쩔 도리가 없다고 생각했다. 케마도가 손으로 내 목을 틀어쥐고 들어 올렸다. 두어 번 주먹을 날렸지만 소용없었다. 그래서 발길질을 해보려 했지만 사지가 양털처럼 늘어지고 말았다. 케마도가 들었을지는 모르지만, 난 내가 나치가 아니며 아무 죄도 없다고 중얼거렸다. 그것 말고는 아무것도 할 수 없었다. 폭풍과 파도에 고취된 케마도의 힘과 결의는 불가항력이었다. 그때부터의 기억은 흐릿하고 파편적이다. 지푸라기 인형처럼 일으켜져 예상과 달리(익사) 페달보트 움막 입구로 질질 끌려갔다. 저항하지 않고 계속 애원했다. 목과 허벅지를 붙들린 채 내부로 들어갈 때를 빼고는 눈을 뜨고 있었다. 하지만 그 순간엔 눈을 감았다. 나는 〈어두운 땅의 아둔한 객처럼〉 맑지도 어둡지도 않은 어떤 날에 와 있었고, 케마도는 영원히 고통 받는 사람처럼 만화나 악몽에 나오는 구불구불한 길을 따라 마을과 나라를(그런데 어느 나라지? 스페인? 유럽 연합?) 떠나고 있었다. 모래에 처박히는 순간 눈을 떴는데 가스 랜턴이 몇 센티미터 옆에 있었다. 나는 구더기처럼 꿈틀거리면서 나 혼자뿐임을, 랜턴 옆에는 아무도 없음을 깨달았다. 그 랜턴은 애초부터 폭풍 속에 계속 켜져 있던 것으로, 내가 호텔 발코니에서 그 불빛을 볼 수 있게 해주고 있었다. 케마도는 밖에서 성채 주위를 돌며 웃고 있었다. 모래에 빠지는 그의 발소리와 소년같이 맑고 행복한 그의 웃음소리가 들렸다. 몇 개 되지 않는 케마도의 물건들 틈에서 무릎 꿇린 채 얼마나 거기 있었을까? 알 수 없다. 거기서 나올 즈음, 비는 이미 그쳐 있었고 수평선으로 날이 밝기 시작했다. 랜턴을 끄고 구멍 밖으로 나왔다. 케마도는 페달보트에서 멀찌감치 떨어져 다리를 꼬고 앉아 동쪽을 바라보고 있었다. 완전히 죽은 상태에서 균형을 유지하고 있는지도 몰랐다. 멀찍이 다가가 그에게 말했다. 안녕.

9월 25일. 카사노바 바. 혼케라

 날이 밝자마자 델 마르를 나왔다. 아무도 자동차 소리를 듣지 못하게 조심하며 천천히 마리티모 대로를 달렸다. 코스타 브라바쯤에서 방향을 틀어 자동차 전용 주차장에 차를 세웠다. 휴가를 시작할 무렵 찰리가 윈드서핑 보드를 보여 준 곳이었다. 페달보트로 가는 동안 운동복을 입고 캠핑장을 향해 달리는 한 쌍을 빼고는 아무도 보이지 않았다. 비는 이미 멎어 있었다. 청명한 공기로 보아 오늘 날씨는 맑을 것 같았다. 하지만 모래는 여전히 젖어 있었다. 페달보트에 도착해서 케마도의 소리가 들리지 않을까 귀를 기울였다. 안에서 아주 부드럽게 코 고는 소리가 들리는 것 같았지만 확신하진 못했다. 비닐 봉투에 제3제국을 담아 갔었다. 페달보트를 덮고 있는 방수포 위에 조심스레 게임을 올려 두고 차로 돌아왔다. 오전 9시에 마을을 벗어났다. 길거리가 거의 비어 있어서 지역 휴일이 아닌가 생각했다. 세상 사람들이 모두 침대에 있는 것 같았다. 고속 도로엔 나와 같은 방향으로 가는 프랑스, 독일 번호판을 단 차들이 나타나며 차량이 늘어났다.
 난 지금 혼케라에 있다.

9월 30일

3일 동안 아무도 만나지 않았다. 어제 클럽에 들르긴 했지만 속으론 친구들을 만나는 게 좋은 생각이 아니라고 믿었다. 적어도 당분간은 말이다. 콘라트는 외떨어진 테이블에 앉아 있었다. 그새 머리가 많이 길었고 눈 밑엔 전에 없던 깊은 다크서클이 보였다. 나는 잠시 말없이 그를 지켜봤고 사람들은 내게 다가와 인사를 건넸다. 안녕, 챔피언. 간결하고도 뜨거운 환영을 받았지만 씁쓸하기만 했다! 그런 소란 속에서 콘라트가 날 발견하고 느긋하게 다가와 손을 내밀었다. 그런 인사는 다른 친구들이 보여 준 열렬한 환영은 아니었지만 진실한 인사이기에 마음이 따뜻해졌다. 집에 돌아온 것 같았다. 이내 모두들 테이블로 돌아가 새로운 전투에 착수했다. 콘라트는 다른 사람에게 게임을 넘기고 내게 클럽에서 얘기할지 아니면 나가서 얘기할지 물었다. 나는 걷고 싶다고 했다. 우리 둘은 내 집에서 자정이 넘도록 커피를 마시며 온갖 얘기를 나눴지만 정작 해야 할 말은 하지 않았다. 그를 집에 데려다 주겠다고 했다. 차로 바래다 주는 내내 말이 없었다. 오기 싫었어. 피곤해서 말이야. 내가 말했다. 헤어지면서 콘라트가 돈이 필요하면 언제든 말하라고 했다. 아마 돈이 약간은 필요할 것이다. 우리는 다시 한 번 악수를 했다. 처음보다 오랫동안 진심으로.

잉게보르크

 둘 다 섹스를 하려는 생각은 없었지만 결국엔 침대로 가고야 말았다. 그건 잉게보르크가 자기의 넓은 방을 꾸미는 데 사 모은 다양한 물건들과 가구와 양탄자의 관능적 배치와 이름은 기억나진 않지만 어느 미국 가수의 음악, 그리고 흔치 않은 일요일 오후처럼 평화로운 쪽빛 오후 때문이었다. 그렇다고 연인 관계로 돌아갔다는 의미는 아니다. 우리는 친구로 지내기로 한 결정을 돌이킬 생각이 없으며 그러는 편이 예전 관계보다 서로에게 더 유익할 터였다. 솔직히 예전이나 지금이나 상황이 크게 다르진 않다. 물론 그녀가 떠난 후에 스페인에서 있었던 몇 가지 일을 얘기해야 했다. 주로 클라리타와 찰리의 유해에 대한 것이었다. 이 두 이야기는 그녀에게 생생한 인상을 남겼다. 반대로 그녀는 웃어야 할지 울어야 할지 모를 이야기를 들려줬다. 내가 없는 사이 콘라트가 그녀와의 로맨스를 시도했다고 한다. 물론 언제나 똑바로 처신하려고 했단다. 그래서 어떻게 됐어?

놀라서 물었다. 아무 일 없었어. 너한테 키스했어? 그러려고 하길래 귀싸대기를 날려 줬지. 잉게보르크와 나는 실컷 웃어 댔다. 하지만 나중엔 왠지 슬퍼졌다.

한나

  한나와 통화를 했다. 슈퍼마켓 쓰레기봉투 같은 50센티미터가량의 비닐봉지에 담겨진 찰리의 유해가 오버하우젠에 도착했다고 한다. 찰리의 큰형한테 들은 소식이란다. 그가 유품을 받고 서류 수속을 마쳤다고 한다. 한나의 아들은 잘 있었다. 행복하다고 했다. 그리고 휴가철이 되면 다시 스페인으로 돌아갈 생각이었다. 찰리도 좋아할 거야, 그렇지? 나는 아마 그럴 거라고 대답했다. 넌 대체 무슨 일이 있었던 거야? 한나가 물었다. 순진한 잉게보르크는 믿을지 몰라도 나는 못 속여, 안 그래? 아무 일도 없었어. 내가 말했다. 넌 어떻게 지냈는데? 잠시 후(사람 소리가 들리는 걸로 보아 혼자가 아니었다) 이렇게 말했다. 나? ……늘 똑같지.

10월 20일

　내일부터 숟가락, 포크, 칼, 뭐 그런 종류의 물건을 생산하는 회사의 관리직으로 일한다. 업무 시간은 예전 회사와 비슷하고 급료는 전보다 약간 많다.

　돌아온 후로는 게임을 하지 않았다. (거짓말이다. 지난주에 잉게보르크와 그녀의 룸메이트와 카드놀이를 했다.) 내 주변 사람들은 내가 일주일에 두 번은 클럽에 가기 때문에 전혀 눈치채지 못했다. 클럽에선 내가 게임에 질려서, 아니면 게임에 대한 글을 쓰느라 너무 바빠서 그런다고 말한다. 진짜 이유는 알지도 못하면서! 파리에서 할 연구 발표는 콘라트가 작성하고 있다. 내가 하는 거라곤 그걸 영어로 번역하는 일뿐이다. 하지만 새로 일을 시작했으니 그 또한 모를 일이다.

폰 제크트[112]

 오늘은 산책을 하다가 잘 생각해 보면 결국 우리 모두가 전쟁 게임 보드판 위에서 끊임없이 훈련하는 유령 사령부 소속 유령들 같다고 콘라트에게 말했다. 대규모 군사 훈련들. 폰 제크트 기억나? 우리가 그 사람의 부하 같아. 합법성을 조롱하는 자들, 그림자와 게임하는 그림자 같아. 오늘 밤엔 유난히 시적이군. 콘라트가 말했다. 물론 그는 아무것도 이해하지 못했다. 그에게 파리에 못 갈 수도 있다고 말했다. 콘라트는 처음엔 내 일 때문이라고 생각했지만 내가 12월엔 직장 사람들이 휴가를 간다고 하면서 다른 이유가 있다고 하자 기분이 상했는지 한참 동안 말을 하지 않았다. 그건 사자 앞에 날 버려두는 거야. 그가 말했다. 나는 웃음을 참을 수 없었다. 우린 폰 제크트의 쓰레기야. 하지만 우린 서로 좋아하잖아, 그렇지? 콘라트도 웃었다. 물론 쓸쓸한 웃음이었다.

---

 112 Hans von Seeckt(1866~1936). 독일군 상급 대장. 베르사유 조약이라는 악조건 속에서도 유럽을 제패할 10만 병력을 키워 냈다.

프라우 엘제

프라우 엘제와 통화했다. 냉정하고 힘이 넘치는 대화였다. 소리 지르는 것밖에 모르는 사람 같았다. 남편 죽었어! 난 잘 지내, 하는 수 없지! 클라리타는 해고했어! 날씨는 좋아! 관광객이 있긴 하지만 델 마르는 문 닫았어! 조만간 튀니지로 휴가 갈 거야! 이젠 페달보트가 없을 거라 생각했다. 케마도의 안부를 직접적으로 묻지 않으려다가 멍청한 질문을 했다. 해변이 텅 비었겠네? 내가 말했다. 안 그러고 배기겠어! 당연히 비었지! 마치 가을이 우리를 귀머거리로 만든 것 같았다. 어쩌겠는가. 작별 인사를 하기 전, 내가 호텔에 빠뜨린 책이 있다면서 우편으로 보내 줄 생각이라고 말했다. 빠뜨린 거 아냐. 내가 말했다. 너 보라고 놔둔 거야. 조금은 감동받은 것 같았다. 뒤이어 인사를 하고 전화를 끊었다.

게임 대회

콘라트와 함께 게임 대회 구경에 가기로 했다. 첫 며칠은 지루했다. 가끔씩 독일, 프랑스, 영국 동료들의 통역을 하긴 했지만 틈만 나면 빠져나와 파리를 산책하며 남은 시간을 보냈다. 다소 차이는 있지만 모든 발표와 논문들은 읽었던 거였고, 모든 게임도 해봤던 게임이었으며 게이머들의 유럽 연합회 조직을 위한 모든 프로젝트도 이미 구상하고 고민해 봤던 것들이었다. 나는 발표자의 80퍼센트가 정신 치료를 받아야 한다는 결론에 이르렀다. 그에 대한 위안으로 나는 그들이 악의 없는 사람이라는 말을 한 번, 두 번 되풀이했으며 마침내 그들이 그렇다는 걸 받아들였다. 그게 내가 할 수 있는 최선이었다. 최고의 화젯거리는 렉스 더글러스와 미국 게이머들이 왔을 때였다. 렉스는 마흔 초반에 키가 크고 강인한 인상에 윤기 있고 숱 많은 밤색 머리였는데(머리에 광택제를 바르나? 누가 알겠어), 어딜 가나 에너지를 쏟아 내는 인물이었다. 논란의 여지 없이 이 대회의 스타

였으며 진기한 것이든 우둔한 것이든 가리지 않고 누구보다 많은 아이디어를 추진하는 사람이었다. 난 그와 인사를 나누고 싶지 않았다. 물론 솔직하게 말하자면 대회 조직위 사람들과 팬들이 구름떼처럼 따라다니는 그에게 다가가고 싶지 않았다. 그가 도착한 날 그와 몇 마디 나눈 콘라트는 밤에 우리가 머물던 장-마르의 집에서 그가 얼마나 흥미롭고 똑똑한 사람인지에 대한 얘기만 했다. 게다가 렉스가 직접 제작해서 새로 시장에 내놓은 게임인 아포칼립스도 한 경기 했다는데, 나는 그날 오후 밖에 나가 있어서 경기를 보지 못했다. 내 발표는 대회가 끝나기 전날 이었다. 렉스는 독일, 이탈리아 그룹과 같이 있었고 난 5미터쯤 떨어진 슈투트가르트 그룹 전시 테이블에 있었는데 그때 나를 부르는 소리가 들렸다. 이 사람이 우도 베르거입니다. 우리 나라 챔피언이죠. 내가 다가가자 사람들이 비켜 줬고 우리는 서로 얼굴을 마주했다. 난 뭐라고 말을 해야 했는데 고작 허겁지겁 엉뚱한 말만 하고 말았다. 렉스가 내게 손을 내밀었다. 우리가 짧게나마 서신을 주고받았다는 걸 기억하지 못했거나 아니면 남들에게 아는 사이라는 걸 밝히고 싶지 않은 것 같았다. 그는 곧바로 쾰른 팀의 누군가와 다시 말을 나눴고 나는 반쯤 눈을 감은 채 잠시 그 말을 듣기만 했다. 제3제국에 대한 것이었는데 베이마의 새로운 방식을 활용한 전략에 대한 이야기였다. 대회장에서 제3제국을 하고 있었는데 난 그 게임을 둘러보지도 못했다니! 듣자 하니 쾰른이 독일군으로 싸우고 있으며 전쟁이 거의 끝날 시점인 것 같았다.

「그거 잘됐네.」 렉스 더글러스가 무뚝뚝하게 말했다.

「그렇죠, 점령지를 지켜 낸다면야 그렇지만, 쉬운 일은 아니죠.」 쾰른 팀원이 말했다.

다른 사람들도 동의했다. 그들은 소련으로 게임하는 팀을 이끌고 있는 프랑스 게이머에게 찬사를 보내더니 곧바로 그날 밤 저녁 식사, 늘 그렇듯 형제애의 만찬을 준비할 계획을 세우기 시작했다. 나는 아무도 모르게 그 자리에서 빠져나왔다. 콘라트가 준비한 원고만 남고 텅 비어 버린 슈투트가르트 테이블로 돌아가 잡지와 게임을 대충 정리해 두고 조용히 대회장을 떠났다.

옮긴이의 말

현실 혹은 악몽

    로베르토 볼라뇨는 21세기의 문턱에서 라틴아메리카 문학에 새로운 전환기를 마련한 작가로 평가받는다. 그는 1996년 인물 백과사전 형식을 차용한 소설 『아메리카의 나치 문학』과 이 작품의 마지막 전기적 에피소드를 확장한 『먼 별』을 출판하며 문단에 등장했고 1999년 『야만스러운 탐정들』로 로물로 가예고스상을 수상함으로써 상대적으로 단시간에 독자들과 평단의 호평을 받으며 라틴아메리카 문학계를 대표하는 작가로 부상했다. 그에 대한 평가는 2003년 세비야 라틴아메리카 작가 대회에서 아르헨티나 작가 로드리고 프레산Rodrigo Fresán이 볼라뇨를 일컬어 동세대 작가들의 리더이자 〈토템〉이라고 언급한 것만으로도 충분할 것이다. 출판계 또한 『2666』(2004)을 필두로 『미지의 대학』(2007), 『제3제국』(2010), 『진짜 경찰의 무미건조함』(2011)에 이르기까지 볼라뇨 사후 10여 년이 지나도록 집요하게 그의 문학 작품을 〈발굴〉하고 있다. 이렇듯 라틴아메리카 문학의 〈붐〉 세대 이후 볼라뇨만큼 문학적 성공과 명성을 얻은 작가는 없었다.

그렇다고 볼라뇨가 그 명성을 등에 업고 문학이 상품화되는 시대적 흐름에 몸을 맡긴 작가는 아니었다. 그는 벗어날 수 없는 시류 속에서도 마지막까지 우상 파괴적이고 무정부주의적인 〈야인〉 기질을 버리지 않은 작가다. 로물로 가예고스상을 받는 자리에서 볼라뇨는 양질의 글쓰기란 〈암흑에 머리를 들이밀 줄 알고, 허공에서 뛰어내릴 줄도 알고, 문학이 기본적으로 위험한 일임을 알고 있는〉 글이라면서, 작가란 뻔히 패퇴할 줄 알면서도 〈괴물〉에 맞서 싸워야 하는 〈사무라이〉이며 그 싸움이 바로 〈문학〉이라고 했다. 그래서인지 볼라뇨의 문학 세계는 자연스레 문학과 문학 권력에 대한 비판적 성찰(『야만스러운 탐정들』, 『칠레의 밤』, 『팽 선생』), 정치권력의 공포와 인간의 트라우마(『부적』), 지식인으로서의 작가와 정치권력의 공생-공모 혹은 상호 기생적 관계(『야만스러운 탐정들』, 『칠레의 밤』, 『먼 별』, 『아메리카의 나치 문학』), 근대 세계의 범죄와 악(『2666』) 등과 같은 현대 사회의 부조리를 추적하며 스스로 창조한 세계에 갇혀 허우적대는 인간의 딜레마에 천착한다. 『제3제국』 또한 그러한 문제의식과 밀접한 상관성을 보이는 작품이다.

2010년 유작으로 출간된 『제3제국』은 2008년 프랑크푸르트 도서전에서 볼라뇨의 미출간 육필 원고가 있다는 사실이 발표되며 뒤늦게 그 존재가 알려진 작품이다. 그 원고 중 마지막 노트엔 1989년에 쓴 것으로 기록되어 있다. 실제로 그즈음 볼라뇨가 전쟁 보드 게임 마니아였고 제2차 세계 대전사에 다식했음을 고려하면 『제3제국』을 집필했다는 사실이 낯설지만은 않다. 시기적으로 이 작품은, 2002년 출간되었으나 1980년대에 작성된 작가 노트라 할 수 있는 『안트베르펜』, 1982년에 쓴 『팽 선생』(1994년 『코끼리들의 오솔길』로 출판되었다가 1999년 『팽 선생』으로 재출간), 포르타A. G. Porta와 공동으로 집필하여 1984년에 출판한 『모리슨의 제자가 조이스의 광신자에게 하는 충고』, 그리고 1993년 출판된 『아이스링크』와 더불어 볼라뇨의 초기작에 해당한다. 그래서인지 혼종적 장르와 프랙털 구조, 상호텍스트성을 기반으로 하는 여타 볼라뇨의 작품과 다르게 『제3제국』은 상대적으로 직선적이고 순차적으로 전개되는 작품이다. 그러나 이 작품 또한 인간의 욕망이 빚어낸 편집증과 광기가 여실히 드러나고, 인간과 세계에 대한 볼라뇨의 문제의식이 정치하게 반영된다는 점엔 이견이 없을 것이다.

일기 형식으로 서술된 이 작품은 전쟁 게임 게이머이자 관련 잡지에 글을 투고하며 생계를 유지하는 스물다섯 살 독일 청년 우도 베르거가 연인 잉게보르크와 스페인 북동부 코스타 브라바 해변으로 휴가를 떠나 겪게 되는 사건을 중심으로 전개된다. 그곳에서 우도는 사춘기 시절에 동경하던 호텔 운영자 프라우 엘제, 독일인 커플 찰리와 한나, 룸펜이나 다름없는 현지 청년 로보와 코르데로, 그리고 화상 자국 뒤에 숨어 마지막까지 정체를 드러내지 않는 페달보트 임대업자 케마도를 만나면서 애초의 기대와 달리 예기치 못한 사건들에 휘말리게 된다. 한나를 둘러싼 범죄의 징후와 그에 뒤이은 찰리의 실종과 죽음, 프라우 엘제와의 은밀하고 위태로운 사랑, 공포와 파멸의 상징적 존재인 케마도와의 위험한 전쟁 게임, 그리고 케마도의 배후에 있는 비밀스러운 존재 등이 그것이다. 이 일련의 사건들 속에서 주인공 우도는 주체할 수 없는 호기심과 욕망, 그리고 이것이 야기하는 공포로 인해 어느새 강박적이고 분열적인 자아를 경험하며 헤어날 수 없는 악몽의 늪에 빠지고 만다.

『제3제국』에서 볼라뇨는 〈제3제국〉이라는 게임을 매개로 가상 세계와 현실 세계의 경계를 무너뜨리며 그것이 유발할 수 있는 폭력과 공포를 몽환적으로 그려 낸다. 돈키호테가 기사 소설에 미쳐 스스로 기사임을 자청하고 텍스트를 현실로 구현하려 함으로써 유발되는 충돌과 괴리가 『제3제국』에 녹아 있는 것이다. 그러나 이 작품에서 볼라뇨가 그린 돈키호테의 창은 풍차가 아니라 〈인간〉을 향하고 있다. 그리하여 기사도의 재현, 다시 말해 꿈을 실현하기 위해 풍차를 향해 돌진하는 돈키호테가 조롱의 대상으로 전락하며 우리에게 유머와 해학을 선물한다면 『제3제국』이 그려 내는 전쟁 게임의 현실화는 그야말로 나치 독일(제3제국)의 부활이며 공포와 생사를 넘나드는 전장이다. 역사적 기억이 우도를 엄습하는 순간 전쟁 게임은 더 이상 유희가 아니라 공포의 악몽이 되는 것이다. 결국 제3제국이 인간 역사에 지울 수 없는 상흔을 남겼듯, 그것의 환영 같은 전쟁 게임 〈제3제국〉은 한 인간을 자폐적 광기로 내몰고 마침내 그를 괴멸한다.

그 위험성을 경험한 우도는 파리에서 열린 게임 대회의 전략 발표자 중 〈80퍼센트가 정신 치료를 받아야 한

---

1 Sonora. 멕시코 북부의 주(州). 볼라뇨 작품에서 폐허와 죽음의 상징적 공간으로 그려진다.

다〉라고 결론 내린다. 세계의 축소판과 다름없는 그 게임장에는 여전히 게이머들이 우글거리고 있다. 볼라뇨는 우리의 내면에 또 다른 제국 혹은 〈제4제국〉을 꿈꾸는 파시즘의 욕망이 도사리고 있으며 언제든 개인적, 사회적 현실로 구체화될 수 있음을 경고한다. 우리의 꿈은 언제든 악몽으로 변할 수 있으며 그 악몽 또한 언제든 현실화될 수 있다는 것이다. 더욱이 그 악몽이 현실화되는 순간, 우리는 스스로 자멸의 길에 들어서게 된다. 그런 점에서 『제3제국』은 권력과 공포, 폐허와 추락, 범죄와 살인, 광기와 고통 등 현대 사회의 부조리한 병리를 기억과 거울 보기를 통해 그려 내는 볼라뇨의 여타 작품의 문제의식과 궤를 같이한다. 『아메리카의 나치 문학』, 『칠레의 밤』, 『먼 별』, 『부적』, 『야만스러운 탐정들』, 『2666』 등은 바로 그 악몽의 현실을 드러낸 작품들이다. 이를 통해 볼라뇨는 어쩌면 우리가 이미 무자비한 살인과 악의 공간인 『2666』의 소노라[1]에 살고 있다고, 죽음의 공포가 드리운 야만의 〈제3제국〉에 살고 있다고 확언하는 것인지도 모른다. 혹여 낙관적 꿈으로 시작한 우리의 현실이 절망적 악몽으로 변한 것이라면 이제 우리는 무슨 꿈을 꿔야 할까.

이경민

로베르토 볼라뇨 연보

1953년 출생 4월 28일 칠레의 산티아고에서 로베르토 볼라뇨 아발로스 태어남. 아버지 레온 볼라뇨는 아마추어 권투 선수이자 트럭 운전사였고, 어머니 빅토리아 아발로스는 수학 선생님이었음. 볼라뇨는 어린 시절 읽기 장애가 있었는데, 어머니는 시를 좋아하는 어린 아들이 좌절하지 않도록 용기를 북돋워 주었음. 볼라뇨는 가족과 함께 발파라이소, 킬푸에, 비냐델마르, 로스앙헬레스 등 칠레의 여러 도시에서 유년기를 보냈으며, 그중 로스앙헬레스에 가장 오래 거주하였음.

1968~1973년 15~20세 가족과 함께 멕시코의 멕시코시티로 이주함. 학교에 입학했으나 중퇴했고, 다시는 교실에 발을 들여놓지 않겠다고 굳게 결심함. 1968년 10월 멕시코시티 올림픽 개막 며칠 후, 이 도시를 뒤흔든 학생 소요와 경찰의 무력 진압 현장을 목격함. 이는 수백만의 학생이 학살되거나 투옥되었던 10월 2일 틀라텔롤코 대학살에 뒤따라 벌어진 사건이었음. 이러한 일련의 사태는 이후 볼라뇨의 작품, 특히 『야만스러운 탐정들 *Los detectives salvajes*』과 『부적 *Amuleto*』의 소재가 됨. 15세부터 시를 쓰기 시작했으며, 독서에 푹 빠져 생활함. 그는 서점 진열대에서 책을 훔쳐 읽으며 지식을 습득했고, 훗날 서점 직원들이 자기 손에 닿지 않는 곳에 몇몇 책을 꽂아 놓아 읽을 수 없었다고 원망하기도 함. 그는 자신이 독학을 한 것이 아니라 〈모든 것을 책에서 배웠다〉고 말함. 사춘기 말과 성년 초기를 멕시코에서 보냄. 이때를

멕시코에서 보낸 제1시기라고 할 수 있음.

1973년 20세 8월 아옌데 대통령의 사회주의 정부를 전복하려는 피노체트의 쿠데타(9월 11일)가 발발하기 전에 사회주의 건설에 참여하기 위해 칠레로 돌아와 아옌데의 사회주의 혁명을 지지하는 좌파 진영에 가담함. 쿠데타가 일어나자 콘셉시온 근처에서 체포되어 투옥되었으나, 마침 어릴 적 친구였던 간수의 도움으로 8일 만에 석방됨. 이 행적은 순전히 볼라뇨 자신의 진술에 의거한 것으로, 볼라뇨는 이 극적인 사건을 여러 작품에 다양한 형태로 서술하였음.

1974~1977년 21~24세 멕시코로 돌아와 아방가르드 문학 운동인 〈인프라레알리스모 *infrarrealismo*〉를 주창함. 〈인프라레알리스모〉는 프랑스 다다이즘과 미국 비트 제너레이션의 영향을 받은 시 문학 운동으로, 볼라뇨가 친구인 시인 마리오 산티아고와 함께 결성하였으며 멕시코 시단의 기득권 세력을 비판하며 가난과 위험, 거리의 삶과 일상 언어에 눈을 돌리자고 주장한 반항적 운동임. 문학 기자와 교사로 일했으나 무엇보다도 시를 읽고 쓰는 데 집중함.

1975년 22세 브루노 몬타네와 함께 시집 『높이 나는 참새들 *Gorriones cogiendo altura*』 출간.

1976년 23세 일곱 명의 다른 〈인프라레알리스모〉 시인들과 함께 산체스 산치스 출판사에서 시집 『뜨거운 새 *Pájaro de calor*』 출간. 그리고 같은 해 첫 단독 시집인 『사랑을 다시 만들어 내기 *Reinventar el amor*』 출간. 이 시집은 한 편의 장시를 9개의 장으로 나누어 실은 얇은 책으로, 후안 파스코에가 지도하는 타예르 마르틴 페스카도르 시 아틀리에에서 출간되었음. 북아메리카 미술가 칼라 리피의 판화를 표지 그림으로 쓴 이 책은 225부만 인쇄하였음. 이때를 멕시코에서 보낸 제2시기라 할 수 있음.

1977년 24세 유럽으로 이주. 파리를 비롯해 유럽 여러 나라의 도시들을 여행한 후 스스로 〈세상에서 가장 아름다운 도시〉라고 경탄한 바르셀로나에 정착함. 이후 접시 닦이, 바텐더, 외판원, 캠핑장 야간 경비원, 쓰레기 청소부, 부두 노동자 등 온갖 직업에

종사하며 생계를 유지함. 그러면서도 계속 시를 씀.

1979년 26세 11인 공동 시집인 『불의 무지개 아래 벌거벗은 소년들*Muchachos desnudos bajo el arcoiris de fuego*』 출간.

1980년 27세 시를 계속 쓰면서 본격적으로 소설 집필에 전념하기 시작함.

1982년 29세 카탈루냐 출신 카롤리나 로페스와 결혼.

1984년 31세 안토니 가르시아 포르타와 함께 쓴 소설 『모리슨의 제자가 조이스의 광신자에게 하는 충고*Consejos de un discípulo de Morrison a un fanático de Joyce*』를 출간, 스페인의 암비토 리테라리오 소설상 수상.

1986년 33세 카탈루냐 북동부 코스타 브라바의 헤로나 근처의 블라네스라는 바닷가 소도시로 이사. 볼라뇨는 죽을 때까지 이 도시에서 살았음.

1990년 37세 아들 라우타로 태어남. 1990년대 초부터 볼라뇨는 자신의 시와 소설들을 스페인의 다양한 지역 문학상에 출품하기 시작함. 그는 문학상을 받아 생계에 보탬이 되고 자신의 작품이 출판되기를 희망하였음.

1992년 39세 시집 『미지의 대학의 조각들*Fragmentos de la universidad desconocida*』이 출간 이전 라파엘 모랄레스 시(詩) 문학상 수상. 치명적인 간질환을 진단받음.

1993년 40세 소설 『아이스링크*La pista de hielo*』 출간, 스페인의 알칼라데에나레스 시(市) 중편 소설상을 수상. 시집 『미지의 대학의 조각들』 출간. 볼라뇨는 이때부터 본격적으로 문학계의 인정을 받기 시작함. 이때부터는 오직 글쓰기로만 생활비를 벌었다.

1994년 41세 소설 『코끼리들의 오솔길*La senda de los elefantes*』 출간, 스페인의 펠릭스 우라바옌 중편 소설상 수상. 시집 『낭만적인 개들*Los perros románticos*』이 출간 전 스페인의 이룬 시(市) 문학상을 수상함.

1995년 42세 시집 『낭만적인 개들』 출간.

1996년 43세 가공의 작가들이 쓴 가짜 백과사전인 소설 『아메리카의 나치 문학 La literatura nazi en América』과 『먼 별 Estrella distante』 출간. 이해부터 볼라뇨는 바르셀로나의 아나그라마 출판사와 인연을 맺고 대부분의 작품을 이곳에서 출간하기 시작함.

1997년 44세 단편집 『전화 Llamadas telefónicas』 출간, 칠레의 산티아고 시(市) 상 수상. 이 소설집 맨 앞에 수록된 단편소설 「센시니 Sensini」도 같은 해 따로 단행본으로 출간됨. 대표작 중 하나로 꼽히는 방대한 분량의 소설 『야만스러운 탐정들』이 출간되기 전에 스페인의 권위 있는 문학상인 에랄데 소설상을 수상함.

1998년 45세 『야만스러운 탐정들』 출간. 이 소설은 동시대를 멋지게 그려 낸 한 편의 대서사시와 같은 장편소설로서, 뛰어난 철학-문학적 성찰과 스릴러적인 요소, 파스티슈, 자서전의 성격이 혼재하는 독특한 작품이다. 소설의 두 주인공은 볼라뇨 자신의 분신이라 할 수 있는 아르투로 벨라노와, 볼라뇨의 친구로서 함께 인프라레알리스모 운동을 이끌었던 마리오 산티아고를 모델로 한 울리세스 리마이다. 울리세스 리마는 이후 다른 작품에도 등장함. 『파울라』지로부터 소설 심사 위원 위촉을 받아 25년 만에 칠레를 방문함.

1999년 46세 『야만스러운 탐정들』로 〈라틴 아메리카의 노벨 문학상〉이라 불리는 베네수엘라의 로물로 가예고스상 수상. 소설 『부적 Amuleto』과, 『코끼리들의 오솔길』의 개정판인 『팽 선생 Monsieur Pain』 출간. 오라 에스트라다는 『부적』을 엄청난 걸작으로 평가했다.

2000년 47세 소설 『칠레의 밤 Nocturno de Chile』과 시집 『셋 Tres』 출간. 볼라뇨는 자신의 짧은 소설 가운데 가장 완벽한 작품으로 『칠레의 밤』을 꼽았다. 스페인의 주요 일간지인 「엘 파이스 El País」와 「엘 문도 El Mundo」에 칼럼 게재.

2001년 48세 단편집 『살인 창녀들 Putas asesinas』 출간. 볼라뇨

가 등장인물로 나오는 하비에르 세르카스Javier Cercas의 소설 『살라미나의 병사들Soldados de Salamina』도 출간됨. 이 소설에서 볼라뇨는 주인공이 소설을 완성하도록 도와주는 인물로 등장함. 2003년 영화로도 제작된 이 작품의 성공으로 볼라뇨는 스페인에서 유명해짐.

2002년 49세 실험적인 소설 『안트베르펜Amberes』과 『짧은 룸펜 소설Una novelita lumpen』 출간.

2003년 50세 사망하기 몇 주 전 세비야에서 열린 라틴 아메리카 작가 대회에 참가하여 만장일치로 새로운 라틴 아메리카 문학의 대변자로 추앙됨. 7월 15일 바르셀로나의 바예데에브론 병원에서 아내 카롤리나와 아들 라우타로, 딸 알렉산드라를 남긴 채 간 부전으로 숨을 거둠. 단편집 『참을 수 없는 가우초El gaucho insufrible』 사후 출간. 대표작 중 하나인 『2666』이 출간되기 전에 바르셀로나 시(市) 상을 수상함.

2004년 『참을 수 없는 가우초』가 칠레의 알타소르 소설상 수상. 필생의 역작 『2666』 출간, 스페인의 살람보상 수상. 1천 페이지가 넘는 어마어마한 분량의 이 작품은 볼라뇨가 죽을 때까지 손에서 놓지 않고 매달린 소설로, 가장 큰 야심작임. 처음에는 작가의 뜻에 따라 1년 간격으로 5년에 걸쳐 5부작으로 출판하려 했으나, 1권의 〈메가 소설〉로 출간됨. 『2666』은 북멕시코의 시우다드후아레스 시에서 3백 명 이상의 여인이 연쇄 살인된 미해결 실제 사건을 주요 모티프로 삼아 산타테레사라는 도시를 배경으로 재구성한 작품임.

2005년 『2666』이 칠레의 알타소르 소설상, 칠레의 산티아고 시(市) 문학상 수상. 칼럼과 연설문, 인터뷰 등을 모은 『괄호 치고 Entre paréntesis』 출간.

2006년 볼라뇨의 인터뷰를 모은 『볼라뇨가 말하는 볼라뇨 Bolaño por sí mismo』 출간.

2007년 단편소설과 다른 글들을 모은 『악의 비밀El secreto del mal』과 시집 『미지의 대학La universidad desconocida』 출간. 『야

만스러운 탐정들』 영어판 출간, 「뉴욕 타임스」 선정 〈2007년 최고의 책〉으로 꼽힘. 『먼 별』이 2007년 콜롬비아 잡지 『세마나』에서 선정한 〈25년간 출간된 스페인어권 100대 소설〉 14위에 오름.

2008년 『2666』의 영어판 출간, 평단과 독자 모두에게 호평을 받으며 대단한 인기를 누림. 전미 서평가 연맹상 수상. 「뉴욕 타임스」와 『타임』 선정 〈2008년 최고의 책〉으로 꼽힘.

2009년 『2666』이 「타임스 리터러리 서플러먼트」, 「스펙테이터」, 「텔레그래프」, 「인디펜던트 온 선데이」, 「샌프란시스코 크로니클」, 「NRC 한델스블라드」 등 세계 각국의 유력지에서 〈2009년 최고의 책〉에 선정되었으며 「가디언」에서는 〈2000년대 최고의 책 50권〉으로 꼽힘. 스페인 유력지 「라 반과르디아」에서 선정한 〈2000년대 최고의 소설 50권〉 중 『2666』이 1위로 꼽힘.

2010년 소설 『제3제국 *El Tercer Reich*』 출간.

2011년 소설 『진짜 경찰의 무미건조함 *Los sinsabores del verdadero policía*』 출간. 현재 볼라뇨의 전작은 스페인을 비롯한 이탈리아, 독일, 프랑스, 네덜란드, 스웨덴, 핀란드, 그리스, 체코, 폴란드, 세르비아 등 유럽권 국가는 물론 미국과 영국 등 영어권 국가, 그리고 브라질, 터키, 이스라엘, 일본에 이르기까지 번역, 출간되며 〈볼라뇨 전염병〉을 퍼뜨리고 있다.

제3제국

옮긴이 이경민은 조선대학교 스페인어과를 졸업하고 서울대학교 대학원에서 라틴아메리카 문학을 전공했다. 멕시코 메트로폴리탄 자치대학교에서 노마드 문학 개념을 통한 로베르토 볼라뇨 연구로 문학 박사 학위를 취득하고 현재 서울대학교 라틴아메리카연구소 선임연구원으로 재직 중이다.

지은이 로베르토 볼라뇨 **옮긴이** 이경민 **발행인** 홍지웅 **발행처** 주식회사 열린책들 **주소** 경기도 파주시 문발로 253 파주출판도시 **전화** 031-955-4000 **팩스** 031-955-4004 **홈페이지** www.openbooks.co.kr Copyright (C) 주식회사 열린책들, 2013, *Printed in Korea*. ISBN 978-89-329-1617-0 03870 **발행일** 2013년 6월 15일 초판 1쇄

이 도서의 국립중앙도서관 출판시도서목록(CIP)은 e-CIP 홈페이지(http://www.nl.go.kr/ecip)와 국가자료공동목록시스템(http://www.nl.go.kr/kolisnet)에서 이용하실 수 있습니다. (CIP제어번호: CIP2013006181)

로베르토 볼라뇨의 소설

칠레의 밤 임종을 앞둔 칠레의 보수적 사제이자 문학 비평가인 세바스티안 우르티아 라크루아의 속죄의 독백.

부적 우루과이 여인 아욱실리오 라쿠투레가 1968년 멕시코 군대의 국립 자치 대학교 점거 당시 13일간 화장실에 숨어 지냈던 이야기를 시작으로 들려주는 흥미로운 회고담.

먼 별 연기로 하늘에 시를 쓰는 비행기 조종사이자 피노체트 치하 칠레의 살인 청부업자였던 카를로스 비더와 칠레의 암울한 나날에 관한 강렬한 이야기.

전화 볼라뇨의 첫 번째 단편집. 시인, 작가, 탐정, 군인, 낙제한 학생, 러시아 여자 육상 선수, 미국의 전직 포르노 배우, 그리고 수수께끼 같은 인물들이 등장하는 14편의 이야기.

야만스러운 탐정들 〈라틴 아메리카의 노벨상〉이라 불리는 로물로 가예고스상 수상작. 현대의 두 돈키호테, 우울한 멕시코인 울리세스 리마와 불안한 칠레인 아르투로 벨라노가 만난 3개 대륙 8개 국가 15개 도시 40명의 화자가 들려주는 방대한 증언.

2666 볼라뇨의 최대 야심작이자 죽을 때까지 손에서 놓지 않은 일생의 역작. 5부에 걸쳐 80년이란 시간과 두 개 대륙, 3백 명의 희생자들을 두루 관통하는 묵시록적인 백과사전과 같은 소설.

팽 선생 은퇴 후 조용히 살고 있던 피에르 팽. 멈추지 않는 딸꾹질로 입원한 페루 시인 세사르 바예호의 치료를 부탁받은 후 이상하게도 꿈같은 사건들이 일어나기 시작한다.

아이스링크 스페인 어느 해변 휴양지의 여름, 칠레의 작가 겸 사업가와 멕시코 출신 불법 노동자, 카탈루냐의 공무원 등 세 남자가 풀어놓는 세 가지 각기 다른 이야기.

살인 창녀들 두 번째 단편집. 세계 곳곳에서 방황하는 이들, 광기, 절망, 고독에 관한 13편의 이야기. 이 책에서 시는 폭력을 만나고, 포르노그래피는 종교를 만나며 축구는 흑마술을 만난다.

안트베르펜 볼라뇨의 무의식 세계와 비관적 서정성으로 들어가는 비밀스러운 서문과 같은 작품. 55편의 짧은 글과 한 편의 후기로 이루어진 실험적인 문학적 퍼즐이다.

참을 수 없는 가우초 5편의 단편과 2편의 에세이 모음집. 참을 수 없는 가우초, 불을 뱉는 사람, 비열한 경찰관 등에 관한 이야기와 문학과 용기에 관한 아이러니한 단상이 실려 있다.

제3제국 코스타 브라바의 독일인 여행자와 수수께끼의 남미인 사이에 벌어지는 이야기. 〈제3제국〉은 전쟁 게임의 이름이다.